현실과 허구의 경계를 지우는 소설

일본 사소설과 한국의 자전소설

지은이

안영희 安英姬, An Young-hee

현재 계명대학교 Tabula Rasa College 교수. 일본 도쿄대학교 초역문화과학전공 비교문학 비교문화코스에서 석·박사학위를 받았다. 저서는 『일본의 사소설』(살림출판사, 2006), 『한일근대소설의 문체성립』(소명출판, 2011), 『문학과 영화로 인성을 디자인하다』(계명대 출판부, 2021). 일본어로 번역 출간된 책 『韓国から見た日本の私小説』(우메자와 아유미 역, 鼎書房, 2011)이 있고, 번역서로는 『마음』(계명대 출판부, 2021) 등이 있다. 도쿄대학교에서 김소운상, 한국비교문학회에서 비교문학상을 수상했다.

현실과 허구의 경계를 지우는 소설
일본 사소설과 한국의 자전소설

초판발행	2024년 6월 30일
지은이	안영희
펴낸이	박성모
펴낸곳	소명출판
출판등록	제1998-000017호
주소	서울시 서초구 사임당로14길 15 서광빌딩 2층
전화	02-585-7840
팩스	02-585-7848
이메일	somyungbooks@daum.net
홈페이지	www.somyong.co.kr
ISBN	979-11-5905-930-8 93800
정가	30,000원

ⓒ 안영희, 2024

이 연구는 2022년도 계명대학교 비사연구기금으로 이루어졌음.

사

소설에서의 사
私, わたくし는 일본어로 '나'

라는 뜻으로 나에 관한 이야기를

쓰는 소설을 말한다. 나에 관한 이야기를 쓰

는 소설은 어느 나라에도 있다. 그다지 특별한 것도

없다. 그런데 왜 사소설을 일본만이 가진 독특한 문학 양식이

라고 하는 걸까? 사소설에서 작가는 자신이 경험한 실제 사생활을 쓰고

독자는 주인공을 작가라고 생각하고 읽는다. 즉 주인공 = 작가라는 공식이

성립하기 때문이다. 일반적으로 소설은 작가가 자신의 사생활을 썼다고 하

더라도 자서전이 아니면 독자는 픽션이라고 생각하고 읽는다. 원래 소설은

픽션을 전제로 하기 때문이다. 하지만,

사소설은 사실을 전제로 한다. 즉 소설의 개념을 역전시킨 것이

다. 이러한 사소설이 일본에 등장한 배경에는 100개 이상이나 되

는 수많은 나를 표현하는 일인칭·자칭사, 사실을 중시

하는 문화, 한 인간의 내면을 끝까지 성찰하

는 나에 관한 연구, 독자들의 엿보

기 취미 등을 들 수 있다.

현실과 허구의
경계를 지우는 소설

안영희 지음

일본 사소설과 한국의 자전소설

일러두기

1. 일본의 연호 표기는 다음과 같다.
   - 메이지시대 : 1868~1912
   - 다이쇼시대 : 1912~1926
   - 쇼와시대 : 1926~1989
2. 일부분을 제외한 모든 번역은 저자가 했다.

일본 사소설 100년사, 현실과 허구의 경계를 지우다

지금 우리 사회는 코로나19를 계기로 엄청나게 빠른 속도로 디지털시대로 전환하고 있다. 사람들은 책에서 시작하여 현재는 주로 인터넷이나 유튜브 같은 동영상으로 필요한 정보와 지식을 습득하고 놀이로 향유하고 있다. 당연히 읽고 쓰는 것이 기본이 되는 인문학이 그 빛을 잃고 있다. 인문학 소멸론은 오래전부터 있었지만, 인문학자들이 직접 피부로 느끼는 것은 최근이 아닐까 생각한다. 이러한 시기에 책을 내는 일이 의미가 있는 것일까 하는 의문이 드는 것도 사실이다. 하지만 "내일 지구의 종말이 온다고 할지라도, 나는 오늘 한그루의 사과나무를 심겠다"라는 스피노자의 명언이 생각났다. 아무리 절망적인 상황이라도 가장 소중한 일에 희망을 두고 내가 해야 할 일에 최선을 다해서 해야 한다는 결론에 도달했다.

사소설私小說의 사私, わたくし는 일본어로 '나'라는 뜻으로 나에 관한 이야기를 쓰는 소설을 말한다. 나에 관한 이야기를 쓰는 소설은 어느 나라에도 있다. 그다지 특별한 것도 없다. 그런데 왜 사소설을 일본만이 가진 독특한 문학 양식이라고 하는 걸까? 사소설에서 작가는 자신이 경험한 실제 사생활을 쓰고 독자는 주인공을 작가라고 생각하고 읽는다. 즉 주인공 = 작가라는 공식이 성립하기 때문이다. 일반적으로 소설은 작가가 자신의 사생활을 썼다고 하더라도 자서전이 아니면 독자는 픽션이라고

생각하고 읽는다. 원래 소설은 픽션을 전제로 하기 때문이다. 하지만, 사소설은 사실을 전제로 한다. 즉 소설의 개념을 역전시킨 것이다. 이러한 사소설이 일본에 등장한 배경에는 100개 이상이나 되는 수많은 나를 표현하는 일인칭·자칭사, 사실을 중시하는 문화, 한 인간의 내면을 끝까지 성찰하는 나에 관한 연구, 독자들의 엿보기 취미 등을 들 수 있다.

작자 자신의 사생활을 있는 그대로 고백하는 사소설이 처음 등장한 것은 다야마 가타이의 『이불』1907에서이다. 『이불』을 시작으로 허구를 배제하고 사실을 추구하는 기이한 사소설이 수없이 등장하였다. 작가 자신의 지루하고 혐오스럽고 수치스러운 실제 경험을 노골적으로 드러내는 사소설을 읽으면 한국 독자들은 거부감이 들 것이다. 『이불』이 나왔을 당시 대표적 비평가인 나카무라 미쓰오는 서구의 근대문학을 정확하게 이해하지 못했고, '진실'과 '사실'을 혼동하였다고 혹평했다. 또한 고바야시 히데오는 근대의 정신과 근대문학의 특징인 '사회화된 나'를 볼 수 없다고 비판했고, "사소설은 멸망했지만, 사람들은 나를 정복할 수 있을까? 사소설은 또 새로운 형태로 다시 나타날 것이다"라고 예언했다. 과연 그의 말대로 『이불』이 나온 지 100여 년이 지났지만, 21세기에도 사소설은 사라지지 않고 있다. 일본의 권위 있는 문학상인 아쿠타가와상의 2011년 수상작이 사소설인 니시무라 겐타의 『고역열차』로 선정되었다는 사실이 이를 증명해주고 있다. 이처럼 사소설이 문학으로서의 긴 생명력을 가진 것은 일본문화와도 밀접한 연관이 있다.

그렇다면 한국에서 사소설과 유사한 자전소설은 어떻게 전개가 되었을까? 사소설에서 추구하는 '사실성'과 '사회성 배제'는 한국 독자에게 어필하지 못했다. 타인의 개인사에 관심도 없었고, 비참하고 지루한 작가의 일상을 읽어야 할 필요성도 느끼지 못했다. 일본 작가들이 자신의 수치스러운 사생활의 고백을 독자들이 칭송했다면, 한국 독자들은 작가의 비윤리적인 행위를 비난한다. 한국에는 식민지시대, 한국전쟁, 남북분단이라는 현실적으로 해결해야 할 과제가 산적해 있었고 소소한 개인적 일상사에 관심을 가질 여유가 없었다. 이러한 이유로 식민지 시기 김동인은 고백소설의 기법을 창출했지만, 이후 고백소설에서 사회적 성격이 강한 소설을 쓰게 된다. 1930년대 신변소설이 일시적으로 유행했고 안회남은 신변소설을 썼지만, 이는 일제의 언론탄압으로 나타난 현상이며 해방 이후 사회성이 강한 소설로 방향을 전환한다. 해방 후 사소설은 작가의 자기변호 수단으로 이용되었고 1975년쯤에 젊은 시절의 문학 계보를 기억하며 김동리, 이봉구, 오영수 등이 몇 개의 수작을 남기고 있다. 이때까지 자전소설은 많은 독자층을 확보하지 못했다. 하지만 1990년대에 들어와 신경숙과 공지영 등과 같은 베스트셀러 작가들이 자전소설을 쓰기 시작하면서 많은 독자층을 확보했다. 한국 자전소설이 일본 사소설과 다른 점은 신경숙의 『외딴방』처럼 개인을 이야기하지만, 사회 속의 나가 그려져 시대상을 반영하고 있으며 사회성이 배제되지 않았다는 점이다. 한국문학은 1990년대에 들어와 문학에서 거대 담론보다 일상성, 개인, 고백으로 방향이 바뀌었고 국가나 민족보다 개인에 관심이 커졌으며 많은 독자층도 확보했다. 그런데도 여전하게 개인을 그리면서 사회 속의 나를 그리는 소설이 많은 공감을 얻는다. 또한 2000년대 이후, 현실과 허구를 섞어 주목을 받은 오토픽션 작가 김봉곤의 경우 사생활 침해 논란으로 수정본이 발행되었다. 일본에서 작가의 사생활 노출은 칭송 대상이 되지만 한국에서는 사생활 침해 논란으로 비난의 대상이 된다. 이런 점이 한국에 사소설이 정착되기 어려운 이유이기도 하다.

이 책의 제1부제1~7장에서는 먼저, 사소설이 무엇인가에 대한 이해와 초창기부터 현대까지 일본 사소설의 계보를 추적하고자 했다. 제2부제8~13장에서는 일본 사소설과 한국의 자전적 소설인 신변소설, 자전소설, 오토픽션을 비교해본다. 이를 통해 일본 사소설의 100년사, 한국 자전소설의 전개 과정을 살펴봄으로써 한일문학·한일문화의 차이에 대해서도 알 수 있다. 구체적으로 제1장에서는 첫째, 사소설의 정의를 알아본다. 둘째, 일본어와 사소설의 연관성을 일본어의 '나'를 나타내는 수많은 일인칭과 전통문학단카·하이쿠의 관계에서 검토한다. 셋째, 사소설과 일본문화의 관계를 일본의 전통문학과 일본인의 행동 양식에서 찾아본다. 넷째, 한국의 자전적 소설신변소설, 자전소설, 오토픽션의 전개과정을 점검함으로써 양국의 유사점과 차이점을 살펴본다.

제2장부터 제7장까지는 일본 사소설의 계보를 고찰한다. 먼저 사소설의 기원이 되는 다야마 가타이 『이불』1907, 사소설의 소설기법을 계승한 이와노 호메이의 『오부작』, 예술과 생활의 일치를 추구한 파멸형 사소설 작가 가사이 젠조의 「슬픈 아버지」, 사소설의 완성자로 불리면서 일상생활의 예술화에 성공한 조화형 사소설 작가 시가 나오야 『기노사키에서』, 허구와 현실의 경계를 와해하고 포스트모던시대의 도래를 예고한 시가 나오야 『화해』, '나'를 실험하고 결국 파멸해간 다자이 오사무 『인간실격』을 다룬다. 여기서 줄거리가 없는 소설부터 가장 세련되고 현대적인 형식의 사소설까지 다양한 사소설의 모습을 볼 수 있다.

제8장부터 제13장까지는 일본 사소설과 한국 자전소설의 비교를 통해 사회문화적인 차이가 드러날 것이다. 먼저, 일본 사소설과 매독, 조선 식민지 지식인과 매독의 관계를 검토한다. 그리고 1930년대에 유행했던 신변소설과 사소설의 관계에 대해 알아본다. 여기서 가사이 젠조의 사소설 「슬픈 아버지」, 『아이를 데리고』와 안회남의 신변소설 「향기」, 「고향」

을 통해 사소설과 신변소설의 유사점과 차이점을 알아본다. 또한, 가사이 젠조의 『꿈틀거리는 자』와 박태원의 「적멸」을 통해서는 사소설의 소설가소설과 자기반영적 글쓰기의 관계에 대해 검토한다. 그 다음에 일본 사소설과 신경숙 『외딴방』에서는 일본 사소설에서 배제된 사회성이 한국의 자전소설에서 보이기 때문에, 한국과 일본의 문화적 차이를 알 수 있다. 유미리의 『생명』과 공지영의 『즐거운 나의 집』에서는 현대문학의 특징인 일상성, 고백, 개인과 사소설의 관계를 살펴본다. 마지막으로 니시무라 겐타 『고역열차』, 그리고 한국의 오토픽션에서는 일본에서 사소설의 전통이 이어지는데, 한국에서 이어지기 어려운 이유를 사회문화적인 배경에서 살펴본다.

1990년대 초반에 일본 도쿄대학교에서 10년간 유학을 하고 2000년 초반에 한국에 들어왔다. 한국에 들어와서 10년 정도 지나서 유학의 결실물이었던 『한일근대소설의 문체성립』소명출판, 2011을 출판하였다. 이 연구는 김동인이 일본어로 구상하고 조선어로 썼다는 것에 대한 의문을 해결하는 것이었다. 그 의문은 "그는 생각했다"라는 언문일치체를 만들기 위한 고민이었다는 것을 밝혀내는 것으로 해결되었다. 한일근대문체 연구는 한국문학의 기원을 밝히는 중요한 연구였다. 그 이후 사소설에 관심을 가지게 되었다. 이 책은 일본 유학 이후에 한국에 돌아와서 연구한 성과이다. 많은 시간이 흘렀지만, 성과를 정리하지 못한 나의 게으름을 자책하게 된다. 당장 눈앞에 있는 일을 해결하느라 길게 앞을 내다보지 못했다. 앞으로 그동안 연구했던 성과들을 정리해서 연구자들과 일반인들에게 공유하는 일이 내가 퇴직하기 전에 해야 할 일인 것 같다.

일본의 사소설은 일본문학 및 일본문화를 이해하는 데 꼭 필요하다. 또한 한국 근대문학 전공자에게 일본문학은 반드시 짚고 넘어가야 하는 부분이다. 일본 근대문학에 대한 이해 없이는 한국 근대문학을 정확하게 이해하기 어렵기 때문이다. 일본에는 사소설과 관련된 책이 수없이 많다. 하지만 한국에서 출판된 단행본으로는 저자가 쓴 짧은 『일본의 사소설』살림출판사, 2006과 번역서인 『일본 사소설의 이해』소화, 1997가 전부이다. 따라서 이 책은 한국연구자들에게 일본 사소설의 계보를 이해할 수 있는 유용한 도서가 될 것이다. 또한 일본연구자들에게는 일본 사소설과 다른 한국의 자전적 소설을 알 수 있는 귀중한 도서가 될 것이다. 이 책이 사소설에 관심을 가진 일반인 및 한일연구자들에게 도움을 주었으면 한다.

일본 사소설의 계보를 정리하는데 필요한 연구가 모두 들어가야 하기에 다른 책에 실렸던 부분과 논문이 들어갔다는 점을 미리 밝힌다. 이 부분을 빼면 사소설 전체를 이해하는 데 어려움이 있기 때문이다. 사소설에 관심을 가질 수 있도록 안내해주었던 일본 사소설연구회의 가쓰마타 히로시 교수님, 『일본의 사소설』을 일본어로 번역해준 우메자와 아유미 교수님에게 감사의 말을 전한다. 일본에 갈 때마다 본인의 저서를 나에게 주었지만 오랜 시간 동안 묶여두었다가 이 책을 계기로 다시 읽어보게 되었다. 두 분의 저서가 많은 도움이 되었다. 또한 이 책을 집필할 당시 무더운 날씨에도 입시 공부에 여념이 없었지만, 지금은 원하는 대학에서 꿈을 펼치는 딸 민송이에게 고마움을 전한다.

차례

제2부 ─────────────────────────────────

일본의 사소설과 한국의 자전적 소설

신변소설, 자전소설, 오토픽션

제1부

일본 사소설의 계보

제1장

사소설이란 무엇인가?

사소설私小說은 일본문학만이 가진 독특한 문학 양식이라고 한다. 사소설은 일본어로 '와타쿠시 쇼세츠わたくししょうせつ', '시쇼세츠ししょうせつ', 영어로는 "I" story', "I"novel', 'Watakushi-Shosetsu'라고 한다. 일본어의 와타쿠시私라는 말은 일인칭인 나를 낮추어 표현하는 '저'라는 말이다. 따라서 와타쿠시소설은 나에 관한 이야기를 쓰는 소설이라고 할 수 있다. 일본인도 외국인도 사소설에 대해 정확하게 이해하고 있는 경우는 많지 않다. 사소설은 작가가 자신을 모델로 해서 있는 그대로의 사생활을 쓰는 소설이다. 즉 작가 = 화자 = 주인공이 일치하는 소설이다. 즉, 사소설은 사실을 쓴다는 것을 전제로 하면서 현실과 허구의 경계를 지우고 있다. 또한 사소실이 허구를 쓴다는 서구의 소설 개념을 완전히 전도시켜 버렸다. 사소설이 성립하려면, 독자들은 작가에 대해 상세하게 알고 있어야 하며 주인공을 작가로 생각하고 읽어야 한다. 독자가 작가의 사생활을 알지 못한 채 읽으면 사소설이 성립되지 않는다. 따라서 사소설은 작가와 독자에 의해 만들어지는 독특한 형태의 소설 양식이다.

고바야시 히데오는 『사소설론』[1935]에서 일본 작가들의 '나'가 사회화되지 않았기 때문에 '독특한 사소설'이 탄생했지만, 사회화되지 않았던 것은 개인들이 미성숙했기 때문이 아니고, 즉 개인의 문제라기보다 그들이 살아온 시대 '일본 근대 시민사회'가 미성숙했기 때문이라고 한다. 고바야시 히데오는 마지막에 "사소설은 멸망했지만, 사람들은 나를 정복했을까? 사소설은 또 새로운 형태로 나타날 것이다"라고 예언했다. 과연 그의 말대로 사소설의 원조인 『이불』[1907]이 나온 지 100년이 지났지만, 아직도 사소설은 사라지지 않고 있다. 이처럼 일본의 독특한 문학 양식인 사소설은 도대체 무엇이며 어떠한 성격을 가졌는가? 사소설의 '나'는 어떠한 방식으로 존재하는가? 사소설은 일본어·일본문화와 어떤 관련성이 있는가? 한국에서 사소설과 유사한 자전소설은 어떻게 전개되는가를 알아보려고 한다.

1. 사소설의 정의 줄거리가 없는 소설[1]

1) 사소설과 심경소설

사소설은 그 정의조차 명확하지 않다. 일본 사전에는 사소설을 다음과 같이 정의하고 있다.

소설 일체로 작자 자신이 자신의 생활 전체를 서술하면서, 그동안의 심경을 피력해가는 작품. 다이쇼 시기가 전성기. 심경소설이라고도 하며 대체로 일본적인 요소를 가진다. 『호조키方丈記』, 『쓰레즈레구시徒然草』 계통의 일본문학 전통이 후기 자연주의에서 싹튼 것으로 생각된다.『고지엔(広辞苑)』

---

1   私小説研究会 編, 『私小説ハンドブック』, 勉誠出版, 2014, 2~17쪽 참고. 제1장은 한
     국 독자의 일본 사소설 이해를 위해 일본 도서(勝股浩, 『私小説千年史−日記文学から
     近代文学まで』, 勉誠出版, 2015)를 참조함을 밝힌다.

여기서 '소설 일체'를 빼면 사소설은 "작자 자신이 자신의 생활 전체를 서술하면서, 그동안의 심경을 피력해가는 작품"이다. 이 설명은 일본의 수필에도 그대로 적용된다. 확실히 사소설은 수필인지 소설인지 구별하기 어려운 것이 사실이다.

사소설과 같이 사용되는 용어로 '심경소설'이 있다. 일반적으로 시가 나오야의 소설로 나누면 『아바시리까지』1910는 사소설, 『기노사키까지』1917는 심경소설로 구별하고 있다. 심경소설은 작가가 일상생활에서 관찰하고 느낀 자신의 심경을 조화로운 필치로 표현한 소설을 말한다. 히라노 겐은 『일본근대문학사전』에서 사소설과 심경소설을 구별하고 있다. 사소설을 파멸적인 위기 체현의 문학이라고 한다면, 심경소설은 위기 극복의 문학이라고 할 수 있다. 따라서 예술과 실생활이 서로 연결되어 있다고 해도 무이상, 무해결의 자연주의문학에 뿌리를 두고 있는 사소설과 동양적인 자기 연마를 지향하는 이상주의적인 시라카바문학의 유파를 이어받은 심경소설과는 차이가 있다. 지카마쓰 슈코近松秋江에서 가무라 이소타를 거쳐 다자이 오사무에 이르는 파멸형의 계열과 시가 나오야에서 다키이 고사쿠瀧井孝作를 거쳐 오자키 가즈오尾崎一雄에 이르는 조화형의 계열은 그대로 사소설과 심경소설의 차이를 나타내고 있다.[2] 다시 말하면 사소설에서 더욱 발전된 것을 심경소설이라고 한다. 그리고 수필과 구별하기 힘든 것도 심경소설 때문이다.

아쿠타가와 류노스케는 '줄거리가 없는 소설'의 가치를 평가해 다니자키 준이치로와 논쟁한 적이 있다. 다니자키는 이야기의 짜임새가 있는 소설일수록 예술적 가치가 높아진다고 주장했고, 아쿠타가와는 이야

2　https://tsubuyaki3578.com/article/202105article_66.html(검색일 : 2023.12.28).

기다운 이야기가 없어도 소설의 가치는 흔들리지 않는다고 반박했다. 이 논쟁은 1927년에 시작해 같은 해에 아쿠타가와가 자살하고 막을 내렸다. 이 줄거리가 없는 소설을 심경소설이라고 한다. 히라노 겐은 심경소설이라 불리는 작품에 도달해서 처음으로 사소설은 그때까지 늘 따라다니던 부정적인 인식에서 벗어나 일반명사화되었다고 그 의의를 부여하였다. 문제는 『고지엔』에서 사소설과 심경소설을 하나로 정의해버렸기 때문에 혼란이 발생하였다.

그럼 다른 사전 『다이지린』에는 사소설을 어떻게 정의를 내리고 있는지 살펴보자.

> 작가 자신을 주인공으로 하여 작가 자신의 생활과 경험을 허구를 배제하고 표현하며, 자신의 심경 피력을 중시하는 일본 근대문학의 특수한 소설 형태.『다이지린(大辞林)』

여기서는 "작가 자신을 주인공으로 하여 작가 자신의 생활과 경험을 허구를 배제"한다고 하며 소설의 허구성 배제에 중점을 두고 있다. 『고지엔』의 정의보다 더 구체적이고 핵심을 파고들고 있으나 문제도 있다. 먼저, "작가 자신을 주인공으로 하여"라는 부분이다. 보통 사소설은 작가 = 주인공 = 화자의 공식이 성립하기 때문에 큰 문제는 없지만, 작가 자신이 만난 인물이 주인공이 되는 경우도 일부 있다. 반대로 모리 오가이의 『무희』1890와 나쓰메 소세키의 『한눈팔기』1915는 작가 자신이 주인공이지만 사소설로 볼지 아닐지에 대해서 의견이 갈린다. 이 부분은 여러 가지로 애매하고 분명하지 않아서 구분하기가 쉽지 않다. 하지만 사소설은 작품의 문제만이 아니고 독자의 문제이기도 하다. 독자가 작자를 알지 못하거나 문제 삼지 않으면 사소설이 될 수 없다. 사소설을 읽는 독자는 작가의 사생활을 알아야 하고 주인공을 작가로 생각하고 읽어야 사소설이 성립되는 것이다. 또한 『고지엔』에서는 '와타쿠시소설'이라고 찾으면 마지막에 '시쇼세츠'라는 유사어가 나온다. 하지만 『다이지린』에서는 '시쇼세츠'라는 항목으로 되어 있고 대체어로 '와타쿠시소설'가 나온다. 즉 구세대는 '와타쿠시소설', 신세대는 '시쇼세츠'라고 부른다. 하지만 문학 사전에는 '와타쿠시소설'이라고 명기하고 있다.

2) 사소설 개념의 성립[3]

사소설은 1920년경에 생겨나 드디어 일정한 소설 장르를 가리키는 용어로 정착되었다. 그러나 그 과정에서 이 말의 개념이 명확하게 규정되었던 것이 아니라, 어느 작가의 작품이 최초의 사소설인가에 대한 논란이 많았다. 이러한 상황을 비판하고 장르 정의를 시도했던 이루메라 히지야는 '사실성'작품은 작가가 경험한 현실을 직접 재현한 것. 작가와 독자의 상호적 이해과 '초점인물'작중인물, 화자, 작가가 공유하는 단일시점을 사소설의 기본 요소로 했다.[4] 이러한 요소들을 사소설의 내재적인 특질이라고 보고 있다. 이루메라 히지야가 말한 것과 같이, 사소설이라는 개념이 성립한 것은, 그 호칭이 생긴 1920년경이라고 봐도 무방할 것이다.

쓰보우치 쇼요가 『소설신수』1885~1886에서 예술성의 근거로 소설의 자율성을 주장한 이래 그 예술성은 서양근대소설류로 조형된 소설 = 허구이는 후에 본격소설로 불리게 된다에서 찾았다. 그러나 한편에서는 사실을 있는 그대

3 　樫原修, 「私小説概念の成立」, 『私小説ハンドブック』, 勉誠出版, 2014, 210쪽 참고.
4 　イルメラ・日地谷ーキルシュネライト, 三島憲一 外訳, 『私小説ー自己暴露の様式』, 平凡社, 1992, 239~249쪽.

로 쓴 소설도 종종 있었다. 메이지 말기에서 다이쇼기에 걸쳐 출현한 분
장실소설楽屋落小説, 신변잡기소설, 고백소설, 일인칭소설 등의 다양한 말
은 '사소설'에 근접한 용어이다. 메이지 말기, 일본에 사소설이 탄생했을
무렵, 사소설을 분장실소설이라고 평가한 적이 있다. 여기서 분장실이란
연극이나 만담 등에서 출연자가 무대의 대사 중 일부를 동료나 관계자들
만 알고 일반 관객은 알 수 없는 것을 말한다. 분장실소설은 소설 비평으
로 발전해서 관계자만이 알 수 있는, 소설가의 신변에 관한 이야기를 쓴
소설을 가리키는 말로 사용되었다.

사소설이라는 말을 누가 만들었는지는 정확하게 알 수 없지만, 현재까
지 확인된 가장 빠른 예는 우노 고지의 소설『시시한 세상 이야기』[1920]이
다. 여기서 우노 고지는 최근의 소설에는 지나치게 '나'라고 하는 이유를
알 수 없는 인물이 나와서 그 인물의 조형은 없고 "이상한 감상 같은 것만
나열된 것"이 출현하고 있다고 한다. 그 결과, 소설의 주인공은 모두 작
가이고 소설은 실제의 사건이라고 독자들이 생각하게 되었다고 한다. 그
는 자신의 소설이 '와타쿠시ゎ소설'이기에 거기에 끼워 넣은 허구를 전부
사실로 받아들이는 것은 괴롭다고 한다. 여기서 사소설의 기본적 개념이
이 용어의 출현과 함께 명확하게 성립되었다고 할 수 있다. 이후 사소설
의 개념이 일반화되고 용어도 괄호가 없는 '와타쿠시소설'로 통일되었다.
하지만 사소설이라는 표기가 정착된 것은 쇼와 초기이다.

3) 사소설의 기원 『이불』

사소설은 언제 어떤 식으로 시작된 것일까? 지금까지의 논의는 두 가
지로 요약할 수 있다. 첫째, 누구의 작품에서 시작되었는가라는 원조의
문제이다. 둘째, 사소설의 발생 요인을 일본의 문학 전통과 문화 속에서

찾으려는 시도이다. 전자의 사소설이 누구의 작품에서 시작되었느냐는 질문의 교과서적인 답은 다야마 가타이의 『이불』1907이다. 마사무네 하쿠초와 우노 고지 등이 일찍부터 지적하였고, 나카무라 마쓰오『풍속소설론』1950에서 일반화되었다. 나카무라 미쓰오는 다야마 가타이가 프랑스 자연주의의 '진실'을 '사실'로 오해해서 받아들인 결과로 사소설이 나타나게 되었다고 한다.

사소설 기원의 문화적 배경을 알기 위해 고바야시 히데오『사소설론』1935을 살펴볼 필요가 있다. 『사소설론』은 사소설의 기원을 특정 작가와 작품으로 보는 것이 아니고 일본문화의 성격 속에서 찾으려는 획기적인 논고였다. 그가 말하는 핵심은 '사회화된 나'이다. 당시, 일본 시민사회가 아직 미성숙하고 봉건시대의 잔류가 많아 일본 작가가 서양 작가와 같이 확립된 자아를 가지고 있지 않았다고 그는 말한다. 따라서 일본은 '사회화된 나'가 존재하지 않았다고 한다. 하지만 '자아'를 서양적인 틀 안에서만 생각한 '약점'에 지나지 않는다는 견해도 있다. 가쓰마타 히로시는 고바야시 히데오가 말한 가장 큰 결점은 일본 고유의 자아 문제를 깨닫지 못하고 있다고 한다. 한마디로 말하면 노래, 하이쿠, 일기와 수필 등 일본의 고유한 문학이 일본어의 성격에서 생겼다고 하는 것에는 누구도 이견이 없을 것이다. 사실은 자아의 형태도 성격도 언어에 지배되기 때문이다. 결국, 그는 사소설도 그 고유의 자아와 문학을 키워온 일본어의 성격으로 인하여 서양 근대소설을 수용하고 동화되어 만들어진 결과라고 한다.

4) 사소설 표현의 장치[5]

많은 사소설은 주인공이 소설가라는 것을 전제하고 있다. 또한 독자는 읽고 있는 소설의 주인공이 작가임을 알고 있다. 이러한 장치 때문에, 사소설은 단순히 소설 내용뿐만 아니라 그 소설이 어떻게 만들어지는지에 대한 메타 레벨의 '또 하나의 소설'이 파생하게 된다. 이러한 양상으로 소설의 구조와 제재로서 전기적 사실, 당시의 독서 습관 등에서 종합적으로 고찰해나가는 논리가 요구된다.

사소설은 연구와 평론에서도 항상 비판의 대상이 되어 왔다. 다이쇼 말기의 '심경소설 논쟁'에서 단순한 사소설이 아니고 심경소설만이 이상적인 소설 형태라는 주장이 전개되기 시작한 이후, 전후까지 계속 사소설 부정론이 제기되었다. 사소설은 본격소설, 즉 19세기 서구의 사실주의적 장편소설과 비교해 부정적인 뉘앙스를 가지고 재단한 역사가 있다. 히라노 겐은『예술과 실생활』[1949]에서 예술과 실생활의 일치를 목표로 하는 사소설이 숙명적 모순을 짊어지고 있다는 사실을 명확하게 했다. 이토 세이는『소설의 방법』[1948]에서 문단 길드라는 좁고 특수한 사회가 사소설의 배경이 되는 사실을 지적했다. 더구나 '인물전형'이라는 발상 없이 작가와 주인공이 유착해버리는 구조를 비판한 나카무라 미쓰오의『풍속소설론』[1950]을 더하면 전후 사소설 논의는 고바야시 히데오의『사소설론』이 그 발상의 출발점이 되고 있다. 자기고백이라는 낭만주의적 요소가 자연주의의『이불』에 분출한 착오를 지적한 고바야시의 지적은 의의가 있다. 하지만 서구의 잣대로 일본의 사소설을 평가하고 서구소설과는 다른 사소설을 비판한 것이다. 이러한 사소설 부정론은 그 자체로 뛰어난 근대

---

5   安藤宏,「私小説表現の仕組み」,『私小説ハンドブック』, 勉誠出版, 2014, 212쪽 참고.

적 사고의 산물이다. 사소설은 오래되었지만, 항상 새로운 시도를 하고 있다. 사소설의 자기부정론은 논의 자체만으로 많은 문제점을 던져주고 있다.

5) 사소설의 수용과 비판

아키야마 준은 『사소설이라고 하는 인생』2006에서 다음과 같은 발언을 하고 있다.

> 오늘날 컬처 스쿨에서 소설을 쓰는 교실은 여성들에 의해 전성기를 이루고 있다. 이런 나라와 민족이 다른 나라에 있을까? 나는 없다고 생각한다.
> 일본어라는 언어생활로 무르익은 침투를 통해, 일상적인 삶의 단편을 말할 때 학문적으로 숙달된 말을 사용할 수 있는 것은 모두 사소설 덕분이다. 문부성에서 아무리 장려한다고 해도 안 될 것이다.
> 사소설은 일본 특유의 자랑할 만한 문학이다.[6]

일본 전국의 각 도시에 컬처 스쿨이 있고 대부분 문장교실부터 시작해서 단카, 하이쿠, 소설 교실이 있다는 것은 다른 나라에서 보면 이상한 일본적 현상이다. 이는 일본에는 오래전부터 단카·하이쿠의 전통이 있어서 자연스럽게 현대적 모습으로 변모한 것이다. 소설과 시도 메이지시대 외국에서 들어온 것이지만, 일본인은 오랫동안 단카·하이쿠를 배양해 왔듯이 소설도 순식간에 생활 속에서 자신의 것으로 만든 것이다. 근대 동인잡지의 원조인 오자키 고요의 문예동인잡지 『가라쿠타문고我楽多

---

6   秋山駿, 「私小説という人生」, 勝股浩, 『私小説千年子－日記文学から近代文学まで』, 勉誠出版, 2015, i쪽.

文庫』1885도 다이쇼 중기 사소설이 정착될 때쯤에 다른 동인잡지에 영향을 주었고 이를 발판으로 삼아 많은 동인잡지가 나왔다. 사소설이 작가의 있는 그대로의 사실을 쓰는 문학 장르이기에 동인잡지의 출현과 사소설이 관련이 있다는 것은 당연한 사실이다. 동인잡지는 취미나 경향, 또는 뜻을 같이하는 사람들끼리 발행하는 잡지를 말한다. 일본의 영향을 받은 한국의 동인잡지도 있지만, 동인잡지는 다른 나라에는 없는 일본만의 문학적 특성이라고 한다. 동인잡지의 발달로 인해 작가들은 서로의 사생활을 잘 알 수 있게 되었고 이는 사소설의 발달에도 영향을 준 것이다.

아키야마 준은 "일본어라는 무르익은 언어생활의 침투를 통해, 일상적인 삶의 단편을 말할 때 학문적으로 숙달된 말을 사용할 수 있는 것은 모두 사소설 덕분이다"라고 한다. 일본의 사소설은 사소설 이전의 단카, 하이쿠의 전통이 근대에 들어와서 사소설로 이어진 것이다. 사소설은 언제 어떤 요인에 의해 나타난 것일까에 대한 문제에 대해서 세 가지로 생각해볼 수 있다.

첫째, 일본의 근대문학사에서 답을 찾으려는 견해로 현장을 경험한 작가로서 마사무네 하쿠초·우노 고지 한층 더 나아가 문학사가·비평가로서 나카무라 미쓰오·히라노 겐의 담론으로 대표된다. 이는 사소설의 연원을 문학사 속에서 누군가 특정의 개인과 작품에서 찾으려는 시도이다. 일반적으로 다야마 가타이의 『이불』을 사소설의 원조라고 한다. 즉 "최초의 사소설 작가들이 서구의 근대문학을 정확하게 이해하지 못했고, '사실'과 '진실'을 혼동했다. 따라서 서구 리얼리즘을 잘못 받아들인 작가에게 사소설 발생의 책임을 물을 수 있다"[7]고 한다.

---

7   안영희, 『일본의 사소설』, 살림출판사, 2006, 72쪽.

둘째, 일본문학사에서 벗어나 문화와 사회의 문제에서 고찰하려고 하는 것이다. 대표적인 전통적 연구는 고바야시 히데오의 『사소설론』이다. 고바야시 히데오는 먼저 루소의 『고백록』[1770]을 인용하면서 인간의 고백이라는 행위가 의미가 있는 것은 사회 속의 개인이기 때문이라고 한다. 루소의 『고백록』에서는 근대의 정신과 근대 문학창작의 특징인 '사회화된 나'를 볼 수 있다. 같은 소설이라도 서구소설에서는 '사회화된 나'를 볼 수 있지만, 일본 사소설의 '나'는 모두 '작가의 얼굴'에 도달해버린다. 그 이유는 아직 일본이 봉건적 잔재찌꺼기가 너무 많아 근대 시민사회가 미성숙하고 작가들이 '사회화된 나'를 획득하지 못했기 때문이다. 고바야시 히데오의 이러한 비판에는 당시 일본에서 프롤레타리아문학과 사회소설이 번성할 것이라는 기대에 미치지 못한 일본소설에 대한 비판으로도 읽을 수 있다. 하지만 고바야시 히데오의 "사소설은 또 새로운 형태로 다시 나타날 것이다"라는 예언은 지금도 유효하다고 할 것이다.

셋째, 일본의 전통과 전통문학에서 사소설의 탄생 배경을 찾으려는 시도이다. 최근의 경향으로 사소설과 병행하고 있는 서간체 소설과 일기체 소설과 관련해, 사소설이라는 틀에서 벗어나 넓게 소설 자체가 가진 고백과 자신의 이야기, 자기 언급과 자의식 표현의 문제 등, 표현기법과 그 역사 속에서 사소설을 다시 생각해보자는 것이다. 사소설은 한때 외국인에게서 시작해 최근 학문 후속세대들로 이어져, 다양한 연구가 활발하게 진행되고 있으며 일반인들도 많은 관심을 가지고 있다.

일본에서는 고백이라는 행위가 천 년 전부터 문학 양식으로 성립하고 있었다. 서양에서 15세기가 되어서 처음으로 나타난 일기가 일본에서는 8세기에 이미 하나의 문학 양식의 원형으로 성립하고 있었다. 일본에서 장르로서의 일기는 반드시 그날그날의 일을 적은 기록인 일지를 의미하는 것이 아니다. 일기라는 양식에는 회상이 있고 이야기가 있다. 서양에서 에세이가 성립한 몽테뉴의『수상록』[1580][8]보다 250년 전에『쓰레즈레구사』[1331]라는 수필이라는 장르가 있었다. 이러한 일본의 순문학 — 여성들이 읽었던 이야기도 그 근저에는 일기와 수필, 와카의 오랜 전통이 있었다. 그리고 이러한 전통은 일본어의 성격과 관련이 있다.[9]

2. 일본어와 사소설 사생문의 전통[10]

1) 사소설과 일본어

일본어만큼 풍부한 표현력을 가진 언어는 없다고 하는 사람도 있다. 동사 하나에 셀 수 없이 많은 표현이 있어, 풍부하고 섬세하게 발신자의 심정, 심리, 감정을 담고 있다. 일본어는 동사로 풍부한 표현이 가능하므로 주어가 없는 구문도 성립한다. 주어가 필요하지 않은 일본어는 거기에서 오는 표현의 문제, 문장, 문학의 성격 등 여러 가지 문제가 발생한다. 동사 하나의 사용법에도 인간관계와 장면을 배려하는 대우표현이 있다. 대우표현이란 원활한 커뮤니케이션을 추진하기 위해 상하, 친한 사이와 소원한 사이의 인간관계 등 그 장소의 상황과 분위기를 인식하고 말과 문장을 선택하고 언어화하는 것을 말한다.

즉 상대에 따라 말하는 방식을 바꾸는 일본어의 성격이 있다. 이러한

---

8   『수상록』은『에세』라고도 한다. 원제인 에세(essai)는 몽테뉴가 만들어낸 명사로 이는 에세이(essay)라는 단어의 시초가 됐다.

9   勝股浩,『私小説千年史 — 日記文學から近代文學まで』, 勉誠出版, 2015, 7~8쪽.

10 위의 책, 121~163쪽.

일본어의 특징을 잘 보여주는 예가 일인칭·자칭사의 다양함과 무한함이다. 예전에 마사오카 시키도 "일본의 인칭대명사는 그 수가 실로 현저하게 많다"라고 하며, 일인칭, 이인칭, 삼인칭에서, '누구', '모' 등의 부정대명사사람, 장소, 수량을 막연하게 표현하는 대명사로 영어의 any, some, every 등이 있다까지의 예를 생각나는 대로 열거하고 있다. 거기서 그는 제일인칭으로 우리, 소생げせつ, 불녕ふねい, 남자가 자기를 낮추어 이르는 겸사말 이하 58종류를 들고 있다. 일본어의 자칭사, 일인칭은 私사, わたし, 僕복, ぼく, 俺엄, おれ, 吾오, われ, 己기, おのれ, 余여, よ, 愚生우생, ぐせい, 儂농, わし, 我아, われ, 吾人오인, ごじん, 自我자아, じが, 自身자신, じしん, 自分자분, じぶん, 自家자가, じか, 下名하명, かめい, 拙者졸자, せっしゃ, 余輩여배, よはい 등 119개 이상이 된다. 사소설의 와타쿠시私도 용어 자체는 옛날부터 있었지만, 지금처럼 일반적으로 된 것은 역시 메이지시대부터이다. 私사는 중국에서도 거의 사용되지 않으며 사용할 때는 '은밀한', '비밀의'의 뉘앙스가 강하다. 그래서 중국어로 이해하면 일본의 사소설은 사적인 내용이 많은 폭로소설이 된다. 물론 사소설은 작가 자신의 사생활을 폭로하는 소설이 많긴 하지만 반드시 폭로소설만을 일컫는 것은 아니다. 즉 일본에서는 '나'소설로 인식하지만, 중국에서는 폭로소설로 다르게 인식한다.

2) 가면으로서의 서구의 인칭

미와 마사시三輪正는 『일인칭·이인칭과의 대화』2005에서 영어의 인칭대명사는 사람에게 씌우는 일종의 '가면'이라고 한다. 가면을 쓰면 그 사람의 나이와 신분도 인격도 '숨기고' 순수하게 객관적인 '화자청자'가 된다. 그러나 일본에서는 이와는 반대로 일본어의 일인칭은 발신자의 상황판단과 인간관계가 반영되어 나타난다. 바꿔 말하면 영어의 'I'는 어떤 경우에도 객관적으로 가장하지만, 일본어의 '나'는 언제나 상대적인 태세를 갖추고 있어야 한다. 일본어는 신분이나 상하관계에 구속되면 봉건적으로 보이지만, 신분과 권력을 초월하면 상대에 대한 배려와 친절함이 있다. 요약하면 일본어의 자칭사·일인칭은 다음과 같은 특징이 있다.

① 숫자가 셀 수 없을 만큼 많다.
② 시간과 공간 속에서 변동하고 유동한다.[11]

　일본어의 일인칭과 자칭사는 고정된 것이 없고 시간, 장소, 상대에 따라, 그 관계성 속에서 구별하여 쓴다. 일본어의 일인칭은 매우 자유로워서 때로는 이인칭, 삼인칭으로도 바뀐다. 이러한 일본어의 자유로운 일인칭의 성격에서 렌카·하이카이렌카렌카에 골계와 해학이 더해진 것라는 장르가 태어나고 성립한 것이다. 렌카는 한 사람이 5-7-5음절로 전반부를 지으면 다른 사람이 7-7음절로 답가를 지어 부르는 놀이 형식의 시가이다. 여기서 7-7부분을 뺀 5-7-5를 렌카의 첫 구절이라는 뜻으로 홋쿠発句라고 불렀다. 이 홋쿠는 에도시대까지 하이카이, 메이지시대부터 하이쿠라고 불렀다. 렌카는 5-7-5의 홋쿠와 7-7의 쓰케쿠를 기반으로 해서 복수의 작가가 연작하는 시 형식이라고 정의할 수 있다. 쓰케쿠가 늘어남에 따라 주어가 움직여가는 표현과 문학 양식은 일본어의 성격, 그중에서도 일인칭의 자유로운 성격에서 생긴 스타일이다. 바쇼가 말한 것처럼 하이쿠의 비결은 결국 '무시無私'가 되지만 '私'의 다양성과 자유로움이 도착한 곳이 '無'가 된다. 또 이 '無'에서 다카미 준이 근대소설의 적이라 말한 '사생'도

11　위의 책, 138쪽.

나온 것이다. 이러한 맥락에서 서양의 철학자 데카르트의 "나는 생각한 다. 고로 존재한다"가 일본어에서는 "나는 생각한다. 고로 존재하지 않는 다"가 된다.

서양의 'I'는 일본의 '우리ゎれ'로 나타나고 있다. 따라서 서양에서 개인 적 자아라고 하지만 일본에서 집단적 자아라는 말을 사용한다. 언어의 구조적 역할의 차이는 그대로 자아와 사회 형태의 차이다. 일본의 좀처 럼 근대화되지 않는 자아 ― 그 원인을 일본의 정치, 사회, 근대의 역사 에서 찾았다. 하지만 가쓰마타 히로시는 자칭사를 항상 자신에게 두고, 자신의 입장과 역할 속에서 인식하고 선택하며, 자기 규정을 하며 살아 온 일본인에게 그 직업과 역할을 지키는 것이 곧 자신을 지키는 것이라 고 말했다. 직업자리과 역할을 벗어난 곳에서는 자신은 존재하지 않는 것 이다. 서양식 개인주의가 절대적인 가치를 가진다면, 일본인이 일본어 를 버리지 않는 한 실현되지 않을 것이다. 원인은 언어였다. 전후에 일본 어를 버리고 프랑스어를 국어로 하자고 한 시가 나오야는 본뜻을 꿰뚫고 있었는지도 모른다.[12]

3) 신의 시점으로서 'I' 묘사문과 명령문, 그리고 원근법

나카지마 후미오는 『일본어의 구조』에서 일본어는 기본적으로 묘사문 이지만 영어는 명령문이라고 분석하고 있다. 명령문은 판단하고 의미를 부여하려고 하는 문장이지만, 묘사문은 의미를 직접적으로 말하지 않고 독자들에게 해석을 맡기는 문장이다. 이러한 언어의 성격이 시나 소설의 번역에 명확하게 드러난다.[13]

---

12   위의 책, 142~143쪽.
13   위의 책, 160쪽.

다음은 명문으로 꼽히는 『설국』의 서두 부분으로 사이덴 스티커의 번역이다.

国境の長いトンネルを抜けると雪国であった. 夜の底が白くなった. 信号所に汽車が止まつた.

국경의 긴 터널을 빠져나오자, 설국이었다. 밤의 밑바닥이 하얘졌다. 신호소에 기차가 멈춰 섰다.

The train came out of the long tunnel into the snow country. The earth lay white under the night sky. The train pulled at a signal stop.

기차는 긴 터널을 빠져나와 설국으로 들어섰다. 지구는 밤하늘 아래 하얗게 누워 있었다. 기차는 신호 정류장에서 멈췄다.

"밤의 밑바닥이 하얘졌다"는 예리한 감각으로 대상을 포착하려는 **신감각파**의 표현이다. 일본어로서는 보통의 경치를 문장으로 서술한 서경문이다. 이 일본어 문장에서는 설국을 보고 있는 사람이 움직이고 있고 자연에 대한 조용한 놀라움과 경외가 표현되고 있다. 영어에는 일본어에는 없는 기차^{The train}가 들어가 있다. 기차가 주어라고 하면 많은 일본인은 주인공 시마무라가 주어라고 반문할 것이다. "터널을 지나면"은 터널을 지나는 것은 사람이 아니고 기차임은 분명하다. 그러나 기차를 타고 있는 사람도 일체라고 생각하는 일본어는 일부러 '기차가'라고는 말하지 않는다. 영어를 읽는 독자는 정면에 있는 터널의 기차가 이쪽을 향해 오는 이미지로 읽는다고 한다. 영어번역은 "기차는 긴 터널을 빠져나와 설국으로 들어섰다"가 된다. "came"은 그 기차가 사람의 외부에 있어서 '보는 주체'로서의 주인공 쪽으로 가까워져 오는 구도가 된다. 없었던 주어를 다시 만들고 그것이 기차라는 것이 되었기 때문에 역으로 사람^{주인공}이 사라져버린다. 정확하게 말하면 영어에서 사람은 '화자'로 독립하고, 기차도 주인공도 보고 있는 다른 한 사람의 인물 쪽으로 이동해간다. 하지만 '주객이 하나'로 표현되는 일본어에는 '화자'는 불필요하고 존재하지 않아도 된다.

이와 관련해서 데카르트의 "나는 생각한다. 고로 존재한다"가 일본에서는 "나는 생각한다. 고로 존재하지 않는다"로 바뀐다. 데카르트의 '나'는 세계의 외부에 확고부동하게 분리되어 존재한다. 그에 반해 니시다 기타로[14]의 '나'는 순수 경험 속에 함몰되어 있다. 'I'가 항상 상황으로부터 분리되어 관찰자가 되어버리는 서구 문법에서는 'I'를 자아로 생각한다. 그리고 대상이나 상황에서 유리된 나를 다시 한번 '생각한다'로 다시 파악하지 않으면 진정한 '나'에 다가갈 수 없다. 그래서 데카르트의 나는 의지나 생각이나 감각과 함께 생생하게 작용하고 있다라는 것이다. 서양의 'I'는 대상과 상황에서 분리되어 독립적으로 존재함으로써 신의 시점에 가깝다고 할 수 있다. 서양의 'I'는 항상 상황, 세계, 인간의 바깥에 있고, 거기에서 모든 것을 바라보고 지배하고 있기 때문이다.[15]

이 문제를 신의 시점과 원근법과 관련해서 회화에 적용해보면, 서양 회화의 원근법으로 생각해볼 수 있다. 서양 회화에 발달한 그림자와 원근법은 시선이 상황에서 벗어나 전체를 보는 'I'의 문법에서 생겨났다. 그에 비해 세상에 녹아들고 항상 타자와 공생하는 일본의 '나'는 결코 상대방

---

14 니시다 기타로(西田幾多郎, 1870~1945)는 근대 일본의 대표적인 철학자로서, 특히 서양철학을 동양정신의 전통에 동화시키려고 애쓴 인물이다.

15 勝股浩, 앞의 책, 175쪽 참고.

에게 눈을 맞추지 않는다. 타자는 항상 같이 있고 곁에 있는 것이다. 회화에서도 정면을 보지 않고 서로 시선을 맞추지 않는 우키요에를 생각해 볼 수 있다.

이러한 것은 혼네本音와 다테마에建前라는 일본인의 대표적인 가치관과도 관련이 있다. 혼네는 본인이 가지고 있는 속마음이고 다테마에는 상대방에게 드러내는 겉마음이다. 이는 감정과 태도의 차이이다. 다시 말하면 다테마에는 합리적, 논리적 시스템이고, 혼네는 의리, 인정을 중심으로 이치를 벗어난 인간관계, 역사적·사회적 시스템이다. 혼네와 다테마에는 집단의 가치를 존중하는 일본문화에서 나온 것이다. 다양한 일인칭, 자칭사의 발달은 집단문화를 중시하고 상대방의 기분을 배려하는 일본의 가치관과도 일정 부분 관련이 있을 것이다.

언어의 성격은 그 나라, 그 민족의 문화 형태를 결정하지만, 그 문화의 근저에 있는 것은 역시 인간의 성격이다. 언어는 먼저 인간의 자아를 만들고 그 자아가 문화의 형태를 결정해간다. 렌쿠는 '주어가 필요 없다'라는 일본어와 주객 융합의 일본어에서 탄생했지만 이러한 요인이 전부가 아니다. 또 하나 일본인의 자아의 모습과 관련되어 있다. 고정된 일인칭을 가지지 않는 자칭사주어를 상황에 따라 바꾸어가는 일본어의 성격은 그대로 일본인의 자아의식의 모습을 결정짓고 그 자아가 렌쿠를 즐기는 문화를 형성한 것이다.[16]

일본어로 일관되게 사소설을 쓰고 있는 리비 히데오에 따르면, 영어의 일인칭으로 자신의 생활을 서술해도 사소설이 되지 않을 것이다. 왜 그런지 굳이 말할 필요도 없을 것이다. 'I'의 문화 문법과 'I'의 자아 구조가

16　위의 책, 172~172쪽.

일본어 '나'와는 다르기 때문이다. 결국 사소설은 일본어만이 가진 특이한 '나' = 인간에 접근하는 방법, 탐구하는 방법, 표현하는 방법이다.[17]

3. 일본문화와 사소설 현실을 회피한 도망 노예, 한국의 자전소설

1) 일본문화와 일본어[18]

사소설의 발생 요인으로 일본문화의 성격과 관련해서 다음과 같이 생각해 볼 수 있다.

> 일본은 일기의 나라이다.
> 일본은 수필의 나라이다.
> 일본의 민족문학은 단카短歌와 하이쿠俳句[19]이다.
> 사소설의 근저에는 일본어의 성격과 관련이 있다.

(1) 일본은 일기의 나라이다

일본문학사에서 『헤이안 여류일기』라는 문학 유산이 있다. 이 사실을 조금 더 넓은 의미에서 보면, 문학 이외에도 민속과 역사의 자료가 될 만한 궁정 귀족公家과 무사들이 남긴 일기가 많이 있다. 이러한 사실은 다른 나라에서는 손에 꼽을 정도로 드물다. 서양에서 일기가 나타난 것은

---

17 위의 책, 186쪽.
18 勝又浩, 『私小説ハンドブック』, 勉誠出版, 2014, 12~17쪽 참고.
19 단카는 5-7-5-7-7, 즉 31음으로 되어 있고, 하이쿠는 5-7-5, 즉 17음으로 되어 있는 아주 짧은 시다.

17세기이지만 일본에서는 이미 10세기에 일기가 나타나고 게다가 하나의 문학 장르로 문화 속에 자리매김하고 있다. 한마디로 말하면 일본인은 헤이안시대의 옛날부터 일기를 좋아했다. 그리고 그 혈통은 현대에도 이어오고 있어 지금도 일본인은 세계에서 드물게 일기를 쓰는 국민이다. 일기를 하나의 문학 양식으로 가지고 있는 나라도 많지 않다. 그 배경에는 일본인이 일기를 좋아한다는 사실이고 이는 세계에서 매우 드문 현상이다.

그럼 일본인이 일기를 좋아하는 사실과 사소설은 어떻게 연관이 되는가? 예를 들면 다야마 가타이의 『이불』을 '다케야마 도키오 일기'로 볼 수 있다. 가타이는 시인이기도 하고 『가게로우 일기』의 현대어 번역도 하였다. 여기서 가타이의 문화적인 DNA가 자연스럽게 일기를 선택했을 것이다.

(2) 일본은 수필의 나라이다

일본에 수필이라는 장르가 오래전부터 있었고 서양의 에세이보다 600년 또는 250년이나 역사가 오래되었다는 사실이다. 몽테뉴의 『수상록』이 1580년, 세이쇼 나곤의 『마쿠라노소시』가 998년, 요시다 겐코의 『쓰레즈레구사』가 1330년이다. 근대가 되어서 메이지 일본인은 서양의 에세이를 알게 되면서 이를 수필이라고 생각하게 되었다. 하지만 둘은 차이가 있다. 에세이는 사실·견문과 의미·사고를 쓰지만, 수필은 사실·견문과 정서·감정을 쓰는 것이다. 이를 의식하는 일본인은 많지 않지만, 서양에서 보면 매우 기이한 일이다. 왜냐하면 논리와 사고가 아닌 정서 정서와 정조를 중심으로 하는 일본문학의 전통은 노래에도 일기에도 수필에도 그리고 소설에도 그 전통이 흐르고 있는 것이다. 그리고 이것이야말로 서양식의 노벨소설에는 만족하지 못하고 일본식 사소설, 사전에서 말하는 "자신의 생활 체험을 서술하면서, 그 사이의 심경을 피력해가는" 심경소설을 탄생시킨 것이다. 수필에 보이는 일본적 문학관이 산문인 소설도 지배하는 것이다.

수필의 전통은 산문인 소설에만 영향을 준 것이 아니다. 근대소설 이전의 '모노가타리'[20]는 이전부터 일본에 있었고 여성들의 놀이였다고 생각할 수 있다. 일본의 고급문학, 순문학은 단카, 하이쿠, 수필이라는 심경문학의 영향 아래 있었다. 이러한 일본의 전통적인 문학관에 어긋나지 않는 것이 소설에서는 사소설·심경소설이었던 것이다.

(3) 일본의 민족문학은 단카短歌와 하이쿠俳句이다

『만요슈』로부터 시작되는 일본의 노래, 거기에서 생겨난 하이쿠는 긴 역사를 가지고 현대까지 이어지고 있다. 노래도 하이쿠도 일본의 기질과 풍토, 그리고 무엇보다도 일본어의 성격에서 탄생한 일본 독자의 문학 양식이다. 이 단카와 하이쿠에 일관하고 있는 일본적인 문학관을 일본인은 현대까지 버리지 못하고 있다. 이러한 전통에 모순되지 않고 공존하는 소설로 사소설이 탄생한 것이다. 게다가 단카와 하이쿠와 같이 사소설도 역사적으로 몇 번이나 비판받고 부정당했지만, 전혀 쇠퇴하지 않고 멸망하지 않았기 때문이다. 사소설은 서구의 근대소설을 오해한 것이 아니라, 단카, 하이쿠, 수필과 동일한 문학관을 공유하고 일본문화에 깊게 뿌리내린 일본 독자의 근대소설이다.

---

20 소설은 필연성이 있는 이야기로 메이지시대 이후에 쓰인 작품이다. 모노가타리(物語)는 우연성이 있는 이야기로 헤이안시대부터 무로마치시대까지의 작품을 말한다. 모노가타리는 내용에 개연성이 없고 우연성에 의해 이야기가 진행해가는 것을 말한다.

(4) 사소설의 근저에는 일본어의 성격과 관련이 있다

사소설 발생의 근저에 일본어의 성격이 존재한다는 것을 간과해서는 안 된다. 와쓰지 데쓰로의 고전 명저인 『풍토』[1935]에서 말한 대로, 일반적으로 사람들은 문화와 그 나라의 기후풍토에 영향을 받아 만들어진다고 한다. 하지만 기후풍토와 전통 역사, 문화의 근저에는 언어의 성격이 있다. 이시가와 규요石川九楊는 "일본이라는 것은 일본어이다"라고 했다. 언어의 성격은 그 언어를 사용하는 인간의 지적, 사회적, 문화적인 것만이 아니라 생리적인 성질까지 지배하고 있다. 일본어는 주어가 없어도 구문이 성립되는 여러 가지 특수한 성격을 지니고 있다. 큰 특징 중의 하나는 일인칭이 매우 많으며, 그것이 유동적이고 고정되지 않는다고 하는 성격을 가진다. 자신을 가리키는 자칭사自稱詞는 영어와 같이 'I' 하나가 아니고 시간과 장소, 상대에 호응하여 구별하여 사용하고 있다. 이런 드문 언어 특징이 일본인의 자아의식을 만들었다.

누구나 소설을 읽을 때, 일본어의 삼인칭 표현이 삼인칭으로서 독립하지 못하고, '그'라고 쓰여 있어도 실제로는 "'나'가 아닐까?"라고 생각한 경험이 있다. 왜냐하면 일본어는 항상 발신자의 가치관과 감정을 수반하기 때문이다. 예를 들면 '비가 오고 있다'라고 객관적으로 표현하기 힘들다. 누군가가 '비다'라고 하면 거기에는 의식적, 무의식적으로 화자의 상황이 부수적으로 따라온다. 따라서 일본문학은 전부 부수적으로 따라오는 발신자 개인의 그림자를 어떻게 처리해야 하는가에 대해 끊임없이 고민해야 한다. 일본의 민족문학인 노래, 하이쿠, 수필, 그리고 근대소설은 모두 감정, 정서가 중심이 되는 일본어의 성격에서 온 것이다. 단카는 기본적으로 일인칭의 세계, 하이쿠는 무인칭의 세계이다. 그리고 언어와 문학의 성격에서 일본문학에 공통으로 나타나는 구도성,[21] 결국 인격주의와 결부되어 있다. 일본 사소설 작가 중에서 시가 나오야가 존경받는 이유도 그가 생활과 예술에서 조화로운 인생을 살았기 때문이다. 일본어 표현은 깊게 읽어 들어가면 거기에는 반드시 발신자의 인품과 인격, 개성이 모습을 보인다. 이러한 것이 좋든 나쁘든 일본어로 된 문학의 숙명이다. 일본어로 표현하는 것은 결국 거기에 따라다니는 '나'를 끊임없이 연마하거나 없애는 싸움이다.

2) 소설의 허구성을 배제한 사소설과 사생문[22]

사소설의 배경에는 일본의 수필과 일기문학의 전통이 있었다. 그 흐름에서 단카를 생각하지 않을 수 없다. 노래, 수필, 일기는 특히 일본 고전문학에서 뗄 수 없는 관계에 있고 일본문학 전체를 지배하고 있다. 이러한 맥락에서 사소설의 출현도 생각할 수 있다.

다카미 준은 일본문학의 사생정신을 다음과 같이 말하고 있다.

지금까지 일본소설에서 소위 정통파로서 절대적인 권위를 가진 작품은 결국 그 본질에 있어서 단카·하이쿠정신에 훌륭하게 관통하지 않았던가. 일본소설이 단카·하이쿠에 비해 이류의 위치에 있었다는 것은 그런 의미다. 게다가 이류의 위치에 충실할수록 그 소설은 '순수'하다고 여겨졌다. 즉 일본의 소설계는 단카·하이쿠의 식민지였다는 것은 부정하기 어려운 진실이다. 어떠한 소설의 걸작을 반증 자료로 가지고 와서, 단카·하이쿠보다 상급이라고 주장하려고 해도, 중요한 정신이 단카·하이쿠 앞에 머리를 숙이고 있는 이상, 안된다. 절대로 고개를 들 수 없다. (…중략…)

---

21 구도(求道)는 진리와 종교적인 깨달음을 구해서 수행하는 것을 말한다.
22 勝股浩, 앞의 책, 66~74쪽.

일본소설은 근대소설로서 미성숙한 상태에 있고 비근대적 요소를 가지고 있다. 일본소설을 지배하고 있는 단카·하이쿠정신에서 해방되어야 한다. '사생주의'의 해방에서 일본소설의 근대적 미성숙의 해결을 보고 싶다.「일본문학의 사생정신 검토」, 1947[23]

다카미 준은 일본소설이 이류가 될 수밖에 없는 이유와 원인으로서 '단카·하이쿠정신'이라고 하고 그 속에서 사생의 문제를 검토하고 있다. 쇼와 20~30년대[1945~1955]에는 일본소설이 이류소설이라는 담론이 성행했다. 그 직접적인 원인으로 사소설이 거론되었다. 이 시대에는 일본의 단카·하이쿠 자체의 전근대성과 문학적 자립성을 의심하는 담론이 많았다. 다카미 준은 일본소설, 사소설이 포함한 약점, 그 원인에 '단카·하이쿠정신'의 문제가 있다고 한다. 그렇다면 '단카·하이쿠정신'이란 무엇인가? 그것을 다카미 준은 '사생주의', '사생정신'이라고 한다. 일본문학에 뿌리 깊게 박혀 있는 '사생주의', 자연묘사를 존중하고 즐기는 문학 기풍이 소설에서 매우 중요한 요건이 된다. 결국 '허구구축정신'을 버리는 것이다.

그렇다면 사생이란 무엇인가?

그림과 시가에서 이상을 말하는 사람이 많지 않지만, 그들은 사생의 맛을 모르는 사람으로, 사생이라는 것을 매우 천박한 것으로 배척한다. 사실 이상주의자들이 사생을 매우 천박하다고 해도 사생의 변화가 많은 것에는 이르지 못하는 것이다.마사오카 시키, 『병상 육척』, 病床六尺[24]

23　高見順, 「日本文学に於ける写生精神の検討文學者の運命」, 『文學者の運命』, 中央公論社, 1948(勝股浩, 위의 책, 66~67쪽 재인용).
24　위의 책, 73쪽.

사생은 그림 등에서 사물을 본대로 그리는 것을 말한다. 주관적인 표현을 나타내는 것과는 다르다. 메이지시대를 대표하는 가인인 마사오카 시키는 서양미술에서 유래하는 '사생스케치'의 개념을 문학에 적용하고 하이쿠·단카 및 문장의 근대화를 도모했다. 시대의 급격한 변화와 가치관은 나중에 변할 수 있기에 시키는 자연을 묘사하는 방법을 찾은 것이다. 이상＝사상＝이데올로기는 그 시대의 요청과 합치했을 때 큰 힘을 가지지만 그 시대가 바뀌면 소멸해버린다. 사실 '정서', '서정'이라는 말은 서양에도 있지만 '서경叙景 : 경치를 문장으로 서술함'이라는 단어는 서양에도 한자어에도 없는 마사오카 시키의 발명이었다. 결국 사실과 기법으로서의 '스케치'는 어느 나라에도 있지만 사상으로서의 '서경', '사생'은 없는 것이다. 마사오카 시키가 말한 사생과 서경을 출발점으로 해서 결국 그 제자들이 '화조풍영'다카하마 교시[25]으로 자연과의 동화를 추구하고, '실상관입実相観入'사이토 모키치이라는 사생 이론은 표면적인 사생에 머물지 않고 대상에 자기를 투영해서 자기와 대상이 하나가 되는 세계를 구체적으로 묘사하는 것이다. 시키가 말한 사생은 사상과 관념을 가지고 보거나 노래하지 말라는 사상이지만, 다른 말로 바꾸면 무사無私[26]를 단련하고 자신의 무사를 통해 자연의 진실을, 힘과 아름다움을 파악하고 알몸이 되어 자연과 마주하고, 또 자연을 통해서 알몸이 되는 순환운동이다. 사소설은 일본 문화의 토양 속에서 '단카·하이쿠정신의 밑바탕에 있는 사생주의의 영향선상에 있는 것이다.

---

25 다카하마 교시가 주창한 하이쿠 작법상의 이념. 자연과 인간을 단지 무심하게 객관적으로 노래하는 것이 하이쿠 본래의 길이라는 설.
26 사적인 감정에 얽매이거나 이해관계의 계산을 하지 않는 것. 사심, 이익(我利), 욕구(我欲), 에고 등의 자신을 위한 감정이 없는 상태.

사이토 모키치의 실상관입의 사생이론은 일본어의 성격에서 나온 사상이다. 다카미 준은 단카, 하이쿠의 '사생'정신이 일본소설에서 허구정신을 빼앗아버렸다고 한다. 허구는 일단 보류하고 사생이야말로 주객이 융합하는 일본어 속에서 자라난 것은 틀림없다. 문학은 물론 철학 등도 그 나라의 언어라는 하부구조의 지배에서 벗어날 수 없다는 것은 엄연한 사실이다.

3) 이토 세이의 「가면 신사와 도망 노예」

이토 세이는 『소설의 방법』[2006]에서 서양소설과 일본소설의 형식과 차이를 명확하게 하고 있다. 즉 사소설 중심의 근대소설의 성격을 작가와 사회, 작가와 실생활, 사상과 윤리, 예술성과의 관계에서 유럽의 소설과 생활환경을 비교하는 한편, 작가로서의 체험에 근거해 여러 각도에서 고찰하고 있다. 이토 세이는 사회의 일원으로서 살아가기 위해 허구가 필요한 서양의 작가를 도망 노예와 가면 신사로 구분했다. 그는 "억압이 강한 일본사회에서 지식인은 가면 신사가 되거나 도망 노예가 될 수밖에 없다"라고 한다. '가면 신사'는 영국인들이 신사와 같은 얼굴을 하고 살아가고 있지만, 내면에는 여러 가지 욕망과 죄를 짊어지고 있다. 따라서 가면을 쓰고 생활한다고 한다. 서양의 본격소설은 이러한 '가면 신사'의 산물이다. 그러나 일본문학은 '도망 노예'의 문학이다. 일본문학은 일본사회에서 따돌리고 문단이라는 세계에 도망쳐 들어가 노예와 같은 자주성이 없는 사람들의 작품이다. 이러한 문학들이 사소설로 점점 결실을 보았다는 이론이다.

이토 세이가 사소설 작가를 '사회에서 문단으로 도망한 일본의 도망 노예'라고 한 것은 설득력이 있다. 유산계급이었던 나쓰메 소세키, 모리

오가이는 비교적 나은 생활 조건과 사회에서 신사라는 지위를 유지하기 위해 고백적인 사소설을 억제해야만 했다. 반면 가난한 지방 출신이었고 잃을 것이 아무것도 없었던 무산계급 출신의 사소설 작가는 연미복 같은 외출복은 필요 없었다.[27] 가진 것이 없었던 사소설 작가는 잃을 것도 없었기 때문이다.

4) 도이 다케오 『아마에의 구조』 일본인의 행동 양식

도이 다케오는 『아마에의 구조』[1971]에서 일본어의 독특한 표현인 아마에甘え, 어리광, 응석부리기가 일본인의 행동 양식에 영향을 주고 있다고 한다. 정신과 의사이며 정신분석학자인 도이 다케오는 1950년대 미국 유학에서 받은 컬쳐 쇼크를 바탕으로 일본인의 심적구조를 파악하려고 했다. '아마에'가 다른 언어에는 발견할 수 없다는 것에 주목했다.

그는 아마에가 주위 사람들에게 사랑받고 의존하려고 하는 일본인 특유의 감정이라고 한다. 아마에의 발생은 일본문화 특유의 모자관계에서 비롯되었는데 자녀는 양육과정에서 어머니에 대한 감정적 의존과 애정을 받으려고 하고 어머니는 그 응석을 허용하고 조장하는 형태로 양육한다는 것이다. 아마에의 본질은 그 대상과의 일체감·동일화에 있다. 나아가 아마에는 일본인의 집단의식을 형성하는 심리라고도 한다. 일본인은 자신이 어느 집단에 속해 있는가를 언제나 중요하게 생각하는 것도 아마에의 특성 중 하나이다. 일본인은 개인적 속성보다 사회적 집단 속에서의 위치를 강조한다. 일본인들이 집단에 동조하고 상대방에 의해 수용되고 상대와의 상호의존적인 아마에의 관계를 무의식적으로 추구하는 이

---

27   안영희, 앞의 책, 91쪽.

유는 구성원들과 조화되지 않은 행동은 소외당하기 쉽기 때문이다.

하지만 아마에는 한국에도 있는 단어라는 이어령의 반박에서 그의 논의는 독자성을 잃었다고 비판받았다. 일본어의 아마에는 한국인의 행동 양식인 '정情'과 유사하다고 할 수 있다. 한국인은 인간관계, 집단의식과 관련해서 다른 나라 사람보다 '우리'라는 말을 자주 사용하고 '우리'를 경험하는 상황에서 '정'이라는 한국적 친밀감을 공유하는 특징을 갖고 있다. 한국인에게 '우리'는 감정적 연대감과 공동체 의식을 강하게 해주는 특징을 갖고 있다. 한국인의 '우리 집단의식'은 정을 기반으로 한 '가족형 집단의식'이라고 할 수 있다. 반면 일본은 가족 밖의 사회적 집단의식이 발달하여 있다고 한다.[28]

도이 다케오는 일본인의 심성과 인간관계의 기본을 '타인 의존적인 자신', '수동적인 애정 희구', '유아적인 것'으로 보았다. 이는 비윤리적, 폐쇄적이라는 관점도 제시하지만, '아마에'라는 단어를 통해 '근대적 자아의 결여'로 비난받는 논의에 대한 긍정적인 제시를 시도했다고 한다. 아마에의 본질인 대상과의 일체감, 동일화는 어느 정도 사소설에 영향을 준 것은 아닐까? 작가와 주인공의 동일화를 골자로 하는 사소설에서 작가와 주인공의 상호의존적인 관계는 아마에의 정신구조와 어느 정도 일치하는 측면이 있다고 할 수 있다. 그리고 서양의 'I'가 신의 위치에서 대상을 서술한다면, 일본어의 '나私'는 그 세상에 녹아들고 공생하는 특성을 가진다. 이는 자립한 한 개체로서의 'I'라기 보다 상대방에 동화되고 상호의존적인 집단적 자아라고 할 수도 있지 않을까?

이상으로 '있는 그대로'의 실생활과 예술의 일치를 중시한 일본의 전통

---

28 https://m.blog.naver.com/PostView.naver?isHttpsRedirect=true&blogId=kac1990&log-No=90076841624(검색일 : 2023.11.20).

이 사소설을 탄생시켰다. 또한 작가의 사생활을 알고 싶어 하는 독자의 엿보기 취미[29]도 사생활을 발달시키는 데 한몫했다고 할 수 있다.

5) 한국의 자전적 사소설 신변소설, 자전소설, 오토픽션

일본 사소설에 가까운 한국의 자전적 사소설은 신변소설, 자전소설, 오토픽션 등이 있다. 신변소설, 자전소설, 오토픽션이 일본 사소설과 완전히 같을 수는 없지만, 자신의 사생활을 숨김없이 밝히는 고백소설이라는 점에서 유사점을 찾을 수 있다. 일본의 사소설과 한국의 자전적 사소설의 차이는 한일문화의 차이로도 읽을 수 있을 것이다. 그럼 한국의 자전적 사소설의 전개를 살펴보자.

먼저 식민지시대에 일본에 유학하고 자신의 신변과 심정을 이야기하는 작품은 다이쇼 시기 사소설 붐과 관련이 있다. 한국 근대문학사에서 중요한 위치에 있는 이광수, 염상섭, 현진건, 김동인, 박태원 등이다. 작가로서 거짓 없이 문학에 대면하려고 하는 모습은 일본 사소설과 다름이 없다. 그러나 일본 사소설에 보이는 작가의 극단적인 에고이즘의 발휘와 무모하고 바보 같은 행동, 치부를 드러내는 일은 한국소설에는 거의 없다. 당시 한국은 식민지시대에 '사회'와 '민족', '독립'이라는 시대적 과제를 해결해야 했고, 개인보다 국가와 민족이 우선시되었다. 대표적으로 김동인은 이와노 호메이의 사소설의 기법인 삼인칭으로 내면을 드러내는 일원묘사를 받아들이고 초기소설을 썼다. 하지만 이 소설기법으로는 사회적인 현실을 그리기 어려웠기에 내면을 그릴 수 없고 오로지 외면적인 것만을 그리는 객관묘사로 전향한다. 후기소설인 「감자」에서는 내면

---

29   안영희, 앞의 책, 84쪽.

의 고백은 사라지고 현실을 사실적으로 그리는 소설로 변모한다.

한편, 1937년 중일전쟁 이후 일제가 동화정책의 방법으로 황민화운동을 강화하고 조선어 사용을 금지하면서 사상통제를 하였기에 문학가들이 자유로운 문학 활동을 할 수 없었다. 이때 나온 것이 객관적 현실을 다루지 않고 자기 신변에 일어난 일을 주제로 하여 쓴 '신변소설身邊小說'이다. 1939년에 결성된 조선문인회가 1943년 일본어소설 『조선국민문학집』을 간행하였다. 여기에 이광수 「산사의 사람들」, 이무영 「문서방」, 유진오 「남곡선생南谷先生」, 마키 히로시牧羊, 이석훈의 「동쪽으로의 여행」 등은 일상을 담담하게 그리면서 심경을 투영하고 있다. 일본의 사소설에 가까운 작품이 수록되어 있다. 여기서 작품의 사회성과 민족적인 측면은 모습을 감춘다. 이 소설들은 일본어로 쓰였기 때문에 엄밀하게 말하면 한국문학이 아니고 일본문학에 가깝다고 할 수 있다. 이 시기에 한국어로 쓰인 신변소설은 안회남의 소설이 있다. 신변, 가정사를 제재로 한 심리추구가 주조를 이룬 「연기煙氣」1933, 「명상瞑想」1937, 거의 개인적인 주변의 일을 다룬 작품으로 「소년과 기생」1937, 「온실」1939, 「악마」1935, 「우울」1935, 「향기香氣」1936, 「겸허謙虛 김유정전」1939, 「탁류를 헤치고」1940 등이 있다. 그러나 해방 후에 「폭풍의 역사」1947와 「농민의 비애」1948 등으로 사회성이 강한 작품을 썼으며 새로운 변신을 시도했다. 신변소설은 식민지라는 시대 상황과 관련해서 나왔다고 할 수 있다.

해방 후에 1945년에 쓰인 한국의 자전적 사소설이 있다. 이때 한국문단에서는 일본문학을 의식적으로 차단하였지만, 자전적 사소설이 완전하게 없어지지는 않았다. 이러한 사소설을 일본 특유의 문학 양식으로 인식하였기에 비평가의 평도 비판적이다. 이 시기의 자전적 사소설은 작가의 자기변호의 수단으로 이용된 경우가 많다. 이 시기의 소설은 남북

이데올로기의 대항, 일제를 추종한 과거의 이력 등을 적는 자기반성적인 측면이 강하며, 정치적인 것과 관계없이 자신이 어떻게 살아왔나를 증명하는 장이 되었다. 문학성이 떨어지는 자기변명의 도구라는 이유로 부정적인 인식이 강했다. 이후 사소설을 의식하지 않게 되었던 1975년경에 자전적 사소설이 나타난다. 노작가가 된 김동리, 안수길, 이봉구, 오영수 등은 노년의 심정을 고백하는 사소설풍의 작품을 발표했다. 그들은 사소설 작가는 아니지만 젊은 시절에 익숙했던 문학의 계보를 기억하며 몇 개의 수작을 남기고 있다.

그리고 1990년대에 들어와서 여성 작가들의 활약이 돋보이며 나의 성장, 가족의 문제를 다루는 자전소설이 대거 나타나게 되었다. 자전소설은 작가 자신의 생애나 그 일부를 소재로 쓴 소설을 말한다. 즉 작가가 자신의 실제 삶과 관련된 사실을 어떤 형식으로든지 소설 속에 담아냈을 때 성립되는 양식이다. 신경숙의 『외딴방』과 공지영의 『즐거운 나의 집』 등이 있다. 1990년대까지 한국문학은 주로 민족과 국가를 이야기하는 거대 담론이 주를 이루었지만 1990년대에 들어와서 여성 작가들이 개인의 일상을 이야기하는 소서사로 무게 중심이 이동한다. 하지만 신경숙의 『외딴방』에서는 개인을 이야기하지만, 사회 속의 '나'가 그려져 시대상을 잘 반영하고 있다. 지금까지의 한국의 자전적 사소설이 많은 독자층을 확보하지 못했다면, 1990년대 이후의 자전소설은 많은 독자층을 확보하고 있으며 사회적 현상이 되었다는 점에서 의의가 있다. 결국 한국의 문화에 맞는 자전적 사소설이 탄생한 것이다.[30]

그다음으로 2000년대 이후에 주목을 받은 한국의 오토픽션이다. 오토픽션은 자기 자신을 의미하는 그리스어 어원의 'auto'와 허구를 뜻하는 'fiction'을 조합한 단어로 '자전소설'이라는 말로도 널리 쓰인다. 자서

전과 소설의 중간에 위치하는 오토픽션은 자신의 삶과 경험을 소설 안에 담은 소설이다. 박완서의 『그 많던 싱아는 누가 다 먹었을까?』[1992], 김봉곤의 「여름, 스피드」[2018] 등이 있다. 김봉곤 소설의 특징은 작가 자신이 실제 경험한 사실과 허구를 섞어 현실감을 극대화하고 있다는 것이다. 그는 자신의 소설을 오토픽션이라고 칭했다. 하지만 현실과 허구를 섞은 글쓰기는 때로 작품 외적인 부작용을 낳기도 한다. 실제 사건과 허구 사이에 윤리 문제가 발생하기 때문이다. 대표적으로 작품에 등장하는 주변 인물들의 사생활 침해 논란이다. 「여름, 스피드」에서 작가가 자신과의 카카오톡 대화 내용을 해당 작품에 무단으로 사용함으로써 개인의 사생활이 그대로 노출되었다는 한 여성의 고발이 트위터에 등장해 논란이 일었다. 이후 인용된 카톡 내용이 삭제된 수정본이 발행되고 판매 중지되었다. 결국 그는 젊은작가상도 반납했다. 2007년 국내에서는 소설가 공지영의 작품이 공개되기도 전 사생활 침해를 이유로 배포 금지 가처분 신청을 받았다가 기각된 사건도 있다. 한국에서 자전소설은 예술과 사생활 침해라는 논란에서 결코 자유롭지 못하다.

이처럼 작가의 사생활을 쓴다는 점에서 한국의 신변소설, 자전소설, 오토픽션은 일본의 사소설과 유사하다. 하지만 한국의 자전소설은 작가 자신의 사생활을 쓰지만, 어디까지나 소설의 허구성을 인정하며 줄거리가 없는 소설을 쓰지는 않는다. 그다음으로 한국소설에서는 사회성을 배제한 소설을 독자들이 좋아하지 않으며 나를 쓰면서도 사회 속의 나를 그리는 경향이 강하다. 마지막으로 자전소설은 사생활 침해라는 논란에서 벗어날 수 없다. 이러한 점이 한국의 자전소설이 독자층을 확보하지 못하고 발달하지 못하는 원인이 되고 있다.

---

30   姜宇源庸, 「韓国の私小説」, 勝又浩, 앞의 책, 256~257쪽 참고.

제2장

사소설의 탄생과
다야마 가타이 『이불』[1]

　사소설은 일본의 독특한 문학 양식이라고 말한다. 문학사적으로 보면, 시마자키 도손島崎藤村의 『파계破戒』가 일본 자연주의의 길을 열었으나 다야마 가타이田山花袋의 『이불蒲団』이 일본 자연주의를 변형시켰고 사소설의 길을 열었다고 평가된다. 즉 『이불』은 사소설의 정전이 된다.

　정전에 대한 정의를 보면 "일반적으로 오늘날 정전이라는 용어는 특히 학교 교과과정 속에서 공인된 텍스트나 해석 혹은 모방할 만한 가치가 있다고 널리 인정받는 텍스트를 뜻한다. 협의의 정전은 표준적 레퍼토리, 다시 말해서 개개의 장르 내에서 그리고 특정 조직이나 기관에서 아주 높이 평가되어 자주 읽히고 상연되는 작품을 의미한다. 이와는 대조적으로 더 광의의, 정치적인 의미에서의 정전 (…중략…) 은 확립된 또는 유력한 제도나 기관에 의해 인정받은 텍스트를 의미한다"[2]라고 하고 있다.

　『이불』이 사소설의 원류이며 최초의 사소설이라는 것은 부정할 수 없는 사실이다. 『이불』은 자신의 사생활을 숨김없이 고백하는 사소설의 전

1　이형대 편저 『정전(正典) 형성의 논리』(소명출판, 2013, 328~358쪽)와 안영희의 논문 「일본 사소설의 정전 형성―『이불』을 중심으로」(『일본문화연구』 42, 2012, 277~294쪽)를 수정·보완하였다.
2　하루오 시라네·스즈키 토미, 왕숙영 역, 『창조된 고전―일본문학의 정전 형성과 근대 그리고 젠더』, 소명출판, 2002, 5쪽.

통을 만들었다. 『이불』이 나온 후 이를 모방한 수많은 사소설이 등장하게 되었다. 이와노 호메이岩野泡鳴의 『오부작五部作』1918, 시마자키 도손의 『신생新生』1918~1919, 가사이 젠조葛西善藏의 『슬픈 아버지哀しき父』1912, 다자이 오사무太宰治의 『인간실격人間失格』1948, 그리고 현대의 사소설로는 유미리柳美里의 『생명命』2000 등이 있다. 비록 스토리는 다르지만 이들 소설은 전부 자신의 사생활을 숨김없이 고백한 사소설이다. 따라서 『이불』을 사소설의 정전이라고 봐도 무방할 것이다. 이처럼 『이불』은 1907년에 등장했고 사소설이 정전이 된 이후 100여 년 동안 계속해서 새로운 모습으로 나타나고 읽히고 있다.

여기서는 먼저, 사소설의 탄생과 『이불』이 정전이 되는 과정에서 '나'의 근대적 자아와 국민국가가 어떻게 작용하였으며, '나'의 이데올로기가 일본과 서구를 어떻게 차별화하였는지 알아본다. 그다음에 『이불』의 서사구조와 독자와의 관계, 그리고 활자인쇄로 인한 묵독과 내면의 탄생에 대하여 살펴본다. 마지막으로 근대와 젠더의 문제를 함께 점검하고자 한다. 이러한 단계를 통해 『이불』이 정전이 되는 과정에서 국가, 독자, 젠더가 어떻게 작용하였는지 살펴본다.

1. 사소설의 탄생과 『이불』의 정전 형성
'나'의 근대적 자아 형성, 국민국가 형성

1) 『이불』의 정전 형성
사전에는 사소설을 작가 자신을 주인공으로 하여, 그 경험이나 신변의 사실을 소재로 하여 쓴 소설이라고 하고 있다. 이 사전적인 의미만을 생각한다면 자서전이 가장 먼저 머리에 떠오를 것이다. 자서전과 사소설의 차이점을 보면, 자서전은 책을 쓴 작가와 주인공이 동일 인물이라는 것을 책머리에 쓰고 있는 것에 비해 사소설은 그러한 것이 없다.[3] 그다음은 왜 사소설이 일본만이 가진 독특한 문학 양식인가라는 것이다. 일본의 사소설이 일반적인 소설의 개념과 다른 것은 픽션이 아닌 사실이라는 소설의 패러다임을 역전시켰다는 것이다. 다시 말하면 소설은 픽션이 전제가 된다. 그러나 일본의 사소설 작가는 자신이 경험한 사실事實을 적어야 한다. 작가가 자신의 사생활을 있는 그대로 적는다고 해서 완전하게 픽션이 배제될 수는 없다. 하지만 일본의 사소설은 허구가 아닌 작가가 자신이 경험했던 일을 있는 그대로 적는다는 것이 전제된다. 그리고 독자는 미리 작가의 신변적인 사실을 알고 그 소설에 나오는 주인공과 작가를 일치시켜서 읽는다. 이처럼 사소설은 작가와 독자의 암묵적인 약속이 있어야 성립되는 것이다. 사소설은 소설이 픽션이 아닌 사실이라는 새로운 소설 양식을 만들었고 주인공 = 작가라는 등식을 성립시켰다. 이러한 조건이 서구소설과 일본 사소설의 차이점이다. 일본의 사소설은 픽션과 논픽션의 경계에 있는 것이다.

　사소설이라는 용어가 최초로 등장한 것은 우노 고지의 『시시한 세상이야기』[1920]이다. 사소설의 원조인 『이불』이 1907년에 나왔으나 사소설이란 용어가 처음으로 등장한 것은 1920년이다. 1920년에 등장한 용어를 다이쇼의 소설가와 평론가들이 정착시켰다. 『이불』이 나온 후 사소설의 용어가 정착된 것은 약 20여 년이 지나서였다. 우노 고지의 「'사소설' 사견」[1925]에 의하면 사소설의 원류는 다야마 가타이의 『이불』에서 시작

3　안영희, 『일본의 사소설』, 살림출판사, 2006, 5쪽 참고.

되었다고 한다. 이러한 주장은 히라노 겐에 의해 강화되었고, 시라카바파 문인들이 '자기', '자신'을 중심으로 생각하고 진심을 토로하는 작가군도 『이불』과 함께 그 원류로 생각해야만 한다고 주장해 왔다. 다이쇼 말기에 구메 마사오는 「사소설과 심경소설」[1925][4]이라는 평론에서 처음으로 순문학이라는 용어를 사용했다. 구메 마사오는 서양의 19세기 본격소설을 통속소설이라고 했으며 사소설만이 순문학이라고 주장했다. 그는 자신이 통속소설의 대가이면서 예술소설에 대한 동경이 강했고 톨스토이도 도스토옙스키도 통속소설가라고 했다. 지금은 심경소설도 사소설의 범주에 포함하고 있으며 거의 같은 의미로 사용되고 있다. 그러나 당시에 심경소설은 서구의 본격소설과 대립하는 용어로 사용하였고 사소설로 총칭해서 사용하고 있었다. 구메 마사오는 심경소설은 사소설과 동질적인 면이 있으며 작가가 자기를 직접적으로 나타낸 건전한 동양적 선에 이르는 최고의 경지라고 주장했다. 사소설만이 순문학이라는 그의 주장이 오랫동안 문단을 지배했다. 고바야시 히데오는 1935년 『사소설론』을 쓰고 폐쇄적인 심경소설을 지양하고 '사회화'한 나의 필요성을 논했다. 제2차 세계대전 이후에는 히라노 겐과 이토 세이에 의해 자연주의파와 시라카바파, 파멸형과 조화형이라고 하는 분류가 사소설에 교묘하게 적용되어 더욱 사소설을 쓰는 동기로 일상생활의 긴박한 위기의식과의 대

4　심경소설은 사소설의 일종이지만 같이 자연주의에 원류를 두고 있다. 심경소설은 시라카바파의 흐름을 이어받아 동양적인 자기연마를 목표로 하는 점이 사소설과 다르며 위기극복의 문학이라고도 했다. 자연주의 전성기의 사소설이 작가개인의 실제생활에 기조를 두고 있으며 그 생활을 실패로 돌아가게 하는 사회적인 제도며 억압에 대한 반감의 기분을 전제로 하고 있는 것에 대해 심경소설은 개인의 성장 등에 의해 언젠가 사회적 조화에 이르는 과정에 의한 보다 추상적인 작가의 심경의 표현이라는 성격이 강하고 거기서 작가의 '나'를 둘러싼 사회적 상황은 문제로 나타나지 않는다. 또한, 심경소설은 1920년대 이후로 거의 사용하지 않게 되었다.

결, 소설과 생활이 일치하는 생활연기설 등이 주장되기도 했다.[5] 이토 세이는 근대소설의 원류는 작가 본인의 고백성에 있다고 하고 사소설 작가는 현세 포기자로서의 파멸형이라고 했으며, 심경소설 작가는 현세 수용적 조화자라고 했다. 히라노 겐은 「사소설의 이율배반」[1958]에서 이토 세이의 분류를 발전시켜 심경소설을 조화자의 문학이라고 했고 사소설은 파멸자의 문학이라고 했다. 이처럼 그들은 파멸자의 사소설과 조화자의 심경소설로 구분했다.

『이불』이 사소설의 정전이 된 이후 문학사의 교과서에 반드시 실리게 되었다. 자연주의문학과 일본 근대문학의 특질을 이야기할 때 『이불』을 빼고는 이야기할 수 없기 때문이다. 『이불』이 문학사적으로 중요한 이유는 그 작품성보다는 가장 일본문학의 특질을 잘 보여주기 때문이다. 다야마 가타이의 『이불』에서 드디어 일본 근대문학이 있는 그대로의 인간을 그리게 되었다고 평가된다. 일본 근대문학 초기에 쓰보우치 소요는 근대문학이 지향해야 할 '사실[리얼리즘]'을 충분하게 표현하지 못했다. 『이불』의 등장으로 겨우 '리얼리즘'을 그리는 작품이 등장했다. 여기에서 실증을 중시하는 자연주의문학이라는 문학사조가 일본에서 나타난다. 또한 이러한 문학사조가 사소설의 시작이었다. 『이불』에 의해 일본 근대문학은 처음으로 고백할 내면, 정신을 성립시켰다고 하는 지적도 있다. 이러한 여러 가지 요소로 인해서 『이불』은 사소설의 원조이고 정전임과 동시에 일본 근대문학의 본질을 가장 잘 설명할 수 있는 작품이기도 하다.

---

5   http://www.yahoo.co.jp(검색일 : 2011.5.15).

2) '나'와 근대적 자아 형성, 국민국가 형성

사소설은 나에 관한 소설이다. '나'와 '소설'은 모두 근대화의 산물이다. '나'는 근대적 자아 형성의 한 과정이기도 했다. 이 근대적 자아인 '나'는 근대 국민국가의 기초가 되었다. 이러한 근대적 국민국가를 형성하는 과정에서 끊임없이 나에 관한 이야기를 하는 사소설이 등장하게 되었고 주목을 받기 시작했다. 다이쇼 시기에 많은 작가가 사소설에 열광하는 이유는 근대국가를 이룩한 이후 개인의 자아 찾기에 사소설이 그 역할을 담당했기 때문이다.

1920년대 중반 사소설 비평 담론이 형성된 이후, '나'를 둘러싼 사적인 시공간을 무대로 하는 사소설은 자기 탐구의 수단으로 여겨져 왔다. '나'라는 자아가 어떻게 형성되어왔고, 혹은 어떻게 분열되었는지에 대한 작가의 자기 고백으로 읽혀왔다.

일본 근대 문학자들이 보여 온 '나'에 대한 과도한 관심은 근대화의 부산물이다. 서양으로부터 자아 혹은 자기라는 개념이 들어온 후, '나'라는 일본어에는 근대적 자아 형성의 명제가 부여되었다. 이성적 주체로서의 근대적 자아 '나'는 끊임없이 자신이 누구인지를 자문하거나, 남에게 설명하거나 납득시키려 하기 마련이며, 필연적으로 언어는 자기폭로 혹은 자아의 자기 정당화의 도구로 전용된다.[6]

사소설 담론이 형성된 1920년대에는 '나'에 대한 관심이 집중된 시기이기도 하다. 메이지세대들이 국가를 위해 자신을 희생했던 시기라면 다

---

6   윤상인, 『문학과 근대와 일본』, 문학과지성사, 2009, 183쪽.

이쇼 시기에는 아버지세대들이 만든 안정된 생활 터전 위에서 '나'와 '자아'를 중시하기 시작했다. "이 시기에 대두한 '개인', '자아', '자기'라는 중심개념은 '국민nation' 혹은 민족주의적인 '국민national정신' 등의 개념과 불가분하게 연결되어 있었다"[7]는 지적은 사소설 담론과 정치 이데올로기의 유착관계에 대한 의미 있는 문제 제기다. 일본의 근대화과정에서 자립한 나는 객체가 아닌 주체적인 존재가 된다. 주체적인 존재인 나는 근대의 국민이 되고 근대국가를 형성하게 된다. 윤상인은 "사소설을 포함해서 일본 근대소설에 등장하는 '나'는 언제나 자아의 연합 형태로서 '우리'로의 변환 가능성을 내포하고 있다고 한다. 다시 말해서 개인은 종족과 언어, 전통의 동일성에 근거한 집단적 자아 — 즉 국민으로서의 정체성을 겸비한다. 사소설에 등장하여 지나치리만큼 직설적인 형태로 '인생의 진실'을 추구하는 수많은 '나'들은 서양적 가치관으로부터 온전히 독자적인 '자아우리'를 담보하는 이데올로기 장치이기도 했다"[8]고 말한다.

'나'를 '우리'로 변환시키는 장치, 즉, 개개인을 국민국가에 포함하기 위해 가장 필요한 장치가 언문일치였다. 가라타니 고진은 "언문일치는 근대국가의 확립을 위해 불가결한 것이라고 간주한다"[9]고 한다. 근대 이전까지 각 지방은 독립적인 언어를 사용하고 있었다. 각 지방을 하나의 국가에 통합시키기 위해서는 각각의 독립적인 언어를 하나의 언어로 통합하는 것이 시급한 과제였다. 따라서 어려운 한자를 폐지하고 새로운 문자개혁을 단행해야만 했다. 이 새로운 문자개혁이 언문일치였다.

도대체 언문일치의 결과 나타난 것은 무엇인가? 다야마 가타이는 『이

---

7   위의 책, 180쪽.

8   위의 책, 181쪽.

9   柄谷行人, 『日本近代文学の起源』, 講談社, 1988, 53쪽.

불』을 쓴 후 『동경의 30년』의 「나의 안나 마와르」 중에서 "나도 괴로운 길을 걷고 싶다고 생각했다. 세상에 대해서도 싸우는 것과 동시에 숨겨 두었던 것, 감추었던 것, 그것을 밝히고 나서는 자신의 정신도 파괴된다고 생각하는 것, 그러한 것을 열어내 보려고 생각했다"[10]라고 진술하고 있다. 도대체 작가 다야마 가타이는 『이불』에서 무엇을 고백하고 있는 것일까?

다음은 작가가 여제자인 요시코에게 애인이 생기자 육체관계가 있었나에 대해 고민하는 부분이다.

> 무엇을 했는지 모른다. (…중략…) 손을 잡았을 것이다. 가슴과 가슴이 닿았을 것이다. 사람이 보지 않는 여관 이층 방, 무엇을 하고 있는지 모른다. 순결을 잃고 잃지 않는 것은 순간이다. 이렇게 생각하자 도키오는 견딜 수 없었다. "감독자의 책임에 관한 것이다!"라고 마음속에서 절규했다.[11]

> 그 남자에게 몸을 허락했을 정도라면, 군이 처녀의 정조를 존중할 필요도 없었다. 자기도 대담하게 손을 내밀어 성욕을 만족시켰으면 좋았을 것이다. 이렇게 생각하자 지금까지 하늘에 올려놓았던 아름다운 요시코는 매춘부인지 뭔지 생각되어 그 육체는 물론 아름다운 태도도 표정도 싫어졌다. 그래서, 그날 밤은 번민하고 번민해서 거의 자지 못했다. (…중략…) 그 약점을 이용하여 내 마음대로 할까 하고 생각했다.594~595쪽

『이불』에서는 사랑하는 여제자에게 남자친구가 생기자 육체관계가 있는 것은 아닐까하고 끊임없이 의심하고 번민하는 주인공의 내면만이

---

10   田山花袋, 「東京の30年」, 『定本花袋全集』 第15卷, 臨川書店, 1995, 601쪽.
11   田山花袋, 「蒲団」, 『定本花袋全集』 第1卷, 臨川書店, 1993, 542쪽.

그려져 있다.

다음은『이불』의 마지막 부분이다.

성욕과 비애와 절망이 곧 도키오의 가슴을 엄습했다. 도키오는 그 이불을 깔고 잠옷을 덮고 차갑고 더러운 비로드의 칼라에 얼굴을 묻고 울었다.

어두컴컴한 방, 집 밖에는 바람이 거칠게 불고 있었다.606~607쪽

『이불』에서 주인공이 행동하는 것은 여제자인 요시코가 떠난 뒤에 그녀의 잠옷을 덮고 우는 행위뿐이다. 주인공은 고백할 아무런 행동도 하지 않는다. 오로지 주인공의 추악한 내면만을 고백하고 있을 뿐이다. 다야마 가타이가 고백해야 할 것은 행동이 아니고 자신의 '내면'인 것이다. 결국 국민국가 형성을 위해 언문일치가 필요하게 되었고, 언문일치의 결과 한 개인의 내면이 발견된 것이다.

3) '나'의 이데올로기 일본과 서구

'나'의 근대적 자아 형성은 근대 국민국가를 형성하는 계기가 되었다. 앞에서 본 것처럼 국민국가형성에 필요한 도구가 언문일치였다. 근대의 사소설 담론은 서양과는 다른 새로운 일본의 발견이었다. 사소설은 항상 서양소설과 비교의 대상이 되었다. 서양 연구자들은 사소설을 서양소설과 비교한 결과 소설이 '픽션'이 아닌 '사실'을 적는다는 사실에 놀라게 되었다. 그리고 사소설을 일본만이 가진 특수한 문학이라고 생각하게 되었다. 근대소설가들은 사소설의 "'사私'는 나를 의미하며 '소설'은 근대정신을 구현하는 장치"[12]로 여겼다. 일본의 근대소설은 서양의 '소설novel'을 수입하면서 성립했다. 메이지시대 문학자들은 "소설이 인간의 내면을 그

리는 데 효과적인 장치"[13] 라는 것을 깨달았다. 일본의 근대소설가들은 '소설novel'을 수입하면서 서양소설과 구별되는 끊임없이 나의 작은 이야기를 하는 사소설을 만들어내었다.

사소설 언설은 필연적으로 서양적 가치와 이항대립관계를 조성한다. 즉 나에 대한 작은 이야기[私小說]속에 등장해서 지근거리의 어법으로 '인생의 진실'을 추구하는 '나'들은 서양적 가치 기준으로부터 '자기[우리들 일본인]'를 온존시키는 대항 이데올로기 장치인 것이다. 어떠한 경우든 사소설 언설에는 화혼양재 이데올로기의 문학적 실천에 대한 욕망이 내포되어 있다.[14]

스즈키 도미는 "사소설은 작가의 사생활에 충실한 있는 그대로의 묘사 또는 고백이다"[15]라고 하고 사소설을 텍스트에 내재하는 특질에서 규명될 수 없다고 논하고 있다. 스즈키 도미는 사소설의 핵심은 "역사적으로 구축된 지배적인 읽기와 해석의 패러다임"이라고 했다. 결국, 사소설이라고 정의된 담론의 장, 표준적인 문화사가 태어난 담론의 장의 역사적 생성에 역점을 두고, 사소설 담론을 일본의 근대화라고 하는 역사적인 프로세서 중에서 위치시키려고 했다. 스즈키 도미는 "사소설은 특정의 문학 형태 또는 장르라고 하기보다, 대다수의 문학작품이 그에 의해 판정·기술된 하나의 문학적, 이데올로기적인 패러다임이다. 결국 어떤 텍스트라도 이러한 모드로 읽으면 사소설이 된다"고 말한다. 스즈키 도미는 사

---

12   윤상인, 앞의 책, 180쪽 재인용.
13   위의 책, 89쪽.
14   위의 책, 182쪽.
15   鈴木登美, 大內和子·雲和子 訳, 『語られた自己−日本近代私小説言説』, 岩波書店, 2000, 3쪽.

소설을 "1920년대에서 1980년대까지의 시대를 지배한 특정의 이데올로기와 인식론적 패러다임"이라고 보고 있다. 바로 이 시기는 '근대적 개인', '자기'에의 관심이 높았던 시기이다. 스즈키 도미는 사소설 담론이 나타난 시기를 문학작품이 작가의 직접체험 또는 진실한 자기의 표현이라고 생각해 "소설의 언어가 작가의 자아^{자기}를 직접적으로 표상할 수 있는 투명한 매체"[16]라고 생각된 시기라고 말했다. 물론 저자는 사소설이 오로지 독자의 해석만으로 성립된다고 하는 그녀의 의견에 전적으로 동의할 수는 없다. 사소설은 텍스트에 내재하는 요인과 독자들의 해석으로 이루어지는 것이라고 저자는 생각한다. 하지만 사소설이 근대화되는 과정에서 특정의 이데올로기적인 읽기와 해석이라는 그녀의 의견에는 동의한다. 독자들이 주인공을 작가로 생각하고 읽지 않았다면 사소설이라는 문학 장르는 존재하지 않았을 것이기 때문이다.

사소설에서 그려지는 나는 근대화과정에서 서양적 가치관과 전통적 가치관 사이에서 고뇌하는 지식인들이 그려져 있었다.

일본의 문학자들이 가장 중심적인 주제로 추구했던 것은 자아의 문제였다. 작자 자신이 일인칭 대명사 '와타쿠시^{私, 나}'로 작품 속에 등장하는 사소설은 '나'가 누구인지를 가장 극단적으로 탐구한 장르였다. 인간 본연의 나, 사회적 존재로서의 나라는 주제는 급격한 근대화과정에서 서양문명의 가치관과 전통적 가치관 사이의 갈등에 직면해야 했던 지식인들의 고뇌를 표출한 것에 불과하였다.[17]

16　위의 책, 13쪽 참고.
17　윤상인, 앞의 책, 90쪽.

사소설은 사회적·예술적인 측면에서 오랫동안 부정적인 평가를 받아왔다. 문학의 사회적인 기능을 포기한 사소설은 "일본 제국주의를 지탱하는 보조적 이데올로기 장치였다"[18]고 해도 과언이 아닐 것이다. 결국 사소설은 일본문학의 특수성을 강조하면서 서구와 차별화하는 역할을 하였다. 그리고 '나'는 일본의 제국주의를 보조하는 수단이 되었고 일본의 근대정신을 구현하는 장치로도 사용되었다.

2.『이불』의 독자와 나의 이데올로기
묵독의 시대와 근대 개인의 내면 발견

1)『이불』의 서사구조와 독자

『이불』이 최초의 사소설이 되었고 사소설의 원류가 된 이유에 대해서는 많은 견해가 있다. 작가와 독자, 그리고 텍스트에서 그 원인을 찾는 경우가 있다.[19] 여기서는 텍스트의 어떠한 요소가 독자들에게 사소설로 읽게 하였는지에 대해 보기로 한다.[20]

---

18 위의 책, 185쪽.
19 중요한 사소설 연구서에는 이루메라 히지야의『사소설−자기폭로의 의식』(1981)과 에드워드 파울라의『고백의 수사학』(1988), 스즈키 도미의『고백된 나−근대일본의 사소설담론』(2000)이 있다. 세 사람은 사회문화적인 측면, 텍스트에 내재하는 특질, 사회적 측면이라고 하는 나름대로의 어프로치로 사소설을 연구하려 했다. 이처럼 사소설담론이 성립되는 중요한 요인을, 이루메라 히지야는 사회적 특질, 에드워드 파울라는 텍스트의 내재적 특질, 스즈키 도미는 독자의 해석이라고 했다. 또, 가라타니 고진은 고백이 제도이고, 그 제도를 기독교와의 관련에서 분석하고 있다.
20 제1절은 안영희의 논문「『이불』과 일본자연주의」(『日本語文學』제24집, 2004)를 참조한다.

A. 뜨거운 주관의 정과 차가운 객관의 비평이 엉켜진 실처럼 단단히 묶여 일종
　의 이상한 마음 상태를 나타냈다.

B. 슬프다. 실로 통절하게 슬프다. 이 비애는 화려한 청춘의 비애도 아니고 단
　지 남녀의 사랑의 비애도 아니고, 인생의 가장 깊은 곳에 숨어 있는 어떤 커
　다란 비애다.

C. 갑자기 눈물은 도키오의 수염을 타고 흘렀다.547~548쪽21

여기에서 작품세계 바깥에 있는 화자는, 작품세계 안에 있는 도키오를
초점화하고 있다. 화자는 A, B에서 도키오의 내면, C에서 도키오의 외면
을 바라보는 시점에서 서술하고 있다. 모두 작중인물인 도키오를 초점화
하고 있지만 화자와 도키오 사이의 거리는 제각기 다르다. 예를 들면, A
에서 화자는 도키오에게 거의 동일화될 정도의 근거리에 시점을 두고 있
다. B는 도키오의 독백이 지문으로 되어 있어서 도키오의 독백과 지문이
'융합하고 일체'하고, 화자와 도키오의 거리가 영으로 될 것 같은 담론으
로 되어 있다. C의 경우, 화자는 도키오를 객관적으로 대상화할 수 있는
거리에서 그의 내면이 아닌 외면을 보고 있다. 이처럼 『이불』에서는 A, B,
C에 보이는 것과 같이 주인공에게 시점을 고정하고 AB와 같이 주로 그
내면을 그리고 있다. 따라서, 『이불』에는 삼인칭 '그'소설이면서 항상 일
인칭 '나'소설로써 읽혀 왔고, 그것이 주인공 = 다케나카 도키오라고 하
는 읽기의 콘테스트를 만들어 왔다.

21　A. 熱い主觀の情と冷めたい客觀の批判とが絡り合せた糸のやうに固く結び着けら
　　れて, 一種異樣の心の狀態を呈した.
　　B. 悲しい, 實に痛切に悲しい. 此の悲哀は華やかな靑春の悲哀でもなく, 單に男女
　　の戀の上の悲哀でもなく, 人生の最奧に秘んで居るある大きな悲哀だ.
　　C. 汪然として涙は時雄の鬚面を傳つた.

A'. 요시코는 연인과 헤어지는 것이 괴로웠다. 될 수 있으면 함께 도쿄에 있으면서 가끔 얼굴을 보고 이야기를 하고 싶었다. 그러나, 지금은 그것이 불가능하다는 것을 알고 있었다. 이 년, 삼 년, 남자가 도시샤를 졸업하기까지는 가끔 오는 편지에만 의지한 채 공부에만 전념하지 않으면 안 된다고 생각했다.559쪽

B'. 도키오는 때때로 밤에 요시코를 자신의 서재에 불러 문학 이야기, 소설 이야기, 그리고 사랑 이야기를 하곤 했다. 그리고 요시코를 위해 장래에 대한 주의도 주었다. 그럴 때의 태도는 공평하고 솔직하며 동정심으로 가득 차 있어 결코, 만취하여 화장실에 눕거나 땅바닥에 눕기도 했던 사람으로는 생각되지 않는다.559쪽

C'. 도키오의 뒤에 한 무리의 배웅하는 사람이 있었다. 그 뒤 기둥 옆에 언제 왔는지 낡은 중절모를 쓴 한 남자가 서 있었다. 요시코는 그를 알아보고 가슴이 설레었다. 아버지는 불쾌함을 느꼈다. 그렇지만 공상에 빠져서 서 있는 도키오는 뒤에 그 남자가 있는 것을 꿈에도 몰랐다.605쪽

A'에서 화자는 요시코의 시점에 붙어 있고, B'에서 요시코에 대한 화자의 해석이 보여진다. C'에서 화자는 모든 작중인물의 내면과 외면을 보는 전지적 시점을 가지고 있다. 제각기 초점화되는 내용을 자세하게 보면, A'에서 화자는 애인과 같이 있고 싶다고 생각하는 요시코의 내면을 보고 있다. B'의 도키오가 요시코에게 문학을 가르치는 장면에서 화자는 도키오의 "그럴 때의 태도는 공평하고 솔직하며 동정심으로 가득 차 있어 결코, 만취하여 화장실에 눕거나 땅바닥에 눕기도 했던 사람으로는 생각되지 않는다"와 같이 서술하고 스승으로서의 얼굴과 여제자에게 욕망을 품는 추한 중년 남자라고 하는 두 개의 얼굴을 가진 주인공을 비웃는 화자의 해석이 들어 있다. 최후의 장면 C'의 요시코를 시골에 돌려보내

는 부분에서 화자는 "도키오의 뒤에 한 무리의 배웅하는 사람이 있었다"라는 것과 도키오에게는 보이지 않는 '낡은 중절모를 쓴 한 남자'의 존재를 보고 있다. 그리고 화자는 그 남자 즉 애인을 발견했을 때의 요시코의 내면을 "요시코는 그를 알아보고 가슴이 설레었다"라고 서술하고 있다. 그 후 요시코 부친의 내면에 들어가서 "아버지는 불쾌함을 느꼈다"라는 부친의 내면을 엿보고 있다. 최후의 "그렇지만 공상에 빠져서 서 있는 도키오는 그 뒤에 그 남자가 있는 것을 꿈에도 알 수 없었다"라고 하는 부분에서 그 남자의 존재를 모르는 도키오를 그리고 있다. 이 부분에서 화자는 도키오 이외에도 아내, 아내의 언니, 요시코의 내면에도 들어가고, 객관적으로 대상화하는 거리에서 도키오를 바라보거나 자유롭게 움직이고 있다.

고백의 장에 의존한 작가 = 주인공이라고 하는 『이불』 및 사소설의 읽기는 허구를 전제로 한 소설의 개념을 전복시키고 있다고 한다. 그리고 그 전복의 원인으로서 『이불』이 비판을 받았다. 하지만 이는 『이불』만의 책임일까? 다야마 가타이는 『이불』에서 자기 자신을 모델로 해서 주인공을 그리고 있지만 주로 주인공의 내면에 초점이 맞추어져 있고 다야마 가타이와 그 여제자의 관계를 사실로 증명할 근거는 어디에도 없다. 즉, 『이불』은 다야마 가타이의 경험을 있는 그대로 한 고백이라고 하는 근거는 없는 것이다. 그런데도 『이불』이 항상 다케나카 도키오의 이야기 = 다야마 가타이의 이야기라고 하는 사소설의 담론을 만든 원인으로서는 A, B, C와 같은 화자의 특이성을 지적하는 것이 될 수 있다. 결국, 주어가 삼인칭 '그'이면서도 항상 '나'소설의 수법을 첨가한 것, 즉, 서술의 시점이 도키오에게 고정된 것이다. 그러나 다른 한편으로는 일인칭이 아니고 삼인칭으로 쓰고 객관성을 유지하려고 하는 것과 A', B', C'에서 본 것과 같이 화자가 주인공 이외 인물의 시점 즉 요시코를 초점화하고 그녀의 내면을 그리고 있는 것 등은 사소설로서 읽을 수 없는 근거가 된다. 그런데도 『이불』이 단지 사실의 고백으로서 읽혀 왔던 것은 A, B, C와 같은 서술 그 자체의 문제임과 동시에 당시 비평가들의 읽기 문제라고도 생각된다. 당시의 비평가들은 A', B', C'의 읽기를 배제하고 A, B, C와 같은 읽기만을 부각해 실제로는 다야마 가타이를 주인공으로 바꿔 읽었다. 이와 같은 읽기가 없었다면 사소설은 성립되지 않았다. 또한 『이불』의 기묘한 서술이 없었더라면 비평가들은 그와 같은 읽기를 하지 않았을 것이다. 결국, 사소설 담론은 『이불』의 서술과 비평가들의 읽기의 합치 때문에 생긴 것이다.[22] 그리고 그것은 한 여성의 이야기라고 하는 읽기의 해석을 배제하는 것에 의해 가능하게 되었다. 이처럼 『이불』의 정전 형성은 작가 자신이 모델이 되었다는 것, 텍스트 자체의 서술과 독자들이 텍스트의 주인공을 작가라고 생각하고 읽은 것이 원인이 되었다.

2) 활자인쇄로 인한 묵독의 시대와 근대 개인의 내면

『이불』의 독자들이 작가 = 주인공이라고 생각하게 된 원인은 작품이 삼인칭임에도 불구하고 끊임없이 주인공의 내면에 시점이 들어가 있었기 때문이다. 『이불』에서는 중년 작가인 다야마 가타이가 여제자에게 애욕을 가졌다는 것으로 센세이션을 일으켰지만, 텍스트에는 주인공의 아무런 행동도 없고 오로지 내면만이 그려져 있었다. 이렇게 내면이 그려지게 된 것은 언문일치의 결과이면서 동시에 인쇄술의 발달과도 밀접한 관련이 있다.

---

22 안영희, 앞의 글, 222~238쪽 참고.

근대문학의 묘사特히 심리묘사라는 것은 활자인쇄의 발달과 밀접한 관계가 있어서, 만약 독자 측에 고속도의 묵독력이라는 기본 조건이 충족되어 있지 않다면, 아마 충분히 발달할 여지가 없었을 것이다. (…중략…) 근대소설의 독자가 제일 깊은 '착각' 속에 몰입하는 때는 설화자의 존재를 잊고 있는 순간이고, 말을 말로써 의식하지 않게 되는 순간이며, 언어가 무슨 화약처럼 가연성 물질 같은 매체가 되어 독자 내부에 뭔가가 생겨 축적되고 불타오르며, 눈은 심지에 타들어가는 불꽃처럼 활자 위를 훑어가는 그러한 순간인 것이다.[23]

일일이 손으로 베껴 쓰던 필사본의 시대와 페이지 전체를 나무판 표면에 새긴 후 잉크를 묻혀 종이에 찍어내는 목판인쇄시대까지 책을 대량으로 생산할 수 없었다. 필사본은 매우 지루한 작업이고 정확도가 떨어지며 엄청나게 많은 시간이 소요되었다. 목판인쇄는 모든 페이지를 힘들게 새겨야 하고 한번 사용한 목판을 다른 책에는 사용할 수 없었다. 활판인쇄는 금속으로 주조 활자들을 제작하고 그것들을 조합하여 원하는 문장을 만들면 인쇄 작업이 끝난 후에 활자를 해체하여 다시 사용할 수 있었다. 서양에서 1445년경에 구텐베르크가 활판인쇄술을 발명했지만, 동양에서 활판인쇄술의 사용이 늦어졌던 원인은 한자 때문이었다. 서양의 알파벳은 26개지만 한자는 수천 개나 된다. 서양에서는 활판인쇄를 위해서 수십 개를 만들면 되지만 한자의 경우는 수천 개를 만들어야 한다. 그리고 한자의 다양한 글씨체를 고려한다면 목판인쇄술이 실용적일 수도 있다. 이러한 측면에서 동양에서 목판인쇄술이 오랫동안 인기가 있었다.[24]
근대에 들어와서 활판인쇄술이 발달하고 책을 대량으로 생산하면서

23　마에다 아이, 유은경·이원희 역, 『일본 근대 독자의 성립』, 이룸, 2003, 298쪽.
24　http://blog.daum.net/dalmunzz/115(검색일 : 2012.1.31) 참고.

손쉽게 책을 구매할 수 있게 되었다. 책을 구하기 힘들었던 시대에는 한 사람이 글을 읽고 여러 사람이 듣게 되었다. 따라서 근대 이전의 독자들은 항상 설화자를 의식하였다. 활판인쇄의 발달로 많은 사람이 눈으로 책을 읽게 되고 묵독하는 습관이 생겼다. 그리고 근대소설은 끊임없이 작가가 이야기세계에서 독자에게 말을 거는 작가의 모습이 소설세계에서 사라지게 되고 독자들은 소설세계에 몰두하게 되면서 주인공의 내면을 발견하게 된 것이다. 인쇄술의 발달이 있었기에 묵독할 수 있었고 내면의 발견이 쉽게 이루어진 것이다. 끊임없이 작가가 작품세계에서 얼굴을 드러내던 소설에서 작가가 얼굴을 감추는 것으로 언문일치가 완성되었다. 동시에 언문일치문장이 완성되고 인쇄술의 발달로 인한 묵독의 결과 주인공의 내면을 생생하게 그릴 수 있게 되었다.

『고독한 군중』의 저자 리스먼은 커뮤니케이션 역사의 관점에서 문화의 발전 단계를 세 가지로 나누고 있다. 첫 번째는 구화口話 커뮤니케이션에 의존하는 문화, 두 번째는 인쇄된 문자 커뮤니케이션에 의존하는 문화, 즉 활자문화, 세 번째는 라디오·영화·텔레비전 등의 시청각적 미디어에 의존하는 소위 대중문화이다.[25]

메이지 초기는 구화 커뮤니케이션에서 문자 커뮤니케이션으로 이동하는 과도기였고 메이지 말기에 나온 『이불』은 문자 커뮤니케이션으로 정착되었을 때 발표되었다. "메이지 초년에 광범위하게 온존溫存해 있던, 읽는 사람 하나를 둘러싸고 여러 명이 듣는 공동의 독서 형식은, 일본 '가정'의 생활 양식 — 프라이

---

25   마에다 아이, 앞의 책, 178쪽.

버시의 결여, 민중의 낮은 식자 능력 수준, 희작소설의 민중연예적 성격 등의 여러 조건 ─ 에 바탕을 두고 있었다"[26]

메이지 정부는 서구를 따라잡기 위해서 근대국가의 체제와 국력을 갖추어야 했다. 이 과제를 실현하기 위해서는 무엇보다 문맹률을 낮추는 것이 시급한 과제였다. 따라서 근대교육의 필요성을 느끼고 1872년에 학교 제도를 만들었다. 당시의 취학률은 32%였으나 30년 후[1902]에는 97%에 달했다고 한다.[27] 『이불』이 나온 1907년에 이미 독자들은 대부분 아무런 문제 없이 혼자서 책을 읽었고, 책을 소리 내 읽지 않고 속으로 읽는 묵독하는 습관이 길러졌다고 추정된다.

일본의 경우 활판인쇄술이 이입되기 전의 목판인쇄시대가 거의 이 음독 시절에 해당한다. 그리고 목판인쇄에서 활판인쇄로 교체되는 메이지 초년은, 리스먼이 말하는 구화 커뮤니케이션에서 활자 커뮤니케이션 단계로 변해가는 과도기, 그것도 그 마지막 시기였다고 규정지을 수 있을 것이다.[28]

묵독으로 서적이 향유되던 시대 이전에 음독의 습관이 일반적이던 시대가 성행했음은, 리스먼 같은 사회학자뿐만 아니라, 독자층의 문제에 관심을 기울이는 문학사가들도 지적하고 있다. 언문일치와 활판인쇄의 발달로 인한 묵독의 결과 내면이 발견되었다. 『이불』도 이러한 시대적 흐름에 따라 주인공의 내면이 나타나게 된 것이다.

---

26 위의 책, 172쪽.
27 http://www.katei-x.net/blog/2007/09/000330.html(검색일 : 2011.9.14) 참고.
28 마에다 아이, 앞의 책, 180쪽.

3. 근대 그리고 젠더 남성들의 이야기와 배제된 여성의 이야기

『이불』이 사소설의 정전이 되는 과정에는 단지 작품성만이 아닌 다른 수많은 요인이 작용했다. 근대소설에는 대부분 남성 작가들에 의한 남성들의 이야기가 주로 다루어졌다. 여성 작가들은 소수에 불과하다. 이처럼 근대소설의 정전들이 대부분 남성 작가들에 의한 남성들의 이야기이다.

정전 형성을 둘러싼 또 하나의 중심적인 문제는, 정전 형성이 지니는 배제하고 지배하는 권력으로서의 기능 즉 민중문화·대중문화의 침식에 대하여 엘리트 문화를 지키고 강화하는 수단으로서의 기능에 있다. 정전에 대한 지식과 이것에 접근할 수 있는 능력, 특히 정전에 체현된 언어를 이해할 수 있는 능력은 사회적인 구별 혹은 서열을 유지하는 수단으로서 종종 이용되어 왔다.[29]

일본 근대소설의 경우, 남성 작가들이 다루는 이야기에 신여성들이 등장하지만, 주로 꿈이 좌절되고 포기할 수밖에 없는 상황에 놓이게 된다. 『이불』에서도 요시코라는 신여성이 등장한다. 요시코는 처음에 도키오에게 문학 수업을 받으려고 편지를 보내어 제자로 받아달라고 부탁한다. 그러나 첫 번째 편지에서 거절당하자 3번이나 편지를 써 결국 허락을 받아낸다. 이처럼 의지가 강한 신여성으로 그려지다가 남자친구를 사귀는 것이 계기가 되어 신여성으로서의 꿈을 접고 결국 고향으로 돌아가는 것으로 결말이 난다.

요시코가 도키오의 제자가 되고 난 이후, 도키오에게 그녀의 내면을 토

---

29   하루오 시라네, 앞의 책, 45쪽.

로한 편지는 세 통이 있다. 첫 번째 편지는 요시코의 애인 다나카가 상경한 것에 대한 상담, 두 번째는 다나카와의 관계를 인정해 달라는 것, 세 번째는 다나카와의 육체관계를 고백한 것을 쓰고 있다.

첫 번째 편지이다.

지난번 사가에 함께 간 친구를 증인으로 세워, 두 사람의 관계가 결코 부정한 일이 없었다는 것을 변명하고,541~542쪽

두 번째의 편지는 요시코가 다나카에게 따라가겠다고 하는 강한 의지를 표현하고 있다.

선생님, 저는 결심했습니다. 성서에도 여자는 부모를 떠나 남편을 따르라고 한 것처럼 저는 다나카를 따르기로 결심했습니다.577쪽

세 번째 편지이다.

선생님

저는 타락한 여학생입니다.

저는 선생님의 은혜를 이용하여 선생님을 속였습니다. 그 죄는 아무리 빌어도 용서받을 수 없을 만큼 크다고 생각합니다.597쪽

최초의 편지에서는 거짓말을 해서라도 자신들의 관계를 인정받으려고 하고, 한 번은 성공했지만, 세 번째의 편지에서는 진실을 고백해 버린다. 진실을 고백하지 않으면 안 되었던 것은 도키오의 "두 사람 사이에 신성

한 영의 사랑만이 성립하고 더러워진 관계는 없다"587쪽라고 하는 말에 대한 요시코 부친의 "그렇지만 육체관계도 있는 것으로 보지 않으면 안 된다"587쪽라고 하는 말이 단서가 된다. 부친의 말은 도키오의 인식에 영향을 미치고 구체적인 행동을 일으키는 계기가 되는 힘을 가진다. 부친의 말은 이 텍스트에 있어서 단순한 "작품세계 내에서 발언 이상의 작용"[30]을 하고 있다. 부친의 대화 뒤에 도키오는 "그 몸의 결백을 증명하기 위해서 그 전후의 편지를 보여달라"593쪽고 한다. 그 말을 들은 요시코는 얼굴이 빨갛게 되고 편지를 태웠다고 변명하지만 강력하게 요구하는 도키오에게 편지를 쓰고 진실을 고백한다. 결국, 부친의 말을 계기로 도키오는 더욱 의심하게 되고 요시코에게 고백을 강요하고, 그녀가 육체관계를 가졌다는 고백을 듣게 된다.

그녀는 "선생님에게 배운 새로운 메이지 여자의 임무, 저는 그것을 행하지 못했습니다"597쪽라고 하고 진실을 고백함으로써 자신의 꿈을 포기하게 된다. 이와 같은 진실의 고백으로 요시코는 꿈을 포기하게 되고, 실패와 좌절을 맛본다.[31] "정전 형성이 지니는 배제하고 지배하는 권력의 기능", "즉 민중문화·대중문화의 침식에 대하여 엘리트문화를 지키고 강화하는 수단의 기능"이 『이불』에서도 그대로 적용되는 것이다. 『이불』에서 요시코는 신여성의 꿈을 펼치기 위해 도쿄에 상경했으나 그 꿈이 좌절되어 고향으로 내려가게 된다. 이는 곧 여성들이 지배사회에서 배제되는 여성으로 그려진다.

---

30 藤森清,「語ることと讀むことの間－田山花袋『蒲團』の物語言說」,『國文學』(解釋と鑑賞) 第59卷 4號, 1994, 85쪽.

31 이 부분은 안영희,「『이불』과 일본자연주의」,『日本語文學』 제24집, 2004, 222~238쪽을 참고한다.

서양의 정전이론 기본주의자 입장과 반기본주의자 입장이 있다. 기본주의자 입장은 "기본주의자들은 텍스트 안에 기초적인 근거 또는 기본 원칙이 있다고 보고, 정전 텍스트가 보편불변의 절대적인 어떤 가치를 체현體現하고 있다고 생각한다". 반기본주의자 입장은 "이들은 텍스트 자체에 기본적인 근거 따위는 없으며 정전으로 선별된 텍스트는 어느 특정한 시대의 특정한 그룹 혹은 사회집단의 이익이나 관심을 반영한 것이라고 주장한다".[32]

정전이론의 반기본주의자들은 정전이 "어느 특정한 시대의 특정한 그룹 혹은 사회집단의 이익이나 관심을 반영한 것"이라고 한다. 이처럼 『이불』은 반기본주의자들의 입장에 포함된다고 할 수 있다. 『이불』이 사소설로 읽히게 된 것은 다야마 가타이가 자신의 이야기를 썼다는 것과 그 소설을 읽는 작가그룹이 전부 다야마 가타이의 실생활을 잘 알고 있었다는 것이 전제된다. 이것이 전제되어 작가 다야마 가타이 = 주인공 다케나카 도키오라는 사소설의 공식이 성립하게 된다. 만약에 『이불』을 읽은 독자들이 작가 다야마 가타이의 사생활을 알지 못한다면 이러한 공식은 성립되지 않으므로 사소설은 성립되지 않는다. 결국 사소설은 특정한 지배집단에 의해 만들어진 것이라고 할 수 있다. 작가의 사생활을 알지 못한다면 사소설이 성립되지 않기 때문에 여기에 속하지 못하는 이들은 사소설 독자에서 배제된다. 이처럼 사소설은 일본의 폐쇄적인 지배그룹에 의해 만들어졌다고 해도 과언이 아니다.

『이불』은 1907년에 나온 후 20여 년이 지난 1920년대에 이르러서 사소설의 정전이 되었다. 사소설은 근대 국민국가 형성과 연동하여 정전

---

32   하루오 시라네, 앞의 책, 18~19쪽.

이 되었다. 『이불』이 사소설의 정전이 된 요인은 여러 가지가 있었다. 첫째, 작가 자신이 소설의 모델이 된 것이다. 『이불』에서 작가인 다야마 가타이는 주인공인 다케나카 도키오와 일치한다. 둘째, 서사구조의 특이성에 있다. 시점은 항상 주인공에게 고정되어 있다. 그럼에도 불구하고 삼인칭으로 서사하고 있다. 『이불』은 삼인칭소설이면서 삼인칭인 그를 나로 바꾸어도 무방하다. 즉 『이불』은 삼인칭이기도 하고 일인칭이기도 한 소설이다. 셋째, 독자들은 소설을 픽션이 아닌 사실로 읽었다는 사실이다. 소설이 픽션임에도 불구하고 독자들은 주인공 다케나카 도키오를 작가 다야마 가타이로 바꿔서 읽었다. 이러한 요소가 사소설의 길을 열었고 『이불』이 사소설의 정전이 되었다.

사소설의 정전 형성은 일본 근대 국민국가 형성과도 밀접한 관계가 있었다. '나'는 근대적 자아 형성과 국민국가 형성에 필요한 요인으로 작용했다. 근대 국민국가를 이루기 위해 자립적인 '나'의 인식이 필요했고 이는 근대국가를 이루는 원동력이 되었다. 또한, 일본의 독특한 문학 양식인 사소설은 일본과 서구를 차별화하는 기능을 하였다. 근대 국민국가는 서구와 차별화하는 수단으로 사소설을 이용했다.

마지막으로 『이불』이 사소설의 정전이 되는 과정에서 볼 수 있었던 것은 일부 소수의 지배계층에서 『이불』을 정전으로 하였다는 것이다. 이들 소수의 지배계층은 근대소설 작가들이 대부분 남성이었기 때문에 소설 세계에서 여성이 자유롭게 자신의 꿈을 펼치는 내용은 거의 없다. 이는 남성 작가에 의한 남성들의 시점에 의해 그려졌기 때문이다. 또 하나는 사소설의 폐쇄적인 읽기 방법을 들 수 있다. 사소설의 정전은 일부 지배적인 작가그룹이 만들어낸 개방적이지 못한 읽기이다. 왜냐하면 작가의 사생활을 모르는 독자들이 읽으면 사소설이 성립되지 않기 때문이다.

제3장

고백소설의 기법을 계승한
이와노 호메이 『오부작』, 한국의 자전소설[1]

　일본 자연주의문학은 작가 자신을 모델로 하여 '있는 그대로'의 사생활을 고백한 문학이 진정한 문학이라는 풍조를 만들어냈다. 다야마 가타이 田山花袋, 1871~1930는 「노골적인 묘사」『太陽』, 1904에서 "어떠한 일도 노골적이지 않으면 안 된다. 어떠한 일도 진상이 아니면 안 된다. 어떠한 일도 자연적이지 않으면 안 된다고 절규"[2]하고, 사실의 적나라한 고백을 하라고 역설했다. 고백은 서술하는 주체의 심정을 토로하는 문학의 원점이기도 했다. 그 자연주의자들의 욕망을 충족시키는 것으로 나타난 것이 『이불』 1907이다. 꼭 그것을 증명하는 것과 같이 『이불』에서는 다야마 가타이의 실제 사생활을 곳곳에 고백하고 있다. 하세가와 덴케이는 자연주의문학을 옹호하는 「현실폭로의 비애」『太陽』, 1908에서 "우리가 심각함을 느끼는 것은 환멸의 비애이며, 현실폭로의 고통이다"[3]라고 했다. 그는 평론에서

1　안영희, 『한일 근대소설의 문체 성립』, 소명출판, 2011. 55~85쪽. 제3장은 이 책에서, 많은 부분을 인용하고 참고하고 있다. 일원묘사는 자연주의문학의 묘사 방법이 되므로 반드시 짚고 넘어가야 하기 때문이다.

2　田山花袋, 「露骨なる描写」(『太陽』 10巻3号, 1905.2), 『田山花袋全集』 26, 臨川書店, 1995, 156쪽.

3　長谷川天渓, 「現実暴露の悲哀」(『太陽』, 1908.1), 『近代文芸評論叢書－自然主義』 21, 日本図書センタ, 1992, 108쪽.

모든 허위를 부정하고 현실을 있는 그대로 그리라고 했다. 그 표제와 논지는 자연주의자들에게 환영을 받았다. 결국 『이불』은 일본 자연주의의 방향을 결정하고 다른 많은 자연주의 작가들에게 영향을 주었다. 『이불』의 약 10년 후에 나온 이와노 호메이岩野泡鳴, 1873~1920의 『오부작五部作』1920에도 주인공의 대담한 행동을 숨김없이 고백하고 있으며, 『이불』의 영향이 강하게 느껴진다. 『이불』은 『오부작』과 같이 처자 있는 중년 남자와 젊은 여성을 둘러싼 자신의 체험과 내면을 노골적으로 털어놓은 고백소설이다.

이와노 호메이는 재일단편소설집 『탐닉耽溺』1910.5의 「서문에 대신한다」에 다야마 가타이로부터 받은 영향을 다음과 같이 고백하고 있다.

가타이 씨 당신에게 나의 첫 단편소설집 『탐닉』을 바치고 싶다. (…중략…) 당신에 의해 신경향에 도달한 것은 고 독보 씨도 그렇다. 도손 씨도 그렇다. 나도 그중 한사람인 것을 부정할 수 없다. 당신은 나이에서도 나의 연장자인 동시에 새로운 학식에서도 나의 형이다. 당신의 「노골적인 묘사」, 『태양』 게재는 나의 『신비적 반수주의』에 앞선 것에 2, 3년, 그동안에 나는 당신을 알았다. (…중략…) 불행하게도 당신과 나는 문예의 실행적 성질에 있어서 의견을 같이할 수 없지만, 당신도 주관의 힘을 전부 없애고, 옛날의 천박한 몰이상론의 정도에 머무르지는 않을 테고, (…중략…) 『탐닉』에 이르러서 뜻밖에도 당신의 『이불』과 같은 제이의 연애를 취급하게 되고, 당신도 나의 소설에 대한 태도를 인정해 주었지만 『시노하라 선생』을 당신은 어떻게 볼 것인가, 나는 그것이 알고 싶은 것이다.[4]

---

4   岩野泡鳴, 「『耽溺』序文」, 『岩野泡鳴全集』 15, 臨川書店, 1997, 443~444쪽.

이 서문은 「오타루에서 배를 기다리면서」[1909.6.23]라는 제목으로 되어 있다. 이와노 호메이가 시인에서 소설가로 전향할 때 쓴 이 서문은 호메이가 다야마 가타이의 영향을 강하게 받고, 그 감화를 토대로 소설가로서 출발한 이유를 설명하고 있다. 그러나 한편, "문예의 실행적 성질에 대해서 의견을 같이할 수는 없다"라고 하고, 두 사람의 다른 점을 확실하게 밝히고 있다. 『오부작』은 이와노 호메이가 자신의 사생활을 모델로 해서 아내와 애인과의 싸움, 사업의 실패 등, 호메이 자신이 가지고 있었던 문제의 진상을 숨기지 않고 그린 '고백적'이고 '적나라'한 작품세계인 것이다. 『이불』을 의식하지 않았다면 이와노 호메이의 전면적인 고백의 작품세계인 『오부작』은 나타나지 않았을 것이다.[5] 여기서는 다야마 가타이가 『이불』 이후 고백소설의 소설기법을 계속 이어가는가? 그렇지 않다면 사소설의 묘사기법을 이어간 작가는 누구인가? 그리고 김동인이 완성한 고백체 소설은 한국에서 어떤 전개를 보이는지 알아본다.

1. 있는 그대로의 환상과 다야마 가타이의 평면묘사

1) 내면을 그리지 못하는 평면묘사

『이불』에서 시작된 일본 자연주의는 사실의 충실한 재현과 '노골적인 묘사'를 깃발로 하는 문학이었다. 그것은 개인의 진실한 가치관을 반영한 소설이라기보다 오히려 작가 개인의 사생활을 그린 소설이고 후에 '있는 그대로'의 자기 표출이라는 방향으로 발전해간다. 문학을 대상으

---

5   안영희, 앞의 책, 181~182쪽.

로 사생활을 중시하는 자연주의의 조류는 일본의 독특한 고백문학을 탄생시켜 장르로서는 사소설이 성립한다. 이후, 고백문학의 미적가치는 어느 정도 있는 그대로의 자신을 드러낼 수 있냐는 고백의 정도에 따라 측정하게 되었다. 이러한 배경 중에서 나온 것이 "있는 그대로의 표면적 사실만을 충실히 그리려고 노력했다"[6]는 다야마 가타이의 평면묘사이다.

평면묘사는 "현실의 자기 경험을 조금의 주관도 가하지 않고, 내부적 설명 또는 해부를 가하지 않고, 단지 본 대로 들은 대로 접한 대로 쓴 것"[7]이다. 평면묘사는 "본 대로 들은 대로 접한 대로"만 묘사할 수 있으므로 작자는 등장인물의 내면을 묘사할 수 없고, 외면만을 묘사할 수 있다. 반면 일원묘사는 주인공 한 사람의 눈을 통해서만 볼 수 있고 다른 사람의 내면은 알 수 없다. 간단하게 말하면 평면묘사는 사진에 비유할 수 있다. 사진에서는 사물의 외관만을 찍기 때문에 작중인물의 내면에는 들어갈 수 없다. 이에 비해 일원묘사는 그림에 비유할 수 있다. 그림에서 작가는 작중인물의 내면을 나타낼 수 있다.

'노골적인 묘사'를 실천한 『이불』에서 가타이는 고통을 각오하고 여제자에게 연애감정을 품었던 자기 자신의 사생활을 적나라하게 폭로했다. 당시, 센세이션을 일으켰던 『이불』은 주인공의 추악한 내면을 드러낸 고백소설이었다. 『이불』은 주인공 도키오의 내면과 그의 눈에 보인 타인을 주로 묘사하고 있으므로 일원묘사에 가까운 고백소설이라 할 수 있다. 하지만 다야마 가타이는 『이불』을 쓴 후 『생生』[1908]의 평면묘사에 도달하고 나서부터 등장인물의 내면을 드러내지 않는 묘사방법을 선택한다. 다야마 가타이는 「『생』에 있어서의 시도」중에서 "『생』에 있어서 나는 진지

---

6   田山花袋, 「『生』における試み」, 『早稲田文學』34호, 1908.9, 34쪽.
7   위의 글, 312쪽.

하게 어떤 한 시도 — 그것은 내가 이전부터 소설에 대해 가지고 있었던 주장을 가능한 충실하게 실현하겠다고 시도했다"[8]고 한다. 계속해서 그는 "『생』에서 시도한 것은 역시 콩쿠르나 모파상의 작품에 보이는 것과 같이 재료를 재료 그대로 쓰려고 하는 태도입니다"[9]라고 한다. 그는 그 태도를 "내가 노린 곳은 단지 모든 것을 버린 평면적 묘사입니다"[10]라고 한다.

2)『이불』이후 평면묘사를 실천한 다야마 가타이

가타이는 평면묘사를 주장한 후 이를 자신의 소설에서 실천했다. 또, 가타이의 소설은『이불』,『한 병졸—兵卒』을 비롯해 대부분이 자기 자신을 모델로 하고 있다. 예를 들면,『생』에서는 메이지 이전에 태어나 가정주부가 되었던 자신의 어머니,『아내妻』1908~1909는 메이지 초기에 태어나 평범한 주부가 되었던 자신의 아내,『인연縁』1910에서는 메이지 중기에 태어나 신여성이 되었던 자신의 제자가 그 모델이 되었다. 이들 작품세계를 보면『생』에서는 죽음을 눈앞에 둔 노모를 둘러싸고, 네 명의 자녀가 사랑하고 미워하고, 또는 결혼하고 연애하고 재혼하고 자녀를 출산하는 등의 많은 '생'의 길을 살아가는 모습을 충실히 그리고 있다.『생』에서는 가족제도의 희생이 된 어머니의 모습이 그려지고,『아내』에서는 어머니가 돌아가신 후, 러일전쟁이 시작되는 것이 배경이 되며 주인공 쓰토무와 오히카루『생』의 센노스케와 아내 오우메의 부부생활이 그려진다. 여기에서는 평범한 생을 살아가는 처와 아이들 곁에서 자기 자신의 삶을 잃어가는 남편의

---

8   위의 글, 31쪽.
9   위의 글, 34쪽.
10   위의 글.

고독이 그려져 있다. 『아내』에서는 가타이 자신의 부부생활을 그리고 있고, "『아내』가『생』보다 평면묘사에 충실하다".[11]

『인연』의 내용은『이불』에 이어지고, 그 배경은 러일전쟁 후 4년 지난 시기이다. 『아내』는 작가인 기요『아내』의 츠토무 옆에 하숙하는 아름다운 이 문학여성 도시코『아내』의 데루코가 연애하고 가출, 임신, 출산해서 가정을 가진다고 하는 내용이다. 평면묘사를 사용한 삼부작,『생』,『아내』,『인연』의 작품세계는 가족생활의 내실을 그린 것이었다. 가타이는 사생활을 제재로 해 평면묘사를 사용함으로써 현실에 충실하다는 소박한 의미의 사실주의를 실현하고 있다. 그 다음에 나온『시골교사』[1909]는 객관주의 문학으로 자연주의의 완성을 본 다야마 가타이의 대표작이다. 주인공인 하야시 세이죠의 모델은 시골교사로서 짧은 인생을 살다 간 문학청년 고바야시 히데오이다. 여기에서 작가 자신이 모델이 된 것은 아니지만 가타이는 고바야시 히데오의 모습에 자기 자신의 불우한 청년시대를 겹쳐 생각하고 있다. 『시골교사』는 하야시 세이죠가 초등학교 교사로서 자신의 처지에 불만을 품고 초조해 하면서 외롭게 죽어간다는 내용이다. 여기에서는 청일전쟁 후의 일본의 비약적인 발전과 자본주의사회에의 기욺, 이에 따른 국가와 개인의 괴리, 뜻이 있으면서 시골에 갇혀 사는 청년의 이상과 현실의 갭, 모순된 사회에 희생되는 당시의 청년상이 그려져 있다.

『생』,『아내』,『인연』,『시골교사』는 모두 평면묘사가 사용되었다. 가타이는 평면묘사를 전개해 가는 데 있어서 평면묘사를 선전함으로써 오히려 자신이 평면묘사에 구속된 것같이 보인다. 후지모리 기요시는 "가타이의 의도 이상으로 '평면적'이라고 하는 메타파가 메이지 40년대의 문

---

11   吉田精一,『自然主義の研究』下卷, 東京堂, 1966, 186쪽.

학 담론공간에 의해서 '선전되고' 그 후의 가타이를 거꾸로 구속하는 힘을 가지고 말았다"[12]고 한다. 이처럼 가타이는 『이불』 이후 작중인물의 내면에는 들어갈 수 없는 평면묘사를 사용함으로써 고백소설과는 점점 멀어져 간다.[13]

3) '있는 그대로' 모사하는 것이 가능하다는 신화

결국, 평면묘사는 비언어적인 것을 언어로써 '있는 그대로' 모사하는 것이 가능하다는 신화를 만들었다. 소설이 허구임에도 불구하고, 일상을 있는 그대로 투명한 언어에 의해 전사된다고 가타이는 믿었다. 가타이는 소설 속에서 일상을 그대로 보여줄 수 있다는 '사실'이라는 신화를 믿었다. 이처럼 가타이를 비롯한 동시대의 작가들은 '사실'과 '허구'를 혼동했다. 따라서 평면묘사는 '사실'이라는 허구를 성립시키고 허구가 사실화되는 시대를 만들어내었다. 한 인물의 주관성을 중시하는 일원묘사의 배후에는 '있는 그대로'가 '허구'에 지나지 않는다는 인식이 있었다. 호메이는 작가가 살아 있는 현실세계와 소설 속 주인공의 허구세계를 구별해야만 한다고 단언했다. 가타이는 평면묘사를 사용함으로써 현실을 투명한 언어에 의해 '있는 그대로'를 소설세계에 모사할 수 있다고 착각했다. 그 때문에 가타이는 현실세계와 소설세계를 명확하게 구별할 수 있는 자각을 가지지 못했다. 이에 비해 호메이는 언어가 현실을 그대로 옮기는 도구가 아니고 언어는 언어 이상의 것이 아니라고 자각했다. 일원묘사에 의해 처음으로 '있는 그대로'의 신화가 허구라는 것이 밝혀졌다.

평면묘사도 일원묘사도 인생의 진실을 그리려고 하는 목적과 리얼리

---

12   藤森淸, 「平面の精神史-花袋「平面描寫」をめぐって」, 『日本文學』 42권 11호, 1993, 20쪽.
13   안영희, 앞의 책, 243~252쪽.

즘의 철저라는 관점에서 일치한다. 그렇지만, 양자가 주장하는 묘사 방법은 전혀 다르다. 가타이는 주관을 배제하는 객관적인 묘사방법을 택한 것에 비해, 호메이는 한 사람의 주관을 거치지 않고 인생을 방관하는 것만으로는 진정한 인생의 내용을 포착할 수 없다고 생각했다. 그에 의하면 방관적 묘사가 아닌 주관적 묘사로 작품세계는 주인공의 자아를 표출하는 것이 가능하다. 가타이는 평면묘사에서 자연을 재현하기 위해 자신의 모든 감정을 배제하고, 높은 수준의 예술 경지를 구하려고 했다. 여기에서 화자는 모든 인물의 외면을 볼 수는 있으나, 개인의 내면에는 들어갈 수 없다. 평면묘사는 외면에서 받는 느낌, 그것에 의해 느끼는 인상 이외에 화자의 해석이 필요하지 않다. 개인의 내면을 그리려고 하지 않는 한 평면묘사는 표면적인 사생활의 묘사로 끝나버리고, 그 묘사방법에 따르는 한 고백은 성립되지 않는다.

이처럼 평면묘사에서 실제 고백소설은 성립되지 않고 인생을 방관하는 것만으로 내면이 드러나지 않는 객관소설이 성립한다. 가타이는 『생』에서 자연주의시대를 대표하는 평면묘사를 확립시키고 『시골교사』에서 그 완성을 보게 된다. 가타이는 『이불』 이후 평면묘사를 주장하고 적나라한 내면을 폭로하는 고백소설을 쓰지 않게 된다. 일본 자연주의는 자기 자신을 모델로 하면서 내면을 폭로하는 고백소설로 발전해가지만, 그 묘사론은 이와노 호메이의 일원묘사에 위임하게 된다. 유명한 사소설 대부분이 작가 자신의 수치스러운 부분을 고백하는 방식으로 전개된다. 이와노 호메이는 "일원묘사는 결국 내면묘사이다"[14]라는 일원묘사를 주장하고 그것을 『오부작』에서 실천한다. 실제 사소설에서의 고백담론은 한 사

---

14 岩野泡鳴, 「現代將來の小説的發想を一新すべき僕の描寫論」(『新潮』, 1918), 『岩野泡鳴全集』 11, 臨川書店, 1996, 338쪽.

람의 내면을 철저하게 묘사하는 이와노 호메이의 일원묘사에 계승된다. 이와노 호메이는 그의 『오부작』에서 자신을 모델로 자신의 불륜과 가정 생활의 파탄을 일원묘사를 사용해 적나라하게 묘사했다. 그는 10년에 가까운 개작과정을 통해 일원묘사를 완벽하게 추구하려 했고 그 결과 그의 묘사가 사소설의 묘사방법으로 이어지게 된다.[15]

2. 사소설의 소설기법을 완성한 이와노 호메이의 묘사
이와노 호메이와 김동인의 일원묘사

일본 근대문학에서는 다야마 가타이의 '노골적인 묘사'[1904], '평면묘사'[1909], 이와노 호메이의 '일원묘사'[1918] 등을 자연주의문학의 특징으로 들었다. 한국문학에서도 김동인이 '일원묘사', '다원묘사', '순객관묘사'[1925]라는 용어를 사용했다. 특히 김동인은 처녀작 「약한 자의 슬픔」[1919]에서 일원묘사로 작품을 썼다고 했다. 시기적으로 이와노 호메이의 일원묘사가 김동인의 일원묘사보다 먼저 등장했고, 김동인은 이를 자신의 소설작법에 참고했다. 『오부작』에도 『이불』과 같이 처자 있는 중년 남자와 젊은 여자와의 관계가 적나라하게 고백되고, 노골적인 편력과 연애의 끝이 감춘 곳 없이 대담하게 그려진다. 이 작품에서는 사실과 환상의 융합이 인생이라고 하는 호메이의 주장이 표현되어 있다. 또한 이와노 호메이가 주장한 일원묘사가 실천되어 있다. 이후에 이 일원묘사는 결국 사소설의 소설기법이 되었다.

---

15 안영희, 앞의 책, 419~420쪽.

이와노 호메이는 「현대장래의 소설적 발상을 일신할 나의 묘사론」 1918.10에서 일원묘사론을 주장하고 오부작1919에서 일원묘사를 실천하고 있다. 김동인은 「소설작법」1925.4~7에서 일원묘사를 주장하고 「약한 자의 슬픔」에서 일원묘사로 썼다고 하고 있다.

그럼 이와노 호메이와 김동인의 일원묘사에 대해 보도록 하자.

작자는 먼저 작중인물 한 사람의 기분이 된다. 예를 들어 갑을 주인공이라 하면 작자는 갑의 기분과 갑을 통해 다른 작중인물을 관찰한다. 갑이 듣지 못하고, 보지 못하고, 또는 느끼지 못한 것은 전부 주인공에게는 발견하지 못한 세계며 외딴섬과 같다. 따라서 작자는 알고 있어도 그것을 생략해 버린다. 그리고 만약 생략해 버리고 싶지 않으면 그 부분을 주인공이 보고 듣고 느끼고 알고 있는 것같이 쓴다. (…중략…) 이 태도는 작자가 갑또는 을 그 외에도 단 한 사람에 한한다에 제3인칭을 부여해도 실제로는 갑의 자전적인 제1인칭으로 이야기한 것과 같다.[16]

일원묘사 A형식

간단히 말하자면, 일원묘사라는 것은 경치든 정서든 심리든 작중 주요인물의 눈에 비친 것에 한하여 작자는 쓸 권리가 있지, 주요인물의 눈에 벗어난 일은 아무런 것이라도 쓸 권리가 없는 그런 형식의 묘사이다. (…중략…) 가장 쉽게 말하자면 일원묘사라는 것은 '나'라는 것을 주인공으로 삼은 일인칭소설에 그 '나'에게 어떤 이름을 붙인 자로서 늘봄의 「화수분」의 주인공인 '나'라는 사람을 'K'라든 'A'라든 이름을 급여할 것 같으면 그것이 즉 일원묘사형의 작품일

16　岩野泡鳴, 앞의 글, 322쪽.

것이며, 따라서 일원묘사형 소설의 주요인물「마음이 옅은 자여」의 'K'며「약한 자의 슬픔」의 '엘리자베트'며「폭군」의 '순애' 등을 '나'라는 이름으로 고쳐서 일인칭소설을 만들 것 같으면 조금도 거트짐 없이 완전한 일인칭소설로 될 수 있는 것이다.[17]

두 사람의 일원묘사에서 작가는 작중인물의 한 사람만의 눈에 비친 것만 관찰할 수 있고 쓸 수 있다는 것이다. 보통 이럴 때 일인칭을 사용하지만, 일원묘사에서는 삼인칭을 써야 한다고 한다. 즉, 일원묘사는 삼인칭을 사용하면서 주인공의 내면을 그리는 묘사방법이다. 이와노 호메이는 일원묘사를 "일원적 묘사는 내부에서 해야만 하고 결코 방관의 태도를 가져서는 안 된다"[18]라고 한다. 두 사람의 일원묘사의 공통점을 보면, 첫 번째 작자는 주요 인물의 체험과 시야에서 떨어질 수 없고, 주인공이 볼 수 없었던 것에 대해 쓸 수 없다. 이것은 작자와 작중인물의 일원화를 가리킨다. 두 번째로 일원묘사의 시점은 주인공 한 사람에 한정된다. 즉 작자에 의해 전개되는 작품세계가 한 사람의 시점에 한정되기 때문에 일원묘사는 성립하고 작자는 주인공의 눈을 통해서만 볼 수 있다. 셋째, 두 사람의 묘사론인 일원묘사는 실제 일인칭의 주인공에 삼인칭을 부여한 것이고 주인공의 이름을 일인칭의 나로 바꾸면 일인칭소설이 된다. 즉 일원묘사는 일인칭소설에 삼인칭 수법을 사용한 당시로는 참신한 수법이었다.

1) 고백체 소설의 기법을 실천한 이와노 호메이와 김동인
두 사람의 일원묘사 중, 먼저 호메이의 "작자가 먼저 작중인물 한 사람의 기분이 되어버린다"라는 부분과 동인의 "작중 주요인물의 눈에 비친

---

17 김동인,「소설작법」,『김동인전집』16, 조선일보사, 1988, 167~169쪽.
18 岩野泡鳴, 앞의 글, 322쪽.

것에 한하여 작자는 쓸 권리가 있지"라는 부분을 화자와 작중인물의 관계에서 분석해보자.

다음은 일원묘사가 실천된 호메이 『오부작』과 김동인 「약한 자의 슬픔」의 서두 부분이다.

요시오는 계모 때문에 아버지와 사이가 나빠서 본가에서 따로 집을 마련하고 있었다. 단지, 실행찰나주의의 철리를 주장해 점점 문학계에 이름을 알려져 왔기 때문에 귀찮은 하숙집 주인이 되는 것이 싫었다.

그렇지만, 그가 싫어한 것은 아버지 집만이 아니다. 자신의 처자 — 거의 16년 만에 6명의 아이를 낳은 아내와 살아 있는 3명의 아이도 싫었다.[19]

가정교사 강 엘리자베트는 가르침을 끝낸 다음에 자기 방으로 돌아왔다. 돌아오기는 하였지만 이제껏 쾌활한 아이들과 마주 유쾌히 지낸 그는 찜찜하고 갑갑한 자기 방에 돌아와서는 무한한 적막을 깨달았다.[20]

『오부작』, 「약한 자의 슬픔」에서는 작중인물인 요시오와 엘리자베트의 내면과 그들의 눈에 보인 타인만을 그리고 있다. 화자는 주인공을 통해서 다른 인물들을 관찰하고 그 인물이 느낀 것을 쓰고 있다. 오직 요시오와 엘리자베트의 주관적 감정과 내면만이 그려져 있고 독자는 주인공 이외의 인물 내면에 들어갈 수 없고 그 사람 내면은 그 사람의 행동, 말, 표

---

19 岩野泡鳴, 『岩野泡鳴全集』第2卷, 臨川書店, 1994, 3쪽.
20 김동인, 「약한 자의 슬픔」, 『김동인전집』 제1권, 조선일보사, 1987, 11쪽. 당시, 조선어에는 그녀라는 말이 없고 그, 그녀가 전부 그로 표기되었다. 여기에서 그는 그녀를 의미한다.

정만으로 추측할 수밖에 없다. 일원묘사의 시점은 주인공 한 사람에 한정된다. 즉 작자에 의해 전개되는 작품세계가 한 사람의 시점에 한정되고 작자는 주인공의 눈을 통해서만 볼 수 있다. 일원묘사에서 화자는 화자의 자격으로 알고 있는 것을 보고하고 어떠한 인식상의 제한도 없는 전지적 서술은 하지 않는다. 이 묘사 방법은 작품세계에서 어떤 특정한 작중인물의 지각이나 인식상의 제한을 받는 서술이다.

2) 삼인칭으로 작중인물의 내면을 묘사한 새로운 고백체 소설

『오부작』, 「약한 자의 슬픔」에서는 주인공 요시오와 엘리자베트의 시점이 화자의 시점과 중복되고 융합되는 것처럼 보인다. 일원묘사는 화자의 시점이 좁혀져서 작중인물 시점에 겹쳐지는 효과를 가진다. 따라서 화자의 서술을 통하면서도 작중인물의 내면이 작중인물의 입장에서 표현된다. 화자와 작중인물을 밀착하려 하는 일원묘사의 서술에서는 작중인물과 화자의 거리가 아주 가깝게 인식된다. 따라서 일원묘사는 주인공의 내면세계를 그리는데 어울리는 수법이라 말할 수 있다. 이와 같은 일원묘사의 소설수법에 의해 화자와 작중인물의 관계에 중요한 변화가 생긴다. 즉, 신의 위치에 서서 서술하는 화자의 권리가 작중인물에게 옮겨진다. 따라서 화자중심에서 작중인물중심이라는 서술의 변화가 생긴다. 서사narrative의 본래 의미는 '알고 있다', '정통하고 있다'라는 라틴어gnarus를 어원으로 하므로 모든 것을 알고 있는 화자narrator가 그것을 서술하는 것을 의미한다.[21] 일원묘사에서 화자작자는 모든 것을 알고 있는데도 불구하고 타자작중인물의 입장에 서서 모르는 체한다. 이러한 것은 지금까지 서

21　遠藤健一,「物語論の臨界−視点 焦点化 フィルタ」, 三谷国明 編,『近代小説の「語り」と「言説」』, 有精堂, 1996, 124쪽 참조.

술상식에서 일탈한다. 그러므로 화자를 작중인물인 요시오라는 인간존 재로 바꿔 놓을 수 있다. 즉, 작품세계 외부에 있는 작자의 권리가 주인공 에 이양됨으로써 신과 같은 전지적 화자는 존재하지 않게 된다. 주인공 의 내면을 삼인칭으로 나타내는 일원묘사는 새로운 고백체 담론을 만들 어내었다. 호메이는 일원묘사를 통해 주인공의 생생한 내면을 그리는 데 성공하고, 일본 근대소설기법의 새로운 묘사방법을 창출하였다. 삼인칭 에 의한 고백체는 일본 자연주의문학의 치밀한 내면세계를 발전시키는 계기가 되었다.

3) 새로운 고백체 소설의 탄생

일원묘사의 시점 설정은 작품세계 내부에 있는 엘리자베트와 요시오 가 보는 주체가 되고, K 남작과 오토리가 보이는 대상이 된다. 이와 같은 시점설정으로 주인공은 타인을 의식하고 타인을 통해서 자기를 의식하 게 된다. 이처럼 자기와 타자를 구별하는 것에 의해 주체와 대상의 구별 이 생긴다. 독자는 이러한 명확한 자기의식을 통해서 엘리자베트와 요시 오의 내면세계를 보는 것이 되고 그들의 주관적인 세계만을 안다. 물론, 소설의 작품세계에서 화자를 완전하게 배제할 수는 없다. 그러나 작자 는 화자의 권리 일부를 작중인물에게 넘겨줌으로써 화자는 작품세계에 서 모든 것을 설명하는 신의 존재에서 인간의 존재로 추락하는 것이 된 다. 화자가 작중인물 한 사람의 인간으로 변하는 것에 의해 그 서술은 제 한을 받는다. 이것은 화자의 권리를 주인공에 양보하는 것에 의해 화자 를 작품 속에 은폐하는 새로운 형식의 고백체라고 말할 수 있다. 즉, 작자 의 실체를 감추는 것에 의해 더욱 근대적인 소설기법, 표현형식을 창출하 는 것이다. 그것은 내면을 그리는 새로운 형식이고 그것을 가능하게 했던 것이 일원묘사의 방법이다. 이 방법은 서술하는 기술의 혁신이고 근대 소설 고유의 기법이라고 불려진다. 결국, 이러한 새로운 형식의 고백체가 내면을 탄생시켰다. 일원묘사를 통해서 얻은 작품세계는 주인공의 생생한 내면세계이다.[22]

『오부작』의 주인공인 요시오의 파란만장한 생활은 실제 이와노 호메이의 생활이기도 하다. 작품에서 문학자이고 사상가이기도 한 다무라 요시오, 아내 지요코, 애인 시미즈 오토리의 모델은 이와노 호메이와 그의 아내이고, 애인 마쓰다 시모에다. 실제 『오부작』의 여주인공인 시미즈 오토리의 모델인 마쓰다 시모에는 호메이 집에 하숙하고 있었다. 호메이와 시모에의 관계가 깊어지자 둘은 따로 살림을 차린다. 호메이는 돈이 필요하여지자 자기 집을 저당잡고 사할린에서 식품 가공사업에 나선다. 그러나 사업에 전혀 경험이 없었던 동생에게 일을 맡긴 것과 동생의 발병이 원인이 되어 호메이가 현지에 갔을 때는 사업이 재기 불가능한 상태였다. 그는 사업부흥 자금을 마련하기 위해 홋카이도에 건너가 방랑생활을 하지만 실패하고 도쿄로 돌아온다. 이처럼 『오부작』은 작가의 사생활을 그린 사소설이라 평가되었다.

호메이는 문학자로서 독자적인 사상으로 생활과 문학을 일원적으로 통일시키려 했다. 그 통일을 그는 문학뿐만 아니라 실생활에도 일치시키려 했다. 그는 일상생활 중에서 자기의 감성을 수련하는 일본 작가에게 반감을 품었다. 호메이는 실행하는 사상가이고, 그의 소설은 그 실행하는 사상가의 사상과 행동을 예술적으로 구현하려 했다. 애정이 없어진 결혼을 인정하지 않는 자신의 사상에 의해 그는 애인 마쓰다 시모에와

22　안영희, 앞의 책, 83~84쪽.

헤어지고 아내 고와 별거하고 새로 알게 된 엔도 시즈코와 동거한다. 그는 후년 아내를 세 번이나 바꾼 것에 대해 비난받았지만, 그 문제를 자신의 발전을 위해서라고 항의했다. 호메이의 이와 같은 행동 이면에는 생활, 문학, 사상은 항상 공존한다는 태도를 보이고 있었다. 호메이의 독특한 사상에 의한 창작관은 자신의 생활이 예술을 만든다고 하는 『오부작』의 독특한 작품세계를 만들었다.[23]

3. 외국어로 구상하고 모국어로 쓴 김동인의 고백체 소설

1) 김동인은 왜 일본어로 구상하고 조선어로 썼을까?

일원묘사는 '그'에 의해 표현된 삼인칭소설이지만 그를 나로 바꾸면 일인칭소설이 된다고 호메이와 동인은 같이 주장한다. 결국, 일원묘사는 일인칭에 관계된 이야기를 삼인칭으로 쓰는 방법이다. 앞에서 확인한 것처럼 『발전』의 주인공 요시오와 「약한 자의 슬픔」의 주인공 엘리자베트는 요시오와 엘리자베트라는 삼인칭으로 표현된다. 호메이와 동인은 삼인칭을 사용하면서 그의 내면을 표현하고 있다. 원래, 고백 형식에서 작중인물 내면을 나타내기 위해서는 일인칭이 적당할 것이다. 그러나 그들은 주인공의 내면을 삼인칭으로 표현했다. 이같이 기존과는 다른 고백소설을 창출하기 위해 그들은 많은 고통을 감내해야만 했다. 김동인은 새로운 묘사 방법언문일치체 소설을 만들기 위해 일본어로 구상하고 조선어로

---

23   위의 책, 76~84쪽.

썼다고 했다. 이 문제를 동인의 진술에서 생각해보자.

동인은 「약한 자의 슬픔」을 집필한 당시를 「문단 30년의 자취」에서 다음과 같이 회상하고 있다.

「創造」 창간호에 게재된 나의 처녀작 「약한 자의 슬픔」에서 비로소 철저한 구어체가 사용된 것이었다. 또한 우리말에는 없는 바의 He며 She가 큰 난관이었다.[24]

소설을 쓰는 데 가장 먼저 봉착하여 따라서 가장 먼저 고심하는 것이었다. 구상은 일본말로 하니 문제 안 되지만, 쓰기를 조선글로 쓰자니, 소설에 가장 많이 쓰이는 'ナツカシク', 'ヲカンジタ', 'ヒナカッタ', 'ヲエタ' 같은 말을 '정답게', '을 느꼈다', '틀림혹은 다름없었다', '느꼈다혹 깨달았다' 등으로 한 귀의 말에, 거기 맞는 조선말을 얻기 위하여서 많은 시간을 소비하고 하였다.[25]

외국어의 창작이 아니고 모국어에 의한 창작임에도 불구하고 왜 그는 "구상은 일본말로 하니 문제 안 되지만, 쓰기를 조선글로 쓰자니"처럼 일본어로 구상하고 조선어로 쓰기 위해 그토록 고통스러워하지 않으면 안 되었나? 동인은 「약한 자의 슬픔」에서 'He', 'She'에 상당하는 삼인칭 대명사 '그', '쓰다'라는 종결어미, 주관을 나타내는 감정동사 '정답게', '느꼈다', '틀림혹은 다름없었다', '느꼈다혹 깨달았다'를 사용했다. 여기에서 그는 그 실천에 따르는 고통을 피력했다.

그리고 「약한 자의 슬픔」의 서두 부분 "그는 찜찜하고 갑갑한 자기 방에 돌아와서는 무한한 적막을 깨달았다"에서 삼인칭 대명사 '그', '쓰다'

---

24   김동인, 「문단 30년의 자취」, 김치홍 편, 『김동인평론전집』, 삼영사, 1984, 424쪽.
25   위의 책, 434쪽.

라는 종결어미, 내면세계를 나타내는 동사 '깨달았다'를 하나의 문장 속에 사용하고 있다. 따라서 작가 자신이 근대적 문체의 실현에 매우 자각적이었다. 위의 인용에 있는 그의 고민은 삼인칭 대명사 '그'와 일인칭에 부합하는 '깨달았다'를 어떻게 같은 문장 속에 구사하느냐의 문제였다. 일본어와 한국어의 주관감정동사·형용사, '정답게', '느꼈다', '틀림혹은 다름없었다', '느꼈다혹은 깨달았다'는 원래 발화 주체의 주관을 나타내는 말이고 제삼자에 대해 말하는 것은 부자연스럽다. 이와 같은 감정을 나타내는 동사·형용사는 "원래 화자 자신의 그때 기분 상태를 주관적으로 표출한다"라는 것이고 주관적 감정은 "너무 개인적인 경험내용이기 때문에 타인은 관여할 수 없다고 일본어는 주장한다".[26] 이와 같은 것은 한국어에도 말할 수 있다. 이러한 말은 '나는 그립다', '나는 느꼈다혹은 깨달았다', '나는 틀림혹은 다름없었다'와 같이 일인칭 '나'와 어울리는 언어이다. 그래서 일상 언어에서는 이 주관을 나타내는 동사·형용사를 일인칭 '나는 느낀다'라거나 '너는 느꼈니?'의 문장은 자연스럽지만, 삼인칭 '그는 느꼈다'는 부자연스러운 문장이 된다. 만약 삼인칭을 사용하면 '그는 느꼈을 것이다'라는 추량의 표현으로 해야만 된다. 그러나 '그는 느꼈다'라는 근대소설담론은 그 불가능을 가능하게 했다. 이 소설문체는 소설담론에만 보이는 허구의 장치이다. 일원묘사는 그 불가능을 가능하게 했다.

26 　中山眞彦, 『物語構造論』, 岩波書店, 1995, 16쪽.

2) 새로운 고백체 소설(일원묘사)에서 작중인물의 주관성과
객관성을 동시에 유지하는 방법

강엘리자베트의 내면묘사를 그리는 데에 있어서 일인칭 '나'에 어울리는 주관감정동사를 어떻게 해서 '그'라는 삼인칭과 같이 쓸까 하는 고민은 일원묘사의 성립에 관계되는 문제였다. 일인칭소설의 경우 작중인물이 화자가 되어서 자신이 실제 경험한 것처럼 서술하기 때문에 양자 사이는 매우 긴밀하다. 그러나 일원묘사와 같은 작중인물이 삼인칭이면 주인공과 화자 사이에는 거리가 생긴다. 즉, 말의 내실은 작중인물에 있지만, 그것을 화자가 말한다. 즉, 하나의 문장 속에 두 개의 다른 음성이 들린다. 일인칭이 아니고 삼인칭을 사용함으로써 화자와 주인공이 완전히 일치하지 않고 양자 사이에는 거리가 두어진다. 그러나 작자는 작중인물을 삼인칭으로 하면서 동시에 그·그녀의 내면을 그리려고 한다. 따라서 일원묘사 방법은 작중인물의 주관성과 객관성을 동시에 유지하는 방법이다.

일원묘사에서 '그는 느꼈다'가 단적으로 나타나는 것과 같이 화자는 '그'의 사고내용을 자신의 말로 고쳐서 보고하지 않고 '그'가 스스로 사고하는 것같이 나타낸다. 화자는 자신의 말이 아니고 작중인물의 말을 전하는 것이기 때문에 '그'라고 하는 말을 사용한다. 화자는 현재 상황에서 서술하지 않고 떨어진 시점에서 작중인물을 관찰하기 때문에 화자와 작중인물 사이에는 시간적인 거리가 생기고 소설서술은 과거시제 속에 융화된다. 이처럼 화자는 작중인물의 말을 끌어내기 위해 '그'의 시점에서 서술하지만, 과거시제가 사용되기 때문에 작중인물과의 일체화가 방지되고 거리가 확보된다. 이 거리, 결국, "화자의 위치가 작중인물 측에 끌려들어 가는 것을 방지하는 것이 조감적 시점이 들어간 소설문체의 구조가 남아 있는 삼인칭이고 과거시제이다".[27]

다시 말하면 일원묘사는 작중인물에 끌려들어 가게 하지 않는 장치, 즉, 신의 시점인 삼인칭과 과거시제가 포함된다. 일원묘사를 사용하는 것에 의해 화자는 작중인물의 말을 끌어내지만, 비판적인 위치를 잃지는 않는다. 결국, 화자와 작중인물의 거리가 삼인칭과 과거시제에 의해 확보된다. 이것은 일상 언어와 소설언어의 차이를 나타낸다. 일원묘사에서 보이는 삼인칭, 과거형식의 표현과 추량 표현의 부재는 허구를 나타내는 하나의 장치이다. 작자 자신의 얼굴을 감추고 작중인물을 삼인칭으로 하면서 동시에 그 내면을 표현하려고 하는 문체는 소설세계의 진실과 허구를 동시에 표현하는 소설기법이다. 또 그것은 삼인칭에 의한 새로운 고백체라고 할 수 있다.

3) 완전한 모방에 대한 도전

이상, 김동인과 이와노 호메이의 일원묘사의 비교를 통해 한일 근대소설의 표현기법이 성립하는 과정을 살펴보았다. 당시, 현실의 정확한 재현을 목표로 한 자연주의소설가들의 표현기법에 관한 관심은 묘사라는 말을 유행하게 했다. '있는 그대로의 현실묘사', '무기교', '무각색'을 추구하고 자연주의 소설기법으로 객관적 묘사를 목표로 한 가타이의 평면묘사의 모순점을 인식한 것이 호메이였다. 주관을 중시한 그는 가타이의 방관적 입장을 배제하고 새로운 묘사법을 모색했다. 그것이 일원묘사이다. 호메이는 세계의 모든 사실을 주관에서 파악해야 한다고 생각했다. 김동인도 전시대의 작가가 작품 내에 빈번하게 개입하고 모든 작중인물의 시점 사이를 자유롭게 이동하는 작품, 작품세계가 전부 작자의 시야에

---

27 김동인, 앞의 책, 167쪽.

들어가 있던 고대소설, 신소설, 이광수 소설에 대해 비판하고 있었다. 이와 같은 평면묘사와 전지적 시점에 대한 자각과 반성에서 일원묘사가 나타났다. 그들은 일원묘사에서 기존의 소설과는 명확하게 다른 소설기법을 추구했다. 작자에 의한 객관적 시점만이 그려지는 평면묘사와 작자의 주관적 시점이 작품전체를 지배하는 전지적 시점의 모순을 자각하고 그들은 객관과 주관을 동시에 나타내기 위해 일원묘사를 창안했다.

두 사람의 일원묘사는 리얼리즘과 자연주의소설의 근저에 있는 완전한 모방에 대한 도전이라고 볼 수 있다. 소설에서 완전한 모방은 있을 수 없다는 것이 그들 생각이다. 쥬네트에 의하면 언어가 완전하게 모방할 수 있는 것은 사물이 아니고 그 언어와 동일한 언어밖에 없다.[28] 완전한 모방은 사물 그 자체밖에 될 수 없고 소설은 모방이 된다고 해도 그것은 불완전한 모방일 수밖에 없다. 그들은 소설이 어디까지나 허구인 것을 자각하고 있었다. 일원묘사는 현실의 재현이라는 환상으로 보이는 모방의 신격화에 대한 도전이기도 했다. 그들은 자연주의자들의 '있는 그대로'가 불가능하다는 것을 허구의 장치인 삼인칭 '그'와 과거시제 '-ㅆ다'로 표현했다. 허구이지만 어디까지나 진실을 그리지 않으면 안 된다는 과제를 작중인물의 내면세계를 그리는 것으로 해결했다. 주인공의 내면을 삼인칭으로 나타내는 일원묘사는 새로운 고백체담론을 만들어내었다. 호메이와 동인은 일원묘사를 통해 주인공의 생생한 내면을 그리는데, 성공하고 그것에 의해 일본과 한국의 근대소설기법의 새로운 묘사방법을 창출하였다. 삼인칭에 의한 고백체는 일본과 한국의 자연주의문학의 치밀한 내면세계를 발전시키는 계기가 되었다.

---

28 ジェラール・ジュネッ, 花輪光監 訳, 「ディエゲーシスとミメーシス」, 『フィギュールⅡ』, 水声社, 1989, 64쪽 참고.

4) 한국 고백소설의 전개

서구의 자연주의 소설은 사회문제를 소재로 하여 사회를 비판하는 성격이 강했다. 그러나 일본에서는 사회비판적인 성격이 배제되고 작가 자신의 사적인 영역만을 그리는 일본식 자연주의 소설로 변질되었다. 일본의 자연주의 즉 다야마 가타이의 『이불』을 비롯해 이와노 호메이의 작품은 사회와의 관계 속에서 싸우지 않고, 밀폐된 방에서 고뇌하는 인간이 그려진다. 즉, 일본에서는 '현실'을 그리는 리얼리즘 소설이 아니고, '사생활'를 제재로 하면서 '내면'을 그리는 고백소설로 발전해나간다. 결국, 고백체담론을 이와노 호메이의 일원묘사가 그 기능을 수행해나간다.

한국에서는 서구의 자연주의를 일본을 통해 받아들였지만, 일본의 사소설적인 요소는 보이지 않고 당시 일제강점기의 빈곤한 사회상을 그리는 독특한 형태로 나타났다. 한국의 경우, 김동인은 처음에 호메이와 같이 일원묘사를 사용해서 내면을 드러내는 고백소설을 썼다. 그러나, 그는 『감자』에서 '객관묘사'를 사용하고 있고, 당시의 빈곤한 생활을 식민지라는 시대 상황과 접목시켜 객관적으로 그리는 작품세계에 도달하게 된다. 이렇게 해서, 그는 『감자』 이후, 내면이 전혀 들어가지 않는 객관묘사를 사용해 사회성이 강한 리얼리즘 소설을 써나간다. 한국에서는 '사생활'를 그린 사소설은 거의 나타나지 않고, '현실'을 그린 리얼리즘 소설이 나타난다. 즉, 한국에서 자연주의 및 리얼리즘은 개인이 어두운 내면세계를 그리는 고백소설에서 사회현실을 리얼하게 그리는 리얼리즘 소설로 변해가는 것이다.[29]

---

29 안영희, 앞의 책, 264~265쪽.

제4장

예술과 생활의 일치를 추구한
가사이 젠조 「슬픈 아버지」[1]

일본 사소설은 일본의 가장 독특한 문학 장르이므로 많은 사람이 관심을 가지지만 사소설의 본질이 무엇인지 정확한 정의를 내리기는 어렵다. 쓰시마 유코는 사소설을 다음과 같이 표현하고 있다.

일본의 근대문학에서 작가가 자신의 생활을 사실 그대로 고백하는 스타일의 '사소설'이 탄생했습니다만, 이것은 현재 거의 아무도 정확한 의미를 알지 못합니다. 그렇지만 일본사회에서 이 말은 모호한 채로 혹은 바로 애매하므로 뿌리 깊게 오래 살아남아, 작가가 자신에 가까운 인물을 설정해 쓰면 그것은 작가 자신임이 틀림없다는, 독자와 평론가까지 곧바로 수용하고 마는 경향이 지금도 강하며, 또한 어떤 작품은 '사소설'이라는 말로써 그 문학성을 높이 평가받기도 합니다. 그런가 하면, 자신의 소설이 '사소설'이라 불리게 되면 마치 상상력이 모자란다는 말을 들은 것처럼 화를 내는 작가도 많습니다.[2]

사소설은 일본 근대문학의 대명사라고 할 수 있다. 소설은 픽션을 통

---

1   제4장은 안영희의 논문 「가사이 젠조와 사소설」(『일어일문학연구』 69-2, 2009, 287~310쪽)을 수정·보완하였다.
2   쓰시마 유코, 유숙자 역, 『나』, 문학과지성사, 2003, 6쪽.

해 인간과 사회의 진실을 추구하는 산문 작품이다. 픽션은 소설의 기본 조건이다. 사소설은 픽션을 엄격하게 배제하고 작가의 체험을 충실하게 재현한 것이다. 따라서 사소설은 일본에서만 존재하는 특수한 소설의 한 장르로 그 존재를 인정받았다. 진보주의적 비평가들은 사소설이 서양의 소설을 오해한 것이라고 크게 비판하였다. 반면, 전통주의적 비평가들은 사소설이 서양과는 다른 새로운 일본의 소설이라고 크게 반겼다. 이러한 다른 의견이 있었음에도 사소설은 많은 작가가 옹호하였고 근대일본문학의 중심적인 위치를 차지하고 있다.

데라다 도오루寺田透는 쇼와 25년[1950]에 나쓰메 소세키夏目漱石, 고다 로한幸田露伴, 이즈미 교카泉鏡花만이 사소설을 전혀 쓰지 않았다고 말했다.[3] 다시 말하면 거의 모든 20세기 초기의 일본 작가들이 사소설이라는 형식을 자신의 작품에 시험했고 이들 작가는 사소설의 매력과 유혹에 직면했다는 얘기가 된다. 다니자키 준이치로谷崎潤一郎와 기쿠치 간菊池寛과 같은 작가들은 사소설의 형식에 손을 댔다가 다른 형식으로 옮겨갔다. 아쿠타가와 류노스케芥川龍之介와 같은 작가들은 사소설의 형식을 답습하는 것에도 부정적이었다. 그렇지만 그도 결국 말년에는 사소설을 썼다. 그리고 도쿠다 슈세이德田秋声, 시마자키 도손島崎藤村, 가사이 젠조[1887~1928]와 같이 전 생애를 통해 사소설을 쓴 작가도 있다.

여기서 다루는 가사이 젠조는 다자이 오사무太宰治, 시가 나오야志賀直哉와 같이 유명한 사소설 작가는 아니다. 하지만 사소설 작가들이 그를 가장 존경하는 이유는 그의 사생활과 작품이 가장 일치하기 때문이다. 사소설 작가인 그를 파멸시킨 원인도 사소설이 제공했다. 다시 말하면 사

---

3   エドワード ファウラー, 伊藤博 訳, 『告白のレトリック―20世紀初頭の日本の私小説』, 2008, 355쪽 참조.

소설에 충실해지려 했기 때문에 파멸한 작가이다. 자신의 실생활이 문학이 된 가사이 젠조의 삶과 문학은 사소설을 가장 잘 설명해 준다.

사소설을 어떻게 해석하느냐의 문제는 일본문학·일본문화를 어떻게 해석하는가의 문제와도 관계가 있다. 또한, 사소설의 이해는 문학에서 작가의 위치와 소설에서 픽션의 역할이 근대일본의 경우 어떻게 파악되었나를 알아보기 위한 것이기도 하다. 여기서는 가사이 젠조의 「슬픈 아버지」를 분석하고 가사이 젠조와 사소설의 관계, 그리고 이를 통해 일본의 사소설을 명확하게 이해하는 것이 목적이다.

1. 줄거리가 없는 소설[4]

일본의 독특한 문학 장르인 사소설의 성격을 정확히 파악한 글이 1920년 9월 『중앙공론』에 발표된 우노 고지宇野浩二가 쓴 『시시한 세상 이야기甘き世の話』의 한 구절이다.

근래 일본소설계의 일부에 이상한 현상이 있다는 것을 현명한 여러분은 알고 있을 것이다. 그것은 무턱대고 '나'라는 영문을 모르는 인물이 나오고, 그 사람의 용모는 물론, 직업도 성격도 일체 설명되어 있지 않은데, 그러면 무엇이 쓰여 있는가 하면, 묘한 감상 같은 것만 나열되어 있다. 주의해서 보면, 아무래도 그 소설을 쓴 작가 자신이 바로 그 '나'인듯하다. 대체로 그렇게 정해져 있는 것이다. 그러므로 '나'의 직업은 소설가이다. 그리고 '나'라고 쓰면 소설의 지은이

---

4   줄거리가 없는 소설이란 일반적으로 특별한 줄거리가 없이 자신의 감상이나 느낌을 나열한 사소설을 부를 때 쓰는 용어이므로 이를 그대로 쓴다.

를 가리키는 것이 되는 식의 희한한 현상을 독자도 작가도 전혀 의심하지 않는
다. 소설가를 주인공으로 쓰는 일도 '나'를 주인공으로 삼는 일도 다 배척해야
할 사항은 아니지만, 그로 인해 소설의 주인공인 '나'가 모두 작가 자신이고, 따
라서 그 소설은 모두가 다 실제로 일어난 사건처럼 독자가 어느새 생각하게 된
것은 한심스러운 일이다.[5]

일본의 사소설은 처음에 작가가 자신을 모델로 해서 자신의 이야기를
썼다는 것이 화두가 되었다. 하지만 사소설은 점차 시간이 지나면서 소
설의 이야기가 곧 작가의 현실 이야기라는 공식이 성립하게 되고 소설과
현실이 역전되는 현상이 일어나게 되었다. 다시 말하면 현실이 소설의
이야기가 되기 때문에 현실의 실제 생활이 소설의 줄거리가 된다. 따라
서 소설가는 소설의 줄거리를 고민할 필요가 없었고 독자는 소설을 있는
그대로의 사실이라고 생각하며 읽게 되었다. 이러한 사소설 작가의 태도
를 가장 잘 실천한 작가가 바로 가사이 젠조이다. 그는 "내가 쓰는 것에는
거짓이 없다"라고 했다. 사소설이라고 해서 소설인 이상 전혀 허구가 없
을 수는 없겠지만 작가의 생활을 거짓 없이 진솔하게 고백한 작가가 바
로 가사이 젠조라고 할 수 있다. 그리고 그의 소설은 실제 그의 생활이기
도 했다. 사소설의 작가 = 주인공이라는 공식이 성립되려면 독자는 아주
상세하게 작가의 신변에 대해 알고 있어야 한다. 따라서 진정한 사소설
의 독자는 한정되어 있다고도 할 수 있다.

이러한 이유로 인해, 일반적으로 작가 자신의 이야기를 있는 그대로 쓰
면 한편의 사소설이 된다고 하는 설이 있다. 그러나 자신의 일생을 회상

---

5   이토 세이, 유은경 역, 『일본 사소설의 이해』, 소화, 1997, 173~174쪽.

하여 있는 그대로 쓴 자서전[6]의 저자는 자신이 사소설을 썼다고는 이야기 하지 않는다. 즉 자서전을 사소설이라고는 하지 않기 때문이다. 일반적으로 사람들이 누구나 다 자서전을 쓸 수 있지만, 사소설을 쓸 수 있는 것은 아니다. 그러나 많은 사람은 이러한 측면을 오해하고 있다.

구메 마사오久米正雄가 다이쇼 14년1925에 쓴 「사소설과 심경소설」에 다음과 같은 말을 하고 있다.

사람들은 모두 '사소설'의 재료를 가지고 있다. 그리고 누구나가 다 표현력의 혜택을 받았다면 하나하나 — 사소설을 써서 남기고 죽는 것이 진실이다. 그렇지만 그중에서 자신의 '나'를 진실로 인식하고 그것을 다시 있는 그대로 문자로 표현할 수 있는 사람만이 예술가로서 잠정적으로 불려 사소설의 퇴적을 남긴다.[7]

구메 마사오는 모든 사람이 다 사소설의 재료를 가지고 있지만, 사소설을 쓸 수 있다고 말하지 않았다. 사소설을 쓸 수 있는 사람은 "표현력의 혜택을 받은 사람"이고 "자신의 나를 진실로 인식하고 있는 자", "있는 그대로 표현할 수 있는 자"라는 조건이 붙었지만 이러한 조건들이 무시되어 누구나가 다 사소설을 쓸 수 있다는 오해를 받았다.

문학에는 문학을 형성하는 고유의 방법이 있고 사소설은 예외라고 생각하였다. 문학사에서 다루는 문학 유파에는 고전주의, 낭만주의, 사실

6   자서전과 사소설은 모두 작가 자신의 사실 기록이지만, 자서전은 소설이 시작되기 전에 글의 내용이 작가 자신의 이야기라는 것을 서두에 알리고 있다. 그러나 사소설에는 서두에 그런 것이 적혀져 있지 않다.
7   堀巖, 『私小説の方法』, 沖積舎, 2003, 10쪽 재인용.

주의, 자연주의, 탐미주의 등의 많은 문학 유파가 있었지만 십수 년 정도로 그 생명을 다했다. 이들 유파를 구별했던 것은 현실 인식의 차이이지 문학 방법론의 차이는 아니었다. 이들 유파에 속했던 작가들도 사소설을 썼다. 사소설은 그 원조인 다야마 가타이의 『이불』에서 시작되어 현재까지 100년에 걸쳐서도 계속 쓰이고 있다. 사소설이 이처럼 긴 생명력을 가지고 있는 이유는 사소설 나름의 방법이 있었을 것이다. 사소설의 방법을 호리 이와오는 "본래는 작가가 자신의 일상생활에서 시도한 실험 보고, 또는 작가 자신에 의한 작위적 체험의 기록이라고 부른다"[8]고 했다. 자신을 실험에 제공한다고 하는 사소설 방법의 근저에는 에밀 졸라의 실험소설론과 공통되는 점이 있다. 에밀 졸라의 실험소설론은 일본의 자연주의 소설에서 충분하게 발현되지 못했지만, 사소설 작가들이 일본식의 실험소설로 계승했다고 할 수 있다. 이처럼 사소설의 방법을 가장 잘 실천한 작가가 가사이 젠조이다. 가사이 젠조의 생애는 실험소설을 위한 생애였다고 해도 좋다.[9]

그러면 가장 사소설다운 사소설을 쓰고, 가장 사소설 작가다운 길을 걸었던 가사이 젠조의 처녀작 「슬픈 아버지」를 분석해본다. 「슬픈 아버지」는 1912년 9월 『기적奇跡』 창간호에 실리고 10년 후인 1922년 9월에 『개조사改造社』에 단행본으로 실렸다. 「슬픈 아버지」는 고독한 시인인 아버지가사이 젠조가 변두리의 하숙집에서 생활고를 겪으면서 고향에 보낸 아이의 생각을 그린 단편소설이다.

소설의 서두 부분은 이렇게 시작된다.

---

8   위의 책, 11쪽.
9   위의 책, 12쪽 참조.

그는 또 어느 사이에 점점 변두리로 내몰렸다. 4월 말이었다. 하늘에는 자욱한 안개 같은 구름이 가득 차서 벚꽃의 푸른 잎에 햇볕이 반짝반짝 내리쏟아지고 참새 새끼가 울고 있다. 어딘가에서 아침부터 밤까지 쉴 없는 땅 고르는 소리가 시작되고 있었다……

그는 피곤해서 창백한 얼굴을 하고 눈빛은 병든 짐승과 같이 흐리게 빛나고 있다. 불면의 밤이 계속된다. 가만있어도 심장이 심하게 뛰어 진정시키려고 하면 더욱 습격당한 것처럼 격해져 갔다.[10]

일반적인 소설이라면 소설의 서두 부분에 주인공에 대한 단편적인 지식이 나온다. 예를 들면 나이라든가, 직업이라든가, 가족관계에 관한 부분이다. 이 소설의 서두 부분에서는 4월 말이라는 계절과 그라는 인물의 "피곤해서 창백한 얼굴을 하고 눈빛은 병든 짐승"과 같은 묘사로 잠을 이루지 못하는 그의 심경과 심리적으로 불안한 주인공의 내면을 알 수 있다. 또 "어느 사이에 점점 변두리로 내몰렸다"에서 변두리라는 소설 속의 무대는 우시고메 벤텐초로 지금의 도쿄도 신주쿠의 옛날 지명이다. 이 소설이 출판된 다이쇼 원년1912에, 위의 인용 '땅 고르는 소리'는 당시 팽창하고 발전하는 수도의 도시 계획지역을 상징하는 소리이기도 하다.[11]

10 　葛西善蔵, 『悲しき父・椎の若葉』, 講談社, 1994, 7쪽. 이하 본문 속에 페이지만 적는다.
　　彼はまたいつとなくだんだんと場末へ追い込まれていた. 四月の末であった. 空にはもやもやと靄のような雲がつまって, 日光がチカチカ桜の青葉に降りそそいで, 雀の子がヂュクヂュク啼きくさっていた. どこかで朝から晩まで地形ならしのヤートコセが始まっていた…….
　　彼は疲れて, 青い顔をして, 眼色は病んだ獣のように鈍く光っている. 不眠の夜が続く. じっとしていても動悸がひどく感じられて鎮めようとすると, 尚お襲われたように激しくなって行くのであった.

11 　千葉正昭, 「哀しき父－内向への傾斜」, 『国文学解釈と鑑賞』 65-4, 至文堂, 2000, 87쪽.

주인공 그는 참새 소리와 땅고르는 소리를 수면을 방해하는 혐오스러운 소리로 여긴다. 또한, "불면의 밤이 계속된다"와 같이 모든 것들이 수면을 방해하며 피로와 불만에 가득 찬 인간으로 그려지고 있다. 여기에서 활력과 타자와의 교류는 찾아볼 수 없다. 주인공의 신체는 '불면의 밤', '심장이 심하게 뛰어' 같은 상태로 점점 악화하여 간다. 그리고 하늘에는 '자욱한 안개 같은 구름이 가득 차서'와 같이 안개가 돔과 같이 주위를 둘러싸고 있는 묘사로 또렷하지 못한 그의 내면 상태를 잘 드러내고 있다. 그의 우울은 신체의 이상과 직결하는 신경의 피로가 늘 따라다닌다. 주인공의 우울은 심경과 신경의 레벨만이 아니고 주인공이 존재하고 있는 공간까지도 안개에 둘러싸여 그를 압박하고 있다. 또한 주인공인 그는 잘 팔리지 않는 자신의 책에 비유해 '잘 자라지 못한 오동나무'로 객관화하고 있다.[12]

이 소설은 주인공의 신변에 관한 부분보다는 주인공의 심경을 잘 묘사하고 있다. 이러한 묘사만으로도 가사이 젠조의 실제 생활을 잘 알고 있는 사소설 독자라면 주인공 그가 작가인 가사이 젠조임을 알 것이다. 그리고 그가 금전적으로 부자유하다는 것과 가장의 의무를 다하지 못한 것에 대한 죄책감으로 인해 불편한 심기를 드러내고 있다는 것도 알 수 있다. 그러나 가사이 젠조의 실생활을 전혀 알지 못하는 독자는 단지 배경 묘사와 무언가에 시달리는 주인공의 모습만을 알 수 있다.

제1장에서는 그의 신변을 알 수 있는 부분이 거의 나오지 않지만 제2장에서는 그의 신상을 알 수 있는 묘사가 나온다.

---

12 위의 책.

그는 아직 젊었다. 그렇지만 그의 아이는 4살이다. 그리고 멀리 떨어진 그의 고향에서 나이 든 그의 어머니에게 보호받고 성장하는 것이었다. 그들은 — 그와 아이, 아이의 어머니와 3명 — 작년 여름 전까지는 교외에 있는 작은 집에서 같이 살고 있었다. 아이는 (…중략…) 고독한 시인에게는 유일한 친구이고 형제였다.9쪽13

다음은 소설의 마지막 부분이다.

그는 조용히 시작詩作을 계속하려고 하고 있다.
彼は静かに詩作を続けようとしている.18쪽

위의 인용에서 그는 결혼했지만, 아직 젊었고 4살 된 아이가 있다. 그러나 아이는 고향에 계신 부모님과 함께 살고 있다는 것을 알 수 있다. 그의 직업이 시인이라는 것도 알 수 있다. 이 소설은 제1장, 제6장까지로 구성되어 있다. 제1장은 가난한 생활 때문에, 변두리로 이사 온 것에서 시작된다. 제2장은 현재 그의 아이가 4살이고 고향에 있는 어머니가 돌보고 있다는 것을 이야기하고 있다. 그러나 작년 여름까지는 그와 아내, 아이가 함께 살고 있었다는 것을 알 수 있다. 그리고 어느 날 술 취한 친구가 가족이 기르고 있던 거북을 잃어버린다. 거북이 없어진 것을 계기로 가족이 이별하게 된다. 제3장을 보면, 그는 매일 오후 산책을 하고 있

---

13 彼はまだ若いのであった. けれども彼の子供は四つになっているのである. そして遠い彼の故郷に, 彼の年よったひとりの母に護られて成長して居るのであった. 彼等は 一彼と, 子と, 子の母との三人で一昨年の夏前までは郊外に小さな家を持っていっしょに棲んでいたのである. 子供は (…중략…) 孤独な詩人のためには唯一の友であり兄弟であった.

다. 그는 친구들과는 일절 소식을 끊고 혼자만의 세계에 파묻혀 지내는 어두운 시인이다. 제4장을 보면, 장마의 계절이라 그는 온종일 집 안에 있다. 하숙집의 사람들, 젊은 부부와 맞은편 32, 33살의 예비 사관생에 대해 이야기하고 아이의 미래에 대해 어두운 운명을 말한다. 제5장을 보면, 고향의 어머니에게서 편지가 온다. 그녀는 한 달 동안 아이를 데리고 온천에 갔다가 돌아온다. 또한 아이들이 옷을 갖고 싶어 해 옷장을 팔아서 옷을 사준다. 그는 귀족의 마음을 가지고 있지만, 원시생활을 한다. 제6장을 보면, 도서관에 다닌다. 열이 37, 38도를 오르내리지만, 그는 시작을 계속한다.

이 소설에서는 줄거리와 사건이 중심이 되어 이야기가 전개되는 것이 아니고 주인공의 심경을 중심으로 스토리가 진행된다는 것을 알 수 있다. 따라서, 독자들은 심경소설이나 사소설을 떠올릴 것이다. 일반적으로 사소설은 이렇다 할 사건도 스토리도 없이 현재진행형인 주인공의 사소한 일상과 심경이 주로 그려지기 때문이다. 이처럼 이 소설은 읽을 때 일반적인 독자라면 줄거리를 파악하는 데 많은 어려움을 느낄 것이다. 그러나 가사이 젠조의 일상을 세세하게 알고 있는 사소설 독자는 주인공 '그' = 가사이 젠조, 그의 아내 = 가사이 젠조의 아내히라노 쓰루, 그의 어머니 = 가사이 젠조의 어머니히사, 그의 아들 = 가사이 젠조의 장남로조이라고 생각하고 읽는다. 사소설 독자는 가사이 젠조의 생활을 염두에 두고 읽기 때문에 상세한 줄거리는 필요하지 않다. 가사이 젠조의 생활이라는 배경이 있고 그의 생활 일부가 소설 속에 그려지기 때문이다. 사소설 독자들은 작가의 실생활과 관련하여 얼마나 소설의 주인공과 작가의 모습이 일치하는가에 더 많은 관심을 기울인다.

독자가 사소설을 읽을 때 논픽션으로 읽을 것인가, 픽션으로 읽을 것인가에 대해 많은 논의가 되어 왔다. 이러한 사소설을 둘러싼 여러 가지 어프로치의 방법 자체가 사소설의 매력이기도 하다. 사소설에 대한 일반적인 어프로치는 논픽션으로 간주한다. 만약 사소설을 하나의 독립적인 텍스트로 간주한다면 텍스트의 분석에 많은 어려움이 따른다. 일반적으로 사소설은 작품 자체가 작가의 일임을 시사하고 있다. 독자는 사소설을 읽을 때 문학 이외의 요인, 즉 작가의 생활과 연관해서 작품을 읽기 때문이다. 왜냐하면 사소설 독자는 사소설을 쓴 작품으로서가 아니고 작가의 인생을 쓴 것 자체에 가치가 있다고 믿기 때문이다. 일본 독자는 문학의 내부적 데이터와 외부의 자전적 데이터가 명확하게 혼재하고 있다는 사실을 무시하고 이야기되는 텍스트와 문학 이외에 작가의 생활을 상상한다. 소설을 읽으면서 현실에 있는 작가의 생활을 상상하는 것이다.

2. 텍스트와 사소설적 요소, 파멸형 사소설 작가의 삶과 예술

고독한 그의 생활은 어디에 가도 변함없이 외롭고, 고통스러웠다. 그리고 또 그는 한 슬픈 아버지이다. 슬픈 아버지 — 그는 자신을 이렇게 불렀다.8쪽[14]

주인공은 자신을 '슬픈 아버지'라 불렀다. 나이도 어리고 경제력도 없는데 가장이 된 아버지다. 가사이 젠조는 아오모리현 나카쓰가루군 히로사키초현재 히로사키(広前)시에서 아버지 우이치로, 어머니 히사의 장남으로 태

---

14 孤独な彼の生活はどこへ行っても変りなく, 淋しく, なやましくあった. そしてまた 彼はひとりの哀しき父なのであった. 哀しき父—彼は斯う自分を呼んでいる.

어났다. 15살에 상경해 신문팔이를 하며 야학했으나 어머니의 병 때문에 귀향했다. 또다시 1905년에 상경해 데쓰가쿠칸대학^{현 토요(東洋)대학}의 문학부 제2과의 청강생으로 입학했다. 다음 해 1906년 3월에 중퇴, 1920년 3월에 졸업과 동등한 학력으로 인정받았다. 1908년 히라노 쓰루와 결혼했지만 혼자서 상경했다. 상경하고 난 후 도쿠다 슈세이^{德田秋声}에게 가르침을 받고 작가가 되기로 했다. 또 슈세이의 소개로 소마 교후^{相馬御風}의 집을 드나들면서 와세다 문학부의 학생들과 만나게 되고 같은 대학 영문과의 청강생이 되었다.

그의 작품은 가난의 구렁텅이에 빠진 모습을 그리며, 셋집을 쫓겨나 아이를 데리고 시내를 방황하는 모습을 그린 작품『아이를 데리고^{子をつれて}』외에 착잡한 실생활을 그려 처절한 인상을 주는『꿈틀거리는 자^{蠢く者}』, 신변의 번민과 생활고를 벗어나 닛코 유모토온천에서 집필한 만년의 심경소설 중의 수작『호반수기^{湖畔手記}』등이 있다. 그는 1928년 7월 23일, 41세에 병으로 도쿄 세타가야 자택에서 운명했다. 이와 같은 가사이 젠조의 생애는 그의 문학 속에 그대로 재현되었다.

「슬픈 아버지」는 히라노 쓰루와 결혼한 이후의 빈곤한 생활을 그렸다. 가사이의 고향에는 조혼풍습이 있었던 것 같다. 그들의 부모가 22살의 남자와 19살의 여자를 결혼시켰다. 경제적인 자립이 되지도 않은 채 결혼한 그는 바로 아이가 생기고 당연히 빈곤한 생활이 시작되었다.[15] 처녀작인 「슬픈 아버지」는 결혼과 아이와의 이별이라는 주제로 가족이 헤어지는 슬픔을 다루고 있다. 그는 결국 작품을 쓰기 위해 결혼을 하고 가족과 이별한 것은 아니지만 결혼하지 않았다면 이 작품도 나오지 않았을

---

15   塚越和夫,「葛西善蔵論」,『国文学 解釈と鑑賞』65-4, 至文堂, 2000, 29쪽 참조.

것이다. 불행한 현실이 없었다면 그는 소설의 주제에 대해 고민했을 것이고 이 소설도 나오지 못했을 것이다. 그가 이 소설을 쓰기 위해 불행한 현실을 의도적으로 만든 것은 아니나 결과로써 그렇게 되었다.

· 온순한 아내의 한숨 소리가 점점 힘이 없고 깊어져 갔다. 오랫동안 청소를 게으름 피우고 있었던 정원에는 풀이 제멋대로 자라고 있었다.[10쪽][16]

아내에 대한 정보는 이 부분 이외에는 없다. 주인공 그는 이사하기 전까지는 아내와 같이 살았지만 이사한 후 아이는 시골의 나이 든 어머니 집에 갔다. 실제 가사이 젠조는 1908년 쓰루와 결혼하고 아오모리에 있는 이카리가세키의 사과밭과 포도밭이 있는 작은 집에 살았다. 이카리가세키는 아오모리와 아키타현의 경계에 작은 역이 있는 마을로 가사이 젠조가 제2의 고향이라고 부른 곳이다. 그가 태어난 곳은 이카리가세키로부터 북쪽으로 20킬로미터나 떨어진 히로사키시이지만 가사이 젠조가 3살 때 가사이 젠조 일가는 홋카이도에 이주했다. 홋카이도에서 아버지가 사업을 했지만 실패했다. 2년 후에 홋카이도와 아오모리 사이에 있는 쓰가루 해협으로 돌아왔다. 결혼 후 또다시 아오모리에 이주한 후 그의 아내 쓰루의 집이 있는 이카리가세키에서 살게 되었다. 어릴 때, 가사이 젠조 일가의 파산과 유랑, 그리고 이산은 자기파멸형의 사소설을 만드는 문학 태도와 깊이 연관되어 있다. 그의 아내 쓰루의 집은 아오모리시와 히로사키시의 중간에 자리 잡고 있다. 그녀의 아버지는 큰 과수원을 가진 저택의 지주였다.

16　従順な細君の溜息がだんだんと力なく、深くなって行った。ながく掃除を怠っていた庭には草が延び放題に延びていた。

가사이 젠조는 1908년 3월 결혼한 후 혼자서 상경한다. 1909년 5월 장남 료조가 태어났으나 경제적인 이유로 처자식과 같이 있는 시간보다도 도쿄에서 하숙생활을 하는 날이 많았다. 그는 문학 이외에는 아무것도 눈에 들어오지 않고 흥미도 없었다. 빈곤, 병고, 방랑, 술이라는 가사이 젠조의 생애를 특징짓는 생활 상황이 발생하고 그 일상과 대치하는 자기 자신이 소설의 주제가 된다. 1911년 처자와 같이 일단 귀향하지만, 그 뒤 바로 상경, 다음 해 1912년 후나키 시게오舟木重雄, 히로쓰 가즈오廣津和郞와 더불어 동인잡지 『기적』을 창간하고 처녀작 「슬픈 아버지」를 발표해 동인들에게는 평가받지만, 기성문단에서 무시받아 긴 무명의 시대가 계속된다. 빚이 쌓이고 술에 취해 가정을 버리고 파멸하는 것이 목적인 것과 같은 인생을 평생 일관한다. 가사이 젠조가 친구에게 쓴 편지 중에는 "생활의 파산, 인간의 파산, 거기에서 나의 예술생활이 시작된다"라고 한 부분이 있다. 자기의 신변과 심경에서 인간의 나약함과 추악한 면을 파헤치는 것으로 문자를 뽑아냈다고 한다. 사소설 작가를 파멸형과 조화형으로 나눈다면 파멸형의 기초를 다진 작가라 할 수 있다.

다음은 변두리에 이사 온 후 가족과 헤어지고 혼자 생활하면서 아이들을 그리워하는 주인공의 모습이다.

그리고 언제나 집요하게 아이의 일과 어두운 명상에 빠져서 우물쭈물 날을 보내고 있는 그에게는 최초 이 집의 음침하고 조용한 것을 오히려 마음 편하게 느끼고 있었지만, 그것도 점점 어둡고 괴로운 압박으로 변해가는 것이었다.12쪽17

---

17 そしていつも執拗に子供のことや, 暗い瞑想に耽ってぐずぐずと日を送っている. 彼には, 最初この家の陰気で静かなのが却って気安く感じられたのであったが, それもだんだんと暗い, なやましい圧迫に変っているのであった.

위에서 보면 주인공 그는 언제나 "아이의 일과 어두운 명상"에 빠져 있다. 가장이지만 처자식을 책임지지 못하는 자신을 원망하며 어두운 명상에 빠지는 것이다. 그리고 처음에는 자신의 음침한 내면과 닮은 집이 마음 편했으나 점점 괴로운 압박으로 변해가는 자신의 심리를 잘 나타내고 있다. 실제로 가사이 젠조는 고향과 도쿄를 왕복하면서 작품을 썼으나, 처가에서 돈을 마련하는 동안 우시고메의 셋집에서 쫓겨난다. 가족을 책임질 수 없어서 처자식을 본가에 맡기게 된다.

다음은 이전에 하숙집에 있던 사람들에 대한 묘사이다.

> 그리고 병적으로 과민한 그의 신경은 근처를 냄새 맡듯이 눈을 번뜩이며 돌아다니고 하녀를 통해 자신이 있는 이 방에 병자가 있었고 그가 들어오기 직전에 불치의 몸이 되어 귀향했다고 하는 것이며 이 집 주인도 바로 작년 이맘때쯤 죽었다고 하는 것 등, 단편적으로 캐물어 알아낼 수 있었다.
>
> 그는 매일 밤 불쾌하고 괴롭고 답답한 꿈에 시달렸다.13쪽[18]

여기서 보면 자신이 사는 이방은 전에 병자가 있었고 이 집주인도 일년 전에 죽었다고 한다. 주변 사람들도 다 우울하고 암울하게 살아가고 있다. 이 소설에서는 명확하고 활기에 찬 모습은 볼 수 없다. 주인공 그는 경제적인 이유로 가족과 이별하고 그, 아내, 아들이 뿔뿔이 흩어져 버리고 가족을 그리워하는 슬픈 아버지의 자화상이다.

18 　そして病的に過敏になった彼の神経は、そこらを嗅ぎ廻るように閃めき動いて、女中を通して、自分のこの室にも病人がいて、それが彼のはいる少し前に不治の体になって帰郷したのだということや、ここの主人も丁度昨年の今頃亡くなったのだと云うことなど、断片的にきき出し得たのであった. 彼は毎晩いやな重苦しい夢になやまされた.

보편적인 경험보다 개인적인 경험과 밀접하게 관련짓는 일본 리얼리즘은 서양의 기반과는 전혀 다른 전통의 반영이라고 할 수 있다. 이는 사소설의 자화상을 자기화해서 급속하게 발전해 온 것으로 이상한 일이 아니다. 그리고 사소설에 보이는 '자기'는 사회와 충돌하기보다는 보편적으로 사회의 멤버에게 충성심을 요구하는 사회에서 거리를 가지고 한 발짝 물러서서 그들을 바라본다. 고전적인 서양의 픽션은 자신과 사회와의 충돌이 보편적인 줄거리다. 그렇지만 일본의 사소설 작가는 사회와 맞서 싸우지 않았다. 「슬픈 아버지」에서 주인공과 타인의 교류는 전혀 볼 수 없고 사회와의 관계 속에서의 개인도 그려지지 않는다.

사소설은 자연주의와 시라카바파의 대담한 자기 고백의 문학을 원류로 하고 작가의 내면과 모럴을 바탕으로 쓴 리얼리즘문학의 일본적 개화를 촉진한 일본 특유의 문학 장르이다. 가사이 젠조의 문학은 일상에서 생에 대한 불안, 생존의 위기를 문학으로 구제하려고 한 것으로 파멸적 실생활을 그린 대표적인 전형이었다. 가사이 젠조는 자신의 몸을 조각품의 소재로 하고 예리한 정을 휘두르며 뼈를 깎고 몸을 다듬으면서 '자기소설'이라고 하는 문학상을 조각한 작가라고 할 수 있다. '자기소설'은 가사이 젠조가 붙인 것으로 일반적으로 사소설이라고 한다.

가사이 젠조는 1919년『아이를 데리고子をつれて』를『와세다 문학早稲田文学』에 발표해서 겨우 인정받았다. 이때 나이 32살이었고 41살에 이 세상을 떠날 가사이 젠조에 있어서는 너무 늦은 데뷔였다. 생애에 70편 정도의 작품을 남겼지만 치열한 현실 속에서 담담하게 자신을 객관화함으로써 독자와 세상의 평판에 신경 쓰지 않고 유유히 행동하는 모습으로 자신만의 문학세계를 만들어내었다. 다이쇼시대를 대표하는 작가의 한사람으로 꼽히며 그의 작풍은 파멸형이라는 인생철학을 머금고 같은 계열

의 다자이 오사무 등에 계승되었다. 이토 세이가 지적한 것과 같이 "가사이 젠조의 전 작품을 하나의 큰 자전 작품으로 읽는 방법 외에는 없다".[19] 그는 "이 어수선하고 게다가 꽤 많은 양에 달하는 작품군을 통독하고 남은 인상은 모든 육체와 물질생활의 부조화에 있다. 그리고 최후까지 이에 굴복하지 않고 의외로 높게 솟아 있는 작가의 정신을 이론 이외의 곳에서 읽는 사람들을 압도한다"[20]고 한다. 그는 인생의 비천하고 추악한 모습을 소설에 담았으나 인생은 더욱더 아름답고 숭고해야만 한다고 희구했다. 그는 가까이 있는 신변을 그리고 있어도 그의 무의식의 눈에는 항상 예상도 할 수 없는 높고 먼 이 세상이 아닌 장소를 꿈꾸고 있었다. 그에게 있어서 강한 이상의 동경은 마치 현실의 고뇌와 회한과 격심하게 조응하는 것이었다.

가사이 젠조는 사소설 작가로부터 많은 존경을 받았다. 사소설을 논함에 있어서 빼놓을 수 없는 이유는 그의 예술에 대한 삶의 태도였기 때문이다. 그의 삶이 있는 그대로 소설이 되는 사소설 작가의 삶을 가장 선명한 형태로 살았기 때문이다. 따라서 가사이 젠조의 삶과 그의 예술을 이해하면 일본 사소설의 모습이 명확하게 드러날 것이다.

---

19 伊藤整, 「いずれも「葛西善蔵」について」, 1942(高橋三男, 「葛西善蔵と石坂洋次郎」, 『国文学解釈と鑑賞』 65-4, 至文堂, 2000, 66쪽 재인용).

20 위의 책, 66쪽.

3. 다이쇼시대 문학 공간에 나타난
   심리적 불안과 주인공의 내면세계

1) 일인칭의 사소설

안도 히로시는 『자의식의 쇼와문학』에서 내가 나에 대해서 쓰는 것에 대해 '쓰는 나', '쓰이는 나', '쓰는 나와 쓰이는 나를 같이 바라보는 제3의 나'가 있다고 했다.[21] 즉 나를 글로 표현하는 순간 '쓰이는 나'는 나와는 전혀 다른 타인이 되어 버린다는 것이다. 게다가 후루이 요시키치古井由吉는 20대 초반에 소설을 써보려고 했으나 아무리 해도 소설을 쓸 수가 없어 고민했다. 그러다가 '나'라는 인칭을 사용하면 소설을 쓸 수 있을 것 같았다. 그는 "나라는 인칭을 사용하면 매우 사소설인 것 같지만, 나라고 하는 말을 사용해서 오히려 '나'를 객관화할 수 있다"[22]는 결론에 이르게 된다. 후루이가 '나'를 파악하는 것으로 실제의 자신과 작품과의 사이에 거리가 생기는 것을 경험하고 게다가 '나'를 먼 인칭이라고 부른 것, 그리고 이러한 자각이 후루이에게 소설가로서 첫걸음을 걷게 한 것이다.[23]

미우라 마사시三浦雅士는 일인칭 '나'를 다음과 같이 말한다.

'나'라고 하는 말은 나 자신과의 거리를 나타내고 있다. 만약 내가 나에게서 멀어지지 않고 계속 나로 있다면 나라고 하는 말은 불필요하다. 나는 단지 나에게서 멀어지는 것에 의해 나라고 하는 말은 나의 것이 된다.[24]

---

21 安藤宏, 『自意識の昭和文学』, 至文堂, 1994, 11쪽 참조.
22 宇津木愛子, 『日本語の中の「私」』, 創元社, 2005, 16쪽.
23 위의 책.
24 위의 책, 13쪽.

후루이와 미우라에 의하면 일인칭을 사용해 나를 객관화할 수 있다. 또한, 객관화된 나라면 삼인칭 '그'로 바꾸어도 무방할 것이다. 「슬픈 아버지」가 작가의 이야기지만 일인칭이 아닌 삼인칭으로 한 것은 주인공과 화자와의 거리를 유지하고 이야기에 객관성을 부여하기 위해서다. 이러한 객관성의 부여는 객관화된 일인칭과도 거의 같은 역할을 한다. 하지만 사소설은 나를 객관화시키는 일반적인 일인칭소설과는 달리 최대한 주인공과 화자와의 거리를 좁힌다. 이러한 요소 때문에 독자들은 쉽게 사소설에 빠져들게 된다. 또한 사소설은 줄거리 위주의 소설보다는 심경에 초점이 맞추어져 있어서 주인공을 작가로 바꾸어서 읽기도 쉬워진다.

일인칭에는 '객관적인 관찰자로서의 자기'와 '주관적인 경험자로서의 자기'가 있다.[25] 일본어의 경우 후자와 같이 주관적 경험자로서의 자기표출의 경향이 강하다고 할 수 있다. 일본어는 주어가 없어도 문법적인 문장으로 인정한다. 일본어의 주어가 자주 생략되는 구조를 국민성과 문화론을 가지고 말하기도 한다. 영어는 나라는 말을 몹시 많이 사용하는 언어이다. 어떤 이야기를 하더라도 나를 빼지 않는다. 따라서 일본어는 일인칭이 생략되는 구문이니까 일본인이 자기주장을 피하는 문화와 국민성을 가진다고도 말한다. 그러나 다른 한편에서는 "일본어는 '말하는 사람' 중심의 구조를 가진 언어입니다. 그래서 곳곳에 좋아하든 좋아하지 않든 자신의 주장이 드러납니다"[26]라고도 한다. 일본어는 자신의 주관을 드러내는 언어, 결국 나의 판단, 감정을 중심으로 전개되는 성격이 강한 언어이다. 결국 일본어는 "주어에 '나'를 드러내고 타인과 구별한 나를 객

25   위의 책.
26   위의 책, 11쪽.

관적으로 의식하지 않아도 그것은 '나'의 공동화를 의미하는 것이 아니라, '나'를 말하지 않을 때도 그곳에 항상 '나'가 있다. 바꿔 말하면 나라고 말해 자신을 대상화함으로써 자기를 자각하는 것이 아니고, '나'는 경험 주체로 그곳에 있다. 일본어는 언어사용자의 경험과 밀착해 이야기되는 언어라고 말할 수 있을지도 모른다. 언어화되지 않은 나는 나의 바깥세계와 대립하지 않고 바깥세계와 혼연일체가 되는 것도 생각할 수 있다"[27]는 것이다.

결국 일본에 사소설이 발달할 수 있었던 이유는 일본어의 구조에서도 찾을 수 있다. 일본어는 주어가 명확히 드러내지 않아도 상황을 이해할 수 있는 언어다. 사소설에서도 명확하게 주인공이 작가임을 드러내지 않아도 독자들은 주변 상황으로 이를 알 수 있다. 즉 줄거리가 없어도 작가의 실생활과 관련하여 소설로 읽을 수 있다. 일본어에서 언어화되지 않는 나는 사소설에서 언어화되지 않는 작가라고 할 수 있다. 일본어에서 '나'는 말하지 않아도 경험 주체로 존재하는 것처럼 사소설에서 작가는 경험 주체로 존재한다. 사소설에서는 소설 안 주인공의 세계와 소설 바깥 작가의 세계가 혼연일치한다.

2) 삼인칭의 사소설

일반적으로 사소설이라고 하면 작가 자신의 이야기를 쓰기 때문에 일인칭을 쓰는 경우가 많다. 따라서 일인칭이 사소설의 전형으로 여겨져왔다. 하지만 일본 사소설은 일인칭이 아닌 삼인칭을 쓰는 경우도 종종 볼 수 있다. 이것이 일본 사소설의 특징이기도 하다.

---

27   위의 책, 12쪽 참조.

「슬픈 아버지」는 처자를 책임지지 못하는 아버지의 내면을 그리고 있지만, 삼인칭 '그'를 사용하고 있다. 이 소설에서는 타인과의 갈등을 배제하고 주인공 '그'를 최대한 객관화하고 있다. 그를 객관화시키면서 최대한 그의 생활과 그의 내면을 벗겨내고 있다. 경제, 건강, 그 이상의 요소가 숨김없이 벗겨지는 것이 이 소설의 수법이다. 이와 같은 관점에서 이루메라 히지야는 "가사이 젠조가 소설의 소재로 선택한 것은 부부, 병, 돈이라는 단순하면서도 시대를 초월한 명제를, 누구나 이해할 수 있는 이야기를 조형했다"[28]라고 했다. 가난한 작가이지만 가정의 유일한 행복은 산책과 거북을 보는 것이었는데 술에 취한 친구가 거북을 잃어버린다. "금붕어는 거북과 같이 하얀 세면기에 넣어져 툇마루에 있었다. 그들의 운명은 하루하루 임박해져 왔지만, 아이들을 위한 일과는 역시 계속되고 있었다. 그것이 우연히 찾아온 술 취한 친구의 장난으로 그들이 모르는 사이에 거북 새끼를 정원의 풀 속에 놓아줘 버렸다"10쪽 거북을 잃어버림으로써 최소한의 가정을 지키지 못하고 이산을 하게 된다. 돈과 가족만을 박탈당하는 것이 아니고 건강 또한 박탈당한다. 이러한 박탈감은 주인공을 계속 우울하게 만든다. 이처럼 삼인칭 대명사를 사용해 그의 일상과 그의 내면을 하나하나 벗겨나간다.

이 소설의 서두처럼 소설의 주인공이라고 여겨지는 이는 '그彼'이다. 그는 처음부터 끝까지 이름이 나오지 않는다. 소설의 주인공이 일인칭 대명사 '나'라고 하면 이름이 나오지 않아도 이상한 느낌이 들지 않지만, 삼인칭 대명사 '그'라고 하면서 이름이 나오지 않기 때문에 자연스럽게

---

28 イルメラ・日地谷, 「執拗に生き続ける私小説」, 1999.11; 宮城学院女子大学にて 講演. 千葉正昭, 「『哀しき父』−内向への傾斜」, 『国文学 解釈と鑑賞』65-4, 至文堂, 2000, 89쪽 재인용.

읽히지 않는다. 작가가 의도적으로 '그'를 사용한 것 같다. 그리고 작가 자신의 어머니를 '그녀'라고 불렀다.

오랜만에 고향의 어머니에게서 편지가 왔다. 어머니는 그녀의 손자를 데리고 한 달 남짓 산에 있는 온천에 갔다가 막 돌아왔을 때였다. 그녀는 그녀의 단 한 명의 아들과 손자를 보호하기 위해 이 세상에 태어나 사는 것 같은 여자였다. 그리고 한 달에 몇 번이고 그녀의 불행한 손자의 소식에 대해 세세하게 써 보내기도 하고 또한 자기 자식이 제 하고 싶은 말만 하는 편지를 읽는 일에 위안을 느끼고 있었다.15쪽[29]

작가는 소설에서 자신의 이야기에 객관성을 부여하기 위해 삼인칭 '그'라 불러 주인공을 조형했다. 그리고 그의 어머니도 '그녀'라고 하면서 객관화하고 있다. 이처럼 작가가 일인칭 나를 쓰는 것이 더 자연스러울 수 있지만, 삼인칭으로 쓰는 것은 객관적으로 주인공을 조명하기 위해서이다. 이처럼 여기에서는 나뿐만 아니라 나의 어머니도 그의 어머니라는 일인칭이 아닌 삼인칭으로 표시했다. 이렇게 나의 이야기를 삼인칭으로 하게 되면 주인공과 화자 사이에 어느 정도의 거리가 생겨 이야기에 객관성이 부여된다. 작가 자신의 이야기를 더욱 객관적으로 하려는 의도라고 할 수 있다.

29　久しぶりで郷里の母から手紙があった. 母は彼女の孫をつれて, ひと月余り山の温泉に行ってて, 帰って来たばかりのところなのである. 彼女は彼女の一粒の子と, 一粒の孫とを保護するためにこの世に生まれて来, 生きているような女であった. そして月に幾度となく彼女の不幸な孫の消息について, こまごまと書き送りもし, またわが子の我ままな手紙を読むことに, 慰藉を感じていた.

3) 그의 내면세계와 신경증

다이쇼 원년에 발표되었던 「슬픈 아버지」는 동시대의 병상, 질병, 신경에 대한 문학적 주제를 먼저 제시한 소설이기도 했다. 이와 같은 신경증, 우울증, 히스테리는 다이쇼 특유의 문학 공간이라고 해도 좋다. 메이지 40년대 자연주의 문학가들이 취급했던 인습이나 전통의 속박, 개인의 근대적 자아와의 갈등이라는 구조는 문학의 주제에서 급속하게 옅어져 간다. 이와 같은 신경증 등의 세계는 명확하게 내면적인 세계로 기우는 경향이기도 했다.

「슬픈 아버지」는 도서관을 다니면서 공부를 해 적은 비용으로 돈을 변통하는 팔리지 않는 소설을 쓰는 소설가가 끊임없이 자신의 내면으로 시선을 돌리는 경향이 있다.[30]

그러면 그의 내면세계를 보도록 하자.

① 그는 피곤해서 창백한 얼굴을 하고 눈빛은 병든 짐승과 같이 흐리게 빛나고 있다. 불면의 밤이 계속된다. 가만있어도 심장이 심하게 뛰어 진정시키려고 하면 더욱 습격당한 것처럼 격해져 갔다.[7쪽][31]

② 고독한 그의 생활은 어디에 가도 변함없이 외롭고, 고통스러웠다. 그리고 또 그는 한 슬픈 아버지이다. 슬픈 아버지 — 그는 이렇게 자신을 불렀다.[8쪽][32]

③ 그는 내키지 않는 자신을 강요하며 오후의 산책을 계속하고 있다. (…중

---

30   千葉正昭, 앞의 책, 86쪽.

31   彼は疲れて、青い顔をして、眼色は病んだ獣のように鈍く光っている。不眠の夜が続く。じっとしていても動悸がひどく感じられて鎮めようとすると、尚お襲われたように激しくなって行くのであった。

32   孤独な彼の生活はどこへ行っても変りなく、淋しく、なやましくあった。そしてまた彼はひとりの哀しき父なのであった。哀しき父 — 彼は斯う自分を呼んでいる。

략…) 그는 도회에서 생활에서 벗에서 모든 색채, 모든 음악, 그와 같은 종류의 모든 것에서 집요하게 자신을 단절하고 가만히 자신의 작은 세계에 묵상하고 있는 차갑고 어두운 시인이었다.[33]

④ 요즘 그는 오후가 되면 정해진 것처럼 나는 불쾌한 열 때문에 종일 방안에 처박혀서 견디기 힘든 기분의 부식과 불안에 시달리고 있다. 누웠다 일어났다 하며 괴로운 매일매일을 보내고 있었다.[11쪽][34]

⑤ 열은 37, 8도 주변을 올라갔다 내려갔다 하고 있다. 견디기 힘든 것은 아니다. 그의 신경은 오히려 안정을 느끼고 있었다.[35]

①에서 보면 "피곤해서 창백한 얼굴을 하고 눈빛은 병든 짐승"과 같고 "불면의 밤", "심장이 심하게 뛰어"와 같이 정상적인 건강 상태와 정신 상태가 아님을 알 수 있다. 무언가 모를 강박관념에 시달리고 있고 육체마저 정신에 지배 당해 매우 지친 상태임을 알 수 있다. ②에서 보면 "고독한 그의 생활"과 "외롭고 고통스러운" 자신을 "슬픈 아버지"라 불렀다. 그의 생활은 고독하고 외롭고 고통스럽다는 자신의 심리 상태를 나타낸다. ③에서 보면 "모든 것에서 집요하게 자신을 봉하고 가만히 자신의 작은 세계에 묵상하고 있는 것과 같은 차갑고 어두운 시인"과 같이 외부세

---

33 彼は気の進まない自分を強いて, 午後の散歩を続けている (…중략…) 彼は都会から, 生活から, 朋友から, あらゆる色彩, あらゆる音楽, その種のすべてから執拗に自己を封じて, じっと自分の小さな世界に黙想しているような冷たい暗い詩人なのであった.

34 彼は此頃午後からきまったように出る不快な熱の為に, 終日閉じこもって, 堪え難い気分の腐 (…중략…) 蝕と不安とになやまされて居る. 寝たり起きたりして, 喘ぐような一日々々を送っているのであった.

35 熱は三十七八度の辺を昇降している. 堪え難いことではない. 彼の精神は却って安静を感じている.

계와 단절하고 오로지 자신만의 세계에 갇혀 있다는 것을 알 수 있다. ④에서 보면 그는 "불쾌한 열"이 나고 열 때문에 힘든 "기분의 부식과 불안"에 시달린다. 잠도 편히 자지 못하고 괴로워하고 있다. ⑤에서 보면 열은 37, 8도 정도로 올라 몸이 매우 뜨거운 상태다. 그러나 이렇게 몸이 힘들면 그의 신경은 오히려 편안함을 느낀다.

이처럼 주인공 '그'는 정신적, 육체적으로 매우 지치고 힘들어한다. 따라서 주인공은 신경증 또는 우울증의 병명을 떠올리게 한다. 국립국어원의 『표준국어대사전』에서 신경증神經症은 "심리 원인의 정신 증상이나 신체 증상이 나타나는 질환 주로 두통, 가슴 두근거림, 불면 따위의 증상이 나타나며, 불안, 신경증, 히스테리, 강박신경증, 공포증, 망상 반응 따위가 있다"라고 되어 있다. 그리고 우울증憂鬱症, depression을 찾아보면 "기분이 언짢아 명랑하지 아니한 심리 상태 흔히 고민, 무능, 비관, 염세, 허무 관념 따위에 사로잡힌다"라고 되어 있다.

정신질환은 현실적인 판단 능력을 지니고 있는지에 따라 신경증neurosis과 정신증psychosis으로 나눌 수 있다. 정신증은 사고하는데 부자연스러움 있는 모든 증상을 일컫는다. 대표적으로 조현병을 들 수 있다. 조현調絃이란 사전적인 의미로 현악기의 줄을 고르다는 뜻으로, 조현병 환자의 모습이 마치 현악기가 정상적으로 조율되지 못했을 때의 모습처럼 혼란스러운 상태를 보이는 것과 같다는 데서 비롯되었다. 신경증은 노이로제라고도 하며, 정신적 이상보다 신경계의 선천적, 후천적 장애를 말한다. 신경증은 불안, 불면, 우울감, 각종 신체 증상이 주요 증상으로, 현실검증력이 유지되면서 자신에게 문제가 있음을 어느 정도 알고 괴로워하는 질환군을 말한다. 대표적으로 우울증은 의욕 저하와 우울감을 주요 증상으로 하여 다양한 인지 및 정신 신체적 증상을 일으켜 일상 기능의 저하를 가져오는 질환을 말한다.

위의 인용에서 주인공의 증상을 보면 불면의 밤과 고독하고 외롭다는 점에서 우울증의 증상도 찾을 수 있지만, 심장이 심하게 뛴다든가, 불안감을 느낀다는 점에서 신경증에 더 가깝다고 할 수 있다. 일반적으로 신경증에는 정신병에서 나타나는 심한 비현실감의 증상은 나타나지 않는다. 증상들을 분류하여 처음으로 '신경증'이라는 용어를 사용한 19세기 중엽의 정신과 의사들은 그 원인이 신경학적인 것으로 생각했다. 정신신경증의 '정신psycho'이라는 접두사는 그로부터 수십 년이 지난 후, 정신적인 요인과 정서적인 요인이 이 질환의 원인에 매우 중요하다는 사실이 명확히 밝혀지면서 덧붙여졌다. 현재는 신경증이라는 용어가 더 보편적이지만, 두 가지 용어가 함께 사용되고 있다.

이처럼, 주인공의 증세는 신경증 중에서도 세분하자면 '우울신경증'으로 볼 수 있을 것 같다. 심하지 않고 지속되지 않는 우울은 우울신경증抑鬱神經症, depressive neurosis으로 간주한다. 우울한 사람은 슬프고 절망적이고 비관적이며, 사고와 행동이 느려지며, 무관심하고 쉽게 피곤함을 느끼며, 숙면이 어렵거나 식욕이 감퇴할 수 있다. 이 소설의 주인공에게서 생활의 활력이나 타인과의 교류를 찾을 수 없다. 그의 우울은 신체적인 피로와 신경의 피로가 직결되어 있다. 이런 우울증세 때문에 계속 방에만 틀어박혀 있게 되고 배경은 방이나 주변으로 한정된다. 따라서 주인공은 자기 자신이나 식물, 동물에의 응시로 자기 축소의 인식을 하게 된다. 이러한 인식이 사소설의 기본적인 시각이 된다.

이처럼 「슬픈 아버지」는 삼인칭 '그'를 사용하면서 주인공의 내면을 잘 표현하였다. 주인공은 처자식을 책임질 수 없는 슬픈 가장이다. 이러한 주인공의 현실 인식은 신경증이나 우울증에 해당하는 정신질환으로 나타난다. 그리고 신경증, 우울증, 히스테리는 다이쇼시대의 소설담론의 주요한 요소가 되었고 다이쇼 원년에 발표된 「슬픈 아버지」에 나타난 우울증과 신경증은 이런 소설담론의 선구적인 역할도 했다.

소설 텍스트 외 작가의 전기적인 요소를 알아야 사소설이 성립한다는 이유로 사소설은 소수의 독자에 의해 존재할 수 있었다. 사소설의 최전성기인 1920년대와 1930년대조차도 사소설의 독자는 수천 명에 불과했다. 그런데도 일본의 사소설의 전통은 계속되고 있다. 사소설 독자는 소설의 등장인물 속에서 작가와 비슷한 인물이 누군지 알 수 있다. 이는 주인공을 연기한 배우가 작가라고 하는 약속은 독자에게 화자, 즉 주인공을 아주 친근한 존재로 느끼게 만드는 효과가 있었다. 그리고 이는 하나의 유대관계를 만드는 효과도 있었다. 알려진 바와 같이 가사이 젠조, 가무라 이소타嘉村礒多는 파멸형 사소설 작가로 불리며 다이쇼부터 쇼와 초기의 문단에서 자신을 학대하고 생활의 희생을 돌아보지 않고 치열한 문학세계를 펼친 작품에 의해 크게 주목받았다. 사소설 작가 중에서 가사이 전조만큼 존경을 받은 작가도 없었다. 그 이유는 가사이 젠조의 문학에 절대적인 가치를 둔 실제 생활 자세 때문이다.

「슬픈 아버지」는 줄거리 위주의 소설이 아니고 오로지 주인공의 우울한 내면에 초점이 맞추어져 있다. 가사이 젠조라고 할 수 있는 주인공은 삼인칭 '그'로 표현되었다. 그러나 이 '그'를 '나'로 바꾸어도 문제가 없다. 일인칭으로 표현해도 문세가 없지만, 삼인칭으로 표현한 것은 소설의 객관성을 유지하기 위한 작가의 의도이다. 그리고 그의 내면은 우울증과 신경증으로 나타난다. 특별한 줄거리가 없지만, 사소설 독자는 가사이 젠조의 삶을 세세하게 알고 있어서 그의 인생과 대조하면서 소설을 읽는다. 따라서 줄거리는 전혀 문제가 되지 않는다.

이처럼 작가의 실생활이 그대로 소설이 된 작가가 가사이 젠조이다. 그는 자신의 생활을 희생하면서까지 창작활동을 한 파멸형 사소설 작가였다. 사소설 작가의 소설은 소설이 픽션이 아닌 실제의 있는 그대로의 사실이었다. 픽션이라는 소설의 개념을 전도시켜버린 가사이 젠조의 삶과 그의 소설을 살펴보면서 일본의 사소설이 어떤 것인지 잘 알 수 있었다.

제5장

사소설의 완성자
시가 나오야 『기노사키에서』[1]

시가 나오야志賀直哉, 1883~1971는 사소설 작가 중에서도 건강한 사생활을 그렸으며 조화로운 세계를 구축한 작가로 알려져 있다. 일반적으로 사소설 작가는 자신의 경험을 허구를 섞지 않고 있는 그대로 그리는 것을 전제로 하고 있다. 평범한 일상은 독자에게 솔깃한 이야깃거리가 될 수 없었다. 사소설 작가들은 일부러라도 비일상적이고 충격적인 사건을 만들어야 했다. 유명한 사소설 작가들은 대부분 자기 파멸형의 작가들이 많았다. 그러나 시가 나오야는 자기 자신의 가족들과 신변이야기를 하고 있으면서도 파멸적이지 않고 조화로운 세계를 추구하는 그리 많지 않은 사소설 작가이다.

히라노 겐은 사소설을 4가지 유형으로 구분하고 있다. 제1그룹은 파멸형 작가로서 가사이 젠조, 마키노 신이치, 가무라 이소타, 다자이 오사무, 다나카 히데미쓰[2] 제2그룹은 조화형 작가로서 시가 나오야, 다키이 고사쿠, 아미노 기쿠, 오자키 가즈오, 제3그룹은 파멸형과 조화형의 중간자적

---

1   제5장은 안영희의 논문 「시가나오야(志賀直哉) 『기노사키에서(城の崎にて)』─사소설과 독자」(『일어일문학연구』 62-2, 2007, 211~232쪽)을 수정·보완하였다.
2   그는 창녀와의 동거, 수면제 중독, 정신병원 입원 등의 스캔들로 점철된 삶을 살았다. 1949년 문학스승 다자이 오사무가 자살한 이듬해 36세로 그의 묘 앞에서 자살했다.

입장을 취한 작가로서 감바야시 아카즈키, 가와사키 조타로, 기야마 쇼헤이, 제4그룹은 제3의 신인[3]으로서 시마오 도시오, 야스오카 쇼타로, 쇼노 준조, 아가와 히로유키, 엔도 슈사쿠, 요시노 준노스케 등을 들고 있다.[4] 시가 나오야는 제2그룹에 속하는 대표적인 조화형 작가이다.

『기노사키에서城の崎にて』는 1917년[35세] 4, 5월, 『시라카바』白樺에 발표하고 1918년 1월 『야광夜の光』에 수록되었다. 이 작품은 실제로 시가 나오야가 1913년 8월 15일 사토미 돈과 스모 구경을 마치고 돌아오던 길에 야마노테선의 전철에 부딪혀 크게 상처를 입은 사실을 작품화하고 있다. 『기노사키에서』는 이러한 작가 자신의 경험을 바탕으로 한 주인공의 생사관이 잘 나타난 소설이라 할 수 있다. 여기에서는 『기노사키에서』를 작가와 독자, 번역의 문제를 검토하면서 일본 사소설의 특징을 알아보고자 한다.

1. 모던의 옷을 걸친 사소설

일본의 사소설이 현대까지 그 명맥을 유지하는 것을 김춘미는 「'모던'의 옷을 걸친 일본소설의 뿌리−사소설성私小說性으로의 회귀」에서 다음과 같이 말하고 있다.

사소설성私小說性으로의 회귀라고나 할 수 있는 이 궤적이 일본적인 것에서 아주 먼 시점에 서 있었던 것 같던 야마다 에이미山田詠美, 『Soul Music Lovers Only』으로 1987

---

3   전후 안정된 시기에, 일상생활에 밀착하여 사소설적인 수법으로 일상성을 세밀하게 묘사하였다.

4   김환기, 『소설의 신−시가 나오야』, 건국대 출판부, 2003, 209쪽(平野謙, 『日本文学小辞典』, 新潮社, 1988, 1247쪽) 참조.

년 직목상 수상의 세계와 중첩된다는 사실은 무엇을 의미하는가 하는 문제다. (…중략…) 다이쇼오大正기 이후의 일본 근대문학의 토대라고 나까무라 미쓰오中村光夫가 정의한 일본적 자연주의문학이 귀착한 사소설의 전통이, 가장 패셔너블하고 모던한 의상을 걸친 사소설성으로 오늘 일본을 활보한다.[5]

야마다 에이미는 대학을 중퇴하고 호스티스 생활을 거쳐 흑인과 결혼하는 등의 독특한 이력을 가지고 있는 소설가이다. 그녀의 작품은 가장 일본적인 것과 거리가 있는 무국적성을 지향한다. 그런데도 그녀의 작품에서조차도 가장 일본적이라고 할 수 있는 사소설의 요소가 보인다고 한다. 즉 사소설의 전통은 다이쇼기에 나타나서 현재는 모던한 의상을 걸친 채 거리를 활보한다고 김춘미는 말하고 있다. 사소설은 그 모습만 달리한 채 현대까지 계속 이어져 오고 있다.

한국에서는 사소설과 심경소설에 대해 어떻게 정의하고 있을까?

다음은 한국의 『국어대사전』[6]의 사소설의 정의이다.

사소설

① 작가 자신을 주인공으로 하여, 그 경험이나 신변의 사실을 소재로 하여 쓴 소설. 자연주의에 의한 객관주의적 방법과 주관적 경향을 원류로 함. 사회성이 적음. 일본에서 다이쇼 때와 쇼와 초에 번성했음. →심경소설

② 이히 로만Ich-Roman

---

5   김춘미, 「'모던'의 옷을 걸친 일본소설의 뿌리─사소설성(私小說性)으로의 회귀」, 『문학사상』, 1992, 275쪽.

6   『국어대사전』, 한국어사전편찬회.

심경소설

지은이가 지은이 자신의 일상생활을 통하여 그의 솔직한 심경을 그린 소설. 사소설의 일종으로 개인주의 사상의 반영으로서 나타나 개인의 심경을 묘사함으로써 인생의 진실을 나타내려는 것이나 제재의 협소성에 제약됨. ↔본격소설

일본인 독자들은 사소설을 작가 자신의 생활 체험을 서술하는 문학 양식이라고 인식할 것이며 심경소설을 사소설에서 파생한 문학 양식이라고 생각할 것이다. 한국인 독자들도 마찬가지이다. 한국 사전에는 특히 사소설이 사회성이 적다는 점을 강조하고 있다.

한국인이 가장 쉽게 접할 수 있는 사소설에 관한 지식은 인터넷을 통해서 일 것이다. 네이버의 백과사전을 찾아보면 다음과 같다.

작품 속에 '나'라는 일인칭을 사용하는 수가 많으나 그 인물이 삼인칭으로 쓰인 경우라 할지라도 작자 자신이 분명할 때는 역시 사소설로 간주하였다. 따라서 형식상 '나'로 쓰인 것이라 할지라도 작자 자신의 경험을 작품화한 것이 아니라면 일인칭소설로 불러 이를 사소설과 구별하였다. 독일의 일인칭소설 Ich-Roman도 이 범주에 속한다.

한편, 한국에서는 1930년대 중반에 이에 대한 논의가 일기 시작했는데 반드시 사소설의 이름으로서가 아니었고, 사소설을 닮은 신변소설身邊小說이 본격소설과 함께 그 문학적 가치가 비교 검토되었다. 이 무렵의 대표적 신변소설가는 안회남安懷南이었으며, 그의 「향기」, 「악마」 등은 심리추구를 위주로 하면서도 그 제재는 개인의 신변 가정사였다. 한국에서 사소설을 특별히 논의의 대상으로 삼지 않는 것은 작품의 제재를 어디에서 구했건 만들어진 작품이 문학적으로 얼마만큼 승화되었는가에 중점을 두는 문학풍토 때문이라 하겠다. 이봉구李

鳳九·오영수吳永壽 등도 사소설적인 소설을 쓰기도 했다.

여기서는 사소설에 대해 "자신의 경험을 허구화하지 않고 그대로의 모습으로 써나가는 소설"이라고 요약하고 있다. 여기에서 사소설에 대해 강조하고 있는 점은 첫째, 사소설은 일인칭과 삼인칭이 다 포함된다는 것, 둘째, 한국에서는 사소설과 닮은 소설이 신변소설이라는 것, 셋째, 한국에서는 작품의 문학성에 중점을 두기 때문에 사소설에 대해 논의를 하지 않았다는 점 등이다.

그러면 사소설과 비슷한 한국의 '신변소설'을 백과사전에서 찾아보자.

유럽의 일인칭소설Ich-roman, 일본의 사소설私小說에서 유래한 것이라고 볼 수 있다. 현실 생활의 묘사나 풍부한 픽션이 결여된 대신, 소박한 일상사日常事를 인상적으로 그리는 것이 특징이다. 한국에서는 1930년대에 현실에 절망하고 또는 현실을 그대로 묘사할 수 없었던 작가들이 심리소설에 관심을 기울일 때 일부 작가들은 신변소설에 관심을 갖게 되었다. 이러한 과정에서 볼 때 한국의 신변소설은 형식상 심리소설과 거리가 있지만, 내용상으로는 그와 일맥상통한 것이다. 1930년대의 신변소설의 대표적인 작가는 안회남安懷南이다. 1940년대에 이르러 문학이 현실생활 쪽으로 관심을 가지게 되면서부터 신변소설은 점차 문단에서 그 자취를 감추는 듯하였으나 1950년대에 이르러 작가 이봉구李鳳九에 의하여 다시 꽃피기 시작하였다.

요약하면 신변소설은 "객관적 현실에는 눈을 돌리지 않고 작가 자신의 신변이야기를 취급하는 근대소설의 한 형태"이다. 신변소설은 허구가 빠지고 소박한 일상사를 쓴다는 것이 특징이다. 한국 독자들은 일본의 사소설과 비슷한 문학 양식이 한국의 신변소설이라고 생각할 것이다. 그러나 위의 백과사전을 보면, 사소설과 신변소설의 차이점은 사소설이 일인칭이나 삼인칭소설이 다 포함된다면 신변소설은 일인칭만이 포함된다는 것이다. 물론 예외는 있지만, 대부분이 그렇다. 이점이 근본적인 차이점이다. 이처럼 한국 작가들은 자신의 이야기를 할 때, 일인칭소설을 쓴다. 하지만 일본 작가들은 자신의 이야기를 일인칭소설과 삼인칭소설로 쓴다는 것을 알 수 있다. 또한 심경소설을 백과사전에서 찾아보면 "작가가 자신의 심경을 솔직히 묘사한 소설"로 요약할 수 있고 "사소설私小說의 한 변종이다"고 한다. 독자들은 심경소설은 사소설의 한 변종이라고 인식할 것이다. 그러므로 큰 의미에서 심경소설은 사소설에 포함된다고 할 수 있다.

사소설은 작가 자신을 모델로 해서 자신의 사생활을 쓰는 것이다. 이러한 정의만을 가진다면 다른 일반소설도 사소설과 같이 자신을 모델로 한 사생활을 충분히 쓸 수 있으므로 굳이 사소설과 일반소설과의 차이를 둘 수 없다. 하지만 사소설을 일반소설과 명확히 구별할 수 있는 또 하나의 특징은 독자가 소설 속의 주인공을 작가로 생각하고 읽는다는 점이다. 따라서 사소설이 성립하려면 독자는 소설을 읽기 전에 먼저 작가의 사적인 요소를 알고 있어야 한다. 그래야만 사소설이 성립되는 것이다. 따라서 작가의 사생활을 아는 독자만이 읽어야 사소설이 성립되는 폐쇄적인 문학 양식이라 할 수 있다. 저자는 사소설을 작가가 자신의 사생활을 쓰고, 작가 = 주인공 = 화자의 등식이 성립되고, 독자가 소설의 주인공을 작가라고 생각하고 읽는 소설이라고 정의한다.

1) 작가 시가 나오야

가타이가 모파상에게 일상의 실생활을 존경하고 배운 이후에, 시가 나오야 씨만큼 강렬하게 게다가 당당하게 자신의 일상생활의 예술화를 실행한 사람은 없다. 시가 나오야 씨만큼 일상생활의 이론이 그대로 창작상의 이론이고 사소설의 길을 결백하게 간 작가는 없었다.[7]

일본 근대문학사에서는 다야마 가타이가 사소설의 창시자라고 한다면 시가 나오야는 그 완성자라고 평가하고 있다. 스즈키 도미鈴木登美는 "비평가나 연구자들은 시가문학의 내용을 실생활의 '사실'과 융합시켜 그들이 믿는 곳을 처음부터 끝까지 일관한 시가의 실상을 만들어 이 전기적 이야기를 포함해서 그 인격을 분석한 작품을 해석해 온 것이다. 예술을 통해서 자신을 탐구하는 것은 실제 시가가 일원인 시라카바파의 공통 목표였다"[8]라고 말하고 있다. 나카무라 미쓰오는 『시가 나오야론』1954에서 독자가 '작자의 인격' 이상의 것에 대해 논의하는 것을 방해하고 있다고 시가의 소설을 비판했다. 그의 입장은 시가의 소설은 주인공과 작가 사이에 비판적인 거리를 두지 않았기 때문에, 전기적 지식을 가진 사람에게밖에 이해되지 않고 의미가 없다는 것이다.[9] 이처럼 시가 나오야 연구가들은 긍정적이든 부정적이든 시가 나오야를 사소설 작가로 믿어 의심치 않았다.

시가 나오야의 약력을 보면, 실업가의 아들로 1883년 2월 20일 미야

---

7   小林秀雄, 「私小説論」, 1935(鈴木登美, 大内和子・雲和子 訳, 『語られた自己ー日本近代私小説言説』, 岩波書店, 2000, 130쪽 재인용).
8   鈴木登美, 앞의 책, 131쪽.
9   위의 책, 132쪽.

기헌에서 태어난다. 가쿠슈인대학學習院大学 초등과·중등과·고등과를 거쳐 동경제국대학 영문과에 입학하고 국문과로 전과 후 대학을 중퇴하고 창작에 몰두한다. 1910년 가쿠슈인대학의 친구인 무샤노고지 사네아쓰, 아리시마 다케오 등과 함께『시라카바白樺』를 발간한다. 시라카바파는 가쿠슈인대학을 나온 상류층 출신으로 개성적인 자아와 문학의 사상을 펼쳐가나 현실을 도외시한 한계를 보인다. 그 후 시가 나오야는 객관적인 사실寫實과 예리한 대상 파악, 엄격한 문체로 독자적인 사실주의를 형성한다. 그는 소설의 신, 단편소설의 아버지라고 불린다. 대표작인『암야행로暗夜行路』1921는 아버지와의 불화를 소재로 한 자서전적 작품이다. 그 밖의 작품에『화해和解』1917,『기노사키에서城の崎にて』1917,『만력적회萬曆赤繪』1933 등 다수가 있으며, 1950년에는 문화훈장을 받았다.

시가 나오야의 작품에 많이 등장하는 것은 아버지와의 갈등, 어렸을 때 타계한 어머니, 그를 어렸을 때 키웠던 조모, 주인공이 존경했던 조부, 숙부, 배다른 동생들, 주인공과 같이 예술상의 뜻을 같이했던 친한 문학 동료이다. 그는 작품에서 부정할 수 없는 현실의 주인공이 가진 매일 매일의 기분들을 적고 있다. 그리고 작은 동물들에게 보이는 각별한 주의가 돋보인다. 시가 나오야의 작품은 대부분이 실생활의 체험이나 주변의 일상을 다루고 있다. 특히 아버지와의 관계를 대립, 갈등, 화해로 이어지는 개인의 체험을 진솔하고 간결한 문체로 사실적으로 담아냈다는 평가를 받고 있다.[10] 시가 나오야의 문학적 특성과 사소설 작가의 연결고리를 김환기의『소설의 신─시가 나오야』에서는 다음과 같이 정리하고 있다. 첫째, 시가 나오야의 작품은『암야행로』를 제외한 모든 작품이 단편이다.

---

10   김환기, 앞의 책, 155쪽.

장편소설의 경우는 허구의 개입이 불가피하므로 단편을 선택했다는 것이다. 둘째, 작품의 구도가 처음에는 대립적 구도였다가 점차 조화로운 구도로 변화해 간다는 사실이다. 셋째, 가족과 동식물의 허망한 죽음을 지켜보면서 삶에 대한 재인식, 그리고 생사에 대한 초월적·통시적 시각을 구축했다는 점이다. 넷째, 자연에 대한 친근감과 조화로운 세계관이 두드러진다는 점이다. 다섯째, 반전과 평화주의에 대한 확고한 믿음이 있다는 점이다.[11]

이 책에서는 시가 나오야가 개인적 경험을 바탕으로 가족에 대한 깊은 감정을 표현하고 있다는 점, 삶과 죽음에 대한 초월적인 시각을 통한 자연관과 세계관의 정립, 인간주의 및 평화주의에 대한 분명한 시각 등 이러한 작가의 문학적 경향이 사소설로 이어질 수밖에 없는 필연성을 갖게 한다고 말한다. 왜냐하면 이러한 개인적 감정과 심리적 깊이는 결국 심경묘사 형태로 표출될 수밖에 없는 한계성을 동반하고 있기 때문이다. 이른바 심경소설이야말로 가족, 죽음, 자연, 평화의 강조를 위한 인간 감정의 물살을 가장 예민하게, 간결하게, 사실적으로 우려낼 수 있었다.[12] 시가 나오야는 다이쇼기에 성행했던 시라카바파의 대표적 인물이다. 메이지유신세대는 일본의 근대화를 위해 자신을 희생하고 국가를 위해 일생을 바친 세대이다. 그 2세대인 시라카바파는 경제적인 어려움 없이 부모들의 노력으로 풍요한 삶을 누렸고 그들에게 가장 절실한 문제는 국가가 아닌 개인의 문제였다. 시라카바파는 인도주의를 기조로 해서 개인의 자아를 회복하는 데 힘썼다. 이러한 과정에서 작품의 소재는 개인이 되었고 개인의 심경 변화에 몰입하게 되었다. 사회에 관한 관심보다 오직

---

11   위의 책, 155~160쪽.
12   위의 책, 162쪽.

개인에 관한 관심이 그들의 과제였다. 따라서 자연스럽게 그들의 관심은 개인의 사생활과 심경 변화로 이어졌다.

2. 일상생활의 예술화에 성공한 조화형 사소설의 완성자

『기노사키에서』의 주인공은 전철에 치여 치명상이 될지도 모르는 상처를 입고 요양을 위해 혼자 기노사키城崎의 온천으로 떠난다. 그는 자신이 자칫하면 죽었을 사람이라고 생각하고 생물이 살아 움직이는 모습을 보면서 지금까지 느끼지 못했던 생명의 소중함을 깨닫는다. 여기서 공통으로 생물의 죽음을 그림으로써 죽음을 통해 생명이 이해되고 우리 존재가 명확히 인식된다는 사상을 되풀이하여 표현하고 있다.

시가 나오야는 이 작품을 쓰게 된 계기에 대해 다음과 같이 말하고 있다.

'사건' 이것은 자신이 목격한 사실을 거의 그대로 썼다. (…중략…) 여담이지만 이 소설을 끝내고 그날 밤 사토미 돈과 시바우라에 바람을 쐬러 가서 비전문가 스모를 보고 돌아오는 중에, 철도선로 쪽을 걷고 있었는데 어떻게 된 일인지 나는 귀성 전철 뒤에서 치여 심한 상처를 입었다. 도쿄병원에 잠시 입원하고 위험한 정도를 면했다. 전철에서 살아난 일을 다 쓴 날에 자신도 전철에서 상처를 입고 더구나 운 좋게도 일생을 얻었다. 이 우연을 재미있게 느꼈다. 이 부상 후의 기분을 쓴 것이『기노사키에서』이다. 그로부터 이때의 경험은『어떤 남자或る男』,『그 누나의 죽음其柿の死』중에 써넣었다.『기노사키에서』도 사실 있는 그대로의 소설이다. 쥐의 죽음, 벌의 죽음, 도롱뇽의 죽음, 모두 그때 수일간에 실제로 목격했던 일이었다. 그리고 그로부터 받았던 느낌을 솔직하고 정직

하게 썼다. 소위 심경소설이라고 하는 것도 여유에서 생긴 심경은 아니었다.[13]

이처럼 시가 나오야는 "자신이 목격한 사실을 거의 그대로 썼다"라고 했다. 그리고 "『기노사키에서』도 사실 있는 그대로의 소설이다. 쥐의 죽음, 벌의 죽음, 도롱뇽의 죽음, 모두 그때 수일간에 실제로 목격했던 일이었다"라고 밝히고 있다. 이와 같이 시가 나오야가 자신이 경험한 사실을 소재로 하여 있는 그대로의 사실을 소설로 썼다는 것을 알 수 있다.
다음은 작품의 서두 부분이다.

야마노테선 전철에 치여서 상처를 입은 후 요양으로 혼자서 타지마의 기노사키온천으로 갔다. 등의 상처가 척추 카리에스[뼈의 만성염증]가 되면 치명적일 듯하나 그런 일은 없을 거라고 의사가 말했다. 2, 3년 동안 그런 증상이 나타나지 않으면 나중에는 걱정하지 않아도 되지만 어쨌든 조심해야 한다고 해서 여기에 왔다. 3주 이상 — 견딜 수 있으면 5주 정도 있으려고 생각하고 왔다.
머리는 아직 왠지 분명하지 않다. 건망증이 심해졌다. 그러나 기분은 근래에 없이 안정되어 차분한 좋은 기분이었다. 추수철이 시작될 즈음이라 날씨도 좋았다.[14]

다음은 작품의 끝부분이다.

3주일 지나 나는 여기를 떠났다. 그리고 이제 3년 이상이 된다. 나는 척추 카리에스가 되는 것만은 면했다.516~517쪽

13   http://www.e-t.ed.jp(검색일 : 2023.8.10).
14   志賀直哉, 『志賀直哉集』(『日本近代文学大系』第31卷), 角川書店, 1971, 510쪽.

여기서 보면 작품 시간은 야마노테선 전철에 부딪히고 난 후 기노사키온천에 가서 3주 동안 머물면서 느낀 주인공의 감정을 잘 나타내고 있다. 온천으로 간 계절은 날씨가 아주 좋은 추수철이 시작될 무렵이다. 이 작품에서는 기노사키온천으로 가서 돌아오기까지 3주 동안에 겪은 일을 적고 있다. 그리고 이 글을 쓰는 시점은 전철 사고가 난 후 3년 이상이 지났을 때라고 하고 있다. 실제 시간을 보면 시가 나오야가 전철에 부딪힌 사건은 1913년 8월 15일이고, 같은 해 10월 18일부터 기노사키온천의 미키야三木屋라고 하는 여관에 숙박했다. 이 작품의 초고는 1917년35세 4, 5월에 『시라카바』에 실렸다. 작품을 출간하기 한두 달 전에 이 작품을 쓴 것으로 추정한다면 사건이 일어나고부터 작품이 나오기까지 약 4년 정도 시간이 걸렸다.

전철 사고 당시 시가 나오야는 아버지와의 불화로 집을 나와 셋방살이를 하고 있었다. 그 때문에 고독함과 잘되지 않는 창작활동에 고뇌하고 노이로제가 되었다. 이러한 와중에 전철에 치였다. 시가 나오야의 정신적인 불안정함은 유쾌·불쾌라는 패턴으로 작품에 등장하고 있다. 당시 시가 나오야의 사생활을 보면 1913년 전철 사건이 있고 난 뒤 아버지와의 관계는 극적인 상황으로까지 달리고 있었다. 이러한 대립은 이듬해 1914년 12월 결혼 경험이 있는 사다코와의 결혼 발표와 동시에 아버지와 인연을 끊는다는 최악의 상태까지 가게 되었다. 아버지와의 대립은 아시오광산 시찰1901：19세, 하녀와의 결혼 사건1907：25세, 사다코와 결혼1914：32세, 어머니의 죽음1895：13세, 전철 사고1913：31세이다.[15] 그는 10대와 20대 30대에 각각 아버지와 불화가 있었다. 그는 유년 시절부터 조부와 조모 밑에서 자랐다. 부모에 대한 애정보다 조부모에 대한 애정이 더 컸다. 시가 나오야는 부모에 대한 사랑보다도 조부모의 사랑을 많이 받으며 자랐고 조부모에게 더 많은 애정을 품고 있었다. 한편 아버지와의 관계는 그가 결혼해서 화해하기까지 계속해서 벌어졌다.

다음은 작품 속에서 실제로 작가가 쓴 소설 「한의 범죄范の犯罪」에 대해 이야기하고 있다.

> 나는 전에 「한의 범죄」라는 단편소설을 썼다. 한이라는 중국인이 과거의 일 이었던 결혼 전의 아내와 자신의 친구였던 남자와의 관계에 대한 질투 때문에 그리고 자신의 생리적 압박도 이를 조장하여 그 아내를 죽이는 일을 썼다. 그 것은 한의 기분을 주로 썼지만, 지금은 한의 아내의 기분을 주로 쓰고 끝에는 살해되어 무덤 밑에 있는 그 조용함을 자신은 쓰고 싶다고 생각했다.
>
> 『살해된 한의 아내』를 쓰려고 생각했다. 그것은 결국 쓰지 않았지만, 나에게 는 그런 요구가 일어났다. 그 이전부터 쓰기 시작했던 장편 주인공의 생각과 매우 달라져 버린 기분이었기에 난처했다.512쪽

1913년 10월 「한의 범죄」를 『시라카바』에 싣고 10월 18일 기노사키 온천으로 요양 간다. 그리고 11월 기노사키에서 오노미치로 돌아왔고 중 이염 때문에 귀경하여 오모리 산노에 살게 된다. 12월 나쓰메 소세키로 부터 『도쿄아사히신문』의 연재소설 집필을 권유받고 승낙했으나 실제로 실현되지 못했다.[16] 이 작품의 시간은 주로 1913년 8월 15일에서 11월 7 일 사이에 일어난 일이다. 전철 사건 발생은 1913년 8월 15일, 온천요양 은 1913년 10월 18일, 돌아온 날은 11월 7일, 작품 출간은 1917년 4, 5월 이다. 따라서 1913년 10월 「한의 범죄」를 썼다는 것은 실제 상황과 같다

---

15   김환기, 앞의 책, 158쪽.
16   위의 책, 222쪽.

고 할 수 있다.

『기노사키에서』에서는 벌, 쥐, 도롱뇽과 같은 벌레의 죽음을 세밀하게 관찰하고 있다.

벌의 죽음

어느 날 아침의 일, 나는 한 마리의 벌이 현관 지붕에서 죽어 있는 것을 발견했다. 발을 배 아래에 바싹 붙이고 촉각을 깔끔하지 못하게 얼굴에 늘어뜨리고 있었다. 다른 벌은 오로지 냉담했다. 벌의 출입은 바쁘고 그 옆을 기어 다니지만, 전혀 신경 쓰는 것 같지 않았다. 바쁘고 부지런히 일하고 있는 벌은 참으로 살아 있다는 느낌이 들었다. 그 옆에 한 마리, 아침도 점심도 저녁도 볼 때마다 한 곳에 전혀 움직이지 않고 엎드려서 뒹굴고 있는 것을 보자 그것은 참으로 죽은 것이라는 느낌을 주었다. 그 벌은 3일 정도 그대로 있었다. 그것을 보고 있으니 너무 조용한 느낌이 들었다. 쓸쓸했다. 다른 벌이 모두 벌집에 들어가 버린 저녁때 차가운 기왓장 위에 홀로 남겨진 시체를 보는 것은 쓸쓸했다.

그러나 그것은 매우 조용했다.511~512쪽

죽은 벌과 살아 움직이는 벌을 조용함과 부지런히 움직이는 것으로 대비시켰다. 살아 있 는 벌은 너무나도 바쁘게 움직이는데 죽은 벌은 너무 고요하게 죽어 있다. 또한 살아 있는 벌은 죽은 벌에 대해 전혀 관심을 기울이지 않고 너무나 냉담하다. 이는 곧 쓸쓸함으로 이어진다.

쥐의 죽음

벌의 사체가 떠내려가 나의 시야에서 사라져 얼마 되지 않은 때였다. 어느 날 오전, 나는 마루야마강, 그리고 그 강에서 흘러나온 동해가 보이는 히가시야마

공원에 갈 작정으로 숙소를 나섰다. '이치노유' 앞에 있는 작은 시내는 신작로의 한가운데를 완만히 흘러 마루야마강으로 흘러간다. 쭉 가다 보면 다리인지 강 둔덕인지에 사람이 서서 강 속의 무언가를 보며 떠들고 있다. 사람들은 큰 쥐를 강에 던져 놓고 구경하고 있다. 쥐는 필사적으로 헤엄쳐 도망하려고 한다. 쥐에게는 머리 쪽에 7치21센티미터정도 생선꼬챙이가 관통하여 있었다. 머리 위에는 3치9센티미터정도, 목 밑에 3치 정도 그것이 나와 있다. 쥐는 돌담 쪽으로 기어오르려고 한다. 아이들이 2, 3명, 40세 정도의 인력거꾼이 한사람 거기에다 돌을 던진다. 좀처럼 맞히지 못했다. 탁탁하고 돌담에 부딪혀 튀어서 되돌아왔다. 구경꾼들은 큰 소리로 웃었다.512~513쪽

벌의 사체가 강에서 떠내려가고 그다음에 발견한 것은 생선꼬챙이에 찔린 쥐이다. 필사적으로 강에서 헤엄쳐 도망하려는 쥐에게 아이들과 어른들이 돌을 던진다. 그 모습을 보고 구경꾼들이 웃는다. 생물의 죽음에 대해 무신경한 인간의 모습을 그린다. 쥐는 생사의 갈림길에서 필사적으로 살려고 하는데 이를 방관하고 구경하면서 재미 있어하는 인간들의 모습에서 잔인함까지 느껴진다.

도롱뇽의 죽음

나는 도롱뇽을 놀라게 해서 물에 넣으려고 생각했다. 요령이 좋지 않게 몸을 떨면서 걷는 모습이 생각났다. 나는 쭈그린 채 옆의 작은 공 같은 돌을 집어 들고 그것을 던졌다. 나는 특별히 도롱뇽을 겨눈 것은 아니었다. 겨냥해도 맞지 않을 만큼 겨냥해 맞히는 일이 서툰 나는 그것을 맞힐 일이 없을 거로 생각했다. 돌은 쭉 가서 물속에 떨어졌다. 돌의 소리와 동시에 도롱뇽은 4치 정도 옆으로 튀는 것처럼 보였다. 도롱뇽은 꼬리를 휘어 높이 올렸다. 나는 어떻게 된 일일까

가만히 지켜보고 있었다. 처음에는 맞았다고 생각하지 않았다. 도롱뇽의 젖힌 꼬리가 자연스럽게 밑으로 내려왔다. 그러자 사지를 편 것처럼 경사에서 견디고 있다가, 앞에 받치고 있던 양쪽 발가락이 안으로 깊숙이 파고들어 가자 도롱뇽은 힘없이 앞으로 엎드려 버렸다. 꼬리는 완전히 돌에 대고 있었다. 더는 움직이지 않는다. 도롱뇽은 죽어버렸다. 나는 엄청난 일을 했다고 생각했다. 벌레를 죽이는 일을 잘하는 나지만 그런 마음이 전혀 없는데도 죽어버린 것은 나에게 이상하게 불쾌한 기분이 들어 마음이 꺼림칙했다. 처음부터 내가 한 일이었지만 너무나도 우연이었다. 도롱뇽에게도 전혀 불의의 죽음이었다.515~516쪽

주인공이 도롱뇽을 놀라게 해서 물에 넣으려고 했는데 그 돌에 맞은 도롱뇽이 죽어버렸다. 우연히 일어난 불의의 죽음이었다. "나는 죽었을지도 모르는데 살아났다. 뭔가가 나를 죽이지 않았다. 나에게는 해야 하는 일이 있는 것이다."511쪽 이처럼 주인공은 동물들의 죽음과 자신의 사고를 이야기하면서 삶과 죽음이 크게 다르지 않다는 것을 이야기한다. 자신은 사고로 죽었을지도 모르는데 살았고 도롱뇽은 우연히 죽었다. 따라서 죽음은 언제라도 일어날 수 있는 일이고 특별한 일이 아니라는 것을 깨닫는다.

벌의 죽음에서는 벌이 죽어 있는데도 다른 벌은 냉담과 무관심으로 일관한다. 쥐의 죽음에서는 죽음에 직면해 필사적으로 살려고 하는 쥐를 그렸다. 도롱뇽의 죽음에서는 자신이 던진 돌에 우연히 맞아 죽은 도롱뇽의 우연한 죽음을 그렸다. 이러한 작은 생물들의 죽음을 보면서 죽음을 깊이 생각하게 된다. 인간의 죽음도 그 생물들과 크게 다르지 않다는 결론에 이른다. 벌의 죽음과 같이 인간의 죽음에 대해 타인은 냉담할 수 있으며, 쥐와 같이 죽지 않으려고 필사적으로 노력한다. 또한 도롱뇽과

같이 불의의 사고도 뜻하지 않게 일어날 수 있다. 벌의 경우와 같은 죽음에 대한 타인의 무관심, 쥐와 같이 살려는 필사적인 노력, 도롱뇽과 같은 우연한 죽음은 결코 인간과도 무관하지 않다. 그리고 작가는 죽음을 아주 심각한 현상으로 바라보는 것이 아니고 객관적인 자세로 바라보고 있다. 생물의 죽음은 아주 큰 문제가 아니고 그냥 일상사에서 일어날 수 있는 사소한 것으로 취급한다. 큰 우주에서 봤을 때 이러한 생물의 죽음은 아주 사소한 것에 불과하다. 죽음은 또 다른 생명의 탄생으로 이어지고 죽음이란 아주 자연스러운 일이다. 결국 시가 나오야는 생물들의 죽음을 관찰하면서 조화로운 세계관을 발견하게 된다.

시가 나오야는 태어나면서부터 가족의 죽음을 경험했다. 시가 나오야가 태어나기 1년 전, 형이 3살이었는데 이질로 죽었다. 그리고 13살이었을 때, 동생을 임신한 어머니가 심한 입덧을 하다가 33세의 나이로 급사했다. 그리고 1916년 6월, 34살이었을 때, 장녀 사토코가 태어났으나 약 2개월 만에 죽는 슬픈 경험을 하게 된다. 1919년 37살이었을 때, 장남 나오야쓰가 한 달 만에 사망했다. 이처럼 시가 나오야는 어렸을 때부터 사랑하는 이의 많은 죽음을 경험하였고 이 작품에서는 그의 생사관이 잘 나타나 있다. 그는 "살아 있는 것과 죽은 것은 서로 대립적인 것이 아니었다. 그 정도로 차이가 없는 것 같은 기분이 들었다"[17]와 같이 작품 속에서 삶과 죽음에 대해 초연한 자세로 일관하고 있다. 전철에 치여 죽을지도 모른다는 생각에 자신이 전화해 병원을 정하는 등의 살기 위한 많은 노력을 했고 살았으나, 작은 동물들의 우연한 죽음을 보았을 때 결코 자신도 언제 죽을지도 모른다는 생각과 죽음에 대해 두려움도 없다. 전철에

---

17   志賀直哉, 앞의 책, 516쪽.

치였으나 살았던 것은 아직 자신에게 할 일이 있으니까 살게 한 것이라고 삶의 필연성과 연관시키고 있다. 생사를 초월한 초연한 시가 나오야의 생사관과 인생관은 그의 삶과 경험에서 나온 것이다.

3. 사소설 신화와 일본 근대

여기서는 원문과 번역을 통해 사소설을 언어와 문화의 차이에서 살펴본다. 다음은 『기노사키에서』의 서두 부분과 이를 한국어로 번역한 것이다. 지금까지는 작품을 저자가 번역하였으나 여기서는 객관성을 유지하기 위해 『일본대표단편선』김정미 외역의 번역본을 사용하도록 한다.

> 山の手線の電車に跳飛ばされて怪我をした. 其後養生に, 一人で但馬の城崎温泉へ出掛けた. 背中の傷が脊椎カリエスになれば致命傷になりかねないが, そんな事はあるまいと医者に云われた. 二三年で出なければ後は心配はいらない, 兎に角用心は肝心だからといはれて, それで来た. 三週間以上 — 我慢出来たら五週間位居たいものだと考へて来た. (…중략…) 頭は未だ何だか明瞭しない. 物忘れが激しくなつた. 然し気分は近年になく静まつて, 落ちついたいい気持がしてゐた. 稲の種入れの始まる頃で, 気候もよかつたのだ. (…중략…) 一人きりで誰も話相手はない. (…중략…) 自分はよく怪我の事を考えた. 一つ間違へば, 今頃は青山の土の下に仰向けになつて寝てゐる所だつたなど思ふ. (…중략…) 読み書きに疲れるとよく縁の椅子に出た.510쪽

> 야마노테선 전차에 치여 상처를 입은 후, 요양 삼아 혼자 다지마의 기노사키 온천으로 향했다. 등의 상처가 척추 카리에스만성 골염으로 뼈가 썩어 파괴되는 질환로 발전

하면 치명적인 경우도 있지만 그런 일은 없을 거라는 의사의 진단이 있었다. 2,
3년 안에 그런 증상이 나타나지 않으면 그 후엔 그리 걱정하지 않아도 되지만
아무튼 조심하는 게 제일이라고 하여 이곳으로 온 것이다. 3주 이상, 아니 견딜
만하면 5주 정도 머무를 작정을 하고 왔다. (…중략…) 머리는 아직도 뭔가 선
명치 않았고 건망증도 심해졌다. 그렇지만 컨디션은 훨씬 나아져 마음도 차분
해졌다. 때마침 추수철이 시작될 무렵이라 날씨도 쾌청했다. (…중략…)이곳에
서는 나 혼자뿐 이야기 상대는 아무도 없었다. (…중략…) 나는 자주 부상에 대
해 생각했다.

하마터면 지금쯤 청산의 땅 밑에 똑바로 누운 채 잠들어 있을 뻔했다. (…중
략…) 나는 읽고 쓰기에 지치면 곧잘 툇마루의 의자에 나와 앉아 있곤 했다.[18]

원문과 비교해서 번역을 보면, 첫째, 두 문장이 한 문장으로 된 경우,
둘째, 주어의 삽입, 셋째, 현재시제가 과거시제로 바뀐 것을 알 수 있다.
첫째, "山の手線の電車に跳飛ばされて怪我をした. 其後養生に, 一人で
但馬の城崎温泉へ出掛けた. 야마노테선 전차에 치여 부상당한 후, 요양
삼아 혼자 다지마의 기노사키온천으로 향했다"이다. 두 문장이 한 문장
으로 번역되었다. 그 원인으로 시가 나오야의 문장이 매우 짧아서 한국
어 문장으로는 연결하는 게 자연스럽다고 역자가 판단했다고 생각된다.

둘째, "一人きりで誰も話相手はない. 読み書きに疲れるとよく縁の椅
子に出た. 나 혼자뿐 이야기 상대는 아무도 없었다. 나는 읽고 쓰기에 지
치면 곧잘 툇마루의 의자에 나와 앉아 있곤 했다"이다. 일본어에는 주어
가 없으나 번역에서는 '나'라는 주어를 삽입했다. 원문에서 계속해서 주

---

18 김정미 외역, 『일본대표단편선』 1996, 고려원, 56쪽.

어가 생략되었기 때문에 한국어 번역에서 주어를 생략해도 되지만 주어를 삽입하는 것이 한국어로서는 더 자연스럽게 읽힌다.

셋째, "頭は未だ何だか明瞭しない。一つ間違へば, 今頃は青山の土の下に仰向けになつて寝てゐる所だつたなど思ふ。머리는 아직도 뭔가 선명치 않았고, 하마터면 지금쯤 청산의 땅 밑에 똑바로 누운 채 잠들어 있을 뻔했다"이다. 여기서 현재시제가 과거시제로 바뀌었다. 일본어에서는 빈번하게 현재시제와 과거시제가 바뀌지만, 한국어에서는 빈번하게 시제가 바뀌는 것은 자연스럽지 않다. 따라서 역자는 현재시제를 과거시제로 바꾼 것으로 보인다.

이 작품 서두 부분의 특색을 보면 주어가 없다는 것을 알 수 있다. 처음으로 주어가 등장하는 것은 첫 페이지의 거의 마지막쯤에 있는 "나는 자주 부상에 대해 생각했다"의 문장이다. 그리고 다음 부분에서는 주어가 빈번하게 등장한다.

自分は死ぬはずだったのを助かつた, 何かが自分を殺さなかつた, 自分には仕なければならぬ仕事があるのだ.

나는 죽을 뻔했다가 살아났다. 무언가가 나를 죽이지 않았다. 나에게는 마무리해야 할 일이 있는 것이다.[57]

이 문장에서는 계속해서 주어가 등장한다. 위의 인용을 보면 주인공의 의지와 확신이 강하게 드러나 있다는 것을 알 수 있다. 이처럼 이 작품은 일인칭 주인공 시점으로 주인공의 심경변화를 주로 그리고 있으므로 주어가 생략되어도 그다지 어색하지는 않다. 한국어 번역에서는 주어를 보충하거나 현재시제를 과거시제로 바꾸는 경우가 많다. 이는 자연스러운 한국어 문장을 만들기 위한 역자의 판단일 것이다. 또한 일반적인 한국과 일본의 소설문장에서는 주어가 있어야 하고 과거시제를 사용하는 것이 일반적이다. 하지만 일본의 사소설은 주어를 생략하거나 현재시제로 일관하는 경우가 많다. 이는 작가＝주인공이기에 주어의 생략이 가능할 수도 있다. 또한 사소설은 일반소설과는 달리 과거의 사건을 객관적으로 묘사하기보다는 현재 상황을 현재진행형으로 쓰는 경우가 많기 때문에 가능하다. 사소설은 과거에 경험한 어떤 사건과 그것을 쓰고 있는 현재의 거리를 의식적으로 좁혀서 그 사건을 경험한 주인공과 화자의 거리를 일치시키려 한다.

　일반적인 소설의 서술에서는 글을 쓰는 현재의 작가^{주인공}와 어떤 사건을 경험한 과거의 주인공에 대해 거리를 가지는 것이 전제되나 사소설 장르에서 이런 조건은 필요 없다. 사소설의 시간적 서술은 어떤 사건을 경험한 주인공^{작가}과 그 사건을 쓰고 있는 현재 작가의 거리를 의식적으로 지운다. 작가는 자신이 체험한 상황에 깊게 몰입해 글을 써나가기 때문에 사소설에서는 순수하게 작가 자신이 체험한 장면과 상황이 시간순으로 나열된다. 그것들은 객관적으로 분석하거나 해석하는 관점은 없다.[19] 물론 이 작품에서는 3, 4년 전에 일어난 사건을 현재의 시점에서 쓰고 있지만 주로 주인공^{작가}의 심경을 묘사하는 부분이기에 그다지 과거의 일처럼 느껴지지 않고 현재의 심경을 묘사하고 있다는 느낌이 많이 든다.

　언어는 단순하게 언어의 차이가 아니고 문화를 표현하는 방식이기도 하다. 더욱 한국어의 '나'로 번역한 것은 일본어의 '자신^{自分}'이다. 일본어에는 일인칭을 나타내는 말이 많이 발달하였다. 일인칭 대명사의 번역

19　안영희, 『일본의 사소설』, 살림출판사, 2006, 82~83쪽.

은 한국어라면 '나'이고 영어라면 'I'이고 중국어라면 '워我'로 번역될 것이다. 그러나 일본어에는 수많은 일인칭 대명사가 있다. 예를 들면 성별, 나이에 따라 '와타쿠시わたくし', '와타시わたし', '지분自分', '오레おれ', '보쿠ぼく', '아타시あたし' 등이 있고 원문을 보지 않으면 어떤 일인칭 대명사를 썼는지 알 수 없다. 다양한 일인칭 대명사 종류는 사소설의 발달과도 연관이 있다. 사소설わたくししょうせつ의 'わたくし'는 '저'이고 스스로를 낮추고 상대를 높이는 겸양어이다. 사소설은 '나' 소설이다. 다시 말하면 '나わたくし'에 관한 이야기를 공손하게 표현한 것이다. 나를 표현하는 용어가 많이 발달하여 있다는 것은 타인보다 나에 대한 관심이 많다는 것이다. 이러한 나에 관한 관심이 사소설로 이어졌을 것이다.

1) 사소설 신화와 일본 근대

윤상인은 「'사소설' 신화와 일본 근대」에서 "사소설을 포함해서 일본 근대소설에 등장하는 '나'는 언제나 자아의 연합 형태로서의 '우리'로 변환 가능성을 내포하고 있다. 다시 말해서 개인은 종족과 언어, 전통의 동일성에 근거한 집단적 자아 ─ 즉, 국민으로서의 정체성을 겸비하는 것이다. 사소설에 등장하여 지나치리만큼 직설적인 어법과 태도로 '인생의 진실'을 추구하는 수많은 '나'들은 서양적 가치관으로부터 독립한 독자적인 '자기우리'를 담보하는 이데올로기 장치이기도 했다".[20] 사소설의 '나'는 서양으로부터 독립한 '나'이고 이는 우리로 변환할 수 있다. 어쨌든 근대 일본 사소설 작가는 타인이 아닌 자신의 진솔한 삶을 그리는 것이 가장 중요하다고 생각하게 되었다. 사소설을 부정한 아쿠타가와 류노스케가

---

20   윤상인, 앞의 글, 313~314쪽.

결국 자신의 이야기를 쓴 것 같은 경우이다. 근대에 이르러 '나'를 생각하는 방식이 바뀌었다. "나는 타인과 대체로 같지만, 머리가 좋다"라든가 "더 뛰어나다"라는 것은 오래된 사고방식이다. "나는 다른 사람보다 뛰어나지 않지만 다르다"라고 하는 생각에 이른 것이다. 다르다고 하는 생각이 더욱 자신을 알고 싶고 자신의 모든 결점까지도 타인에게 보여도 좋다는 생각에 이르게 된 것이다. 이러한 사소설의 성립이 개인주의의 완성형으로 발전한 것이다. "나는 이러한 인간이니까 읽어 주십시오. 나는 이러한 인간이다. 다른 사람보다 훌륭하다고는 할 수 없지만 다른 사람과는 다르다는 인식이다. 이는 곧 개인의 발견이었다.[21] 자신을 쓴다고 하는 것은 자신을 예술의 대상으로 하는 것이었고 이는 곧 사소설의 발견으로 이어졌다.

사소설이 성립하려면 독자는 작가에 대한 사전지식을 알고 있어야 한다. 작가에 대한 사전지식이 없을 경우는 사소설이 성립되지 않는다. 『기노사키에서』는 독자가 시가 나오야의 사전지식이 있는 경우에는 주인공을 시가 나오야라고 간주하고 읽을 수 있다. 하지만 시가 나오야에 대한 지식이 전혀 없는 독자는 시가 나오야가 전철에 부딪힌 사건도 알 수 없을 뿐더러 기노사키온천에 실제로 간 사실도 픽션으로 생각하고 읽기 때문에 사소설이 성립하지 않는다. 단지 일반소설로 읽을 것이다. 따라서 시가 나오야에 대한 지식이 없는 한국독자들이 한국어로 번역된 소설을 읽을 때 사소설이 성립되지 않는다.

한국의 대다수 소설 독자들은 여전히 사소설을 전형적인 '일본적' 문학 형식으

---

21 ドナルド・キーン,「インタビュー私小説の未来のために」,『私小説研究』8, 2007, 48~50쪽 참조.

로 인식하고 있고, 일본의 소설은 어떤 맥락에서든 사소설적인 특색을 지니는 것으로 믿고 있는 듯하다. 이 점은 인터넷에서 쉽게 접할 수 있는 일본 현대소설에 대한 평균적 독자들의 목소리에서도 확인할 수 있다. 심지어 무라카미 하루키村上春樹소설에 대한 독후감에서조차 작품 내용과 관련하여 '사소설적'이라는 표현이 등장한다.[22]

무라카미 하루키와 요시모토 바나나로 대표되는 현대 소설가는 일본적인 요소를 탈피한 세계적인 문학 요소의 영향을 많이 받은 작가로 평가되고 있다. 따라서 그들의 문학에는 일본적인 요소에서 탈피한 무국적성의 문학을 지향하고 있다는 것이 공통된 특징일 것이다. 그런데도 한국 독자들은 그들의 문학을 가장 일본적인 문학으로 대표되는 사소설과의 연관선상에서 그들의 소설을 파악한다. 스즈키 도미는 『이야기된 자기』에서 사소설은 사소설이 그 자체의 특수한 문학 양식을 가진 것이 아니고 이데올로기적인 담론을 통해 만들어진 하나의 문학 형식에 지나지 않는다는 문제를 제기한다. 따라서 모든 소설은 독자가 그러한 소설 읽기를 한다면 사소설로 된다고 했다. 그녀는 사소설을 독자의 읽기 문제로 국한했다. 그녀의 문제 제기는 사소설이라는 문학 텍스트를 분석하는 것이 아니고 사소설이라는 거대한 담론이 형성된 원인에 중점을 둔 것이다. 스즈키 도미의 지적은 일본 사소설과 독자와의 관계를 규정짓는 새로운 지평을 마련했다. 하지만 일본 사소설에 작가와 독자들이 공유하는 특이한 쓰기 방식과 읽기 방식이 여전히 존재한다. 그리고 그것을 일본문학의 특질을 규정짓는 중요한 요소가 된다. 즉 사소설의 특징

---

22   윤상인, 앞의 글, 310쪽.

은 텍스트 내에서도 여전히 존재하고 있고 이 특징을 독자들은 알고 읽는 것이다.

2) 사소설은 작가와 독자가 같이 완성해가는 공동 작업

사소설은 그 정의도 다양할 뿐더러 많은 논란거리를 가지고 있으면서도 여전히 일본문학의 가장 특징적인 요소로 자리 잡고 있다. '사소설이 이런 것이다'라고 정의하기 어려운 까닭은 사소설이 작가의 사생활을 적고 있고 독자는 그 사실을 알고 읽는다는 전제조건이 있어야 하기 때문이다. 즉 작가와 독자가 공유해야 하는 코드가 있어야 하기 때문이다. 또한 사소설이 완성되었을 때 작가는 작품으로부터 독립되어야 하지만 작가는 주인공으로 치환되어 계속해서 읽히며 그 작품으로부터 독립하지 못한다. 이러한 작가와 독자와의 복잡한 관계가 사소설의 정의를 어렵게 만들고 있다.

먼저, 시가 나오야 『기노사키에서』를 작가의 측면에서 보면 시가 나오야는 자신이 경험한 사실을 허구를 섞지 않고 사실대로 썼으므로 사소설의 요건을 충족시키고 있다. 그리고 작가 자신도 이 소설이 작가 자신이 경험한 실제 사건이라는 말을 하고 있다. 그리고 독자의 측면에서 보면 시가 나오야와 작품의 사건을 알고 있다면 사소설로 읽힌다. 하지만 시가 나오야를 잘 모르거나 사건에 대한 사전 지식이 없으면 사소설로 읽히지 않는다. 그리고 작품의 일본어를 한국어로 번역하였을 때, 시가 나오야의 사전 지식이 없는 한국인 독자들은 이 작품을 사소설로 읽지 않는다. 시가 나오야에 대한 지식이 없는 독자들은 단순히 작가 자신의 심경을 잘 표현한 소설이라고 생각하고 일반소설로 읽을 것이다. 어쨌든 번역 문제를 배제한다면 『기노사키에서』는 작가가 자신의 실제 경험한 사실을 적고 있고 일본 독자들은 시가 나오야를 사생활에 관한 정보를 공유하고 있어야 사소설로 읽힌다.

결국 사소설은 작가와 독자가 같이 완성해가는 공동 작업일지도 모른다. 또한 그것은 세계인이 공유할 수 있는 문학이 아니고 작가를 잘 알고 있는 일부 사람들에게만 열린 텍스트이다. 따라서 일본문학의 독특한 문학 장르임과 동시에 일본문학의 폐쇄적인 측면을 보여주고 있는지도 모른다.

제6장

포스트모던시대의 도래를 예고한
시가 나오야 『화해』[1]

1) 소설가소설과 메타픽션

1440년경에 구텐베르크가 금속활자를 발명하였고 1455년에 라틴어
판 성경책이 처음으로 출판되었다. 구텐베르크의 금속활자 발명 이후로
인쇄된 책이 정보를 공유할 수 있고 지식을 발전할 수 있게 한 유일한 수
단이었다. 영상미디어와 인터넷이 발달하기 전까지는 인쇄된 책이 정보
와 지식을 전달하고 학문의 발전에 이바지해 온 유일한 매체였다. 그러
나 현대는 너무나 많은 매체가 등장하고 있다. 우리는 TV, 전자책, 인터
넷, 손 안의 컴퓨터인 스마트폰, 소셜 네트워크인 트위터, 페이스북, 카카
오스토리 등 수많은 대중매체와 전자기기의 발달로 인해 인쇄된 글을 읽
을 필요성을 못 느끼는 현대를 살아가고 있다. 이 시대에 소설은 과연 무
엇을 할 수 있을 것인가? 우리는 영상매체와 문학이 상생할 수 있는 길은
무엇인가를 고민해야 한다. 글을 쓰는 작가와 문학을 연구하는 연구자들
에게 문학이란 무엇인가를 심각하게 고민해야 하는 포스터모던시대를
우리는 살고 있다. 이러한 고민을 소설로 보여주는 예가 일본 사소설에
자주 나타나는 소설가소설의 메타픽션이다.

---

1   제6장은 안영희의 논문 「포스트모던 시대의 사소설과 소설가소설 – 시가 나오야의 『화
    해』」(『일본어문학』 67, 2014. 357~380쪽)를 수정 · 보완하였다.

소설가소설은 소설가가 자신을 주인공으로 하여 쓰는 소설을 말한다. 소설가소설이란 소설가가 자신을 주인공이나 화자로 내세워 소설가의 사회경제적, 문화적 고민, 소설 쓰기 자체에 대한 고뇌 등을 솔직하게 드러내는 소설이다.[2] 신경숙의 『외딴방』과 공지영의 『즐거운 나의 집』 등 1990년대 이후 여성 작가의 소설에서 많이 볼 수 있다. 메타픽션Metafiction 은 소설가소설에 많이 나타난다. 메타픽션은 허구의 일종으로 허구의 장치를 의도적으로 그리는 것을 가리킨다. 메타픽션은 소설이 픽션임을 의도적으로 독자에게 알리는 것으로, 허구와 현실의 관계에 대한 문제를 제시한다. 메타픽션이란 용어는 1970년 윌리엄 개스가 「철학과 픽션의 형태」라는 논문에서 "소위 반反소설이란 것의 대부분은 실로 메타픽션들이다"라고 언급함으로써 시작되었다.

이러한 신소설이 나타난 시기는 대략 1950년 중반부터 시작해서 1960년대와 1970년대를 거쳐 오늘에 이르는 것으로 평론가들은 의견을 모은다. 레이몬드 페더만은 이 시기를 '후기 실존주의시대'라고 칭하기도 한다. 그러면 이런 현상은 왜 나타났는가? 그것은 먼저 제2차 세계대전 이후의 여러 가지 시대적 상황들이 작가에게 실체에 대한 인식론적 한계를 가중함에 따라 객관적 진실이 차츰 모호하게 느껴지면서 반비례로 주관적 진실의 추구가 확대되어간 상충적 결과의 산물이다. 맥카퍼리의 말처럼 유클리드 기하학이나 뉴턴의 만유인력 법칙이 대두되던 시대와 아인슈타인의 상대성 원리에 직면하는 시대의 현실감은 다르다. 현실이 복잡해짐에 따라 실체에 대한 개인의 인식은 더욱 모호해지고 절대성을 잃으면서 상대적으로 개인의 지각과 인식에 대한 의존도가 높아진다. 따라

---

2   한혜선 외, 『소설가소설 연구』, 국학자료원, 1999, 11쪽.

서 작가는 더 이상 실체에 대한 확신을 하고 개인과 사회의 관계를 일관성 있게 묘사하기 어려워진 것이다.

메타픽션은 작품 안에서 주인공인 소설가가 자신의 글을 되돌아보고 반성하며 의심하는 자의식적인 서술이 나타난다. 소설가소설에서 주인공인 소설가는 글을 쓸 수 없어 고민하는 모습을 자주 보인다. 작품에서 주인공인 소설가가 글을 쓰고 있는 자신의 모습을 드러내며 이야기의 완결성을 해체하는 메타픽션의 요소는 주목할 만하다. 『화해』는 소설가인 시가 나오야 자신을 주인공으로 하여 쓴 소설이기 때문에 소설가소설이라 할 수 있다. 사소설은 대부분이 작가 자신이 주인공이므로 소설가소설이 많을 수밖에 없다. 『화해』에서 아버지와 아들의 화해라는 완성된 이야기를 시도하지만, 주인공시가 나오야이 소설을 쓰고 있는 현재 자신의 모습을 드러내 보이면서 완결된 작품을 해체하는 메타픽션의 기법이 사용된다. 특히 소설가소설에 나타나는 메타픽션은 하나의 완결된 작품 속에 소설가가 글을 쓰고 있는 현재 소설가 자신의 모습을 그대로 드러내 보인다. 메타픽션은 작가가 소설 쓰기 자체에 대한 고뇌를 솔직하게 드러내며 작품세계에 들어가 그 스토리의 완벽성을 깨트리는 행위라고 할 수 있다. 소설가가 주인공이 되어 자기 일을 사실대로 기록하는 사소설에 소설가소설은 초기부터 등장한다. 시가 나오야 「화해和解」『黑潮』, 1917 와 가사이 젠조 「꿈틀거리는 자蠢く者」1924 등에서 소설가소설을 시도하고 있다.

여기서는 사소설의 소설가소설과 포스트모더니즘[3]의 관계를 시가 나

---

3   포스트모더니즘은 모더니즘의 연속선상에 있으면서 동시에 그에 대한 비판적 반작용으로, 비역사성, 비정치성, 주변적인 것의 부상, 주체 및 경계의 해체, 탈장르화 등의 특성을 갖는 예술상의 경향과 태도를 말한다.

오야의『화해』를 통해 검토한다. 먼저,『화해』의 서사, 그다음에『화해』의 시간, 마지막으로 포스트모던시대의 사소설과 소설가소설에 대해 알아본다. 이를 통해 이 시대를 사는 우리에게 문학이 나아가야 할 방향에 대한 대안을 찾고자 한다.

1.『화해』의 서사 예술과 생활의 일치

  시가 나오야는 소설의 신이라 불리며 강한 자아를 가지고 충실하게 자신의 감정을 표현한 작가였다. 간결하고 리듬감 있는 문체를 사용하여 많은 소설을 썼다. 일본 사소설 작가 중에서는 자신을 파멸시키면서 소설을 써 간 파멸형 사소설 작가들이 많았지만 시가 나오야는 자신의 삶을 희생하지 않고 조화롭게 자신의 사생활을 써 간 조화형 사소설 작가로 평가된다. 지금까지 시가 나오야의 연구[4]를 보면 시가 나오야의 전기

---

4 전전의 시가 나오야론은 히로쓰 가즈오의『시가 나오야론』(広津和郎,『志賀直哉論』,『新潮』, 1919)이 있다. 그는 시가 나오야의 리얼리즘의 질을 높이 평가했다. 쇼와에 들어와서 고바야시 히데오는『시가 나오야─세상의 젊고 새로운 사람들에게』(小林秀雄,「志賀直哉─世の若く新しい人々へ」,『思想』, 1929)에서 시가 나오야를 자의식과잉으로 성격파산자인 경향이 짙고 근대인의 비참함을 벗어난 '울트라 에고이스트'라고 평가하고 "그는 사색과 행동 사이의 틈을 의식하지 않는다"고 했다. 나카무라 미쓰오는『시가 나오야론』(中村光夫,『志賀直哉論』, 文芸春秋新社, 1954)에서 시가문학의 사상성과 사회성 결여, 그리고 문학의 미성숙을 철저하게 비판했다. 또한 시가문학의 예술성과 실생활의 관계를 세밀하게 분석했다. 스토 마스오는『시가 나오야의 문학』(須藤松雄(1963)『志賀直哉の文学』南雲堂桜楓社(改訂版))에서 시가 나오야의 전기적 사실에 따라 작품을 해석해 시가문학의 자연관을 고찰하고 있다. 야스오카 쇼타로는『시가 나오야 사론』(安岡章太郎,『志賀直哉私論』, 文芸春秋, 1968)에서 시가 나오야의 출생부터 자란 환경을 좇아『암야행로』의 허구와 사실을 분석하고 있다. 다카하시 히데오는『시가 나오야─근대와 신화』(高橋英夫,『志賀直哉 近代と神話』, 文芸春秋, 1981)

적 요소와 작품을 비교한 연구가 대부분이고 일부는 전기적 요소를 배제하고 작품만 분석하고 있다. 또한 많은 연구자는 『화해』의 성립과정과 시간 구성에 관한 연구를 많이 했다. 여기서는 시가 나오야의 『화해』의 서사구조와 소설가소설의 메타픽션을 검토함으로써 포스트모던시대의 소설 위치에 대해 그 돌파구를 찾아보고자 한다.

시가 나오야는 "『화해』는 사실 그대로 썼다"[5]고 하고 "『오쓰 준키치大津順吉』와 『화해』는 사실, 『어떤 남자ある男』, 『그 누나의 죽음その姉の死』은 사실과 허구의 혼합이다"라고 했다. 또한 "어떤 꾸밈도 없이 사실을 단지 그대로 써서 그것으로 예술품이 되는 것이 좋은 것이다"라고 하고 있다.[6] 이 글에서 시가 나오야가 『화해』를 사실 그대로 썼다고 하고, 사실을 있는 그대로 쓴 예술품인 사소설을 높이 평가하고 있다는 것을 알 수 있다.

『화해』는 실제 시가 나오야와 아버지의 일상이 소재가 된다. 이 소설은 주인공 준키치와 아버지와의 불화를 화해로 끌어내고 있다. 실제로 시가 나오야는 어릴 때부터 조부모의 손에서 자랐고 아버지는 자주 집을 비워

에서 신체론과 기호론을 구사해서 작품과 동시대의 문학적 상황과의 내적인 관계를 규명하는 것에 힘을 실었다. 혼다 슈고는 『시가 나오야』 상·하(本多秀五, 1990)에서 초기작품에서 후기작품에 이르기까지의 작품을 분석하고 시가 나오야라는 인간을 부각시키고 있다. 이러한 연구는 대부분이 시가 나오야의 전기적인 측면에 주목해서 작품을 분석하고 있다. 그 외에 작가의 전기적인 요소를 일절 배제하고 작품만을 가지고 연구한 연구서가 하스미 시게히코의 「폐기되는 짝수(偶数)-시가 나오야 『암야행로』를 읽다(蓮実重彦, 「廃棄される偶数-志賀直哉 『暗夜航路』を読む」, 『国文学』, 1976)와 『사소설』을 읽다(蓮実重彦, 『「私小説」を読む』, 中央公論社, 1979)가 있다(尹福姫, 『志賀文学の構図』, お茶の水女子大学大学院 人間文化研究科学比較文化学専攻 学位論文, 1996, 4~6쪽 참고).

5 志賀直哉, 『「和解 或る男, 其姉の死』跋文」, 1928(池内輝雄, 『志賀直哉 『和解』作品論集成』 1, 大空社, 1998, 11쪽 재인용).

6 志賀直哉, 「続創作余談」, 1938(梅沢亜由美, 『私小説の技法-「私」語りの百年史』, 勉誠出版, 2012, 120쪽 재인용).

부자의 정을 쌓을 수 있는 시간이 없었다. 게다가 아버지와의 사이를 이어주는 어머니마저 13살 때 죽는다. 따라서 시가 나오야는 아버지와 자주 대립하게 된다. 아버지와 정면으로 부딪치게 된 사건은 아시오광산사건과 결혼문제였다. 아시오광산 오염이 문제가 된 것은 시가 나오야가 18살[1901] 때였다. 그는 피해 현장으로 가서 오염문제를 직접 확인하고 싶었으나 아버지는 심하게 반대한다. 왜냐하면 이 아시오광산은 할아버지가 재산을 불리기 위해 개발한 광산이었기 때문이다. 두 번째는 24살[1907] 때, 자기 집 하녀와 결혼하려 했으나 아버지의 반대로 실현되지 못했다. 이러한 일로 인해 그는 30살에 집을 나온다. 그리고 이듬해 1914년 무샤노고지 사네아쓰의 사촌 여동생 사다코와 결혼하려고 했지만, 아버지는 찬성하지 않는다. 사다코는 사별한 미망인으로 딸이 하나 있었다. 이처럼 아버지의 불화는 계속되었고 끊임없는 갈등이 이어졌다.[7]

그러면 작품에서 나와 아버지가 화해하기까지 어떤 과정을 거쳤는지 보기로 한다. 다음은 작품 속에서 일어나고 있는 준키치와 아버지와의 갈등을 그리고 있다.

재작년의 봄이었다. 자신이 교토에 살고 있을 때, 그전에 일어났던 두 사람 사이의 불화를 없앨 목적으로 아버지는 첫째 여동생을 데리고 교토에 놀러 왔다. "지금 출발한다"라는 전보를 받았을 때 자신은 그 전보가 오기 전에 출발한 모습인 양 엇갈리게 도쿄에 가려고 생각했다. 자신은 아버지에게 불쾌함을 주는 것을 원하지 않았다. 그러나 만나는 것은 더욱 싫었다. 자신이 그때 가지고 있었던 아버지에 대해 불쾌함을 억누르고 아무렇지도 않은 얼굴로 이야기를 하

7   최석재, 「시가 나오야의 『화해』 고찰」, 『일본연구』 제45호, 2010, 240쪽 참고.

는 것은 매우 견디기 힘든 일이었다.[8]

아버지가 화해하기 위해 도쿄에서 아들이 사는 교토까지 왔으나 주인공 준키치는 끝내 아버지를 만나지 않는다. 아버지를 불쾌하게 하기는 싫었지만 만나기는 더욱 싫었기 때문이다. 이 사건 이후 아버지와의 관계는 더욱 악화한다. 반년 정도 지나 준키치는 할머니를 만나러 도쿄 아자부 집에 간다. 그날 새어머니로부터 아버지에게 교토 일을 사과하라는 말을 듣는다. 준키치는 그 일은 끝났고 정식은 아니지만, 아버지를 만나 사과를 했다고 생각하고 있었기 때문에 별로 내켜 하지 않는다.

준키치는 아버지를 만나 다음과 같이 말한다.

"교토의 일은 죄송하게 생각하고 있습니다. 그때와는 달리 지금은 아버지에 대한 감정도 많이 변해 있습니다. 그러나 그때 제가 한 일은 지금도 조금도 나쁘다고는 생각하지 않습니다"이렇게 대답했다.

"그런가. 그러면 너는 이 집에 출입하는 것은 그만두어라."21쪽[9]

---

8   志賀直哉, 『和解』, 新潮社, 2010, 17쪽.
      一昨年の春だった. 自分が京都に住んでいる時に, その前に起った二人の間の不和
      の後に或る和らぎを作る目的で, 父は自分の一番上の妹を連れて京都に遊びに来
      た. "今たつ"という電報を受け取った時, 自分はその電報が来る前に出発した態に
      して擦違いに東京へ行こうと考えた. 自分は父に不愉快を与えるのは好まなかっ
      た. 然し会うのは尚厭だった. 自分がその時の現在に持っている父に対する不快を
      押し包んで何気ない顔で話する事は迚も堪えられなかった. 이하 번역은 전부 저자.
9   "京都の事はお気の毒な事をしたとは思っています. あの頃とはお父さんに対する
      感情も余程変わっています. 然しあの時私がああした事は今でも少しも悪いとは
      思っていません"こう答えた. "そうか. それなら貴様はこの家へ出入りする事はよ
      して貰おう"

준키치는 그때의 일을 미안하지만 잘못했다고 생각하지 않는다고 말한다. 그러자 아버지는 그러면 이 집에 출입하지 말라는 강한 거부의 뜻을 전한다. 그러자 준키치는 자정이 넘은 시간에 아내를 데리고 아버지의 집을 나온다. 아버지와 아들의 팽팽한 대립이 절정에 이른다. 아버지는 준키치가 집에 드나드는 것은 금지했지만, 출산이 가까워진 며느리를 위해 잘 아는 산부인과를 소개해주고 병원비까지 내준다. 그리고 아내는 첫딸 사토코를 출산한다. 이 일이 부자를 화해시켜 줄 것으로 생각해 주변 사람들의 기대가 컸다. 실제로『화해』에서는 다루지 않고 있지만 시가 나오야가 아버지를 만나기 거부한 교토사건 전해1914.12에 아버지의 반대를 무릅쓰고 무샤노코지 사네아쓰의 사촌 여동생인 사다코와 결혼해 1916년 6월 딸을 출산하게 된다. 사토코를 출산함으로써 주변 사람들은 준키치가 아버지가 되고 자연스럽게 아버지의 처지를 이해하게 될 것이고 부자는 화해할 수 있을 것이라 기대했다. 그러나 무리하게 도쿄에 간 일로 인해 사토코는 죽고 만다. 사토코가 죽었을 때 도쿄의 가족들은 아무도 없었다. 준키치는 매우 섭섭한 마음이 들었다. 이 과정에서도 아버지에 대한 섭섭한 마음과 자신이 아버지와 화해하지 못한 죄책감을 엿볼 수 있다. 결국 사토코의 죽음으로 아버지와 화해할 기회가 박탈된다.

사토코가 죽고 차녀 루메코가 탄생한다. 사토코의 죽음으로 준키치는 가족과 화해했으면 좋았을 것으로 생각했다. 그리고 차녀 루메코가 탄생하고 할머니의 건강이 악화한다. 이 일을 계기로 준키치는 또다시 아버지와의 화해를 생각하게 된다. 루메코의 탄생으로 준키치는 아버지가 되어 있었고 자신이 딸을 얻었을 때 기뻐했던 것처럼 아버지도 자신을 얻었을 때 같은 마음이라 생각하게 된다. 그리고 할머니의 건강이 악화하기 전에 아버지와 화해해야겠다고 생각한다. 딸을 얻고 아버지가 되면서 마음의 여유가 생긴 것이다.

다음은 아버지와의 갈등이 계속되다가 화해가 이루어지는 장면이다.

"아버지와 저의 현재관계가 이대로 계속되는 것은 무의미하다고 생각합니다."

"음"

"지금까지는 그 일은 상관없었습니다. 그 일로 인해 아버지에게는 충분히 죄송한 일을 했다고 생각합니다. 어떤 일에서는 제가 잘못했다고 생각합니다."

"음" 하고 아버지는 고개를 끄덕였다. 자신은 흥분해 있었지만 화내고 있는 모습과는 전혀 달랐다. 그러나 그 모습은 그때 생긴 가장 자연스러운 태도로 아버지와 자신의 관계에서 그것보다 적절한 모양은 없는 것 같은 기분이 지금이 되어서 든다.

"그러나 지금까지는 화해할 수 없었습니다. 단 지금부터 앞으로 이 상태를 계속해가는 것은 바보 같은 생각이 듭니다."

숙부가 들어왔다. 숙부는 자신의 등 뒤에 있는 의자에 앉았다.

"좋아, 그래서? 네가 말하는 의미는 할머니가 건강할 때만의 이야기인가, 아니면 영원히 그렇게 하겠다는 뜻인가?" 하고 물었다. (…중략…) 자신은 말하면서 조금 울먹였지만 참았다.

"그런가" 하고 아버지는 말했다. 아버지는 입을 강하게 다물고 있었고 눈에 눈물이 고여 있었다. "사실은 나도 점점 나이가 들고 너와 지금까지와 같은 관계를 계속해가는 것은 참으로 고통스러웠다. 그 일은 마음으로부터 너를 밉다고 생각한 적도 있다." (…중략…)

이런 이야기를 하는 사이에 아버지는 울기 시작했다. 자신도 울었다. 두 사람은 아무 말도 하지 않았다. 자신의 뒤에서 숙부도 혼자 무언가를 말했다. 그

사이에 숙부도 소리를 내어 울기 시작했다.[89~91쪽][10]

두 사람은 화해하고 기쁨의 눈물을 흘렸다. 숙부는 할머니가 건강할 때까지만 화해할 것인가 아니면 할머니가 돌아가신 후에도 영원히 화해할 것인가를 묻자 준키치는 "아버지를 만나기까지는 영원히 화해할 생각은 없었습니다. 할머니가 건강할 때만이라도 자유롭게 출입을 허락받지 않으면 안 되었습니다. 그러나 화해가 이루어진다면 이상적일 것입니다"[90쪽]라고 하며 눈물을 흘린다. 영원히 아버지와 화해를 하겠다는 뜻을 비친다. 『화해』는 실제 시가 나오야와 아버지와의 화해를 그리고 있고 작품에서도 준키치와 아버지와의 화해가 실생활처럼 있는 그대로 그리고 있다. 그리고 작품 속에서도 주인공 준키치는 소설가이고 소설을 쓰면서 느끼는 아버지와의 불화와 화해의 과정을 생생하게 잘 표현하고 있다.

10　"お父さんと私との今の関係をこの儘続けて行く事は無意味だと思うんです。"
　　"うむ。"
　　"これまでは、それは仕方なかったんです。それはお父さんには随分お気の毒な事をしていたと思います。或る事では私は悪いことをしたと思います。"
　　"うむ"と父は首肯いた。自分は亢奮からそれらを宛然怒っているかのような調子とは全く別だった。然しそれはその場合に生れた、最も自然な調子で、それより父と自分との関係で適切な調子は他にないような気が今になればする。
　　"然し今迄はそれも仕方なかったんです。只、これから先までそれを続けていくのは馬鹿気ていると思うんです。"
　　叔父が入って来た。叔父は自分の背後にあった椅子に掛けた。
　　"よろしい。それで? お前の云う意味はお祖母さんが御丈夫な内だけの話か、それとも永久にの心算で云っているのか"と父が云った。(…중략…)
　　自分は云いながら一寸泣きかかったが我慢した。
　　"そうか"と父が云った。父は口を堅く結んで眼に涙を溜めていた。
　　"実は俺も段々年を取って来るし、貴様とこれ迄のような関係を続けて行く事は実に苦しかったのだ。それは腹から貴様を憎いと思ったこともある。(…중략…)
　　こんな事を云っている内に父は泣き出した。自分も泣き出した。二人はもう何も云わなかった。自分の後ろで叔父が一人何か云い出した。その内叔父も声を挙げて泣き出した。

『화해』에서는 실생활의 시가 나오야 삶과 예술 속 준키치의 삶이 일치하는 사소설을 구현하고 있다.

2.『화해』 시간 허구와 현실의 경계를 와해하는 메타픽션

『화해』는 시가 나오야가 실제로 아버지와 화해하기까지의 과정을 그리고 있다. 그러나 그 과정이 순차적인 시간구성으로 되어 있지는 않다. 『화해』의 서술구조를 보면 다음과 같다.

A[1917] : 현재, 사토코 일주기와 성묘

제1장 7월 31일 사토코[慧子]의 일주기. 상경. 성묘. 조모방문

제2장 8월 13일 「몽상가」에서 공상이 가능한 재료로 바꿔서 집필

8월 15일 집필완료

제3장 8월 19일 이후 10월 잡지에 내기 위한「몽상가」를 고쳐 씀

B[1915~1916] : 과거, 아버지와 충돌, 사토코 출산

제3장 재작년 봄 교토에서 아버지와 만나는 것을 거절함

가을 상경. 아버지와 충돌

(1916년)

제4장 작년 6월 아내가 상경해서 사토코를 출산

제5장 사토코 발병

제6장 7월 31일 사토코 사망

제7장 8월 1일 사토코 장례식

제8장 8월 20일 아내와 여행

제9장 아내 임신

(1917년)

올해 2월 창작활동이 서서히 왕성해짐

제10장 7월 23일 루메코 탄생

C¹⁹¹⁷ : 현재, 아버지와 화해

제11장 8월 23일 상경

제12장 8월 24일 아버지에게 편지 쓰는 것을 단념

제13장 8월 30일 상경. 아버지와 화해

제14장 성묘. 아비코에 돌아감

제15장 8월 31일 아버지가 아비코에 방문

제16장 9월 2일 상경. 가족들 모두 회식

아버지와의 화해를 쓰기로 하다.

중순 숙부의 편지 도착[11]

이처럼 『화해』는 현재^A → 과거^B → 현재^C의 순서로 서술되어 있지만 실제로 일어난 사건의 순서는 과거^B → 현재^A → 현재^C의 시간순이 된다. 즉 사건이 일어난 시간순서는 제3장 도중에서 제10장_{자신이 결혼하고 나서 둘째 딸의 출산까지}, 제1장에서 제2장_{사토코의 일주기에 성묘}, 그리고 제11장에서 제16장_{아버지와의 화해}이다.

다음은 『화해』의 제1장^A, 제3장^B, 제11장^C의 첫 부분이다. [12]

---

11   下岡友加, 「志賀直哉「和解」論」, 『德島文理大学論叢』 28, 2011, 31~32쪽 참고.
12   この七月三十一日は昨年生まれて五十六日目に死んだ最初の児の一周忌に当たっ

A. 이 7월 31일은 작년에 태어나 56일째에 죽은 첫째 아이의 1주기였다. 자신은 산소에 가기 위해 아비코에서 오랜만에 상경했다.5쪽

B. 재작년의 봄이었다.17쪽

　몸이 낫자 또 10월의 잡지에 내어야 할 일에 몰두하지 않으면 안 되었다. 「夢想家」를 고쳐 쓰기로 했다.16쪽

C. "아버지와 저와의 지금의 관계가 이대로 계속되는 것은 무의미하다고 생각합니다."89쪽

　『화해』의 구성을 보면 먼저 제1장과 제2장A은 현재의 시점이고 제3장부터 제10장B까지는 과거를 회상하는 부분이 삽입되고 제11장에서 제16장C까지는 다시 현재시점에서 진행된다. 이처럼 이 작품은 주로 현재시점에서 서술되고 있고 부분적으로 회상되는 장면이 삽입되고 있다.

　『화해』의 시간은 작가시가 나오야의 장녀가 죽고 난 후 1주기가 되는 1917년 7월 31일부터 시작된다. 그리고 그해 8월 30일 어머니의 23회째의 기일에 아버지와 '화해'하게 되고 9월 2일에 아버지와의 '화해'를 소설로 쓰기로 한다. 소설을 쓰기로 하고 완성하기까지 보름이 걸렸다고 한다. 따라서 현재 시점의 전체는 1개월 보름 정도의 시간이다.13 그러나 작품

　　ていた. 自分は墓参りの為め我孫子から久し振りで上京した(5쪽).
　　身体が直ると又十月の雑誌に出すべき仕事にかからねばならなかった. "夢想家"を書き直す事にした(16쪽).
　　そして, それは今から四週間程前の事になる. 歌舞伎座でやっている"団七九四郎兵衛"の新聞評を見て自分は久し振りで芝居を見たい気がした(70쪽).
13　志賀直哉, 「続創作余談」, 1938(池内輝雄, 『『和解』作品論集成』1, 大空社, 1998, 11쪽).

전체의 시간은 1915년부터 1917년까지 3년 정도가 된다. 현재 시점 속에 과거 시점재작년에 교토에서 아버지의 만남을 거부한 사건, 작년에 아내의 사토코 출산에 이어 발병과 사망, 올해 2월에 아내 임신과 7월 23일 차녀 루메코의 탄생이 삽입된다. 시가 나오야는『화해』에서 3년 동안 자신의 사생활을 순차적인 시간 순서로 구성하지 않고 현재의 시간 속에 과거의 시간을 넣는 형식으로 구성하고 있다.

1) 서술하는 나와 서술되는 나

사소설은 작가가 자신의 사생활을 있는 그대로 쓰는 소설 양식이다. 또한 소설가 자신이 주인공이 되어 소설을 쓰고, 소설을 쓰고 있는 현재 자신의 심경도 나타내고 있다. 사소설일인칭인 경우에서는 소설의 주인공과 작가가 일치하지만 서술하는 나 ≠ 서술되는 나, 인식하는 나 ≠ 인식되는 나라는 서로 다른 '나'가 존재하고 있다.

다음은 제11장 첫 부분이다.

(A) 그리고 그것은 지금부터 4주 정도 전의 일이 된다.

가부키좌에서 하고 있는「단시치쿠로베」의 신문평을 보고 자신은 오랜만에 연극을 보고 싶은 기분이 들었다.70쪽

다음은 제2장 첫 부분이다.

(B) 자신은 8월 19일까지 끝내지 않으면 안 되는 일을 하고 있었다. 밤 10시경부터 썼지만 재료가 왠지 다루기 힘들었다. 처음에『공상가空想家』라고 하는 제목으로 했지만, 나중에『몽상가夢想家』로 바꿨다. 그래서 자신은 6년간 자신이 오노미치에서 혼자서 생활하고 있었던 전후의 아버지와 자신과의 일을 쓰

려고 했다. (…중략…)

　자신의 기분은 복잡했다. 그것을 써보고 그 복잡함을 더욱 더 알게 되었다. 경험을 정확하고 공평하게 판단하려고 하는 자신의 힘은 충분하지 않다는 것을 알았다. 자신은 한번 쓰고 실패했다. 또 썼지만, 마음에 들지 않았다. 드디어 약속의 기일까지 6일밖에 남지 않았고 그것은 조금도 완성의 전망이 보이지 않았다. 자신은 재료를 바꿀 수밖에 없었다. 10월호의 잡지에 글을 싣기로 약속하고 거기에 쓰려고 한 자유롭게 공상할 수 있는 재료로 바꿨다. 막혀 있었던 둑에서 흘러나오는 것처럼 천천히 쓰는 자신에게 이상할 정도로 잘 써졌다. 15일 안에 소설을 다 썼다.^{9~10쪽}[14]

　이 소설은 (A)와 같이 과거를 회상하는 과거 시점과 (B)와 같이 현재 소설 쓰기의 어려움을 피력하는 현재 시점으로 구성되어 있다. 둘 다 주인공의 이야기를 현재와 과거의 시점에서 쓰고 있고 작가인 시가 나오야의 사생활을 다루고 있지만 '소설을 서술하는 현재의 나'와 '소설에 서술되는 과거의 나'가 존재하고 있다. 결국 과거의 나를 현재의 나가 서술하고 있다. 과거의 사건을 현재의 시점에서 서술한다는 측면에서 보면 일

14　自分は八月十九日までに仕上げなければならぬ仕事を持っていた. 夜十時頃から書いたが, 材料が何だか取り扱いにくかった. 最初『空想家』という題にしていたが後に『夢想家』と変えた. それで自分は六年前, 自分が尾の道で独住いをしていた前後の父と自分との事を書こうとした. (…중략…) 自分の気持は複雑だった. それを書き出して見てその複雑さが段々に知れた. 経験を正確に見て, 公平に判断しようとすると自分の力はそれに充分でない事が解った. 自分は一度書いて失敗した. 又書いたがそれも気に入らなかった. とうとう約束の期日まで六日程しかなくなって, それも少しも完成の見込みが立たなかった. 自分は材料を変えるより仕方がなかった. 十月号の雑誌に約束して, それに書こうと思っていた空想の自由に利く材料にかえた. 支えていた関から流れ出すように遅筆の自分にしては珍しい程書けた. 十五日中にそれは書き上げた.

인칭소설도 삼인칭소설과 크게 다르지 않다. 하지만 일인칭소설 중에서도 자신의 사생활을 자신이 서술하는 사소설인 경우는 작가인 주인공의 여러 가지 감정의 희비가 교차하기 때문에 객관적으로 서술하는 것은 그만큼 힘들기도 하다.

(B)에서는 자신의 경험을 있는 그대로 문장화한다는 것이 얼마나 힘든 것인가를 쓰고 있다. 당시에 느꼈던 감정을 문장으로 옮기는 것에 대한 어려움을 쓰고 있다. 자신의 경험을 있는 그대로 쓰려다가 실패하고 재료를 바꾸어 자유롭게 쓰자 쉽게 소설을 쓸 수 있었다고 한다. 이 문제는 '서술하는 나'와 '서술되는 나'라는 이중의 '나'가 있기 때문일 것이다. 과거에 느꼈던 자신의 기분을 현재의 자신이 표현하기에는 현실적·심정적으로 많은 거리와 격차가 있기 때문이다. 즉 현재의 나와 과거의 나가 교차하여 존재하기 때문에 객관적으로 나를 바라본다는 것에 어려움을 느낀다. 자유로운 주제로 가상의 세계를 쓰는 것보다, 자신을 회상하며 쓰는 소설의 어려움을 피력하고 있다.

『화해』는 시가 나오야가 아버지와 화해에 이르는 과정을 사실대로 쓴 사소설이다. 또한 이러한 화해 과정을 시간적인 순서대로 서술하지 않고 있다. 현재 시점에서 과거 시점, 그리고 다시 현재 시점으로 서술하고 있다. 이러한 시간적 배치는 작가인 시가 나오야의 생활을 얼마나 사실적으로 보여줄 것인가와 관련이 있다. 시가 나오야는『화해』에서 자신과 아버지가 실제 화해한 사건을 썼다고 했다. 사소설은 실제 있었던 사건을 사실적으로 써야 하므로 실제 작가인 시가 나오야의 직업과 주인공인 준키치의 직업은 소설가로 일치가 되어야 한다. 그리고 소설을 쓴다는 것이 얼마나 어려운지를 실제 작가인 시가 나오야와 주인공이 같이 공감하고 있어야 한다. 순차적이지 못한『화해』의 시간 구성은 소설이 실제 작가의 사생활을 그린 사소설이며 작가와 주인공이 일치한다는 것을 보여주기 위한 하나의 장치라고 할 수 있다. 실제 작가 시가 나오야가 주인공이라는 것을 사실적으로 보여주기 위해서는 과거 시점에서 현재 시점으로의 순차적인 시간 구성보다는 현재 시점에서 자신의 고민을 이야기하는 편이 더 효과적이다. 왜냐하면 인간의 의식은 과거에서 현재, 그리고 미래로 순차적으로만 구성되는 것이 아니기 때문이다. 현재의 시점에서 과거로 돌아가 보기도 하고 미래를 설계하기도 한다. 따라서 시간의 순서를 순차적으로 하지 않는 것이 현실과의 격차를 좁히면서 더 사실적으로 보이게 할 수 있다. 이런 이유에서 작가는 시간 배치를 현재 시점에 많이 할애했을 것이다. 또한 현재의 시점에서 과거를 되돌아보고 끊임없이 자신의 글을 되돌아보는 화자의 모습은 자아를 찾기 위한 하나의 여정일 수도 있다. 작가가 시간을 거스르지 못하는 거대한 근대라는 시스템 속에서 한 개인의 자아를 찾으려고 한 의도로 볼 수도 있다.

3. 포스트모던시대의 사소설과 현대소설의 가능성 제시

『화해』는 주인공과 아버지와의 화해를 그리고 있지만, 또 한편으로는 주인공이 『화해』전 단계의 소설로 보이는 『몽상가』를 완성하는 과정을 그리고 있다. 『화해』에서는 주인공 준키치가 아버지와 화해하는 과정을 소설로 쓰고 있는 준키치의 모습이 동시에 그려진다. 즉 한 소설에 두 개의 이야기가 있는 것이다. 『화해』는 시가 나오야가 자신을 주인공으로 한 소설가소설이다. 동시에 이 소설에서는 주인공과 아버지의 화해라는 완결된 스토리를 해체하면서 『몽상가』를 쓰고 있는 작가의 모습을 끊임없이 보여주는 메타픽션의 기법을 사용하고 있다.

포스트모더니즘문학에서는 작가가 글을 쓰는 작가 자신의 얼굴을 보여주는 메타픽션의 기법이 자주 사용된다. 다시 말하면 문학에서 작가가 자신의 서술을 되돌아보고 의심하는 자의식적 서술^{메타픽션}이 나타난다. 글을 쓰는 작가의 얼굴을 보여주는 메타픽션은 현실과 허구의 경계와 와해, 인물과 독자에게 선택권을 주는 열린 소설이다. 메타픽션에서는 소설이 절대적 또는 보편적 진리를 제시하거나 리얼리티를 재현할 수 없다고 말한다. 소설에서 문제시되는 사실과 픽션의 문제 즉 진실과 허구의 문제는 현대사회에 와서 리얼리티와 픽션의 사이가 모호해졌기 때문이다. 메타픽션은 불안과 불확실이 극에 달하고 진실이 베일에 가려 보이지 않게 된 20세기 후반을 대표하는 하나의 문학적 현상이며 신적인 권위를 가지고 인생의 진리를 제시해 주었던 저자들이 인간적인 위치에 서서 독자들과 더불어 고민하고 방황하며 탈출구를 탐색했던 민주적 문학운동이기도 했다.[15]

다음은 『화해』의 초반부와 후반부에 소설가소설의 메타픽션이 나타나는 부분이다.

A. 자신은 8월 19일까지 끝내지 않으면 안 되는 일이 있었다. 밤 10시경부터 썼지만 재료가 왠지 다루기 힘들었다. 처음에 『공상가^{空想家}』라고 하는 제목으로 했지만, 나중에 『몽상가^{夢想家}』로 바꿨다. 그래서 자신은 6년간 자신이 오노미치에서 혼자서 생활하고 있었던 전후의 아버지와 자신과의 일을 쓰려고 했다.

(…중략…)

---

15 김성곤, 「서평 메타픽션」, 퍼트리샤워, 김상구 역, 『메타픽션』, 열음사, 1989, 414쪽 참고.

자신의 기분은 복잡했다. 그것을 써보고 그 복잡함을 더욱더 알게 되었다. 경험을 정확하게 보고 공평하게 판단하려고 하는 자신의 힘은 충분하지 않다는 것을 알았다. 자신은 한번 쓰고 실패했다. 또 썼지만, 마음에 들지 않았다. 드디어 약속의 기일까지 6일밖에 남지 않았고 그것도 조금도 완성의 전망이 보이지 않았다. 자신은 재료를 바꿀 수밖에 없었다. 10월호의 잡지에 약속하고 거기에 쓰려고 한 자유롭게 공상할 수 있는 재료로 바꿨다. 막혀 있었던 둑에서 흘러나오는 것처럼 천천히 쓰는 자신에게 이상할 정도로 잘 써졌다. 15일 안에 그것을 다 썼다.9~10쪽[16]

B. 몸이 낫자 또 10월의 잡지에 낼 일을 해야 하였다. 『몽상가』를 고쳐 쓰기로 했다.

사실을 쓸 경우, 자신에게는 산만하게 여러 가지 일을 나열하고 싶은 나쁜 유혹이 있었다. 여러 가지 일이 생각난다. 이것도 저것도 하는 식으로 그것을 모두 쓰고 싶어진다. 사실 그것들은 어느 것도 다소의 인과관계를 가지고 있었다. 그러나 그것을 모조리 쓰는 일은 할 수 없었다. 쓰면 반드시 그 문장들을 이을 때 불충분한 것이 되어 불유쾌하게 된다. 자신은 쓰고 싶은 일을 교묘하게 버려가는 노력을 해야 했다.

아버지와의 불화를 쓰려고 하자 특별히 이 곤란함을 더욱 느꼈다. 불화의 일은 너무나 많았다.

그리고 앞에서도 썼던 것 같이 그것을 쓰는 것으로 아버지에 대한 사사로운 원한을 푸는 것 같은 일은 하고 싶지 않다는 생각이 글의 진행을 많이 방해했다.17쪽[17]

---

16 편의상 앞에 인용한 부분을 다시 한 번 인용한다.
17 身体が直ると又十月の雑誌に出すべき仕事にかからねばならなかった.「妄想家」を

소설 초반부의 A, B에서 고민했던 부분이 소설 후반부 A', B'와 같이 다시 나온다.

A'. 자신에게는 이미 아버지와의 불화를 재료로 『몽상가』를 그대로 쓸 기분이 없어졌다. 자신은 뭔가 다른 재료를 찾지 않으면 안 되었다. 재료만이라면 조금은 있었다. 그러나 그 재료에 자신의 마음을 꼭 몰두하기까지에는 다소의 시간이 필요했다. 다소의 시간이 걸려도 마음을 잡지 못할 때도 있었다. 이럴 때 무리하게 쓰면 그것은 피의 기운이 없는 가짜가 된다. 그것은 실패이다. 15, 16일의 기일까지 뭔가 작품 같은 것이 나올까?100쪽

B'. 자신은 또 10월의 잡지에 낼 『몽상가』에 몰두했다. 자신은 아버지를 미워하고 있지 않다. 그러나 아버지 쪽에서 진심으로 미움을 노골적으로 표현해오는 경우, 그래도 지금처럼 온화한 기분을 잃지 않고 아버지를 대할 수 있을까 하는 생각이 들었다.82쪽

자신은 일하는 동안에 하루하루가 적어지는 불안감을 느꼈다. 자신은 지금 머리를 가장 많이 차지하고 있는 『화해』를 쓰기로 했다.15쪽

書き直す事にした. 事実を書く場合自分にはよく散漫に色々な出来事を並べたくなる悪い誘惑があった. 色々な事が思い出される. あれもこれもと云う風にそれが書きたくなる. 実際それらは何れも多少の因果関係を持っていた. 然しそれを片端から書いて行く事は出来なかった. 書けば必ずそれらの会わせ目に不充分な所が出来て不愉快になる. 自分は書きたくなる出来事を巧みに捨てて行く努力をしなければならなかった.
父との不和を書こうとすると殊にこの困難を余計に感じた. 不和の出来事は余りに多かった.
それから前にも書いた如く, それを書くことで父に対する私怨を晴すような事はしたくないという考が筆の進みを中々に邪魔にした.

위의 인용을 보면 작품 속의 소설『몽상가』와 실제의 작품『화해』를 비교해 보면 다음과 같다.

『몽상가』 / 소설 속 이야기	『화해』 / 실제 이야기
8월 19일까지 써야 하는 소설이 있음.『공상가』를『몽상가』로 바꿈. 재료를 바꾸어서 소설을 완성함.	재료를 바꾸어서 발표한 소설이 1917년 9월에 발행한『신소설』에 게재한「아카니시 가기타(赤西蝸太)」임.
10월 잡지에 낼 소설을 써야 함. 『몽상가』를 고쳐 씀.	『몽상가』를 고쳐 쓴 소설이 1917년 10월호의 잡지『黑潮』에 게재된『화해』임.

여기에서는 8월 19일까지 쓰지 않으면 안 되는 소설이 있었지만 잘되지 않아 다른 소설로 바꾸었다고 한다. 처음 쓰던 소설을 그냥 두고 다른 소설로 바꾼 것이 1917년 9월에 발행한『신소설』에 게재한 소설「아카니시 카기타」라고 생각할 수 있다. 더욱 회상 중에 단행본 출판의뢰의 건 『신진작가총서 4-오오츠 준키치』, 신쵸사과 오랜만에 쓴 단편「기노사키에서」,「사사키의 경우」,「호인의 부부(好人物の夫婦)」등이 M의 "이해심이 있는 기분 좋은 평"을 들어 공표할 결심을 하였다는 경위가 적혀 있다.[18] 그리고『화해』의 전 단계에 해당하는『몽상가』라는 소설을 10월호의 잡지에 실기로 한다. 그리고 실제로 10월에 시가 나오야의 작품이 잡지에 실린다. 이 작품이 1917년 10월호의 잡지『흑조黑潮』에 게재된『화해』이다.[19] 독자들은 주인공이 소설가이고 소설을 쓸 수 없어 고민하다가 재료를 바꾸면서 문제가 해결되었다고 생각하면서 소설을 읽는다. 그리고 그 소설이 지금 독자가 읽고 있는『화해』라는 것을 작품을 다 읽고 나서 알게 된다. 소설 속 사건이 실제 현실이 되는 상황이 발생한다. 이처럼『화해』에서는 시가 나오야라는 작가가 준키치라는 주인공을 만들어내고 그 준키치는 시가 나오야가 되는 텍스

18　紅野謙介,「小説をめぐる小説」, 池内輝雄 編,『志賀直哉『和解』作品論集成』2, 大空社, 1998, 299쪽.

19　위의 책, 297쪽.

트를 만들고 있다. 이처럼 현실이 소설이 되고 소설이 현실이 되는 소설과 현실을 분간하기 힘든 상황에 독자는 놓이게 된다.

위의 『화해』의 인용을 보면, "『몽상가』를 고쳐 쓰기로 했다"와 "자신은 지금 머리를 가장 많이 차지하고 있는 『화해』를 쓰기로 했다"와 같이 소설을 쓰는 자신을 되돌아보는 자의식적인 서술이 나타나는 메타픽션의 기법을 사용하고 있다. 『화해』는 작가가 자신이 경험한 사실을 있는 그대로 서술한 '사소설', 작가가 자신을 주인공으로 하며 소설을 쓴 '소설가소설', 작가가 소설을 쓰는 자신을 되돌아보는 '자의식적인 서술메타픽션'이 동시에 나타난다. 일반적으로 독자는 소설을 하나의 완결된 작품이라 생각하고 작품에 몰입하게 되지만 사소설의 메타픽션적 요소는 계속해서 작가의 개입으로 독자의 몰입을 방해한다. 『화해』가 나오기 전에 이미 '나'의 체험을 쓰는 소설 양식이 정착했지만, 사소설이라는 용어가 등장한 것은 1920년 이후이다. 『화해』의 메타픽션적 요소는 결코 현재와 같은 포스트모던의 자기언급적인 전위소설을 의식하지 않았겠지만 이미 포스트모던의 전위소설을 예고하는 소설임은 분명하다.

1) 허구와 현실의 거리

앞에서 말한 것처럼 『화해』의 소설 내의 시간은 1917년 7월 31일, 자신의 죽은 아이 1주기에서 시작되고 같은 해 8월 30일 친어머니의 23회 기일에 아버지와 화해하고 9월 초순에 이 일을 소설로 쓰기로 한다. 그리고 반달 정도 지난 9월 중순에 숙부의 편지를 받는 것으로 끝이 난다. 그리고 실제로 독자가 『화해』를 볼 수 있는 것은 반달 후의 10월 1일이 된다.[20] 작품 속의 이야기가 시작되고 끝나기까지의 시간은 7월 31일부터 9월 중순까지 약 한 달 반 동안이다. 그리고 실제로 독자가 『화해』를 읽게 되는 것은 10월 1일이니까 작가가 소설을 완성한 반달 후가 된다.

이처럼 『화해』에서는 『몽상가』를 쓰고 있는 주인공을 모델로 하고 있다. 즉 주인공 = 화자 = 작가라는 사소설의 공식이 성립된다. 『몽상가』는 『화해』의 습작기에 해당하는 작품이며 시가 나오야가 아버지와의 불화를 극복하고 화해에 이르는 과정을 그리고 있다. 『화해』를 쓸 때의 일을 시가 나오야는 『속 창작여담』에서 다음과 같이 말하고 있다. "『화해』는 작중에서 쓴 것처럼 그때 약속된 일을 하는 참이었는데 아버지와의 화해가 기분 좋게 이루어지고 그 기쁨과 흥분으로 화해 쪽을 재료로 해서 단숨에 써 버렸다. 매일 평균 10페이지로 보름 만에 다 썼다"[21]고 하고 있다. 이처럼, 『화해』는 시가 나오야 자신이 아버지와 실제 있었던 사실을 쓰고 있다는 것을 알 수 있다. 그다음으로 "자신은 뭔가 다른 재료를 찾지 않으면 안 되었다"처럼 사소설의 고민거리인 재료 이야기가 나오고 있다. 사소설 작가들은 소설의 제재를 자신이 경험한 사생활에서 찾지 않으면 안 된다. 따라서 파멸형 사소설 작가들은 소설의 제재를 구하기 위해 불행한 생활을 할 수밖에 없었다. 대표적인 사소설 작가인 다자이 오사무가 그 예이다. 시가 나오야는 조화형 소설가로 소설을 쓰기 위해 파멸로 가는 인생을 살지는 않았다. 사소설 작가로는 드물기만 조화로운 인생을 살면서 자신의 경험을 담담하고 솔직하게 이야기했다. 마지막으로 소설을 쓸 수 없어 고민하는 소설가의 모습이 그려지고 있는데 이 부분도 사소설 작가들이 항상 고민하는 문제였다. 따라서 '소설을 쓸 수 없는 소설가'라는 글이 나오기도 한 것이다.

---

20 위의 책, 299쪽 참고.
21 志賀直哉, 「續創作余談」, 앞의 책, 1938, 11쪽.

2) 사소설이 사실이라는 것을 일깨워주는
'사실'과 '현실'의 문제를 제시

소설가가 자신의 서술을 되돌아보는 자의식적인 서술인 현대의 메타 픽션과 사소설의 메타픽션은 완결된 스토리를 해체한다는 면에서 일치 한다. 하지만 현대의 메타픽션기법이 소설이 허구라는 것을 일깨워주는 '허구'와 '현실'에 대한 문제를 제시하였다면『화해』에서 소설가소설의 메타픽션은 소설이 사실이라는 것을 일깨워주는 '사실'과 '현실'의 문제 를 제시하였다고 할 수 있다. 즉, 현대의 메타픽션이 소설가가 소설을 쓰 는 자신을 되돌아보면서 이 소설이 '허구'라는 것을 일깨워주는 것이었다 면,『화해』의 메타픽션은 이 소설이 얼마나 소설가시가 나오야 자신의 사생 활을 '사실'적으로 재현하고 있는가를 보여주는 문제였다. 다시 말하면 현대의 메타픽션은 불확실한 현대에 갈 길을 잃은 소설의 모습을 보여주 는 문제를 완벽한 스토리를 가진 소설을 해체하면서 그것이 허구라는 것 을 알려준다. 반면에 사소설인『화해』에 나타난 소설가소설의 메타픽션 은 완결된 스토리를 해체하고 끊임없이 소설을 쓰는 작가의 얼굴을 나타 내 보인다. 이는 소설의 이야기가 실제 이야기라는 것을 어떻게 하면 더 사실적으로 보일 수 있을까를 알려주는 것이었다. 시가 나오야가『화해』 에서 사소설, 소설가소설, 메타픽션의 기법을 사용한 것은 자신의 이야기 를 어떻게 하면 더 사실적으로 보여줄 것인가의 고민에 대한 해답이었다 고 할 수 있다.

안도 히로시는 사소설은 1920년대에서 1930년대, 다이쇼 말기에서 쇼와 초기에 이미 '나'의 불투명성을 언급하는 작품들이 나타나고 있었다 [22]고 지적하고 있다. 이처럼 소설가소설은 1920년대부터 사용되었던 사 소설의 고전적인 수법이기도 하다. 한국문학에서도 1990년대 이후 많은 문학작품이 소설가소설의 메타픽션기법으로 작품을 쓰고 있다. 포스트모던시대를 살아가는 불투명한 현대의 고민을 소설가소설의 메타픽션으로 담아내고 있었다. 이처럼 '소설가소설의 메타픽션적 기법'과 '소설을 쓸 수 없는 소설가'는 사소설의 고전적인 글쓰기 방법과 제재였다. 이러한 사소설의 고전적인 기법들이 100여년이 지난 현대소설에 다시 메타픽션으로 부활한 것이다.

『화해』는 사실을 있는 그대로 썼지만, 소설가소설의 메타픽션이라는 당시에는 낯선 소설기법을 사용하고 있다. 안도 히로시는 사소설을 "전위적인 실험소설이다"[23]라고 하고 있다. 사소설은 사실을 쓴다는 것이 중요했기 때문에 소설의 기법에 많은 공을 들이지 않았다. 그러나 동시에 『화해』와 같이 새로운 소설기법인 소설가소설의 메타픽션을 사용하기도 한다. 소설가소설의 메타픽션기법을 사용한 『화해』는 실험소설이기도 하다. 이처럼 사소설은 일본의 독특한 문학 양식임과 동시에 새로운 문학의 기법 또한 제시하고 있다. 사소설의 고전적인 기법인 소설가소설의 메타픽션적 요소는 갈 길을 잃은 현대문학의 새로운 대안이 될 것이다.

수많은 미디어의 홍수시대를 사는 우리에게 소설이 해 줄 수 있는 것은 무엇일까? 인터넷과 스마트폰의 보급으로 책을 읽지 않는 사람들이 점점 늘어나고 있고 수많은 서점이 설 자리를 잃고 사라져가고 있다. 상상하지 못할 속도로 과학이 발달하고 있지만, 인간들은 점점 공허와 외로움을 느끼고 있다. 학교폭력, 가정폭력, 성폭력이 난무하고 인간이 서로 소통하지 못하고 있다. 물질적으로 풍요한 경제속도만큼 인간의 정신은

22　安藤宏, 『自意識の昭和文学』, 至文堂, 1994(梅沢亜由美, 『私小説の技法－「私」語りの百年史』, 勉誠出版, 2012, 104쪽 재인용).

23　安藤宏, 위의 책, 3쪽.

황폐해지고 있다. 따라서 SNS에 올려져 있는 수많은 글을 보면 대부분이 다 자신의 시시콜콜한 사생활을 쓰고 있다. 현대사회에서 고독을 느끼는 현대인들은 자신의 이야기를 하면서 소통을 하고 싶어 한다. 조금 더 진화된 기계의 힘을 빌려서 현대화된 기술로 자신의 이야기를 하는 것이다. 다시 말하면 있는 그대로의 자신을 보여주는 사소설의 기법과 일맥상통하는 측면이 있는 것이다. 이러한 현대의 진화된 기술과 자신의 사생활을 있는 그대로 서술하는 사소설의 고전적인 기법이 만나면 현대문학의 돌파구를 마련할 수 있을 것이다.

3) 포스트모던시대소설의 새로운 가능성을 제시

지금까지 본 것처럼『화해』는 실제 시가 나오야와 아버지의 불화를 소재로 하면서 주인공 준키치와 아버지가 화해하기까지의 과정을 그리고 있다. 이 소설에는 준키치와 아버지가 화해하는 과정과 그 과정을 소설『몽상가』에서 그려내는 두 개의 이야기가 있다. 주인공인 소설가가 아버지와 화해하는 과정을 소설가소설의 메타픽션적 기법으로 쓰고 있다. 그리고『화해』의 시간 구성은 순차적으로 진행되지 않고 현재-과거-현재로 구성되어 있다. 이는 작가가 소설의 내용을 더 사실적으로 보이게 하기 위한 하나의 장치였다. 또한 시간을 거스르지 못하는 근대의 시스템 속에서 자아를 찾으려는 노력으로 해석할 수 있다.『화해』에서는 주인공이 아버지와 화해하는 과정을 그리면서『몽상가』를 쓰는 작가의 모습이 불쑥불쑥 나타나 완결된 스토리를 해체하고 있다. 이 소설을 다 읽고 나면『몽상가』가『화해』라는 사실을 알게 된다. 이처럼 이 소설에서는 독자가 소설과 현실을 구분할 수 없게 된다. 왜냐하면 소설이 현실이 되고 현실이 소설이 되는 현상이 나타나기 때문이다. 이처럼『화해』에 보이는 소설가소설의 메타픽션은 소설이 허구라는 것을 끊임없이 되새기게 하는 포스트모던시대의 메타픽션의 모습과 일치한다. 하지만 현대의 메타픽션이 소설이 허구라는 것을 끊임없이 확인시키는 것이었다면 『화해』의 메타픽션적 요소는 이 소설이 사실이라는 것을 확인시키는 역할을 하였다. 물론 허구와 사실이라는 최종적인 목적은 다르지만, 소설을 쓰는 작가가 완결된 스토리를 해체하는 소설기법은 일치한다고 할 수 있다. 포스트모던시대의 메타픽션의 기법이 100년 전 『화해』에서 이미 시도되었다.

인터넷과 손에 들고 다닐 수 있는 인터넷인 스마트폰의 발달로 인해 블로그며 소셜 네트워크가 유행하고 있는 현대인에게 자기 일을 쓴다는 것은 일반적인 것이 되었다. 자기 일을 있는 그대로 쓴다고 하는 면에서 사소설의 양식과 일치하는 것이다. 자신의 사생활을 쓴다고 하는 소설양식은 국경을 넘어서 일반화되고 있다. 사소설은 현재까지 꾸준하게 변화하면서 100년 이상 새로운 모습으로 발전하고 있다. 사소설 작가들이 자주 애용한 소설가소설의 메타픽션의 기법은 포스트모던시대를 사는 문학가에게 새로운 대안이 되고 있다.

현대의 소설이 살아남기 위해서는 이처럼 '사실을 있는 그대로' 한 작자 자신의 사생활을 파헤치는 사소설의 방식과 이와는 정반대로 환상을 제재로 한 상상력의 힘을 제대로 보여주는 판타지소설과 같은 소설의 두 갈래로 발전해 나가야 할 것이다. 사실과 환상, 이 두 가지가 소설이 나아가야 할 방안이 아닌가 한다. 소설가소설에 나타나는 메타픽션의 기법도 작품 속에서 사라졌던 작가의 얼굴을 다시 복원하면서 새로운 소설기법으로 포스트모던시대 소설의 새로운 가능성을 제시해 주고 있다고 할 수 있다.

제7장

'나'를 실험한 작가
다자이 오사무 『인간실격』[1]

1) 일본인은 자신을 깡그리 써 대는 강한 충동을 가지고 있다

일본에는 왜 자기 자신을 고백하는 양식인 사소설이 발달했을까. 문화인류학자 루즈 베네딕트는 『국화와 칼菊と刀』1946에서 일본인의 강한 고백 충동에 대해 "많은 동양인과 다르게 일본인은 자신을 깡그리 써 대는 강한 충동을 가지고 있다"고 말하고 있다. 그녀의 말과 같이 일본의 문학 전통 속에는 사소설 장르라는 다른 나라에서는 볼 수 없는 특수한 문학 형태를 가지고 있다. 일본문학의 고백 양식은 사소설의 원조라고 할 수 있는 다야마 가타이의 『이불』 이래, 많은 자연주의 작가의 작품에도 나타났다. 예를 들면 문예평론가인 나카무라 미쓰오는 『소설입문小説入門』1959에서 다음과 같이 말했다.

『이불』의 성공 이래 시마자키 도손島崎藤村, 이와노 호메이岩野泡鳴, 도쿠다 슈세이徳田秋声와 같은 자연주의 작가가 모두 고백을 소설의 정도正道라고 생각하게 된 것은 이들 작가의 중요한 작품은 모두 그 실생활이고 보통 사람들에게 말하지 않는 비밀의 폭로였다.[2]

---

1   제7장은 안영희의 논문 「일본사소설의 서사구조-『이불』『오부작』『인간실격』」(『일본문화연구』17, 2006, 143~159쪽)을 참고하였다.

이처럼 유명한 사소설 대부분이 작가 자신이 실제 경험한 생활이 소재가 되었다. 다야마 가타이의 『이불』은 가타이의 집에 기숙한 여제자에 대한 애욕이, 이와노 호메이의 『독약을 마시는 여자』1914는 호메이 자신의 삼각관계가, 다자이 오사무太宰治, 1909~1948의 『인간실격人間失格』1948은 명문가에서 의절 당한 아들, 술과 코카인의 중독, 잇따른 여성들과의 연애와 자살미수로 결국 자살한 그의 생을 그린 것이다. 여기서는 『인간실격』을 중심으로 일본 사소설과 고백의 문제를 검토한다.

1. 새로운 사소설의 길을 개척한 다자이 오사무

그의 삶과 사소설의 길

다자이 오사무는 『만년』단편작품집, 1936, 『달려라 메로스』1940, 『사양』1947, 『인간실격』1948 등의 주요 작품을 남겼다. 그는 짧은 생애에서 네 번 자살에 실패했다가 다섯 번째인 1948년에 애인 야마자키 도미에와 다마가와 죠수이에 투신자살함으로써 삶을 마감했다. 그는 아오모리현 쓰가루군 가네키무라에서 지방 유지였던 대지주의 집에서 태어났다. 본명은 쓰시마 슈지이고, 11남매 중 10번째로 태어났다. 그의 조상은 고리대금업을 하면서 성공했고 아버지도 사업을 물려받았고 형이 아버지의 뒤를 이었다. 그의 아버지는 중의원 의원으로 정치활동도 하였다. 아버지는 공무로 늘 바빴고 어머니는 병약했으므로 다자이는 유모 손에서 자랐다. 중학교 입학 직전에 아버지가 세상을 떠났다. 형들의 영향으로 중학교까지

---

2   大澤吉博, 「日本近代文学における告白－漱石の『こころ』を中心に」, 『日本学報第』 28輯, 1992, 187~188쪽.

는 교내수석을 차지를 정도로 공부를 잘했다.

아오모리중학교 2학년에 재학 중인 1925년, 습작 「도요토미 히데요시의 최후最後の太閤」를 집필하면서 동인지를 발행하기 시작하였고 이때부터 동인지에 실을 소설이나 희곡, 수필을 쓰며 작가를 지망하기 시작한다. 고등학교 문과에 입학한 뒤로 이즈미 교카와 아쿠타가와 류노스케의 작품에 심취하는 동시에 좌익운동에 눈을 돌리고 프롤레타리아문학의 영향을 받아 작품 활동을 하였다. 그는 부자로 태어난 데 대한 사회적 절망감과 자신의 계급 문제를 고민하다 1929년 안정제 칼모틴을 과다복용하고 자살 시도를 하기도 했다. 1930년에 프랑스어를 전혀 못 하지만 프랑스문학을 동경해 동경제국대학현재 도쿄대학교 문학부 불문학과에 입학하였다. 하지만 높은 수준의 강의를 이해할 수 없어 친가에서 부쳐주는 돈으로 방탕하게 생활한다. 대학은 거듭된 유급으로 제적된다. 1930년 대학 재학 중에 만나 동거하던 술집의 여급으로 유부녀였던 다나베 시메코와 가마쿠라 고시고에 바다에서 투신자살했으나 시메코만 죽고 다자이는 혼자 살아남았다. 1936년, 파비날 중독 치료에 전념하면서 첫 단편집 「만년晩年」을 간행하는데 아쿠타가와상의 대상 후보에 올랐으나 무산되어 좌절한다. 1937년, 친척이었던 미술학도 고다테 젠시로로부터 다자이의 사실혼 아내인 고야마 하쓰요와 간통하고 있다는 고백을 듣게 되어 하쓰요와 카르모틴 자살을 시도하나 미수에 그쳤다. 그는 하쓰요와 이별하고 1년간 붓을 꺾었다. 1938년 이부세 마쓰지의 중매로 이시하라 미치고와 결혼해 정신적으로 안정을 취해 뛰어난 단편을 많이 발표했다. 하지만 『인간실격』을 마무리한 직후 1948년 6월 13일, 다마가와 죠스이에서 애인 야마자키 도미에와 동반자살하였다. 이때 그의 나이는 39세였다.

『인간실격』은 인간사회에서 잘 살아갈 수 없었던 오바 요조가 파멸해 가는 모습을 따라가는 이야기이다. 첫째, 소년 시절을 보면, 소설 첫머리에 "부끄럼 많은 인생을 살았습니다. 저는 인간의 삶이라는 것을 도무지 이해할 수 없습니다"로 시작한다. 부잣집 아이로 태어난 주인공 요조는 대인기피증이 심한 어린 시절을 소설에 그대로 쓰고 있다. 그는 고등학교 때부터 요정에 출입했다. 사람을 피하는 부잣집 아이에게 요정은 편안했다. 요정에 출입하며 우울하게 지내다가 15살의 게이샤를 만나게 된다. 둘째, 청소년 시절을 보면, 고등학교 때, 진학을 위해 상경한 요조와 카페 여급인 유부녀 쓰네코와의 동반자살사건유부녀 다나베 시메코의 자살사건, 도쿄제국대학 불문학과에서 세상에서 도피하는 방법으로 좌익운동을 하다 회의가 생겨 그만둔다. 셋째, 자기파괴를 반복하는 청년 시절로, 미망인 여기자 시즈코와 동거와 이별, 교바시 스탠드바의 출입, 바의 맞은편 담배 가게에서 일하던 순결한 요시코와의 결혼이다. 마지막으로 주인공은 결혼한 요시코가 순결한 것으로 믿었다. 그런데 요시코가 자주 드나들던 상인에게 당하는 모습을 보고 절망하고 술에 절어 지내다가 자살소동을 벌인다. 다시 살아났지만, 몸이 쇠약해져 술독에 빠지고 객혈을 하게 된다. 약국에서 처방된 모르핀을 사용하다가 모르핀 중독에 걸린다. 약국의 부인과도 관계를 맺는다. 주인공은 스스로 죄의 무게를 참을 수 없게 되어 가족에게 알리고 정신병원에 입원당한다. 그는 이 일로 충격을 받고 자신을 인간실격이라고 평가한다. 수개월의 입원 생활 후 요조는 그는 거의 폐인이 된다. 인생은 행복도, 불행도 없으며 모든 것은 지나갈 뿐이라며 이야기는 끝난다. 이 소설이 마무리된 직후에 작가는 자살로 생을 끊었다.[3] 소설과 작가의 삶은 약간의 차이는 있다. 하지만 소설은 작가의 자전적 수기라고 해도 과언이 아니다.

1) 『인간실격』 다자이 오사무의 인생이 반영된 유서

1948년에 종합잡지 『전망展望』에 연재된 『인간실격』은 자신이 죽기 직전에 완성한 대표작이며 다자이 오사무 문학의 총결산이라고 할 수 있다. 다자이 연구가인 오쿠노 다케오奥野健男는 다자이 오사무의 다른 작품이 모두 없어진다고 해도 이 소설만은 인간 존재의 본질을 그린 작품으로 영원히 남을 것이라고 했다. 『인간실격』의 주인공 요조와 작가 다자이 오사무의 삶이 여러 측면에서 오버래핑된다. 전후의 황폐한 시기의 문학청년들에게 다자이 오사무는 특별한 존재였다. 패전의 공허감과 허탈감을 느끼는 청년들에게 다자이의 작품이 마음속 깊이 파고들 수 있었다. 전후의 젊은이들은 다자이 오사무가 그들의 마음을 대변해 주는 유일한 작가로 생각했다. 따라서 그들은 자신들이 살아가는 이유를 다자이 오사무의 문학 속에서 찾으려 했다.

일본의 많은 비평가는 『인간실격』이 사소설이 아니라는 견해를 가지고 있다. 오쿠노 다케오는 "『인간실격』은 작자 다자이 오사무의 내적, 정신적인 자서전이다. 물론, 사소설과 다르게 사실 그대로는 아니지만 보다 깊은 원체험을 허구적인 방법으로 표현하고 있다"[4]고 말하고 있다. 여기서 그는 다자이가 자신의 체험을 그리고 있지만, 허구적인 방법으로 그렸기 때문에 사소설이 아니라고 한다. 이와 더불어 그는 다자이 오사무의 실제 체험과 작품과의 관계를 증명하고 있다. 이는 거꾸로 『인간실격』이 다자이 오사무 자신을 모델로 한 사소설이라는 것을 입증해 주는 결과가 된다.

---

3   http://www.atlasnews.co.kr/news/articleView.html?idxno=5414(검색일 : 2023.7.27) 참고.
4   奥野健男, 「太宰治『人間失格』解説」, イルメラ・日地谷ーキルシュネライト, 三島憲一 訳 『私小説ー自己暴露の様式』, 平凡社, 1992, 348쪽 재인용.

처음부터 작가가 소설의 주인공이라고 밝힌 자서전이 아니라면 작가 자신의 체험을 그렸다고 하더라도 허구가 전혀 없을 수는 없다. 『인간실격』이 액자소설의 서사구조로 인해 전통적인 사소설과 달라서 사소설이 아니라는 견해가 많다. 전통적인 사소설은 작자가 작품의 배경과 융화되고 항상 외부세계와의 관계 속에서 그려졌기 때문이다. 그러나 다자이 오사무의 작품은 외부세계와 관계없이 하나의 완결된 형태의 소설로도 읽힌다. 이러한 점을 들어 사소설이 아니라는 견해가 나오지만, 『인간실격』이 다자이 오사무의 생애를 그린 작품이고 작가 = 주인공 = 화자라는 사소설의 공식이 성립되므로 사소설로 보는 것이 타당하다고 본다. 또한 『인간실격』도 작가인 다자이 오사무가 모델이 되었으며 독자들도 작가의 전기적인 측면을 고려하면서 읽기 때문에 사소설이라 할 수 있다. 『인간실격』이 액자소설의 형태를 가짐으로써 내부소설의 수기가 사실적이라는 효과를 가지게 되었다. 독자는 내부소설, 즉 작가인 다자이 오사무의 사생활에 더욱더 가깝게 접근하게 되는 효과를 가지게 되었다. 따라서 『인간실격』은 가장 현대적으로 구사한 새로운 스타일의 사소설이라 할 수 있다.

2. 『인간실격』의 변형된 사소설과 고백

『인간실격』의 줄거리는 다음과 같다. 태어날 때부터 다른 사람들을 이해할 수 없었던 오바 요조大庭葉蔵는 세상에 동화되기 위해 익살꾼을 자처하면서 사람들의 환심을 사려고 한다. 하지만 결국 인간관계와 세상에 대해 좌절하고 마약중독, 자살미수에까지 이른다. 거듭된 동반자살 시도에서 혼자만 살아남은 요조는 본가로부터 절연 당하고 쓸쓸히 죽음을 기다리는 인간 실격자가 되고 만다.

『인간실격』의 서사구조를 보면, 『인간실격』은 액자額子 형태의 소설 구조로 되어 있다. 다음 인용의 머리말과 후기는 액자, 즉 외부소설에 해당하고 수기는 액자 안의 내용물, 즉 내부소설에 해당한다. 『인간실격』은 작자에 의한 머리말, 주인공 오바 요조의 수기, 후기로 구성되어 있다. 그러면 머리말과 수기, 후기의 서두 부분을 보도록 한다.

다음은 머리말의 인용이다.

나는 그 남자의 사진을 세 장 본 적이 있다.

첫 번째 사진은 그 남자의 유년 시절의 사진이라고 할까, 10살 전후라고 추정되는 사진이고 그 아이가 많은 여자에게 둘러싸여그것은 그 아이의 누나들, 동생들, 사촌 동생들이라고 생각된다 정원의 연못 주변에서 거친 줄무늬 옷을 입고 서서 고개를 30도 정도 왼쪽으로 기울이고 밉게 웃고 있는 사진이다.[5]

머리말의 화자는 '나'이다. 머리말에서는 세 장의 사진에 관해 설명하고 있다. 첫 번째 사진을 본 나는 일반인들이 보면 아주 귀여운 아이라고 생각하겠지만 자신이 생각하기에는 아주 불쾌한 아이로 보인다고 한다. 화자인 나는 이 아이의 웃음을 보고 "원숭이의 웃음"이라고 했다. 왜냐하면 웃으면서 주먹을 쥐고 있기 때문이다. 인간은 두 주먹을 쥐고 웃는 일은 없기 때문이라 한다. 두 번째 사진은 아주 놀랄 정도로 변모한 사진이다. 고등학교 시절의 사진인지 대학교의 사진인지 확실하지 않지만 아주 잘생긴 학생이다. "학생복을 입고 가슴의 주머니에 흰 손수건을 슬쩍 내

---

5   太宰治, 『人間失格』, 角川書店, 1994. 5쪽. 이하 본문에서 페이지만 적는다.

비치게 하고 등의자에 걸터앉아 다리를 꼬고 여기서도 웃고 있다"6쪽에서 화자인 '나'는 이 사진을 보고 이상하게도 사진 속의 인물이 살아 있는 느낌이 들지 않고 웃고 있지만, 가공의 느낌이 들고 역시 기분 나쁜 느낌을 받는다. 세 번째 사진은 나이를 알 수 없는 사진이다. 흰머리가 보이고 매우 더러운 방구석의 작은 화롯불에 양손을 쬐는 사진이다. 어떤 표정도 없다. 이 사진은 웃지도 않고 표정도 없는 사진이다. 표정도 인상도 없는 사진이기 때문에 그릴 수도 없고 돌아서면 바로 잊히는 얼굴이다. 이 사진을 보고도 나는 불쾌함을 느낀다. 이 석 장의 사진을 보고 나는 지금까지 이렇게 기묘한 남자의 얼굴을 본 적이 단 한 번도 없다고 한다.

여기서 화자가 이 석 장의 사진에서 어떤 불안하고 섬뜩한 느낌을 받았고 독자 또한 이 사진의 인물에 대해 전개되는 수기에 대해 다자이 오사무가 자살할 수 있다는 불안감을 품었을 것이다. 작자의 실생활이 마약, 약물, 알코올중독, 자살미수 등 일그러진 삶을 살았기 때문이다. 그리고 이 소설을 읽는 독자들은 『인간실격』이라는 제목과 머리말에서 그런 느낌을 받았을 것이다. 다음은 수기의 인용이다. 수기에는 사진의 주인공이 화자가 된다. 일인칭인 '자신'이 수기의 화자가 된다.

다음은 첫 번째, 두 번째, 세 번째 수기이다. 인용은 모두 서두 부분에 해당한다.

첫 번째 수기

부끄러운 인생을 보냈습니다.6쪽

두 번째 수기

바닷가라고 해도 좋을 정도로 바다에 가까운 강변에서 새까맣고 큰 산 벚나무가 20그루 이상 서 있고 신학기가 시작되자 산 벚나무는 갈색의 끈끈함과 같은 새잎과 함께 푸른 바다를 배경으로 해서 그 현란한 꽃을 피우고 (…중략…) 그 벚꽃의 해변이 그대로 교정으로서 사용되고 있는 동북의 중학교에 자신은 수험공부도 변변히 하지 않았는데도 무사히 입학했다.21쪽

세 번째 수기

다케이지의 예언의 하나는 맞고 다른 하나는 빗나갔습니다. 여자들이 쫓아다닐 것이라는 명예스럽지 못한 예언은 맞았습니다만, 위대한 화가가 된다는 축복의 예언은 빗나갔습니다.64쪽

첫 번째 수기는 유년시절, 두 번째 수기는 중학교·고등학교·대학교, 세 번째 수기는 정신병원 입원과 퇴원으로 되어 있다. 실제로 두 번째 수기는 다자이 오사무의 연보에서 보면 1930년대까지이다. 정사 미수사건은 1930년 11월이고, 세 번째 수기의 정신병원 입원은 1936년 다자이가 28살 때의 일이었다. 그리고 입원 중에 첫 번째 부인 하쓰요가 불륜을 저지르게 된다. 다자이는 정신병원을 퇴원한 직후에 『*HUMAN LOST*』를 쓰고 있다. 이 작품은 일기의 형식으로 입원 생활의 울분을 쓰고 있다. 『인간실격』에서 요조가 정신병원에 들어갔을 때 "인간 실격, 이미 자신은 인간이 아닙니다"라 쓰고 있다. 약물중독에 의한 정신병원 입원을 다자이 오사무는 인간 실격자라고 낙인찍힌 것으로 생각하고 매우 큰 충격을 받았다. 첫 번째 수기를 보면, 자신이 이상한 사람이고 세상과 융화될 수 없다는 요조의 인식은 유년 시절부터 시작되었다. "그래서 생각한 것이 익살이었다. 그것은 자신이 할 수 있는 인간에 대한 최후의 구애였다." 그는 인간사회의 열등한 존재라는 것을 말하고 있으면서 동시에 인

간사회를 비판하고 있다. 그리고 이는 다자이 오사무의 자화상이기도 하다. 요조가 다자이 오사무를 모델로 해서 만든 인물이라는 것은 명료하다. 따라서 독자는 『인간실격』의 주인공 요조의 수기를 다자이 오사무의 연보와 전기를 비교하면서 읽게 된다.

다음은 후기의 인용이다. "이 수기를 쓴 광인을 나는 직접적으로 모른다. 그렇지만 이 수기에 나오는 교바시의 스탠드바의 마담으로 생각되는 인물을 나는 조금 알고 있다"124쪽와 같이 화자는 요조의 애인이었던 마담을 알고 있었다. 10년 전, 마담이 하는 카페에서 친구와 같이 두세 번 술을 마신 적이 있다. 전에 같이 왔던 친구에게 친척의 혼담을 부탁했기에 교바시에 왔다가 추워서 들어간 곳이 찻집이고 그 찻집의 마담이 전에 알던 마담이었다. 그 마담은 소설의 자료가 될지도 모른다고 하면서 세 권의 노트와 세 장의 사진을 주었다. 마담은 10년 전에 요조가 부쳐준 것이라 했다. 여기서 수기를 소개하는 화자인 나가 소설가라는 것을 처음으로 알 수 있다. 나는 처음에는 그 수기를 고쳐 쓰려고 했지만 고쳐 쓰지 않는 것이 좋을 거라는 생각에 그대로 잡지사에 부탁해 발표하기로 한다는 내용이다.

머리말에서 세 장의 사진을 소개하고 수기에서 그 사진 속 인물의 수기를 보여주고 후기에는 이 사건과 수기를 입수하게 된 경위에 대해 말하고 있다. 자신의 체험을 서술하는데 액자소설 형태를 가짐으로써 소설을 더욱 사실적으로 보이려고 하고 있다. 자신의 이야기를 소재로 하면서도 다자이 오사무 나름의 예술성을 발휘한 것으로 생각한다. 『인간실격』은 작가의 기록이면서 동시에 그것이 얼마나 사실에 기인해 있는가를 객관적으로 보여주는 노력의 결과라고 할 수 있다. 완결된 액자 형태라는 사소설의 시도가 『인간실격』이 사소설이 아니라는 근거를 만드는 원인이 되고 있다. 하지만 이런 소설의 장치는 좀 더 근대적이고 현대적인 사소설이라 할 수 있다. 다자이 오사무는 다른 사소설 작가와는 달리 소설의 미적 구조에 많이 고민했던 작가였다.

1) '나'의 실험과 파멸

다자이 오사무는 파란만장한 그의 생을 소설로 썼다. 그는 4번의 자살 시도 끝에 5번째 성공했다. 첫 번째, 1928년 19살에 마르크스주의에 심취했으나 자신의 사회적 계급에 절망하고 자살을 시도한다. 두 번째, 1930년 21살 때 긴자의 카페 여급인 다나베 시메코와 가마쿠라 바다에서 투신자살을 꾀했다. 그러나 여자만 죽고 다자이 오사무는 살았다. 그는 자살 방조죄에 처하나 기소유예가 되어, 죄인의 오명을 뒤집어쓰고 살게 되었다. 아마 이 사건이 다자이 오사무에게 평생 치유할 수 없는 죄의식을 심어 주었다고 여겨진다. 세 번째, 다자이 오사무는 순결한 처녀라는 환상을 가지고 고교 시절에 사귀었던 아오모리의 기생 고야마 하쓰요小山初代와 도쿄에서 동거생활을 시작한다. 그렇지만 모든 이상을 잃은 상태에서 행복한 생활은 아니었다. 그는 자신의 생을 글로 쓰기로 하고 작품을 쓴다. 그는 신진 작가의 영광을 얻었으나, 5년이 지나도록 대학 졸업도 못하고 생활비도 끊긴다. 게다가 도쿄신문사의 입사 시험에도 떨어지게 되자, 1935년 가마쿠라의 어느 산에서 목매달아 죽는 자살을 꾀했으나 미수에 그친다. 그로 인해 마약중독이 되고, 자기부정, 자기파멸의 길로 돌진해 갔다. 주위 사람들은 그를 속여서 정신병원에 입원시켰다. 네 번째, 입원 중에, 동거 중이었던 고야마 하쓰요가 불륜을 저지른 것을 알게 된 다자이 오사무는, 모든 것에 절망하고 결국 그녀와 미나카미온천에서 정사를 기도했으나, 미수에 그치고 말았다. 이 사건 후 고야마 하쓰요와는 헤어지게 된다. 그 후 다자이 오사무는 작품을 쓸 기력도 없고, 최하급의 하숙에서 황폐와 허무의 나날을 보낸다. 다섯 번째, 1939년에 평소에 스승으로 모시던 이부세 마스지 집에서 이부세 부처의 중매로 선을 보고, 이시하라 미치코石原美知子와 정식으로 결혼했다. 결혼한 그는 한 가정의 성실한 가장으로, 건전한 소시민의 생활을 희망했다. 『사양』 발표 후 다자이 오사무는 결핵 병세가 악화하고, 1948년에 들어서서는 심신의 쇠약이 뚜렷이 나타나게 되었다. 그는 애인관계에 있는 야마자키 도미에山崎富榮의 간호를 받으며, 목숨을 걸고 자신의 내부를 파헤치고 현대인의 정신적 고뇌와 진실을 고백하는 『인간실격』을 썼다. 『인간실격』을 발표하고 난 다자이 오사무는 심신이 극도로 피로해져 불면증과 각혈에 시달렸다. 1948년 6월 13일, 아내인 미치코에게 유서를 남기고 그를 따르고 있던 여성인, 야마자키 토미에와 함께 다마가와 조스이에 투신하여 40세의 생일을 일주일 앞두고 이승과의 모든 인연을 끊었다. 몇 차례의 자살미수 경험과 자살을 기도해 여자만 죽고 자신은 살아났던 쓰라린 과거의 경험이 있었던 그는, 자살한 지 엿새가 지난 6월 19일에 시체가 발견되어 젠린지에 매장되었다. 『인간실격』의 수기 내용은 다자이 오사무의 생애를 그린 사소설임이 틀림없음을 확인했다.

이처럼 『인간실격』은 다자이 오사무의 실제 생활이 소설이 되었다. 독자는 다양한 여성 편력과 자살소동, 마약, 알코올중독 등의 비일상적인 생을 산 다자이 오사무의 삶과 소설 속의 주인공을 일치시켜 읽었다. 사실의 고백을 존중하는 일본인 독자들은 다자이 오사무의 생을 투영시킨 문학에 찬사를 보냈다. 따라서 다자이 오사무는 더욱더 좋은 소설을 쓰기 위해 점점 더 비일상적인 생활을 할 수밖에 없는 딜레마에 빠지게 되었다. 즉 일상생활과 소설 속 주인공의 생활이 역전되는 특이한 현상이 사소설 작가에게 일어난 것이다.

3. '나'의 실험과 파멸

다자이 오사무는 동반자살과 파란만장한 삶으로 인해서 실제 생활에서도 많은 화제를 불러일으켰고, 작품과 긴밀하게 연관된 사소설 작가라고 알려져 있다. 초기의 작품 『추억思ひ出』1933은 제목에서부터 자기회고적인 사소설의 요소가 전면에 나타나고 있다. 이에 이어지는 『원숭이를 닮은 젊은이猿面冠者』1947, 『어릿광대의 꽃道化の華』1947, 『광언의 신狂言の神』1947는 작가 자신의 이야기이면서 고백적인 요소가 곳곳에 배치되어 있다. 하지만 이러한 작품들은 작가의 자의식이 들어가 중층적인 의미가 있어 해석하기 어렵다. 또한 작가가 작품에 갑자기 나타나 화자와 충돌하고 자기분열을 일으킨다. 때로는 작가 자신인 나의 이야기도 나온다. 또 어떨 때는 '나'라고 하는 남자를 바라보는 관찰자의 눈을 빌려서 여러 가지 각도에서 '나'를 찾아낸다. 있는 그대로의 자기폭로를 했던 다이쇼 시기의 사소설과는 다르게 다자이 오사무는 실험적이고 전위적인 소설의 방법을 시도했다. 분화와 미분화를 반복하는 자의식을 쓰는 것으로 파악하기 힘든 인간의 본질에 다가서려고 한다. 이러한 노력은 오히려 끝없는 추구 끝에 본질적인 것은 아무것도 남아 있지 않은 '나'의 한계를 확인하는 작업이기도 했다.[6]

다자이 오사무는 자기회고적인 고백소설을 썼다. 하지만 이사하라 미치코와 결혼 전후1939로 자의식을 추구한 이전과 달리 일상적인 심경을 담담하게 쓰는 일반적인 사소설에 돌아온 것처럼 보인다. 그러나 작품의 '나'를 치밀하게 따라가 보면 다자이의 있는 그대로 얼굴이 아니라 허구

---

6   姜宇源庸, 「太宰治」, 私小説研究会 編, 『私小説ハンドブック』, 勉誠出版, 2014, 118~119쪽.

의 일상을 사는 다자이인 것처럼 보인다. 독자들은 문단의 소문 등으로 허구의 다자이를 어디까지 믿어야 할지 알 수 없게 된다. 작가와 작품을 구별하지 않는 사소설의 독자는 작중 인물에게 작가의 실제 모습을 구하려고 한다. 하지만 다자이는 이러한 사소설의 읽기 방법을 역이용하여 '진상을 알 수 없는 나'를 그리는 방향으로 간다.[7]

소설세계에서 절대적인 가치를 가지는 허구와 진실은 존재하지 않는다. 완전한 허구를 이야기하려고 해도 작자의 내면이 관여하게 되고, 있는 그대로의 진실을 그리려고 해도 소설의 구성상 어느 정도 조작이 필요하다. 그래서 다자이는 오히려 허구에서 진실을 찾거나 사실을 거짓인 것처럼 그린다. 어떤 작품에서는 정상적인 생활을 하는 '나'가 다른 작품에서는 인간실격인 '나'로 묘사된다. 때때로 갈팡질팡하는 자기혐오적인 태도를 보여주면서도 그 이면에는 그것을 기대하고 받아들이는 세상의 평판을 역으로 무효로 한다. 작가의 냉정한 반전의 계산이 숨어 있다. 후기의 대표작 『인간실격』도 오바 요조의 일기를 집어넣어 '독자'의 '나'를 설정한 것도 이와 관련이 있다. 다자이 오사무는 사소설이라고 하는 일본 고유의 문학정신에 애착을 두고 있었다. 따라서 사소설이 가지고 있는 '나 이야기'의 한계를 뛰어넘고 싶었다. 혁명은 희생이 필요하다. 사소설이라는 문학에서는 '나' 자신을 산 제물로 바친다. 다자이는 '나'를 희생하고 파멸시켜서 작품을 썼던 작가이다.

---

7   위의 책, 119쪽.

2) 현실과 허구가 역전되다

유명한 사소설 대부분은 작가 자신이 경험한 실제 생활이 그 소재가 되었다. 다야마 가타이의『이불』은 가타이의 집에 기숙한 여제자에 대한 애욕이, 이와노 호메이의『오부작』은 호메이 자신의 집에 머문 여자와의 불륜이, 다자이 오사무의『인간실격』의 작품은 명문가에서 의절당한 아들, 술과 코카인에 중독, 잇다른 여성들과의 연애와 자살미수로 결국 자살한 그의 생을 그린 것이다. 그들의 일상생활은 결코 행복하다고 할 수 없다. 평범한 일상생활에서 그들은 소설의 소재를 구할 수 없었기에 일부러라도 비일상적인 현실을 만들 수밖에 없었다. 그런 작가의 비일상성의 연출이 사소설의 재료가 된 것이다. 작가의 비참한 현실 생활을 옮긴 소설이 그 미적 구조와는 상관없이 작가 자신의 사적인 일상을 고백했다는 이유로 일본인 독자들에게 환영받았다. 그래서 작가들은 사소설을 쓰기 위해서는 비참하고 불행한 일상생활을 만들지 않으면 소설을 집필할 수 없었고 소설을 쓰려고 일부러 비참한 일상생활을 연출해야만 했다. 일상과 허구가 전도된 특이한 현상이 발생한 것이다. 이러한 사소설의 성립 배경에는 작가, 독자, 일본문화 속에서 그 원인을 찾을 수 있었다.

『인간실격』은 다자이 오사무의 사생활이라고 할 수 있는 수기의 부분만을 봤을 때 고백으로 보이지 않을 수 있다. 수기의 오바 요조는 알코올과 마약, 자살로 일그러진 삶을 보냈지만, 타인에게 자신의 내면을 고백하는 형식은 취하지 않는다. 그러나 이 수기 부분도 독자들은 주인공인 오바 요조 = 작가 다자이 오사무라고 생각하고 읽기 때문에 텍스트 바깥에 있는 작가와 독자를 포함하면 고백소설이 된다. 사소설은 작가의 실생활을 텍스트를 통해 독자에게 고백한다는 특수한 형태의 고백 양식이었다. 따라서 일본 사소설은 작가와 독자의 상호관계에서 이루어진다. 왜냐하면 사소설의 전제가 되는 것은 작가는 자기의 사생활을 있는 그대로 기록해야 한다는 것이다. 한편 독자는 사소설 작가의 신변적인 요소를 알고 있어야 한다. 즉 사소설은 작가 = 주인공이라는 등식이 전제된다.

현실폭로의 비애를 감수하면서도 사소설 작가가 자신을 폭로하게 하는 이유는 무엇일까? 미우라 데쓰로三浦哲郎는 그 이유를 다음과 같이 설명한다. "내가 처음으로 소설을 쓰려고 생각했을 때 그 재료가 맨 먼저 떠오른 것은 그때까지 긴 세월, 내가 남몰래 가슴앓이하고 고민해 빨리 토로해 버리고 싶어 좀이 쑤시던 것이었다. 나는 주저하지 않고 그것을 썼다" 미우라의 말을 일반적으로 해석하면 다음과 같다. 누구나 소설을 쓰기 시작할 때 목까지 쓰고 싶은 것이 가득 차 있다. 글을 쓰는 행위는 무언가를 독자에게 전달하고 싶은 억누를 수 없는 욕구, 모든 것을 토해내고 싶은 충동이다. 일본사회에서 이처럼 자신을 표현하고 싶은 문학적 전달 의욕이 뿌리 깊게 되어 있는 이상 사소설은 절대로 없어지지 않을 것이다. 그리고 작가가 독자에게 자신의 실생활을 토로하는 특수한 형태의 고백도 계속될 것이다.

제2부

일본의 사소설과 한국의 자전적 소설

신변소설, 자전소설, 오토픽션

제8장

일본의 사소설과 매독, 그리고 식민지 조선의 근대[1]

화류병과 문명병

　매독은 1943년 페니실린의 화학구조를 밝혀내어 대량 생산할 수 있을 때까지, 일상에 만연해 있었던 불치병이었다. 일본에서도 근대 이후, 유곽의 수가 늘면서 매독환자가 급증하였다. 따라서 일본은 '창기단속규칙'1900[2]을 발표해 창기명부등록을 의무화하였다. 매독환자 증가의 원인은 제국주의 침략과 일본군이 실시한 종군위안부정책과 관련이 깊다. 조선에서도 1916년부터 1948년까지 일본에 의해 실시된 성매매 관리제도인 공창제도로 인하여 매독환자가 늘었으며 식민지 조선 민중들은 매독으로 극심한 고통을 받게 되었다. 이러한 전쟁과 공창제도로 인해 한일 근대신문과 소설1900~1945에는 매독에 걸려 고통을 받는다는 내용이 많이 등장한다. 매독을 바라보는 시선은 일본과 조선에서 큰 차이를 보인다. 일본에서는 화류계에서 옮는 화류병이라 하여 하류계층의 무분별한 성생활로 보는 인식이 강한 데 비해 조선에서는 경제적 여유가 있는 부잣집 아들이나 신문물을 습득한 신여성이 걸리는 문명병이라는 인식이 강했다.

1　제8장은 안영희의 논문 「화류병과 문명병으로 표상된 일본과 조선의 근대―한일근대소설의 매독담론」(『日本研究』86, 2020, 105~130쪽)을 수정·보완하였다.

2　근대 일본의 공창제는 1873년부터 관련 법령이 만들어지기 시작하여 1900년에 전국적인 규정인 '창기취체규칙(娼妓取締規則)'으로 완성되었다.

1912년에 성병예방협회 회장이었던 베를린의 의사 알프레드 블라쉬코Alfred Blaschko는 "우리 사회는 성병에 오염되어 있다. 매독, 임질과 같은 성병을 박멸하지 않으면 대재앙이 일어날 것이다"[3]라고 경고했다. 당시 매독은 '국민병'으로 불리며 사회의 최하층부터 상류층까지 온통 스며들어 국민에게 심각한 위협이었을 뿐만 아니라 시민사회의 질서를 뿌리부터 흔드는 무서운 재앙이었다. 매독은 1943년 페니실린 발견 이후에 치료가 가능해졌지만 에이즈라는 새로운 성병이 등장했다. 1981년에 미국에서 최초로 발견된 에이즈AIDS는 뚜렷한 치료제가 없어 아직도 무서운 질환으로 여겨지고 있다.

성도덕이 어느 정도 자유로운 현대에도 매독은 남에게 말하기 부끄럽고 숨겨야 하는 은밀한 영역이다. 옛날부터 지금까지 사람들은 매독을 터부시하여 왔고 매독이 부도덕한 행동을 한 사람에게 주는 신이 내린 형벌이라고 생각했다. 이처럼 매독이라는 성병에 대해서는 도덕적인 관념이 사람들의 마음을 지배하고 있었다. 그러나 약 100년 전에 결정적인 변화가 일어났다. 19세기 말에 의학과 정치의 영향력이 커지면서 지식인들은 매독을 한 개인의 문제가 아니고 사회 전반을 해치는 위협이라고 간주하였다. 따라서 의사뿐만 아니라 정치가도 국민의 건강을 해치는 병에 진지하게 몰두하였고 매독은 침실의 어둠에서 세상의 밝은 곳으로 나오게 되었다. 이후, 일본 제국주의는 매독이라는 병을 통해 개인의 몸을 합법적으로 지배하는 시스템을 작동시킨다.

여기서는 일본과 조선에서 매독을 바라보는 시선의 차이가 문학을 통해서 어떻게 반영되고 있는가를 살펴보고자 한다. 이를 위해 먼저, 한일

---

3   ビルギット・アダム, 瀨野文教 訳 『性病の世界史』, 草思社, 2016, 7~9쪽.

근대소설에 나타난 매독 모티프소재소설을 조사한다. 그다음에, 한일 근대소설에 나타난 매독 관련 담론을 분석하여, 한일 근대문학 간의 차이를 밝힐 것이다. 소설에 나타난 매독담론을 분석하여 일본과 조선의 성병에 관한 인식의 차이를 살펴봄으로써 근대 일본과 조선의 간극이 명확하게 드러날 것이다.[4]

1. 일본 사소설과 화류병

아오조라문고青空文庫에서 1945년까지 성병 관련 용어를 소설과 평론에서 검색한 결과는 다음과 같다. 일본에서 사용되는 매독 관련 용어 빈도수는 성병性病 8건, 화류병花柳病 16건, 매독梅毒 18건, 黴毒 10건 28건, 임질淋病 3건, 淋疾 1건 4건이다. 조사대상 작품에서 등장 빈도수는 총 56건 중 매독이 28건으로 가장 많고, 그다음이 화류병으로 16건이다.[5] 매독을 바라보는 시

4 　대표적인 인근분야의 매독 연구로 후쿠다 마히토 편의 『일본 매독사의 연구─의료·사회·국가』(思文閣出版, 2005)가 있다. 이 연구에서는 매독이 일본의 문화와 사회에 미친 영향을 역사적으로 찾는 시도를 하고 있다. 일본인이 스스로 성병을 어떻게 대처해왔고 국가가 어떻게 그 문제에 개입했는가를 밝히고 있다. 야마모토 슌이치는 『매독에서 에이즈로─매춘과 성병의 일본근대사』(朝倉書店, 1994)에서 일본 근대의 성병과 예방, 매춘단속의 역사를 살펴봄으로써 에이즈시대의 해법을 찾는다. 스즈키 노리코 편의 『역사 속의 주변과 공생─여성·더러움·위생』(思文閣, 2014)에서는 일본의 역사속에서 여성의 주변화(지위 저하)가 진행해가는 과정을, 신체에 대한 인식의 역사적 변화에 주목하면서 종교, 의례, 더러움, 의학, 위생이라는 5가지의 측면에서 검토하며 그원인을 명확하게 한다. 한국의 경우, 김미영의 「일제하 『조선일보』 성병 관련 담론 연구」(『정신문화연구』 29(2), 2006)에서는 일제하 『조선일보』(1920~1940)에 수록된성병 관련 담론을 분석하여, 일제하 기층여성(일부 상류층 여성을 제외한 여성)들의 현실과 당대 여성 인식의 전반적인 문제점을 검토하고 있다.

5 　青空文庫, www.aozora.gr.jp. 아오조라문고(青空文庫)는 저작권이 소멸한 작품과 저

선은 일본과 조선에서 큰 차이를 보인다. 문명병과 화류병이라는 인식의 차이가 어디에서 근거했는지를 밝히기 위해 한국과 일본의 근대소설 비교를 통해서 병명과 성병감염자, 감염경로, 근원지, 성병으로 고통을 받는 자가 누구인지 고찰한다.

일본 근대소설에서 성병과 관련된 용어를 가장 많이 사용한 작가는 사소설 작가이다. 주로 자연주의 작가이와노 호메이, 사소설 작가가사이 젠조, 하야시 후미코, 다자이 오사무, 아쿠다가와 류노스케, 프롤레타리아 작가미야모토 유리코, 하야마 요시키, 고바야시 다키지, 재일교포 작가김사량가 많이 사용하였다.[6] 성병감염자는 게이샤, 창녀, 작가 친구, 아버지, 어머니, 젊은 군인, 선원, 혼혈아이다. 진원지는 주로 유곽이고, 감염 경로는 게이샤, 창녀, 아버지로부터이다. 일본 근대소설과 매독과의 관계를 정리하면 다음과 같다. 첫째, 비주류 작가군[7]의 소설에서 많이 보인다. 둘째, 등장인물도 비주류 계층이다. 셋째, 자연주의 작가와 사소설 작가가 다룬 등장인물은 주로 작가 자신이었다. 넷째, 일본 자연주의 작가와 사소설 작가는 주류사회에 속하지 못한 지방 출신이 많다. 다섯째, 프롤레타리아 작가들도 하류층을 대상으로 삼았다. 여섯째, 재일교포 작가는 일본에 사는 조선인을 주로 다루었다.[8]

자가 허가한 작품의 텍스트를 공개한 인터넷상의 전자도서관이다. 저자가 죽은 뒤 50년을 지나 일본 국내에서 저작권이 소멸한 메이지에서 쇼와 초기의 작품이 소장본의 대부분을 차지한다. 일본의 경우, 아오조라문고에서 검색했으며, 한국의 경우는 인터넷상의 전자도서관이 없어 선행연구를 참고하여 일일이 조사하였다.

6 안영희, 「일본 사소설과 매독」, 『일본어문학』 83집, 2018, 359쪽.

7 주류와 비주류 작가는 분류할 적당한 용어가 없어서 사용하였다. 주류는 '중심', 비주류는 '중심에서 벗어난'이라는 뜻으로 사용했다. 일본의 경우, 주류는 주로 문단의 중심에서 활동한 작가, 예를 들면 나쓰메 소세키나 모리 오가이와 같은 대작가들을 말한다. 하지만 비주류인 사소설 작가는 대부분 지방에서 가난한 삶을 사는 잃을 것이 없는 작가들이었다. 한국의 경우는, 이광수나 김동인과 같은 작가들이 문단에서 중심이 되어 활동하였기 때문에 주류라고 표현하였다.

작가 / 작품 / 출판년도	병명	성병 감염자	감염경로	진원지	비고
이와노 호메이, 『탐닉』 (1909)	매독	게이샤 작가	다시마→ 게이샤→ 요시오	유곽	게이샤 기쿠코가 매독으로 인해 입이 짓무르고 눈병이 심해 선글라스를 끼는 모습이 그려짐
아쿠다카와 류노스케, 『남경의 그리스도』 (1920)	매독	창녀 혼혈아	창녀 금화 →혼혈아	유곽	혼혈아 조지 머리가 기독교 신자인 남경의 창녀 송금화와 하룻밤을 자고 도망쳤으나 악성 매독에 걸려 발광함
가사이 젠조, 『부랑』 (1921)	화류병	작가 친구		유곽	주인공의 친구가 매독에 걸려 치료를 위해 상경하지만 치료비가 비싸 치료를 단념하고 그 돈으로 술을 마심
아리시마 다케오, 『성좌』 (1922)	매독	청년 아버지 / 어머니	아버지 →어머니		도박과 술을 좋아하는 아버지에게 어머니가 매독이 옮음
가사이 젠조, 「슬픈 아버지」 (1922)	매독	젊은 군인	군인→ 아내	유곽 (공창)	하숙집에 사는 젊은 군인이 매독에 걸려 척추에 문제가 생김
하야시 후미코, 『방랑기』 (1928)	화류병	화류병 약 광고			화류병 약의 광고가 신문에 크게 나오지만, 여자의 시는 신문에 실려지지 않는다는 내용

작가 / 작품 / 출판년도	병명	성병 감염자	감염경로	진원지	비고
하야마 요시키, 『감옥의 반일』 (1924)	매독	선원			나고야형무소에서 죄수들의 취급과 부당함을 간수에게 호소하며 사회체제와 싸움
고바야시 다키지, 『게 가공선』 (1929)	매독	오래된 배를 매독환자에 비유			게 가공선에서 혹사당하는 노동자들의 군상 그림
김사량, 『빛 속으로』 (1939)	매독	하루오 아버지 / 어머니	아버지→ 어머니	유곽	일본인 아버지와 조선인 어머니를 둔 하루오의 아버지가 매독에 걸림

이상의 사항에서 알 수 있듯이 '매독'을 모티프로 한 일본 근대소설은 일반적으로 사회적 아웃사이더, 즉 비주류층 작가들에 의해 창작되었으

며, 주된 등장인물 역시 게이샤, 혼혈아, 조선인 등 비주류층이다. 이외 주목할 점은 1920년대 일본사회에서 매독 관련 용어가 가장 많이 나온다는 점이다. 그 이유는 당시 일본사회 내에서 매독치료제의 효능에 대해 의문이 제기되면서 치료보다는 '예방'의 방향을 선택하고 있었기 때문이다. 1909년 에를리히와 실험을 담당하였던 하타 사하치로秦佐八郎가 매독에 대한 화학요법제인 살바르산을 개발하기 시작해 1910년에 매독약 살바르산이 나온다. 하지만 후기 매독과 선천성매독에는 살바르산이 효과가 없다고 인식하기 시작하였고 선천성매독 예방으로 초점이 맞춰졌다. 1920년에 히라쓰카 라이초를 중심으로 여성의 사회적, 정치적 권리를 획득하기 위해 신부인협회가 설립된 것과도 관련이 깊다. 신부인협회에서는 '화류병남자결혼제한'으로 청원운동을 하기도 했다. 따라서 이 시기에 매독이 사회문제가 된 시기이기도 하다.

일본소설에서 제시되는 매독 관련 담론을 살펴보면 다음과 같다.

① 이와노 호메이, 『탐닉』岩野泡鳴, 「耽溺」, 『新小説』, 1909.2

기쿠코의 짓무른 입 주위는 완전히 나은 것 같았지만 그 대신 눈병이 심해졌다. 일을 하고 있을 때는 긴장하고 있었기 때문에 그런대로 병독을 억누르고 있을 수 있었지만 긴장이 풀림과 동시에, 갑자기 병독이 나타났을 것이다. 이쓰즈야의 오사다가 말한 대로 역시 매독환자였다고 생각하면 나는 소름이 끼쳤다. 이노우에 안과 병원에서 진찰을 받았더니 1, 2개월 입원해 보지 않으면

8　안영희, 앞의 글, 359~360쪽 참고.
9　岩野泡鳴, 『耽溺』; 芥川龍之介, 『南京の基督』; 葛西善藏, 『浮浪』; 有島武郎, 『星座』; 葛西善藏, 『哀しき父』; 林芙美子 『放浪記』.
10　葉山嘉樹, 『牢獄の半日』; 小林多喜二, 『蟹工船』; 金史良, 『光の中に』.

병이 나을지 어떨지를 판정하기 어렵다고 했다던가.[11]

『탐닉』에는 여주인공으로 나오는 게이샤 기쿠코기치야가 매독에 걸려 입이 짓무르고 눈병이 생겼다는 것을 알 수 있다. 게이샤라는 직업을 가진 기쿠코는 요시오뿐만 아니라 많은 남성과 관계를 유지하고 있다. 그중 한 명인 주인공 요시오는 많은 남성과 관계를 하는 기쿠코의 무분별한 성생활을 못마땅해 하고 있다. 요시오는 기쿠코가 매독에 걸린 것은 전생에 죄를 많이 지은 탓이라고 생각하고 있다. 그리고 그는 성병에 걸린 기쿠코에게 탐닉하는 자신을 원망한다. 여기서 게이샤 기쿠코의 무분별한 성생활이 곧 매독으로 이어지게 된다. 매독으로 인해 기쿠코는 입이 짓무르고 매독의 병독은 눈병으로 이어지게 된다. 눈병으로 인해 시야도 흐려지고 안경을 사용하게 된다. 이처럼 당시 안경은 매독의 병독을 가리는 용도로도 사용되었다. 이와노 호메이는 있는 그대로의 사생활을 꾸밈없이 그린 사소설 작가이다. 이와노 호메이는 작가의 실생활과 작품이 일치해야 한다고 생각하고 이를 실천했다. 따라서 『탐닉』은 곧 이와노 호메이의 거짓 없는 실제 생활인 것이다.

② 아쿠다카와 류노스케, 『남경의 그리스도』芥川龍之介, 「南京の基督」, 『中央公論』, 1920.7

나는 그 외국인을 알고 있다. 그 녀석은 일본인과 미국인의 혼혈아이다. 이름은

---

11   菊子の口のはたの爛(ただ)れはスッカリ直ったようだが, その代りに眼病の方がひどくなっている. 勤めをしている時は, 気の張りがあったのでまだしも病毒を押さえていられたが, 張りが抜けたと同時に, 急にそれが出て来たのだろう. 井筒屋のお貞が言った通り, はたして梅毒患者であったかと思うと, 僕は身の毛が逆立ったのである. 井上眼科病院で診察してもらったら, 一, 二箇月入院して見なければ, 直るか直らないかを判定しにくいと言ったとか.

정확하게 조지 머리^{George Murry}라고 했던가. 그 녀석이 그 뒤 악성의 매독에서 드디어 발광해버린 것은 어쩌면 여자의 병이 전염된 것인지도 모른다. 그리고 이 여자는 지금도 저런 무뢰한 혼혈아를 예수 그리스도라고 생각하고 있다.[12]

이 소설은 남경의 소녀 창녀 송금화宋金花가 모델이 된다. 그녀는 늙은 아버지와 가톨릭 신자였던 어머니 사이에 태어나 5살에 세례를 받았다. 병상의 아버지를 먹여 살리기 위해 15살에 창녀가 되었다. 금화는 악성 매독에 걸리게 되고 동료 창녀가 손님에게 옮기면 낫는다고 했으나 그리스도교의 가르침을 거역할 수 없었다. 어느 날 그리스도와 똑같은 남자인 혼혈아 조지 머리가 온다. 금화는 그를 그리스도라고 믿고 그 남자에게 안긴다. 일본과 미국의 혼혈아인 조지 머리는 금화와 하룻밤을 보내고 돈도 내지 않고 도망쳤으나 매독을 옮아 발광한다. 금화는 조지 머리를 예수 그리스도라고 생각하고 그가 자신의 병을 고쳐주었다고 믿고 있다. 이 소설은 아쿠타가와 류노스케의 중기 기독교 관련 작품이다. 이 소설은 강림한 예수가 어린 창녀의 매독을 치유한 기적을 묘사하고 있다. 그러나 금화가 강림한 예수라고 믿고 있는 사람은 부랑아인 혼혈아 조지 머리이다. 결국 그녀가 믿는 기적은 실은 착각에 불과한 것이다. 이 소설은 어린 창녀의 인간적인 소망을 허용하지 않는 냉혹한 현실을 그리고 있다.

---

12 おれはその外国人を知つてゐる. あいつは日本人と亜米利加(アメリカ)人との混血児だ. 名前は確かGeorge Murryとか云つたつけ. (…중략…) あいつがその後悪性な梅毒から, とうとう発狂してしまつたのは, 事によるとこの女の病気が伝染したのかも知れない. しかしこの女は今になつても, ああ云ふ 無頼(ぶらい)な混血児を耶蘇基督だと思つてゐる.

③ 가사이 젠조, 『부랑』^{葛西善蔵, 「浮浪」, 『浮浪国本』, 1921.5}

그는 만성의 화류병 치료를 위해 상경해 내가 안내한 간다 쪽의 모 전문 대가를 찾아가 진료를 받았다. 그가 생각한 예산보다 몇 배의 비용이 든다는 것을 알고 놀라서 그는 치료를 단념했다. 그리고 그가 가지고 온 돈으로 두 사람이 가구라자카 술집에서 술을 마셨다.[13]

『부랑』에서 주인공은 친구인 우치다에게 소설을 쓰기 위한 여관을 찾아 달라고 부탁한다. 그러나 소설 집필도 잘되지 않고 우치다도 주인공에게 여관비를 빌려줄 수 없다 하여 도쿄로 돌아가라고 한다. 결국 동생이 보내 준 돈으로 여관비를 지불하고 도쿄로 돌아간다는 내용이다. 이 소설에서 주인공의 친구가 매독에 걸려 치료를 위해 상경하였으나 치료비가 너무 비싸 치료를 단념하고 그 돈으로 술을 마신다는 내용이 나온다. 이를 통해 당시 매독 치료제가 일반인에게 매우 비싸다는 사실을 알 수 있다.

④ 가사이 젠조, 「슬픈 아버지」^{葛西善蔵, 「哀しき父」, 改造社, 1922.9.11}

어느 날 아침, 하녀가 낮은 소리로 "장이 꼬였던 것 같아요"라며 군인이 3, 4일 꼼짝하지 않고 있었던 것을 이야기했다. 그리고 며칠 지나지 않은 저녁, 응급차가 현관 앞에 와서 군인을 병원으로 들여 놓고 수술을 했다. 그로부터 8일째에 죽은 것이다. 장이 폐쇄되고 악성의 매독이 척추까지 침범했던 것이었다.[14]

---

13 彼は慢性の花柳病治療の為め上京して, 私が案内して神田の方の某専門大家を訪ねて診察を受けたところ, 彼の予算とは何層倍の費用がかゝりさうなのに嚇かされて, 彼は治療を断念した. そして, 彼が持つて来た金で二人で神楽坂の待合で遊んだ.

14 ある朝女中が声をひそめて"腸がねぢれたんださうですよ……"と軍人の三四日床に就き切りであることを話してゐた. それから一両日も経つた夕方, 吊台(つりだい)が玄関前につけられて, そして病院にかつぎこまれて, 手術をして, 丁度八日目に死んだのである. 腸の閉鎖と, 悪性の梅毒に脊髄(せきずゐ)をもをかされてゐた

「슬픈 아버지」는 고독한 시인인 아버지가 변두리 하숙집에서 생활고를 겪으면서 고향에 보낸 아이의 생각을 그린 단편소설이다.[15] 이 소설에는 하숙집에 사는 젊은 군인이 매독에 걸려 척추에 문제가 생겨 죽는 이야기가 나온다. 가사이 젠조는 자신의 실생활을 가장 솔직하게 소설로 쓴 사소설 작가이다. 그는 빈곤과 우울한 생활을 충실하게 그리고 사소설 작가의 삶을 가장 충실하게 산 작가이기도 하다. 가사이 젠조의 작품 『부랑』, 「슬픈 아버지」에 매독환자가 나타난다. 이 두 작품에서는 작가인 가사이 젠조가 주인공이다.

⑤ 김사량, 『빛 속으로』金史良, 「光の中に」, 『文芸首都』, 1939.10

자신도 매독이라고 했다. 나는 이미 그것이 머리까지 와 있을 것이라고 생각했다. 언젠가 밤에 그는 이상하게도 친한 듯이 나에게 물었던 것이다. "너는 조선의 어디야?", "북조선이야", "나는 남조선에서 태어났어." 그는 교활한 듯이 나의 기색을 살펴보는 것이었다.[16]

『빛 속으로』는 제국주의 체제 속에서 갈등하는 지식인의 고뇌를 그린 작품이다. 아쿠타가와상 후보에 오른 재일교포 작가 김사량의 출세작이다. 이 소설에서는 구치소에서 만난 하루오의 아버지가 매독에 걸렸다는 것을 알 수 있다. 매독 때문에 밤마다 잠을 설치고 주인공도 괴로운 기억

のであった.

15 안영희, 「가사이 젠조와 사소설—「슬픈 아버지」를 중심으로」, 『한국일어일문학회』 69 집2권, 2009, 209쪽.

16 自分でも梅毒だと云った. 私はもうそれが頭にまで来ているのだろうと考えた. いつかの夜半彼は妙にしんみりとなって私に質ねたものである. "君は朝鮮のどこだい?", "北朝鮮だ", "おらは南朝鮮で生れたぜ"彼はずるそうに私の気色を覗(うかが)うのだった.

을 회상하는 부분이 나온다. 이 작품은 일제강점기 식민지 지식인의 눈을 통해 일본인 아버지와 조선인 어머니 사이에서 태어난 혼혈아 야마다 하루오를 그리고 있다. 하루오의 아버지는 강한 자에게 비굴하고 약한 자를 괴롭히는 비겁한 인간으로 그려진다. 『빛 속으로』는 야마다 하루오의 심리를 묘사한 소설로 조선에서 일본으로 유학 온 남南 선생과 하루오의 교류는 잔잔한 감동을 자아낸다. 이 소설의 화자로 등장하는 남 선생역시 자신이 조선인임을 밝히지 못하고 학생들 사이에서는 일본인 미나미 선생으로 통한다. 그러다 자신의 주위를 맴도는 이해할 수 없는 눈빛의 야마다 하루오라는 아이를 주의 깊게 관찰하게 되면서 그가 일본인과 조선인 사이에 태어난 혼혈아라는 것을 알게 된다. 결국 남 선생과 아이는 서로에 대한 애정과 함께 마음의 교류를 갖게 된다.[17]

이상의 작품을 포함한 일본 근대소설에 나타난 매독담론의 특징은 다음과 같다. 첫째, 등장인물은 게이샤, 남경의 창녀, 가난한 소설가, 다문화 가정의 아버지로 주로 아웃사이더이다. 특히 일본과 조선, 일본과 미국의 혼혈아 등장은 조선소설에서는 보이지 않는 일본소설의 특징이다. 둘째, 감염경로는 주로 유곽이다. 셋째, 주된 등장 시기는 1920년대이며, 매독과 화류병이 가장 많이 나타난다. 그 원인으로 "신부인협회1920의 '화류병남자결혼제한' 방안 등 매독 관련 담론이 활발했던 시대적 분위기"[18]를 거론할 수 있다. 넷째, 매독의 주 피해자로 고통을 받는 쪽은 주로 남

---

17 소담출판사 서평. http://book.daum.net/detail/book.do?bookid=KOR9788973814 015(검색일 : 2020.6.5) 참고. 1939년 『文藝首都』에 발표한 『빛 속으로』가 제10회 아쿠타가와문학상 후보가 되고 이 작품으로 문학적 출발을 알린다. 김사량은 『천마(天馬)』, 『풀 찾기(草探し)』, 『무궁일가(無窮一家)』등을 발표하고 식민지하 조선의 비참한 현실과 재일조선인의 고난에 빠진 생활을 직시하면서 자유에의 길을 모색했다.
18 안영희, 앞의 글, 2018, 359쪽.

성이다. 다섯째, 매독에 대한 이해를 보면, 하류계층의 무분별한 성생활과 연관시켜서 야만의 병인 화류병으로 보는 시선이 강하다.

일본에서는 성병 관련 용어는 주로 자연주의 작가와 사소설 작가들이 많이 사용하였다. 주로 비주류 작가들의 소설이 많았고 그들과 화류병을 연관시키는 경향이 강했다. 그들이 다룬 소설내용은 주로 사소설 작가 자신의 삶이었다. 일본 자연주의 및 사소설 작가는 아웃사이더비주류계층였으므로 그들의 삶을 공개해도 잃을 것이 없었다. 사소설 작가는 불륜이나 연인과의 동반 자살, 마약 중독, 금전 문제 등 비참한 일상을 주로 그렸다. 프롤레타리아 작가는 주로 도시 노동자, 선원, 가난한 농민 등 하류층의 삶을 그림으로써 사회를 변혁시키고자 했다. 재일교포 작가권사랑는 주로 재일조선인들의 정체성과 이중 언어에 관한 문제를 다루었다.

일본의 근대메이지, 다이쇼, 쇼와소설에는 끊임없이 성병, 화류병, 매독 등이 나타난다. 성병, 화류병, 매독이 많이 등장하는 텍스트는 주로 자연주의 소설과 사소설이다. 메이지시대의 문학 풍조는 자연주의였다. 자연주의는 어두운 방에서 고민하는 주인공의 어두운 내면이 주로 묘사된다. 그리고 다이쇼시대부터 자연주의는 사소설로 변질된다. 자연주의에서 이어진 사소설 역시 알코올 중독, 불륜, 자살 소동, 금전문제 등 비주류에 속해 있는 작가들의 어두운 사생활을 그렸다. 따라서 주로 비주류 작가인 사소설 작가와 등장인물들의 무분별한 성생활은 성병, 화류병, 매독과 연결된다.[19]

---

19 위의 글, 372쪽 참고.

2. 식민지 조선 지식인과 문명병

일반적으로 성병은 성과 관련된 질병을 말한다. 1920~1930년대 한반도에서는 성병을 문명병文明病, 화류병花柳病, 유전병으로도 불렀다. 이는 "당시 18, 19세의 부유한 집안의 자제들인 전문대생의 1할이 성병보유자였다. 성병이 문명병인 이유는 성병은 인구가 도시로 집중되고 결혼연령이 늦어지면서 결혼까지 동정을 지키기가 어려워져 발생한다"[20]는 것이기 때문이다. 성병의 대량 확산은 일본 제국주의에 의해 도입된 공창제도와 상품화폐경제와 밀접한 관계를 맺고 있다. 일제강점기 조선소설에서는 일본보다 지식인이 매독에 걸리는 비율이 매우 높다. '매독'이라는 같은 모티프를 채택했음에도 불구하고 한일 근대소설은 그 채택의 방식에서 큰 차이를 나타내고 있다. 또한, '매독'이 모티프가 된 한국 근대소설의 경우 대부분 신여성의 자유로움에 대한 질책 혹은 비판으로 연결되고 있다. 남녀평등의 근대성을 주장하면서 한편으로는 여성의 자율성을 억압하는 이와 같은 한국 근대소설의 이율배반적 성향이 식민지 조선의 근대성과 어떻게 연결되는 것인지를 검토해본다.

식민지 시기 조선소설은 다음과 같다. 성병과 관련된 소설을 쓴 소설가는 대부분 주류 작가이다. 이광수, 김동인, 박태원, 채만식, 이효석, 현진건 등이 대표적이다. 식민지 시기에는 비주류 작가들이 문단에 활동할 수 있는 여건은 마련되지 못했다. 따라서 주류로서 활동하는 대부분 작가가 매독 관련 소설을 많이 쓴 것으로 보인다. 성병감염자는 기생, 신여성, 부잣집 아들, 지식인 남편, 일반인 부인, 노총각 등으로 다양하지만 주

---

20 김미영, 「일제하 조선일보 성병 관련 담론 연구」, 『정신문화연구』 29(2), 2006, 399쪽.

〈표 3〉 한국 근대소설

작가 / 작품 / 출판년도	병명	성병 감염자	감염 경로	진원지	비고
이광수 『무정』 (1917)	매독	기생 계향 / 부잣집 아들	부잣집 아들→ 기생 계향	유곽	계향이 부잣집의 방탕한 아들의 첩으로 들어가 매독을 옮고 집에서 쫓겨남
현진건 「타락자」 (1922)	임질	기생 춘심 / 지식인 남편 / 아내	기생춘심→ 지식인 남편 →아내	유곽	기생 춘심은 다른 남자와 결혼하고 아내와 자식이 임질로 고통을 받음
이광수 『재생』 (1924~1925)	매독 임질	신여성 김순영 / 부호의 아들 백윤희	백윤희→ 김순영	유곽	사랑하던 신봉구를 버리고 백윤희의 첩이 된 김순영이 매독과 임질에 걸려 죄를 뉘우치고 자살함
김동인 「발가락이 닮았다」 (1932)	온갖 성병 고환염	노총각 M	유곽의 여성	유곽	성병으로 생식력을 상실한 M이 결혼을 통해 아이를 갖게 된다는 비극적 결말
심훈 『직녀성』 (1934)	화류병	모델 사요코 / 남편 봉환 / 아내 인숙	모델 사요코→지식인 남편→지식인 아내	가정	봉환이 일본유학에서 사요코라는 모델을 만나 화류병에 걸리고 아내 인숙에게 옮기고 이혼함
박태원 「악마」 (1936)	임질	평범한 가정의 남편 / 학주 / 아내	창녀→남편 학주→아내	유곽	평온한 가정의 남편이 창녀로부터 옮은 임질 때문에 불안과 공포에 떰
이광수 『사랑』 (1938)	매독	신여성 석순옥 / 남편 허영	허영→순옥	가정	순옥이 허영의 세속적이고 육욕적인 사랑으로 매독을 옮고 이혼함
채만식 『탁류』 (1937~1838)	매독	한참봉 / 한참봉의 아내 / 고태수 / 초봉 / 제호	한참봉→한참봉의 아내 김씨부인→고태수→초봉→제호	가정	인간의 탐욕으로 인해 초봉의 육체도 성병 전파의 매개체가 됨 / 매독에 걸린 초봉의 비극적 일생을 그림
이효석 「장미 병들다」 (1938)	성병	신여성 남죽 / 극단단원 현보 / 백만장자 아들	남죽→현보 남죽→백만장자 아들	도시	현보와 백만장자 아들은 남죽과의 관계로 성병에 걸려 고통스러워함
조용만 『변소와 욕실』 (1941)	화류병	목사	목욕탕→ 목사	목욕탕	목사가 공중목욕탕에서 세 변발이를 옮아 혼자 고생함

로 신여성이나 부잣집 아들 등 지식인이 많다. 그리고 감염경로는 주로 기생, 창녀, 신여성^{도시여성}, 첩이고, 진원지는 유곽이나 공창, 가정, 도시, 목욕탕 등이다.

이상의 내용을 중심으로 식민지 시기 조선소설의 매독담론의 특징을 정리하면 다음과 같다. 첫째, 소설 작가가 근대문학을 주도한 작가군, 즉 문단을 이끈 주류들이다. 둘째, 등장인물은 일반적으로 당대 사회의 '히로인'이었던 신여성을 비롯해 부잣집 아들, 지식인 등이다. 셋째, 1910~1920년대에는 성병으로 여성이 고통을 받는다는 내용이 대부분이다. 넷째, 1930년대로 들어서면 유곽에서 성병을 옮아 아내에게 옮기고 남성이 고통을 받는다는 내용이 등장한다. 예를 들면, 김동인, 「발가락이 닮았다」¹⁹³²는 무분별한 성생활로 생식력을 상실한 M이 결혼을 통해 아이를 갖게 된다는 비극적 결말이다. 이효석, 「장미 병들다」¹⁹³⁸는 현보라는 인물과 백만장자 아들이 신여성과 하룻밤의 관계로 성병에 걸려 고통스러워하는 내용이다. 즉 성병으로 고통을 당하는 이들은 남성으로 변화한다.

조선의 대표적 작품을 중심으로 소설에서 제시되는 매독 관련담론을 정리하면 다음과 같다.

① 이광수, 『무정』『매일신보』, 1917.1~6

한 가지 불쌍한 것은 형식이가 평양에 갔을 적에 데리고 칠성문으로 나가던 계향이가 어떤 부잣집 방탕한 자식의 첩이 되어 갔다가 매독을 올리고, 게다가 남편한테 쫓겨나기까지 하여 아주 적막하게 신고함이니, 아마 형식이가 돌아와서 이 말을 들으면 매우 슬퍼한 것이다. 그 어여쁘던 얼굴이 말 못 되게 초췌하여 이제는 누구 돌봐 주는 이도 없게 되었다.²¹

위의 인용은 형식이 영채를 찾으러 평양에 가서 만난 영채의 후배기생 계향의 이야기이다. 기생 계향이 부잣집 아들의 첩이 되었으나 남편에게 매독을 옮고 쫓겨나 슬픈 말로를 보낸다는 내용이다. 이광수 소설을 보면, 1910년대 『무정』에서 기생 계향이 매독에 걸리고, 1920년대 『재생』에서 독립운동을 했던 신여성 김순영이 매독과 임질에 걸린다. 1930년 『사랑』에서 간호학교를 졸업한 간호사인 신여성 석순옥이 매독에 걸린다는 내용이 나온다.

② 이광수, 『재생』『동아일보』, 1924.11~1925.9

순영은 과거 일 년 동안에 남편에게 육의 만족을 주노라고 기생이 하는 모든 버릇까지 배우려고 애쓴 것을 생각하였고 그러는 동안에 깨끗하던 몸에 매독과 임질까지 올린 것을 생각하였다. (…중략…) 지금은 남의 첩이다 — 돈에 팔려 와서 음욕과 재물밖에 모르는 남자의 더러운 쾌락의 노리개가 되다가 더러운 매독과 임질로 오장까지 골수까지 속속들이 더럽히고 게다가 소박을 받는 신세다. (…중략…)

P 부인께와 기타 어른께 청하여 교사 자리도 구하여 보았사오나 이 더러운 순영을 용서하는 이도 없어 그것도 못하옵고 할 일 없이 세브란스와 총독부 의원에 간호부 시험도 치러보았사오나 모두 매독·임질이 있다고 신체검사에 떨어지어 거절을 당하옵고……. (…중략…) 어미의 병으로 소경으로 태어난 어린 것을 제 아비 되는 이는 제 자식이 아니라 하여 받지 아니하고, 선천 매독으로 밤낮 병은 나고.[22]

---

21   이광수, 『이광수전집』1, 삼중당, 1962, 317~318쪽.
22   위의 책, 2, 삼중당, 1971, 162~226쪽.

『무정』에서는 계몽이 낙관적으로 받아들여졌지만『재생』에서는 해방의 꿈을 안고 3·1운동을 맞았으나 실패하고 정신적 혼란과 방황, 물질적 욕망의 확산이 이 소설의 배경이 된다. 주인공 김순영은 소위 신여성으로 3·1운동을 같이 준비하던 신봉구와 사랑하는 사이다. 3·1운동 후 신봉구가 구속되어 수감 생활을 하는 동안 부호의 아들 백윤희와 성적관계를 맺고 물질적, 육체적인 욕망에 빠진다. 백윤희의 첩으로 지내던 순영이 신봉구가 출소하자 그에 대한 죄의식으로 '백윤희와 놀아나며 타락한 죄'를 뉘우치고 자결한다. 여기서 과도한 성관계를 한 사람은 김순영이 아니라 백윤희이다. 백윤희는 순영을 첩으로 둔 상황에서 여학생과 또 다른 첩질을 하였고 이는 순영이 그와는 생활을 부정하는 계기가 된다. 그러나 백윤희가 순영에게 매독과 임질을 옮겼음에도 불구하고 백윤희가 매독에 걸려서 고통을 받는다는 언급은 없다. 백윤희는 매독을 옮기는 매개체일 뿐 매독과 임질을 옮고 고통을 받는 것은 순영이다. 그리고 그녀의 아이가 시각장애인으로 태어나면서 순영의 고통은 더욱 커진다. 여기서 성병은 오로지 순영의 문제가 되며 장애가 있는 아이도 순영이 감당해야 할 몫이다. 매독에 걸린 여자는 더럽다는 꼬리표를 붙여 순영은 사회로부터 고립된다. 결국 3살짜리 딸과 자살을 선택하는 결말에 이른다.

③ 현진건, 「타락자」『개벽』, 1922.1~3

나는 임질淋疾에 걸리고 말앗다. 공교하게, 그 몹쓸 병病은, 올맛슬 그때로, 낫하나지 안코, 이튿날 後에야, 병세病勢가 들어낫다. 거의 행보行步를 못하리만큼, 남몰래 압핫다. (…중략…) 저주咀呪할 것은 이 사회社會이고, 한恨할 것은, 내 자신自信이라 하엿다. (…중략…) 안해는, 요강에 걸터안저, 왼몸을 부들부들 떨고 잇다. 참아 볼 수 업서, 샛발가케 얼굴을 찡그리고 잇다. 그 눈에서는, 고뇌苦惱

를 못이기는 눈물이, 그렁그렁하엿다. 나는, 모든 것을 깨달앗다. 병독^{病毒}은 벌서, 그의 순결^{純潔}한 몸을, 범犯한 것이다. (…중략…) 그의 태중^{胎中}에는, 지금 새로운 생명^{生命}이 움즉이고 있다. 이 결과^{結果}가 어찌될가?!²³

「타락자」는 식민지 치하에서 지식인이 겪는 좌절과 타락을 그린 작품이다. 일제강점기 지식인 화자인 나는 도덕적이고 성실한 사람이었으나 화류계 출입이 잦은 친구 C와 함께 명월관에 가게 되고 거기서 춘심을 만나게 된다. 주인공 '나'는 기생 춘심을 만나 달콤한 연애를 하지만 춘심은 생활고 때문에 첩으로 들어가고 배신을 당한다. 나는 춘심의 집을 출입하다가 임질을 옮게 되고 아내에게 임질을 옮겼음을 나중에 알게 된다. 임신한 아내가 임질에 걸리게 되자 배 속의 아이까지 병균으로 고통받을 생각을 하며 후회한다.

④ 김동인, 「발가락이 닮았다」^{『동광』, 1931.12}

서른 살 때는 벌서 괴승^{怪僧} 신돈이를 멀리 눈 아래로 굽어보았을 것입니다. 그런지라 온갖 성병^{性病}을 경험하여 보지 못한 것이 없었읍니다. 더구나 술이 억배요 그 우에 유달리 성욕이 강한 그는 성병에 걸린 동안도 결코 삼가지를 않았읍니다. 일년 삼백육십여일 그에게서 성병이 떠나본 적이 없었읍니다. 늘 농이 흐르고 한달 건너큼 고환염^{睾丸炎}으로써 걸음걸이도 거북스러운 꼴을 하여 가지고 나한테 주사를 맞으러 오고 하였읍니다. 그러는 동안에도 오십 전, 혹은 일 원만 생기면 또한 성행위를 합니다. (…중략…)

"남자가 매독을 앓으면 생산을 못하나?"

---

23   현진건, 『현진건 단편집』, 지식을만드는지식, 2012, 143~148쪽.

"괜찮겠지."

"임질은?"

"글쎄." (…중략…)

생식 능력이 없는 M은 그런 기색도 뵈지 않고 결혼을 하였읍니다. 그리하여 M에게로 시집을 온 새 안해는 임신을 하였읍니다. 제 남편이 생식기 불능자인 줄을 모르는 안해는 뻐젓이 자기의 가진 죄의 씨를 M에게 자랑하고 있을 것이외다. 일찍이 자기가 생식기 불능자인지도 모르겠다는 점을 밝혀주지 못한 M은 지금 이 의혹의 구렁텅이에서도 제 안해를 책할 권리가 없을 것이외다.[24]

가난한 회사의 월급쟁이인 M은 서른두 살의 노총각이다. M은 학창 시절부터 방탕한 생활을 하며 성욕을 이기지 못해 유곽을 드나들다가 결국은 생식 능력을 잃고 만다. 그런 그가 결혼하고 2년쯤 지나자 아내가 임신하게 된다. 아내가 아이를 낳고 6개월쯤 지났을 때 그는 아들을 데리고 와서 가운뎃발가락이 가장 긴 자신의 발가락과 아이의 발가락이 닮았다고 한다. 이 작품은 방탕한 성생활로 인해 성병이 걸려 생식불능이 된 주인공 M이 결혼 후 얻게 된 자식을 바라보는 심정을 아이러니하게 그리고 있다.

⑤ 박태원, 「악마」 『조광』, 1936.3~4

그것은 물론 학주 자신이 그 병을 앓고 있기 때문인 바로 그 까닭에 틀림없는 것이나 하여튼 가령 신문 잡지를 뒤적어리는 경우에도 그곳에 결코 빠지지않고 나는 성병에 관한 매약광고의 그 하나하나가 반드시 그의 눈을 강렬하게 쏘

---

24   김동인, 「발가락이 닮았다」, 『김동인전집』 3, 조선일보사, 1988, 70~76쪽.

고야 말았고 또 전에는 결코 그렇지 않든 것이 이제는 그러한 것에 슬픈 우울을 맛보지 않고는 못 백였다.[25]

평온하던 가정이 매춘부로부터 옮은 남편의 임질 때문에 불안과 공포에 떨게 된다는 내용이다. 주인공 학주는 아내가 아이들과 함께 며칠 친정에 가 있는 동안 친구들의 유혹을 뿌리치지 못하고 공창을 찾는다. 성병 전염의 두려움에 떨던 학주는 증상이 나타나지 않자 안심하고 아내와 관계를 맺는데 이후 자신이 임질에 걸렸음을 알게 되고 임질이 아내와 아이의 눈병으로 나타날까 불안과 공포에 떨게 된다.

⑥ 조용만, 『변소와 욕실』「춘추」, 1941.4
어느 목사가 공동욕탕에서 세면바리^{사면빌니}를 옮아 가지고 남이 의심할까 보아 내놓고 치료도 못하고 혼자 으레 고생하는 것을 보았지만 세면바리 쯤은 도리어 약하고 화류병花柳病 같은 것에 걸리는 날이면 큰일이다.

위의 인용에서는 어느 목사가 공중목욕탕에서 '세면바리'를 옮고 남에게 말도 못 하고 병원도 못 가고 혼자서 끙끙 앓고 있는 모습이 그려진다. 하지만 '세면바리'보다 더 무서운 게 화류병이라고 한다. 이처럼 조선에서는 1910년대부터 1940년대까지 소설에서 매독이 꾸준하게 나타나고 있다. 당시 『동아일보』 기사를 보면 "경성부위생실험실에서 지난 시월 중까지의 시험건수를 보면 총인원이 이천 명으로 매독이 제일 많아 이백삼십 건에 달하고 그다음이 지부스^{(장)티푸스} 이십삼 명, 적리赤痢병 이십 명, 결

---

25   박태원, 「악마」, 『한국근대단편소설대계』, 태학사, 1988, 154쪽.

핵, 폐렴, 임질, 화농균, 기생충, 각담咯痰 등 순으로 천백 명, 즉 오 할 오 분의 다수가 불건강한 신체를 가지고 있다"[26]고 한다. 이를 통해 당시에 매독이 사회적 문제가 되었음을 알 수 있다.[27]

『무정』에서 남편에게 옮은 매독으로 기생 계향이 쫓겨나며 불행한 말로를 보낸다. 『재생』에서는 신여성 순영이 남편에게 매독을 옮아 자식에게까지 유전되어 살길이 막막해지고 결국 자살에 이르게 된다. 「발가락이 닮았다」는 성병으로 생식불능이 된 노총각이 결혼하고 아이를 갖게 된다는 비극적인 내용을 유쾌하게 그리고 있다. 이효석의 「장미 병들다」에서는 신여성 남죽이 하룻밤의 성관계로 남성들에게 성병을 옮기고 고통을 당하게 한다는 내용이다. 조선에서는 병을 옮긴 주체가 남성이지만 매독에 걸린 여성이 문제가 된다. 예를 보면, 유전 문제와 연관 지어 여성이 사회와 차단되어 병에 걸린 아이와 불행한 삶을 살게 된다. 매독에 대한 이해를 보면, 남성에게는 문명의 병인 문명병의 시선으로 신여성에게는 야만의 병인 화류병과 유전병이라는 시선의 이중 잣대를 적용한다.

조선에서는 시대별로 차이는 있지만 주로 신여성과 지식인 남성이 매독에 많이 걸린다. 이는 문명병이라는 이미지가 강하다. 또한 신여성이 많이 등장하는 것은 신여성의 자유연애를 더럽고 방탕하며 비도덕적인 여성이라는 이미지로 각인시키는 것과 연관이 있다. 일본에는 신여성이 등장하지 않지만, 조선에서는 유독 매독에 걸린 신여성이 많이 등장한다. 이는 신여성을 보는 일본과 조선의 차이점도 있다. 대표적인 신여성인 요사노 아

---

26   『동아일보』, 1928. 11. 4.
27   이 논문에서는 소설에서의 매독표상을 다루고 있다. 일본의 경우, 신문은 시기별로 많이 나타는 매독 관련 용어가 달라진다. 조선의 경우, 신문에서는 매독보다 화류병이라는 용어를 더 많이 사용한다.

키코와 히라쓰카 라이초는 당시 일본 여성들의 동경 대상이 되었다. 하지만 조선의 신여성인 김일엽, 나혜석, 김명순은 모두 사회에서 비난받으며 개인적으로도 여자 승려, 이혼녀, 방탕한 독신녀라는 꼬리표를 달고 불행한 일생을 보냈다. 조선에서는 매독에 걸린 남성에게는 부유층, 지식인이라는 꼬리표를 붙이며 문명병과 연관시키지만, 매독에 걸린 신여성은 지식인이지만 불결하고 방탕한 여성이라는 화류병이라는 꼬리표를 붙였다.

3. 화류병과 문명병으로 표상되는 제국과 식민지 시선의 간극

매독을 모티프로 한 한일 근대소설에는 차이와 동일성이 함께 발견된다. 그 차이와 동일성은 작가의 이데올로기적 성향에서부터 성병감염주체, 병명에 이르기까지 다양하다. 이상의 제 특질을 항목별로 비교하면 다음과 같다.

〈표 4〉 한일근대소설 비교

	조선	일본
작가군	주류 작가(이광수, 김동인, 박태원, 채만식, 이효석, 현진건)	비주류 작가(자연주의 / 사소설 작가 / 프롤레타리아 작가 / 재일교포 작가 / 여성 작가)
병명	매독 / 임질 / 성병	매독 / 화류병
성병 감염자	지식인계층(기생, 신여성, 부잣집 아들, 지식인 남편, 일반인 부인, 노총각)	노동자계층(게이샤, 창녀, 작가 친구, 아버지, 어머니, 젊은 군인, 선원, 혼혈아)
감염 경로	기생, 창녀	게이샤, 창녀
진원지	유곽, 가정	유곽
차이점	감염자 : 신여성, 부잣집 아들, 지식인	혼혈아 등장(일본인과 조선인, 일본인과 미국인)

이상의 사항에 근거하여 매독을 다룬 한일 근대소설을 비교한 결과 그 차이점을 명시하면 다음과 같다. 첫째, 성병감염자를 보면, 일본 근대소

설의 경우는 대부분 게이샤, 사소설 작가, 일반인 부부 등 중하류층 계층이 많다. 조선의 경우, 주로 상류층 계층의 부잣집 자녀와 신여성, 지식인이 많이 등장한다. 둘째, 감염경로를 보면 일본은 유곽의 게이샤나 창녀이다. 조선은 유곽의 창녀나 기생, 신여성^{도시 여성}, 첩 등이다. 따라서 감염경로와 근원지는 주로 유곽의 기생, 게이샤, 창녀가 되지만 한국은 신여성과 첩으로부터 옮는 경우가 있어 이 부분이 일본과 다르다. 당시 한국에 축첩제도가 남아 있었으며 신여성에 대한 편견이 이런 차이로 나타난다고 할 수 있다. 셋째, 매독을 바라보는 시선을 보면, 일본의 경우, 비주류 작가와 비지식인 계층 등장인물들의 무분별한 성생활은 성병, 화류병, 매독과 연결된다. 비주류계층인 그들을 야만의 병인 화류병의 시선으로 보았다. 조선의 경우, 지식인 계층 등장인물들이 걸린 성병을 문명의 발달과 관련되어 나타나는 문명병으로 바라보았다. 즉, 남성의 경우, 부잣집 아들이 걸리는 문명병의 이미지가 강했다. 하지만 여성의 경우, 신여성의 자유연애로 폄하하며 더럽고 방탕하며 비도덕적인 여성이라는 야만의 병인 화류병의 시선으로 그려진다.

일본 제국주의의 확장으로 공창제도가 생기면서 매독은 사회적 문제로 부상하였고 정부는 개인의 몸을 단속하였다. 일본에서는 1900년에는 '창기단속규칙'을 제정해서 공창제도가 확립되고 창기등록제와 매독검사^{検黴}가 실시되었다. 조선에서는 1904년 일본공사관에 의해 공창제도가 공식화되고, 1908년 경시청령으로 조선에 '기생 단속령'과 '창기단속령'을 발표하여, 조선의 매음을 공창화했다.[28] 1916년에는 전국적인 통일법규를 발포하여 공창제도를 전 조선으로 확장한다. 공창제도는 1948년

---

28 강정숙, 「대한제국·일제 초기 서울과 매춘업과 공창(公娼)제도의 도입」, 『서울학연구』 11, 1998, 232쪽.

공창제도 폐지령에 의해 형식적으로 폐지될 때까지 일제에 의해 유지, 관리되었다.[29]

일본 공창제도의 이식은 성 문제를 개인의 은밀한 영역에서 공적인 영역으로 나오게 하였다. 공창제도 이전의 성 담론이 자유연애와 결혼에 관한 것이었다면 이후에는 매춘과 타락에 관한 내용이 주를 이루게 된다. 문학작품에서 이를 확인할 수 있었다. 1920년대에 들어오면서 성병과 관련한 매춘과 타락을 주제로 한 작품이 많다.[30] 많은 문제점을 안고 있음에도 불구하고 공창은 폐지되지 않았고 군위안부가 등장했다. 1920년에 등장한 '일본군' 위안부는 일본 홋카이도 탄광노동자들의 불만을 해소하기 위해 성매매 여성을 고용한 것에서 출발했다. 조선에서는 "전쟁 시기 유곽의 주 고객이 군인으로 바뀌면서 유곽은 점차 위안소로 바뀌어갔다".[31] 이후 '일본군' 위안부는 일본이 전쟁을 치르는 곳이라면 어디든지 파견되었다. 일제는 조선의 식민화 과정에서 관리, 교원 군인 등 독신자가 내한했을 때, 이들의 성욕 처리를 위해 유곽 설치를 공인하였다.

지금까지 일본과 조선에서 매독을 바라보는 시선의 차이가 문학을 통해서 어떻게 반영되었는지를 알아보았다. 매독 모티프의 일본 근대소설의 특징은 다음과 같다. 매독이 다루어진 일본 근대소설 총 56개의 작품

---

29 안영희, 「한일근대신문의 매독담론과 제국과 식민지의 근대」 –『요미우리신문』과 『조선일보』를 중심으로」, 『한국일본어문학회』 110집, 2019, 317쪽.
30 김은정, 「일제강점기 위생담론과 화류병 – 화류병 치료제 광고를 중심으로」, 『민족문학사연구』 49, 2012, 29쪽 참고.
31 홍성철, 『유곽의 역사』, 페이퍼로드, 2007, 137쪽. 위안부는 1920년대 일본 홋카이도 탄광노동자들의 불만을 해소하기 위해 성매매 여성을 고용한 산업위안부에서 출발했다. 산업위안부는 산업체가 건물 등 장소를 제공하고 매춘업자가 경영을, 경찰과 보건소에서 위생검사를 담당하는 민간협력체제였다. 중일전쟁과 태평양전쟁 시기에 만들어진 군위안부는 기존 산업위안부보다 군이나 관청의 개입이 더 노골적이고 강제적이었다.

중에 29편이 사소설일 정도로 사소설에서 많이 나타나고 있다. 일본에서 사소설 작가는 비주류계층이었고 소설의 내용은 그들 자신의 실제 삶이었기 때문에 더욱 당시 근대인의 삶과 깊은 연관관계가 있다. 일본 근대소설에서 매독에 걸린 등장인물은 작가, 게이샤, 혼혈아가 많고 유곽과 형무소, 구치소가 배경으로 자주 등장한다. 매독은 주로 유곽에서 공창이나 게이샤를 통해 하류 계층에 있는 남성들이 많이 걸리는 것으로 그려진다. 일본에서 매독은 화류계에 종사하거나 이용하는 사람들이 걸리는 화류병이라는 이미지가 강하다. 따라서 매독에 걸린 남성은 성욕 관리를 제대로 못 하고 비근대적이며 야만적이고 불결하다는 이미지로 사용되었다.

매독 모티프의 한국 근대소설의 특징은 다음과 같다. 매독이 등장하는 한국 근대소설은 주로 주류 작가들의 소설이다. 이광수, 김동인, 박태원, 채만식 같은 유명한 작가의 작품에서 비중 있게 다루어지고 있다. 한국 근대소설에서 매독에 걸린 등장인물은 부잣집 아들, 신여성, 기생이 주류를 이루며 배경은 유곽뿐만 아니라 일반 가정까지 포함한다. 따라서 조선에서 매독은 산업화와 근대화과정에서 문명의 발달로 인해 필연적으로 생기는 문명병이며 상류층에서 걸리는 병이라는 인식이 강했다고 볼 수 있다. 특히 지식인 남성에게는 부자들이 걸리는 문명병, 신지식을 받아들인 신여성에게는 방탕한 성생활로 인해 걸리는 화류병이라는 이중적 시선을 적용하고 있다. 이처럼 한일 근대소설에 나타난 매독담론은 제국과 식민지에서 각각 다른 방식으로 표상되며 이는 제국주의 통치담론의 차별적 적용과 관련이 깊다.

조선에서는 매독은 남성에게는 문명과 부의 상징이었지만 여성에게는 불결함과 수치의 상징이었다. 따라서 여성들은 수치심을 느껴 매독을 방치하는 경우가 많았으며 목숨까지 끊는 일도 있었다. 일본은 조선에 제국주의의 목적으로 조선의 공창제도를 합법화하여 전 조선으로 확장한다. 따라서 조선에서도 일본은 조선인의 위생과 안위를 위한다는 명목으로 총독부와 경찰국의 행정적 관리체제 아래에 조선인의 몸을 관리하였다. 매독은 개인의 질병이지만 근대가 되면서 개인의 몸을 국가가 관리하게 된다. 따라서 매독은 근대 일본과 조선의 근대화과정과 밀접하게 연관되어 있다는 것을 알 수 있다. 정부의 정책과 더불어 소설에서 구체적인 개인의 삶의 표상을 통해 해방 전까지 일본과 조선의 근대인의 삶을 종합적이고 구체적으로 조망할 수 있었다. 이를 통하여 매독과 관련한 한일 근대인의 삶, 일본과 조선의 매독을 바라보는 인식의 차이, 남성과 여성에게 적용되는 이율배반성을 통해 일본과 조선의 근대를 명확하게 볼 수 있었다.

제9장

사소설과 일제강점기 신변소설의 해석공동체[1]

가사이 젠조 「슬픈 아버지」, 『아이를 데리고』와 안회남 「고향」, 「향기」

1) 사소설과 신변소설

작가가 자신의 경험을 소설로 하는 문학 양식은 어느 나라에도 있다. 그러나 독자가 소설을 읽을 때 허구를 사실로 읽는 해석공동체[2]는 일본에만 존재한다고 할 수 있다. 사소설이 일본의 독특한 문학 양식이라고 하는 것은 독자의 문제와도 관련되어 있다. 작가가 경험한 실생활을 있는 그대로 쓰는 사소설과 비슷한 문학 양식이 한국의 신변소설이다. 신변소설身邊小說은 객관적 현실을 다루지 않고 자기 신변에 일어난 일을 주제로 하여 쓴 소설을 말한다. 사소설과 신변소설은 작가의 사생활을 쓰고 사회성이 부족하다는 공통점이 있다. 하지만 일본의 사소설은 작가의 사생활을 알고 있는 해석공동체가 존재하지만, 한국의 신변소설에는 이러한 해석공동체가 존재하지 않는다. 이점이 사소설과 신변소설의 가장 큰 차이점이라 할 수 있다.

여기서는 현실을 있는 그대로 소설에 반영시킨 사소설 작가 가사이 젠

---

1   제9장은 안영희의 논문 「사소설과 신변소설의 사이-가사이 젠조와 안회남」(『일본어문학』 48, 2010, 374~402쪽)을 수정·보완하였다.
2   여기서의 해석공동체는 가사이 젠조의 사생활을 세세하게 알고 있고 주인공을 가사이 젠조라고 생각하고 읽는 독자들을 말한다.

즈葛西善藏, 1887~1928의 「슬픈 아버지哀しき父」, 『아이를 데리고子をつれて』와 신변소설의 대표적인 작가 안회남安懷南, 1901~?, 북한으로 감의 「향기」, 「고향」을 비교해 보며 사소설과 신변소설의 유사점과 차이점을 보기로 한다.

1. 사소설과 신변소설의 해석공동체

사소설과 신변소설의 사전적인 정의를 보면, 사소설은 작가 자신의 경험을 허구화하지 않고 있는 그대로 그린 소설이다. 신변소설은 유럽의 일인칭소설Ich-roman, 일본의 사소설私小說에서 유래한 것이라고 볼 수 있다. 신변소설은 현실 생활의 묘사나 풍부한 허구가 결여되고, 소박한 일상사를 인상적으로 그리는 것이 특징이다. 한국에서는 1930년대 현실에 절망하고 현실을 그대로 묘사할 수 없었던 작가들이 심리소설에 관심을 기울일 때 일부 작가들은 신변소설에 관심을 두게 되었다. 심리소설은 인물의 내면 심리묘사에 치중하는 소설이다. 따라서 신변소설은 형식상 심리소설과 거리가 있지만, 내용상으로는 그와 일맥상통한다. 1930년대 신변소설의 대표적인 작가는 안회남이다. 1940년대에 이르러 문학이 현실 생활 쪽으로 관심을 가지게 되면서부터 신변소설은 점차 문단에서 그 자취를 감추는 듯하였으나 1950년대에 이르러 작가 이봉구李鳳九에 의하여 다시 꽃피기 시작하였다.

『한국민족문화대백과사전』에 따르면 이봉구의 작품세계는 주로 그의 신변의 경험이나 문단 교류에 얽힌 일화들을 소재로 하고 있다. 따라서 그의 문학적 특징은 대개 교우록적交友錄的인 수필성 또는 '사소설私小說'의 성격을 지니고 있다. 작품 배경은 대부분이 명동明洞의 다방, 대폿집 등지이며, 작중의 인물은 대부분이 실명實名인 문인·예술인들로서 이들의 애환을 담고 있다. 광복 후에 발표된 「도정道程」은 지식인으로서의 문인들이 일제 말기에 당면했던 수난과 함께 당대 문단사의 단면을 제시하고 있다. 경험적 서사체로 이루어진 이 작품에는 많은 실명實名문인들이 등장하는데, 여기에 등장하는 문인들은 친일문학자가 아니라 일제의 '탄압 아래 굴욕의 설움과 인내의 길을 고독한 가운데 걸어온' 사람들로서 불행했던 문인의 초상들이다. 이런 초상을 통해서 식민지 말기에 겪은 수난의 지성사知性史를 보여주고 있다. 이와 함께 「북청 가는 날」1966 또한 식민지 치하에서 있었던 일제의 죄악상과 한국인이 겪은 고통의 경험 및 그러한 식민지의 상처를 다루고 있다.

1930년대 한국문단에는 신변소설, 사소설, 심경소설이라는 용어가 혼재해서 사용되고 있었다. 그리고 이러한 소설은 당시 한국문단의 유행이었다. 많은 작가가 신변소설에 몰두했음에도 불구하고 안회남을 대표적인 작가로 선택한 이유는 다작의 작가인 것만이 아니고 적극적으로 신변소설을 옹호하는 발언을 했기 때문이다. 신변소설에 관해 쓴 그의 평론은 자신의 문학적 취향을 위한 변명으로 취급됐지만, 안회남은 자신의 문학적 신념을 버리지 않았다. 이처럼 당시 한국 문단에서는 사회에서 단절하고 자신의 내면과 심리, 또는 신변을 쓴 사소설과 같은 소설을 신변소설, 심리소설, 심경소설,[3] 내성소설 등의 용어로 표현했다.[4] 안회남은 자

---

3   작가의 일상생활을 소재로 하여 자신의 솔직한 심정을 그린 소설이다. 박태원은 신변소설을 심경소설이라고 하고 있다. 내성소설은 인물의 내면 심리묘사에 치우친 주관주의적 소설 경향을 말한다.

4   정종현, 「사적 영역의 대두와 '진정한 자기구축'으로서의 소설—안회남의 '身邊小說'을 중심으로」, 『한국근대문학연구』 2-2, 2001. 136쪽. 임화는 '내성소설', '심리소설'이라 하고 안회남은 자신의 소설을 '신변소설'이라 하고 동시대의 평자들은 작가의 명명을 그대로 따르고 있으며 김남천은 '심경소설'이라 하고 있다(「최근의 소설의 주인공」, 『문

신의 소설을 신변소설이라 하고 당시의 비평가도 그의 용어를 따라 신변소설이라고 불렀다.

안회남이 사소설 작가인가에 대해서는 논란이 있다. 백철은 해방 후 작가의 전변을 다루는 글[5]에서 "자기주관의 세계에 칩거"한 점에서 30년대의 이태준과 함께 안회남을 신변 작가로 정의하며 "작가 신변의 사사를 약간 요설적인 수법으로 표백"한 사소설 작가로 한정을 짓는다. 백철은 안회남 소설에는 객관성과 사회성이 빠지고 주관적인 자기 생각만을 그리고 있어서 '신변적 사소설 작가'라고 규정하고 있다. 김윤식은 안회남의 신변소설이 "소시민적인 자기중심의 사소한 일들을 그리는 것을 지칭하는 것으로 심정 고백적인 것과는 다르며 일본 사소설과는 비교의 근거가 없다"[6]고 주장한다. 김윤식은 그의 소설이 사회와 단절하고 생의 본질을 찾으려는 일본식 사소설과는 다른 것으로 인식하고 안회남 소설에 나타난 허구와 실재의 혼합을 근거로 제시한다. 김윤식은 사소설이 자신의 심정을 토로하고 생의 본질을 찾으려고 하는 것에 반해 안회남의 신변소설은 개인의 사사로운 신변만을 그리기 때문에 사소설이 아니라고 하고 있다.

물론 안회남의 신변소설이 일본의 사소설과 완전하게 일치하지는 않지만, 사소설이 없었다면 신변소설은 나타나지 않았을 것이다. 따라서 신변소설은 소설의 기법이나 독자들의 소설 읽기 방법에서 차이가 있을 수 있지만 큰 맥락에서 보면 사소설에 속한다고 할 수 있다. 안회남은 19

장」8, 1939.9 참조).

5   백철, 「신사상의 주체화문제―이태준. 안회남. 박영준의 작품에 관하야」, 『신천지』27, 1948(정종현, 위의 글. 133쪽 재인용).

6   김윤식, 「사이비 진보주의의 논리」, 『한국현재문학사』, 일지사, 1976, 142쪽.

30년대에서 1948년 봄 북한에 가기 전까지 70편에 가까운 작품을 남겼다. 작품 수에서 보면 다작이라고 할 수도 있다. 안회남은 다작의 작가이지만 작품성은 그다지 높지 않다는 평가이다. 그는 다양한 소재로 작품을 쓴 작가는 아니다. 그의 소설은 특정한 사건과 인물, 또 관념에 집착하는 면이 반복해서 나타난다. 따라서 그의 소설을 읽을 때 또 '그 이야기, 그 인물'이라는 이야기가 자연스럽게 나온다. 결국, 초기소설은 큰 사건도 없이 나의 사사로운 문제를 가족과 친구 사이를 왔다 갔다 하면서 일어난 이야기로서 나의 심리를 쫓는 것에서 기술했다. 그 후 현실과 사회의 문제를 다루어 보려 했지만, 결과는 초기소설에서 멀리 나아가지 못했다는 평가이다. 지금까지 그에 관한 연구는 현실에 대한 의식 결여의 측면에서 비판적이었고 그의 신변소설이 가진 의미는 도외시되어왔다고 할 수 있다.

사소설과 신변소설은 작가 자신이 경험한 사사로운 일상을 적는다는 점에서는 같다고 할 수 있다. 그러나 사소설은 작가 자신에 대한 지식을 가진 해석공동체가 존재하는 것에 비해 신변소설에서는 이러한 독자의 해석공동체가 존재한다고는 할 수 없다. 그리고 가사이 젠조는 자신의 전 생애에서 변함없이 사소설 작가의 길을 걸었다. 사소설을 쓰기 위해 가난과 고독, 불행한 인생을 거부하지 않았고 이러한 가사이 젠조의 자기희생적인 삶이 많은 사소설 독자들에게 감동을 주었다. 결국 가사이 젠조는 전 인생을 걸고 사소설을 쓴 작가라 할 수 있다.

이에 반해 안회남은 가사이 젠조와 같은 작가의 희생정신을 볼 수 없다. 안회남이 사소설을 쓴 것은 치열한 자신의 삶을 살았다고 하기보다 일제강점시대에서 살아남기 위한 하나의 수단이었다고도 할 수 있다. 일관되게 신변소설을 쓴 것이 아니고 해방과 동시에 이러한 신변소설에서 사회적인 현실 문제로 선회하게 되는 것이다. 이로써 일본 사소설 작가에게 보이는 치열한 작가의 희생정신을 볼 수 없다. 그런데도 안회남 소설이 주목을 받는 이유는 1930년대 후반에 이러한 신변소설, 심리소설, 심경소설, 내성소설과 같은 작가의 직접적인 자기노출이 허구적인 장치에 있는 소설과 그 궤를 같이하고 있다는 사실이다. 1925년에 결성되었던 사회주의 혁명을 위한 문학가들의 실천단체 '카프^{KAPF}'와 리얼리즘문학과 거리가 있는 사회성이 배제된 신변소설이 주목받게 되었다는 점이다.

다야마 가타이의 『이불』¹⁹⁰⁷ 이후, 1920년대에는 사소설의 최전성기라고 할 정도로 활기를 띠었다. 그 후로 사소설에 대한 비난이 거세었음에도 다자이 오사무, 시가 나오야 등 많은 사소설 작가들이 그 뒤를 이었다. 가사이 젠조는 이들 작가와는 달리 독자층이 한정되어 있었다고 할 수 있다. 왜냐하면 가사이 젠조의 소설은 이렇다 할 줄거리도 없이 이야기가 진행되기 때문에 그의 사생활을 알지 못하면 이해하기 어렵기 때문이다. 따라서 가사이 젠조의 소설은 가장 일본적이고 진행된 형태의 사소설이라 할 수 있다.

2. 사실과 픽션의 경계를 허문 가사이 젠조

「슬픈 아버지」, 『아이를 데리고』

가사이 젠조의 작품은 거의 다 자신의 체험을 바탕으로 한 사소설이라고 봐도 무방하다. 그의 작품에 그려진 빈곤과 가정의 문제는 그의 솔직함으로 독자들에게 감명을 준다. 그러나 아내를 고향에 둔 채 다른 여성과 동거하고 아이까지 가진 점에 대한 비판은 당시부터 있었다. 이에 대한 반발도 가사이 작품의 저류에 있다. 우노 고지는 「'사소설' 사견」에서 "일본인이 쓴 어떤 뛰어난 본격소설도 가사이 젠조가 심경소설에 도달한 위치까지 간 사람은 한 사람도 없다고 생각한다. (…중략…) 소설도 어느 정도의 경지에 도달했다면 다른 많은 소설이 어떠한 의미에서 통속적이라 할 수 있을까?"[7]라고 절찬했다. 가사이 젠조는 '생활의 파산, 인간의 파산, 그로부터 예술 생활이 시작된다'라는 그의 예술적 신념 때문에 '인간의 상식과 인간 생활의 규약을 무시한 작가', '가장 철저하게 집도 현실도 무시한 채 협소한 에고이즘에 살았던 작가'로 평가되었다.

그의 작품세계를 보면, 『불량아』不良兒, 1919는 장남 료조를 모델로 한 소설이다. 『기적』 창간호에 실린 「슬픈 아버지」는 주인공 '그'가 아이의 아버지와 시인 사이에서 어떻게 살아가야 할지 고민한 끝에 필명을 되돌리고 최종적으로 시인으로 살아갈 각오를 다지는 이야기이다. 여기서 주인공 '그'는 병으로 각혈하기 직전이지만, 당시의 가사이에게 그런 징후는 없었다. 사소설을 가장하면서 허구를 도입한 소설이다. 1914년에는 차녀 유키가 탄생하고 4년 후에 전기의 대표작 『아이를 데리고』1918를 발표한다. 이 소설은 주인공 오다가 집세를 낼 수 없어 돈을 마련하기 위해 아내와 차녀를 고향으로 돌려보내지만, 아내로부터 소식이 없고 두 명의 아이와 함께 숙박 가능한 장소를 찾아서 밤의 도시를 방황하는 모습을 그리고 있다. 「슬픈 아버지」에서 그려진 빈곤한 생활이 더욱 악화하여 나타나고 있다. 이러한 주제는 오늘날의 격차사회사회 양극화와도 연관되는 주제이다. 『모밀잣밤나무의 어린잎』1924은 생을 절실하게 희구하는 당시 가사이의 절박한 심경과 관동대지진 후의 가혹한 현실을 살아갈 수밖에 없

7   『新潮』, 1925.10.

는 사람들의 소망이 반영되어 있다. 가사이의 후기대표작인 『호반수기』 1924는 고향에 남겨진 아내히라노 쓰루와 가마쿠라에서 알게 된 오세이아사미 하나와의 삼각관계에 고뇌하고, 닛코 유모토온천까지 도주하는 등의 복잡한 심경을 기록하고 있다. 『취광자의 독백醉狂者の獨白』 1927은 말년의 구술 필기소설이다. 광기와 정상 사이에서 흔들리는 작가로서의 '자기 자신'의 정신의 위기를 그리고 있다.

가사이 문학은 작가 자신과 가족, 친구에게 생기는 문제와 사건을 제재로 사소설적인 표현으로 구성하면서 허구를 교묘하게 도입하는 것으로 사소설의 형식을 파괴하고 있다. 가사이는 자신을 간호해 주던 아사미 하나와의 사이에서 삼녀 유코, 사녀 구미코를 두고 빈곤과 병에 저항하면서도 소설을 계속 쓰면서 가혹한 현실을 극복하는 것을 시험한 작가이다.[8]

1) 「슬픈 아버지」 이상적 문학세계와 슬픈 아버지

가마타 사토시는 가사이의 사소설을 다음과 같이 말한다.

가사이의 리얼리즘은 대개 과장과 변형이 심하고 자기폭로, 자기척결, 또는 참회와 같은 일본 사소설의 범주에 넣으면 터무니없는 보복을 당한다. 가사이의 사소설은 가사이적 세계결국 가사이의 이상적 문학세계에 현실이 가공되어 담겨 있다. 말하자면 포토 몽타쥬에 가깝다.[9]

가사이에게 있어서 중요한 것은 어디까지나 '이상적 문학세계'를 만드

---

8   私小説研究会編, 『私小説ハンドブック』, 勉誠出版, 2014, 76쪽.
9   鎌田慧, 「椎の若葉に光あれ」, 『葛西善蔵の生涯』, 講談社, 1994.

는 것으로 이를 위해 허구는 용서가 된다. 역으로 말하면 이 허구가 작가로서의 가사이문학상을 보강하고 만들어가는 것이다. 가마타가 말하는 것처럼 가사이의 '이상적인 문학세계', 그 구체적인 비전은 가사이의 최초의 소설 「슬픈 아버지」에 이미 나타나 있다.[10]

> 그는 도시에서, 생활에서, 친구에서, 모든 색채, 모든 음악에서, 모든 종류의 것에서 집요하게 자신을 봉인하고 자신의 작은 세계에 대해 묵상하는 듯한 차갑고 어두운 시인이었다. 사실 금붕어를 보는 것은 그의 작은 세계에 불을 지피는 것이어야 했다. 그는 금붕어를 보는 것이 두려웠다.[11]

그는 '모든 것에서 집요하게 자신을 봉인하고 자신의 작은 세계에 묵상하고 있는 것'이다. 그런 그의 세계를 유일하게 뒤흔드는 것이 금붕어이다. 금붕어는 고향에서 살아가고 있는 아이를 생각나게 하는 것이다. 아이를 생각하는 생활이 '차갑고 어두운 시인'으로서 살아가려는 그를 고뇌하게 하는 것이다. 그 고뇌의 중심에는 아이의 존재가 있다.

그의 가슴에도 안개 같은 차가운 비애가 가득 차 있다. 집착이라는 것이 끝이 없다는 것, 세상에는 마음에 들지 않는 것이 얼마나 많은가 하는 것, 어두운 숙명의 그림자처럼 어디까지 피해도 따라다니는 생활, 또 커다란 세균처럼 그의 마음을 집어삼키려고 하고, 이미 집어삼킨 아이라는 것, 그런 것이 흐르는 안

---

10 梅沢亜由美, 『私小説の技法—「私」語りの百年史』, 勉誠出版, 2017, 86쪽.
11 彼は都会から, 生活から, 朋友から, あらゆる色彩, あらゆる音楽, その種のすべてから執拗に自己を封じて, ぢっと自分の小さな世界に黙想してるやうな冷たい暗い詩人なのであつた. それが, 金魚を見ることは, 彼の小さな世界へ焼鏝をさし入れるものであらねばならない. 彼は金魚を見ることを恐れた(『哀しき父』).

개와 같이 차가운 비애를 그의 피곤한 가슴에 끌어들이고 있었다. 그는 몇 번인가 아이에게 돌아가려는 쪽으로 마음이 움직였다.[12]

그는 아이들 곁으로 돌아가고 싶지만, 마침내 "그렇지만 위대한 아이는 직접 아버지를 필요로 하지 않겠지. 그는 오히려 어디까지나 자신의 길을 찾아 따라가서 마침내 죽겠지"라고 생각한다. 그는 아이를 생각나게 하는 금붕어를 굳이 옆에 두는 것으로 조용히 시작詩作을 계속하려고 한다. '차갑고 어두인 시인'으로서 자신을 완성하기 위해 버리지 않으면 안 되는 것이 자신의 아이들이었지만 그는 각오를 굳혔다. 이런 각오로 모든 것에서 '자신을 봉인한 '자신의 작은 세계'를 완성한다. 「슬픈 아버지」는 상징적이다. 그에게 있어 시인으로서 자신을 완성하는 것은 동시에 아이를 버려야 하는 '슬픈 아버지'가 되는 것이었다. 「슬픈 아버지」는 가사이 젠조의 문학에 대한 각오를 표현한 작품, 문학 선언이라고 할 수 있는 작품이다. '자신의 작은 세계'라는 것은 문자대로 '나의 세계', '나의 이야기'이고 이후 말년의 『취광자의 독백』까지 가사이는 자신의 문학세계를 지키는 것으로 생애를 걸었다. 그리고 나의 세계, 나를 관철하는 철저한 태도야말로 가사이가 사소설 작가로서 평가되었던 이유이다.[13]

12　彼の胸にも霧のやうな冷たい悲哀が満ち溢れてある. 執着と云ふことの際限もないと云ふこと, 世の中にはいかに気に入らぬことの多いかと云ふこと, 暗い宿命の影のやうに何処まで避けてもつき纏うて来る生活と云ふこと, また大きな黴菌のやうに彼の心に喰ひ入らうとし, もう喰ひ入ってゐる子供と云ふこと, さう云ふことどもが, 流れる霧のやうに, 冷たい悲哀を彼の疲れた胸に吹きこむのであった. 彼は幾度か子供の許に帰らうと, 心が動いた(『哀しき父』).

13　梅沢亜由美, 앞의 책, 84~87쪽 참고.

2) 『아이를 데리고』 파멸형의 인생철학과 자기소설

『아이를 데리고』는 1918년에 나온 가사이 젠조의 문단 출세작이다.

청소하고 채소를 삶고 된장을 꺼내서 아이들에게 저녁밥을 다 먹이고 그는 겨우 석양이 진 툇마루 가까이에 상을 준비해 외로운 기분으로 저녁 술잔을 기울이고 있었다. 그러자 '미안합니다'라는 말도 없이 바깥 격자문을 살짝 열고 예의 퇴거 청구의 삼백이 현관이 열려 있는 미닫이 사이에서 얼굴을 쑥 내밀었다.[14]

이 소설의 서두 부분은 청소하고 아이들에게 밥을 주고 외로운 마음이 긴 하지만 혼자서 저녁 술을 마실 정도로 일반 가정에서 볼 수 있는 평화로운 풍경이다. 그러나 퇴거 청구의 삼백이 등장하면서 이러한 가정의 평화는 깨어진다. 계속해서 뒤에 이어지는 내용은 5개월이나 방세를 내지 못해 8월 10일에는 어떤 일이 있어도 이 집을 비우지 않으면 안 된다는 내용이다.[15]

그래서 매우 황송합니다만 아내도 부재중이고 3, 4일 안에는 꼭 돌아오니까 부디 15일까지 유예해주시기를 부탁합니다……. 안됩니다. 절대로 안됩니다.[16]

---

14   葛西善蔵, 「子をつれて」, 『悲しき父・椎の若葉』, 講談社, 1994, 51쪽.
      掃除をしたり, お菜を煮たり, 糠味噌を出したりして, 子供等に晩飯をすまさせ, 彼はようやく西日の引いた縁側近くへお膳を据えて, 淋しい気持で晩酌の盃を嘗めていた. すると御免とも云わずに表の格子戸をそうっと開けて, 例の立ち退き請求の三百が, 玄関の開いていた障子の間から, ぬうっと顔を突き出した.

15   国松昭, 「子をつれて」, 『国文学 解釈と鑑賞』 65-4, 至文堂, 2000, 103쪽 참고.

16   "で甚だ恐縮な訳ですが, 妻も留守のことで, それも三四日中には屹度帰ることになって居るのですから, どうかこの十五日まで御猶予願いたいものですが……", "出来ませんな, 断じて出来るこっちゃありません!"(52쪽).

삼백의 매우 무례하고 강압적인 태도에도 이사를 5일만 더 유예해 달라고 부탁한다. 그러나 그러한 부탁도 소용이 없다.

드디어 보증금도 끊어지고 체납 4개월이 되자 주인과의 관계가 단절되고 삼백이 오게 되고 나서도 벌써 1개월이나 경과하고 있었다.53쪽[17]

방값을 지불할 수 없어 셋집에서 내쫓기기까지의 이야기가 철저하게 주인공 '그'의 입장에서 서술된다. 주인공 오다小田를 밑바닥까지 밀어 넣은 가난한 생활은 타자와의 관계와 대응으로 그려진다. 먼저 집을 나가기를 요구하는 삼백과의 관계, 다음에는 그를 도와주는 친구 K와의 관계, 입시를 준비하던 학교 시절의 경관, 아이들과의 관계가 있다. 『아이를 데리고』는 복잡한 줄거리는 아니나 주인공이 막다른 지경에 몰린 상황을 그리고 있다. 가사이 젠조는 자신의 신변만을 소재로 해서 작품을 썼기 때문에 창작의 구상력이 결핍되어 있다고 정평이 나 있었다. 그러나 "1928년 그의 죽음과 함께 다이쇼문학은 끝났다고 말한 것처럼 그는 틀림없이 다이쇼를 대표하는 작가의 한사람이었다"[18] 이는 작품 그 자체의 솜씨보다도 작품을 만들기 위해 치러진 희생을 감수하고 견디는 작가의 삶의 모습에 가치를 둔 시대배경이 있었기 때문이다. 당시에는 문학의 길을 가기 위한 수행자가 어떻게 그 길의 진리를 깊이 추구하는가에 가치를 둔 시대였다.[19]

---

17 いよいよ敷金切れ、滞納四ヶ月という処から家主との関係が断絶して、三百がやって来るようになってからも、もう一月程も経っていた.
18 国松昭, 앞의 책, 101쪽.
19 위의 책, 102~103쪽 참조.

가사이 젠조는 1919년 『아이를 데리고子をつれて』를 『와세다문학早稲田文学』에 발표해서 겨우 인정받았다. 이때 나이 32살이었고 41살에 이 세상을 떠날 가사이 젠조에 있어서는 너무 늦은 데뷔였다. 생애에 70편 정도의 작품을 남겼지만 치열한 현실 속에서 담담하게 자신을 객관화함으로써 독자와 세상의 평판에 신경 쓰지 않고 유유히 행동하는 모습의 문학세계를 만들어내었다. 다이쇼시대를 대표하는 작가의 한사람으로 꼽히며 그의 작풍은 파멸형이라는 인생철학을 머금고 같은 사소설 작가인 다자이 오사무 등에 계승되었다.

이토 세이는 "가사이 젠조의 전 작품을 하나의 큰 자전 작품으로 읽는 방법 외에는 없다"라고 지적한다.[20] "이 어수선하고 게다가 꽤 많은 양에 달하는 작품군을 통독하고 남은 인상은 모든 육체와 물질생활의 부조화에 있고, 최후까지 이에 지지 않고 의외로 높게 솟아 있는 작가의 정신을 이론 이외의 장소에서 읽는 이를 압도하기 때문이다"[21] 그는 인생의 비천하고 추악한 모습을 작품화하고 있으면서도 인생은 더욱더 아름답고 숭고해야만 한다고 희구했다. 그는 가까이 있는 사소한 신변을 그리고 있지만, 현실의 고뇌와 회한은 늘 그림자처럼 따라다닌다. 가사이 젠조는 잘 알려진 작가가 아니지만, 사소설 작가에게 많은 존경을 받았다. 사소설을 논함에 있어 그를 빼놓을 수 없는 이유는 예술에 대한 그의 삶의 태도에 있다. 그는 있는 그대로 소설이 되는 사소설 작가의 삶을 가장 선명한 형태로 살았다. 따라서 가사이 젠조의 삶과 그의 예술을 이해하면 일본 사소설의 모습이 명확하게 드러난다.

---

20   伊藤整,「いずれも「葛西善蔵」について」(高橋三男,「葛西善蔵と石坂洋次郎」,『国文学解釈と鑑賞』6-5-4, 至文堂, 2000, 62쪽 재인용).

21   위의 책, 66쪽.

보편적인 경험보다 아주 밀접하게 개인적인 경험과 관련짓는 일본 리얼리즘은 서양의 기반과는 전혀 다른 전통의 반영이라고 해도 사소설의 자화상을 자기화해서 급속하게 발전해 온 것은 이상한 일이 아니다. 그리고 사소설에 보이는 '자기'는 사회와 충돌하기보다는 보편적으로 사회의 구성원에게 충성심을 요구하는 사회에서 거리를 가지고 한 발짝 물러서서 그들을 바라본다. 고전적인 서양의 소설은 자신과 사회와의 충돌이 보편적인 줄거리다. 그렇지만 일본의 사소설 작가는 사회와 맞서 싸우지 않았다. 「슬픈 아버지」에서 주인공과 타인의 교류는 전혀 볼 수 없고 사회와의 관계 속에서의 개인도 그려지지 않는다.

사소설은 자연주의와 시라카바파의 대담한 자기고백의 문학을 원류로 하고 작가의 내면과 모럴을 바탕으로 쓴 리얼리즘문학의 일본적 개화를 촉진한 일본 특유의 문학 장르이다. 가사이 젠조의 문학은 일상에서 생의 불안, 생존의 위기를 문학에 따라 구제하려고 한 것으로 파멸적 실생활을 그린 대표적인 전형이었다. 가사이 젠조는 자신의 몸을 조각품의 소재로 하고 예리한 정을 휘두르며 뼈를 깎고 몸을 다듬으면서 '자기소설'이라고 하는 문학상을 조각한 작가라고 할 수 있다. '자기소설'은 가사이 젠조가 붙인 것으로 일반적으로 사소설이라고 한다.

3. 사적 영역의 대두와 안회남의 신변소설 「고향」, 「향기」

안회남은 본명이 필승必承이며, 1909년 서울에서 신소설 『금수회의록』을 쓴 안국선安國善의 외아들로 태어났다. 그는 수송보통학교를 마친 뒤 1924년 휘문고등보통학교현재 휘문고등학교에 진학하여 김유정과 같은 반으로 특별히 친하였다. 1926년 부친이 사망하자 이듬해 학교를 자퇴하고 월간 종합잡지『개벽』과『제일선』등에서 일하였다. 1944년 일본의 징용으로 규슈九州로 끌려가 탄광에서 일하다가 8·15광복을 맞았다. 그해 9월 26일에 귀국한 뒤, 좌익 문학단체인 조선 문학건설본부에서 활동하다가 조선 문학가동맹의 소설부위원장을 지냈다. 1948년 월북한 뒤『민주조선』의 문화부장을 지냈으며, 6·25전쟁 때 종군 작가로 서울에 왔다. 1953년 임화가 숙청될 때 가까운 사이라 하여 곤욕을 치렀으며, 1960년대 중반에 결국 숙청당한 것으로 알려졌다.

1931년『조선일보』신춘문예에 단편소설『발髮』이 입선되어 문단에 데뷔하였다. 초기에는 스스로 '부계父系의 문학'이라고 칭할 만큼 개화기 소설가인 아버지의 영향을 많이 받았다. 1937년『조선일보』에 기고한「본격소설론−진실과 통속성에 관한 제언」에서 소설의 목표는 인생의 단면을 묘사하는 데 있으며, 자신의 일생을 통하여 가장 중요한 것은 연애와 결혼과 문학이라고 주장하면서 본격소설론을 제기하였다. 이 무렵에는 주로 개인의 신변이야기를 다룬『소년과 기생』1937,『온실』1939 등의 작품들을 남겨 1930년대 신변소설의 대표적 작가로 꼽힌다.

1940년을 기점으로『탁류를 헤치고』와『병원』을 발표하면서 현실적인 문제에 눈을 돌려 작품세계에 변화를 보였다. 이후 일제의 징용을 경험하고 8·15광복의 격동기를 거치면서 작품 경향이 크게 바뀌었다.『폭풍의 역사』1947에서는 1919년 3·1운동과 광복 후의 3·1절에 일어난 투쟁을 대비하여 묘사하며, 자아에 머무르지 않고 현실을 지향하는 변화를 보여준다. 대표작인 중편소설『농민의 비애』1948에서는 광복 후 미군정이 일제강점기의 쌀공출제도를 부활시킴으로써 농민들의 생활이 더 비참해진 현실을 다루었다. 이밖에『그날 밤에 생긴 일』1938,『어둠 속에서』1940,

『탄갱』[1945] 등의 작품을 남겼다. 소설집으로 『안회남 단편집』[1939], 『탁류를 헤치고』[1942], 『대지는 부른다』[1944], 『봄이 오면』[1948] 등이 있다.[22]

안회남의 생애 가운데서 맞게 된 충격이 그 작품의 양상을 변모시키는 사례를 그의 작품에서 찾아볼 수 있다. 특히 8·15광복은 그의 작품을 현저하게 구분할 수 있는 분기점으로 작용하고 있다. 그는 1930년대 작가 개인의 신변세계만을 제재로 했던 신변소설가였다. 그러나 해방 후에는 사회적인 현실의 문제에 주력하게 됨으로써 개인에서 역사 속으로 뛰어든 비약하는 작가라고 지적될 만큼 크게 변모하였다.[23] 1930년대 그의 문학은 어디까지나 사사의 문학 내지는 방관적인 관찰자의 문학에서 크게 벗어나지 못했다. 일제강점기 때는 바람맞은 조개가 패각 속으로 깊이 몸을 감추듯 철저하게 자폐적이었다가 해방이 되자 그 전의 자세를 전면적으로 부정하고 반일을 외치고 인민의 문학을 부르짖으며 문단의 전면에 나서게 되었다.

1) 「향기」 실생활과 문학의 길, 신변소설과 사회소설

「향기」[『朝鮮文學續刊』 2, 1936.6]의 내용은 주인공인 그가 연애하고 결혼해, 아이가 생기기까지의 일상을 그리고 있다. 이하의 인용은 실생활과 문학의 길에서 번민하면서 결국, 문학으로의 길을 택한 주인공의 이야기를 쓰고 있다. 여기서 그는 작가인 안회남 자신이다.

어느새 배가 클 대로 불러진 안해의 모양을 눈에 익히며 그는 어느덧 역시 작

---

22 두산백과사전(EnCyber & EnCyber.com).
23 柳基龍, 「한국 근대소설 작가의 보편적인 상징에 관한 연구—해금작가인 안회남의 작품에 나타난 창조적 독자성」, 『어문론총』 24, 1990, 247쪽 참조.

년 이맘때의 안해의 자태와 비교하여 생각했습니다. 그때 이 화단 위에 화초가 나란히 놓일 임시에는 우리가 결혼을 하더니 이제 화초들이 다시 이 위에 모여서 잎과 꽃과 향기를 피울 적에 우리는 인제 어린아이를 낳게 되겠구나 하였습니다.[24]

여기서는 작가 개인의 신변 사건인 득남에 대한 부정을 그렸다. 그는 봄에 결혼하고, 다음 해 봄에 득남하게 된다. 극히 평범한 사실이지만 결혼할 당시의 임신한 아내가 아이를 낳는다는 것을 화초가 꽃과 향기를 피우는 것에 비유하고 있다. 이처럼 자신의 부친을 여읜 뒤 3대 독자로서 처음 맞는 득남은 작가의 개인 문제이지만 결코 우연적인 사건이 아님을 강조하고 있다.

다음은 작가 자신이 신변소설과 사회소설에 대한 고민을 그린 글이다.

그는 근래 문학을 좀 더 사랑하고 창작에 더욱 마음과 힘을 다하고 싶은 생각이 들었습니다. 아까 안해에게 그가 취직하여 있는 상사 회사를 그만두고 나와서 구루마꾼이 된다는 게나 지게꾼이 된다는 것이 조금도 농담으로 한 것이 아니요, 정말 그러한 실생활을 몸으로 파고 들어가서 그는 풍부한 문학의 소재를 얻어보고 싶었던 것입니다. 그는 조그마한 작가로서 오늘날까지 오로지 작가 자신만을 바라다보며 생각하고 이르는 바 신변소설을 써왔는데 이제부터는 고개를 돌려 여러 가지 모양의 사회를 들여다볼까 하였던 것입니다.[60쪽]

여기서는 결혼해 취직했지만, 경제적인 안정을 선택할까, 불안정한 작

---

24 안회남, 「향기」, 『한국해금문학전집』 6, 삼성출판사, 1988, 58쪽.

가의 길을 걸을까에 대해 고민하는 주인공의 심경을 그리고 있다. 안회남 소설의 변모를 보면, 1931년 문단에 데뷔하고 나서 1945년까지 일관해서 신변소설을 쓰고 이후 일변해서 현실에 대한 고발과 비판을 계급의식을 가지고 그린다는 견해가 있다. 또 하나의 견해는 데뷔해서 1937년까지 나를 중심으로 한 가족관계를 그리고 1938년 『그날 밤에 일어난 일』부터는 어느 정도 현실에 대한 비판과 저항을 보이다가, 1945년 이후 사회적인 세계관으로 변모해 간다고 보는 것이다.

안회남은 스스로 신변소설에서 출발해서 또 신변소설에 일관했다고 이야기한다. 그는 "신변적 사실이 더군다나 사회의 표면에 부다처 나가지도 못하고 내성적으로 심경에 흐르고 말 때 그것이 우리가 문학에서 보고 느끼고 싶어 하는 거대한 사실의 세계를 반영하지 못하는 것은 빤한 일입니다. 그렇기 때문에 작가는 모름지기 신변소설에서 떠나서 본격적인 문학에로 지향해야 할 것입니다. 그럼에도 불구하고 나는 이 조그마한 고루를 지키기에 제딴엔 정성을 다하였습니다. 생각하면 딱한 일이고 외로운 일이기도 하였습니다"[25]라고 한다. 그리고 그는 「연기」에서 「명상」에 이르기까지 나는 나의 연애 이야기를 하고 가난한 이야기를 하고 결혼 이야기를 하고 안해 이야기를 하고 생남하는 이야기를 하고 동무를 이야기하고 돌아가신 나의 선친 이야기를 했습니다"[26]라고 한다.

위의 인용은 일본 사소설에 잘 등장하는 작가 자신의 신변과 경제적으로 괴로워하는 작가의 생활을 그리고 있다. 그리고 지금까지 쓴 신변소설과는 다른 사회적인 측면이 강한 소설을 쓰고 싶어 하는 주인공의 심경을 그리고 있다. 당시 1930년부터 1945년까지는 일제강점기시대이고 한국

25　안회남, 「자기응시 10년」, 『문장』 13, 1940, 14쪽.
26　위의 글.

의 작가와 독자는 사회적인 문제에 관심이 많았다. 따라서 문학의 엄격한 검열이 있어도 독자는 사회성이 보이는 문학작품을 선호했다. 그 시대 상황에서 독자는 사회적인 측면을 없애고 오로지 작가의 신변에만 관심을 기울인 신변소설을 좋아하지 않았을 것이다. 일본과 같은 평화로운 사회에서는 사소설이 받아들여졌지만, 한국에서는 사회적인 상황이 다르므로 작가와 독자는 사회적인 측면이 보이지 않는 신변소설을 받아들이지 않았다. 따라서 사소설과 신변소설과 같은 소설이 발달하지 않았다.

다음은 사회에 나가 하는 일을 그만두고 작가의 길을 선택한 작가 자신의 이야기를 쓰고 있다.

> 그는 안해의 방엘 들어가기 전 사흘 안에 회사에다 사직원서辭職願書를 제출하고 신문사로 찾아다니며 원고 팔 교섭을 하였으며 돈을 얻어 빚도 가려놓고 무슨 여러 가지 물건을 장만도 하였습니다. 가졌던 희망이 몇 배가 더 크게 생각되고 무엇이든지 성공하고 나아갈 것 같았습니다.[65쪽]

이 부분도 작가 자신의 경험과 일치한다. 일반적으로 자신의 이야기는 일인칭으로 쓰지만, 이 소설에서는 자신의 이야기를 쓰면서 삼인칭 '그'를 사용하고 있다. 일인칭소설은 한 개인의 경험에 의한 서술이기 때문에 주인공의 심리를 잘 알 수 있는 특징이 있다. 일인칭소설이 주는 친밀감 때문에 독자는 일인칭소설에 나오는 주인공의 내면에 잘 공감한다. 그러나 일인칭소설은 사건을 바라보는 시야가 좁고 폭넓은 소설적 효과를 기대하기는 어렵다. 또 일인칭소설은 화자 '나'에 의해 사건에 전개되기 때문에 자연히 나의 비밀스러운 심리를 표현할 수 있다. 따라서 자신의 내면을 고백하거나 자신의 신변을 소설의 소재로 할 때 당연히 일인칭소설을 선호한다. 그러나 일본의 사소설 작가들은 자신의 이야기를 하면서 삼인칭소설을 즐겨 사용한다. 이 특징이 일본의 사소설이 가지고 있는 특징이라고 생각한다. 물론 작가가 자신의 실생활을 그 사건과 같이 서술하기 때문에, 비록 삼인칭 시점이라도 한 사람의 인물에게 시점을 고정한다면 가능하다. 결국 주인공인 그에 시점을 고정하는 것이라면 일인칭소설과 비슷한 효과를 얻을 수 있다. 단 이때 삼인칭소설은 주인공과 화자와의 거리를 유지할 수 있는 객관성을 가지게 된다. 따라서 자신의 이야기를 객관적으로 보이기 위해 이러한 수법이 사용된다. 자신의 경험을 삼인칭으로 그린다고 하는 문학 양식은 일본의 사소설과 일치한다.

2)「고향」전기적인 기록과 작품의 일치, 자기의 세계

「고향」『朝光』5, 1936.3은 주인공이 16년 만에 고향에 가서 옛날 친구를 만나고 변모해 가는 농촌의 인심을 보고 적적함을 그린 작품이다. 안회남은 서울에 태어나 시골에서 자라고 또 서울로 가게 된다. 「고향」의 나는 작가로 생각하고 읽을 수 있다.

기차를 타고 자동차를 타고 그러고는 읍내에서 20리나 되는 나의 옛고향을 걸어서 찾아들어갔다. 16년, 열여섯 해 만이라는 생각이 술 취한 것같이 흥분된 나의 마음을 또한 긴장하게도 하였다. 오랜 기억을 더듬어서 희미하게 가슴속에다 그리어보았던 고향 길 멀리까지 꾸불꾸불한 신작로를 어디만치 가면 거기 한 느티나무가 있느니라. 지금도 그것이 그대로 있을까 나는 헤아려 보았다.38쪽

성인이 된 주인공이 어릴 때 살았던 마을에 간다. 여러 가지 생각이 머

리에 떠오른다. 안회남은 낙향한 아버지인 안국선을 따라 시골에서 유년기를 보내고 서울에서 고등학교에 다니고, 아내와 연애하고 조모의 반대를 극복하고 결혼했다. 따라서 작품의 주인공과 작가가 같은 인물로 읽힌다. 즉, 작가의 전기적인 기록과 작품의 기술이 일치한다. 독자는 그의 작품을 읽으면서 작가의 실생활 기록으로서 읽는 것이다.

다음은 어렸을 때 살았던 자신의 집을 방문하는 장면이다.

이튿날 아침, 나는 내가 살던 집엘 가보았다. 그때도 이 집이 이 동리에서는 제일 컸고, 생각에는 퍽 훌륭한 것이라고 여겼는데 다 쓰러지고 더럽고 보잘 것이 없었다. 여러 해 묵어서 퇴락한 관계도 있으려니와 그 집이 그토록 빈약하게 보인 이유는 지금의 나의 눈에도 도회지 건물들에 웅대하고 화려함이 숨어져 있는 까닭이었을 것이라고 믿는다. 마당도 상상하고 있었던 것보다는 좁았고 담도 예전에는 높아서 나의 키를 훨씬 넘더니 지금 와서는 주저앉은 것같이 얕아져서 장성한 나의 키에 견주면 오히려 얕았다. 이곳이 내가 자란 옛 고향이기는 하지만 원래 나는 서울 태생이었던 것이다. 서울서 나서 이곳에 와 자라가지고 다시 서울로 간 것이었다.⁴³쪽

어릴 적 일이 장성하도록 기억에 오르는 것은 모두 그 화려했던 것뿐이요, 과연 공상보다 현실은 추한 것이고 나는 어릴 적 옛 고향엘 다시 가보고 싶은 마음이 없어졌다고 느끼고 말았다.⁴⁷쪽

주인공이 과거에 살았던 고향에 가고, 과거를 회상하고 과거의 친구와 만나는 장면이다. 그가 생각하고 있었던 고향은 미화되었으나 실제는 그렇지 않다고 실감한다. 안회남은 자신의 실생활을 소설로 썼다. 안회남

의 부친 안국선은 1926년 48세의 일기로 병사한다. 그때 안회남은 17살의 소년으로서 휘문고보에서 김유정과 같이 수학하고 있었다. 그의 회고에 의하면 그는 부친의 귀여움을 많이 받았고 그 또한 부친을 매우 존경했다고 한다. 안국선의 아들에 대한 교육열은 대단했는데 사업의 실패로 시골安城로 낙향하였다가 안회남을 공부시켜야 한다는 이유로 다시 서울로 이사할 정도였다. 안회남의 생부 안국선은 안회남이 태어난 1910년을 전후하여 약 6개월간의 공직생활淸道郡守을 사임하고 실업계에 뛰어들어 개간, 금강, 미두, 주권 등 여러 방면에 손을 대었으나 실패로 돌아갔고 말년에는 서울 살림을 거두어서 다시 낙향하여 은퇴 생활을 보냈다.[27]

그 후 다시 안회남의 교육을 위해 서울로 귀경했으나 이미 가난과 병고에 시달린 안국선 가는 급격히 몰락해 있었다. 안회남은 부친의 교육열에 힘입어 유아 때부터 한문을 공부하였다. 한문의 힘으로 고등학교에서 삼학년에 우등으로 진급하였으나 부친의 병고, 가산의 몰락 등에 자극되어 거의 학업을 포기할 단계에 이르게 되고 급기야는 사학년에 낙제하였고 혼자서 한 학기분의 월사금을 신정 유곽에 가서는 소비를 하고 학교에다 퇴학원서를 제출하였던 것이었다.[28] 그 후 안회남은 더 이상의 학업은 계속하지 않은 듯하며 도서관 등을 전전하면서 문학서적을 읽었다. 그리고 제면 공장 직공, 개벽사 사원 등으로 전전하게 된다. 당시의 문학자들이 일본유학까지 하고 있을 때, 그는 국내의 고등학교도 제대로 다니지 못하였다.

안회남이 자신의 문제를 소설로 한 것에 대해서 "나는 과거 10여 년간過去 十餘年間 주主로 자기응시自己凝視의 신변문학身邊文學을 해왔다. 여기에

---

27   박신헌, 「안회남 소설연구」, 『문학과 언어』 10, 1989, 289쪽 참고.
28   안회남, 「명상」, 『조광』 1, 1937, 338쪽 참고.

수록收錄한 것은 모두 그것들이다. 그러니까 제일 초기初期의 것과 최근最近의 작품作品이 섞였다. 세상世上에서 내가 제일 잘 아는 것은 자기自己의 세계世界다. 그렇기 때문에 신변소설身邊小說을 썼다. 그러나 또 그것뿐만은 아니었다. 일본제국주의日本帝國主義의 야만적 식민정책野蠻的 植民政策 아래에서는 우리는 문학세계文學世界로 객관사회客觀社會와 서로 간섭干涉할 수 없었기 까닭이다. 그래서 나는 조개가 단단한 껍데기를 쓰는 것처럼 의식적 무의식적意識的 無意識的으로 자기자신自己自身 속으로만 파고들었던 것이 아닌가 한다"[29]라고 하고 있다. 그가 신변소설을 쓴 이유는 자기자신의 세계를 쓰는 것을 의미한다. 또 하나는 식민지정책 아래에서 검열 때문에 신변소설을 썼다고 이야기하고 있다.

박신헌은 「안회남 소설연구」에서 "해방 전의 그의 작품들은 지배적 경향이 신변잡기적인 생활적 사사로의 몰입 내지는 허무주의적 색채가 농후한 것들이었다. 그러나 그것은 항상 간섭작용을 일으키는 그의 내면의식의 상충으로 인해 삶에의 새로운 비전을 제시할 적극적 허무주의로는 철저화되지 못했다. 한편 해방 후의 그의 작품들은 객관적 정세의 호전과 그의 근저의식의 하나인 애착심리의 상승적 작용으로 적극적인 현실 참여의 문학으로 선회하게 되었던 것이다".[30] 또한 이러한 것들은 징용체험을 작품화한 소설들 및 역사의식을 추구하는 작품들로 나타났다. 그러나 이 작품들은 작가의식의 치열성에서 기인했던 것이 아니었으므로 철저하게 심화될 수 없었다. 결국 안회남의 근저 의식이 확고하지 못하였기에 개인적 삶에서나 문학적 형상화에서나 항상 철저할 수가 없어 흔들릴 수밖에 없었다. 따라서 스스로 찾아간 북에서의 생활조차도 안착하지

---

29 안회남, 『『전원』발문』, 『전원』, 고려문화사, 1946(정종현, 앞의 글, 140쪽 재인용).
30 박신헌, 앞의 책, 1989, 302쪽.

못하고 폐인처럼 방황하다 좌절되었다. 그는 작가로서 작가 의식이 확고하지 못하였기에 그의 종말은 극히 비극적이었고 문학자로서의 그의 업적 또한 괄목할 만한 것이라고 평가받기가 어려웠다 할 것이다.

이처럼 한국에서 사소설과 비슷한 신변소설이라고 하는 새로운 양식이 1930년대에 시작되었지만, 한국에서 확산하지 못한 이유는 그 사회적 상황과 독자에서 그 답을 찾을 수 있다. 일본은 평화로운 나라이기 때문에 정치와 사회에 관한 관심보다 개인의 사생활 쪽에 관심이 많았다. 그래서 작가 자신의 내면에 관심을 기울이는 사소설을 독자들은 좋아했다. 그러나 한국은 많은 외국의 침략과 일제강점기시대, 남북분단이라는 격동의 시대를 보냈다. 따라서 독자는 사회에 관심을 기울이지 않을 수 없었기 때문에 작가의 신변에만 관심을 가진 신변소설에는 관심을 보이지 않았다. 그러나 한국도 1990년대부터는 이러한 사소설에 가까운 소설이 나타나기 시작했다. 그만큼 한국사회도 안정되었다는 이야기가 된다.

지금까지 가사이 젠조와 안회남의 소설을 통해 사소설과 신변소설에 대해 보았다. 당시 1920년대와 1930년대, 한일 양국의 작가들이 자신의 내면을 고백하려는 소설형식에 몰두하였고 사소설과 신변소설의 형태로 고백소설이 나타났다고 할 수 있다.

사소설과 신변소설의 유사성과 차이를 정리해 보자. 먼저 유사성을 보면 첫째, 자신의 신변적인 소재를 채용해 그 사건을 있는 그대로 쓴 것이다. 「슬픈 아버지」, 『아이를 데리고』에서는 작가 자신의 사생활을 그리고 있다. 「향기」에서는 자신의 신혼생활을 쓰고 「고향」에서는 자신의 어린 시절을 회상하고 있다. 양쪽 다 작가의 실생활을 그리고 있다. 둘째, 가사이 젠조와 안회남의 사소설과 신변소설에는 사회성이 보이지 않는다. 셋째, 「향기」에서는 자신의 이야기를 하면서 삼인칭을 사용하고 있다. 이는 일본 사소설 작가들이 많이 사용한 수법이다. 넷째, 일본의 사소설은 작가가 속해 있는 문단과 작가들의 이야기를 하고 있다. 안회남의 신변소설인「겸허」에서도 안회남의 친구인 김유정1908~1937의 생애에 관해 이야기하고 있다.

차이를 보면 첫째, 사소설은 독자의 해석공동체가 존재한다. 주인공＝작가라고 하는 등식은 독자가 작가의 사생활을 어느 정도 알고 있는 것에서 시작된다. 그러나 한국에는 그와 같은 독자는 아주 소수이고 신변소설의 해석공동체가 존재하지 않는다고 할 수 있다. 둘째, 신변소설에는『이불』,『오부작』에 이은 가사이 젠조의 작품과 같은 적나라한 자기고백이 보이지 않는다. 신변소설은 사회에서 단절되고 자신의 심정을 고백하는 절실함은 없다. 사소설이 사회적인 현상이 된 것은 작가의 추악한 사생활을 적나라하게 고백하였기 때문이다. 그와 같은 고백에는 작가 개인의 희생이 따랐다. 일본의 독자는 소설의 작품성보다 작가의 예술적인 태도를 높이 평가했다. 그러나 안회남의 소설에는 밝혀서는 안 되는 비밀도 고백도 없다. 오로지 작가의 평범한 일상을 그렸을 뿐이다. 셋째 시대적인 배경이 있다. 시대적인 배경이라는 것은 당시 식민지정책의 검열이라는 말이다. 물론, 당시는 일제강점기시대라 작가가 마음대로 문학 활동을 할 수 없었다. 그러나 당시에도 사회성이 강한 작품이 없는 것은 아니었다. 이러한 사회현실을 반영한 소설을 쓰려고 마음먹으면 쓸 수 있었다. 넷째, 김윤식이 말한 것처럼 일본 사소설 작가들이 사회와 단절해 생의 본질을 찾으려고 한 노력도 신변소설에서는 보이지 않는다.

안회남이 당시 일본 문단의 사소설에 관심을 가지고 이를 자신의 문학에서 시도하였다는 것은 1930년대의 한국소설의 변화양상이 일본문학과 긴밀하게 관련되어 있다는 것을 시사한다. 한국과 일본을 중심으로

한 고백과 자기노출의 형식이 사소설과 신변소설로 한 지형을 형성한다고 할 수 있다.

제10장

사소설의 소설가소설과
일제강점기소설의 자기반영적 글쓰기[1]

가사이 젠조의 「꿈틀거리는 자」와 박태원의 「적멸」

1) 소설가소설과 포스트모더니즘

일본 근대문학의 전환점이 된 큰 사건은 관동대지진[1923]과 패전[1945]이라고 할 수 있다. 관동대지진 이후에는 마르크스주의문학과 모더니즘문학이 문단을 석권했고 패전 후에는 전후문학이 대두했다. 그리고 사소설은 각 시대[메이지, 다이쇼, 쇼와]의 문예사조를 뚫고 빠져나와 100년의 문학사를 가지고 있다. '사실을 있는 그대로'로 쓴다는 사소설은 고전적인 방법이 되었지만, 포스트모더니즘[postmodernism]의 시대를 사는 현대에 그 스타일은 새로운 문학의 가능성을 열어주고 있다. 또한 포스트모더니즘이 추구하는 비역사성, 비정치성, 주변적인 것의 부상, 주체 및 경계의 해체, 탈장르화는 사소설의 소설가소설과 밀접한 관련이 있어 보인다.

소설가소설이란 "소설가가 자신을 주인공이나 화자로 내세워 소설가의 사회경제적, 문화적 고민, 소설 쓰기 자체에 대한 고뇌 등을 솔직하게 드러내는 소설이다".[2] 다시 말하면 소설가소설은 소설가가 자신을 주인

---

1   제10장은 안영희의 논문 「일본의 사소설과 한국근대소설의 소설가소설 – 가사이 젠조의 「꿈틀거리는 자(蠢く 者)」와 박태원의 「적멸」」(『일본어문학』 63, 2013, 197~222쪽)을 수정·보완하였다.

2   한혜선 외, 『소설가소설 연구』, 국학자료원, 1999, 11쪽.

공으로 하여 쓰는 소설을 말한다. 소설가소설에서 글을 쓸 수 없어 고민하는 작가의 모습과 소설가가 작품에서 글을 쓰고 있는 자신의 모습을 드러내는 메타픽션의 요소는 주목할 만하다. 메타픽션은 소설이 허구임을 독자에게 의도적으로 알리는 것으로 소설가소설에 주로 많이 나타난다. 특히 소설가소설의 메타픽션은 하나의 완결된 작품 속에 소설가가 글을 쓰고 있는 현재 소설가 자신의 모습을 그대로 드러내 보이는 소설을 말한다. 작가가 소설 쓰기 자체에 대한 고뇌를 솔직하게 드러내며 작품세계에 들어가 그 스토리의 완벽성을 깨트리는 행위라고 할 수 있다. 소설가가 주인공이 되어 자기 일을 사실대로 기록하는 사소설에 소설가소설과 메타픽션은 초기부터 등장한다.

가사이 젠조葛西善藏, 1887~1928는 「꿈틀거리는 자」1924에서 이미 소설가소설을 시도하고 있다. 이러한 소설가소설이 1930년대 박태원[3]의 「적멸」1930에도 나타난다. 박태원은 「적멸」 이후 소설가소설의 또 다른 형태인 「소설가 구보씨의 일일」1934을 발표한다. 이 소설은 제목에서 알 수 있듯이 구보라는 주인공이 소설가라는 것을 알 수 있다. 소설의 제목에 소설가라는 이름을 부여한 것은 한국 근대소설에서는 보기 드문 일이기도 했다. 이후에 이 소설을 패러디한 1970년대 최인훈의 『소설가 구보씨의 일일』과 1990년대 주인석 『검은 상처의 블루스-소설가 구보씨의 하루』라는 소설이 나오기도 한다. 이처럼 박태원의 소설은 소설가소설의 원조역할을 한다는 것을 알 수 있다. 「꿈틀거리는 자」, 「적멸」에는 소설을 쓸 수

---

3   박태원(朴泰遠, 1909~1986). 호는 구보(丘甫·九甫·仇甫), 몽보(夢甫), 박태원(泊太苑)이다. 서울 출생이며 경성제일고보를 거쳐 호세대학(法政大学)에서 수학하였다. 이태준, 이상 등과 함께 구인회의 모더니즘 작가로 활약하였다. 한국전쟁 중 월북하여 북한에서 소설을 창작하였다. 대표작으로 일상성을 소설에 끌어들인 『소설가 구보 씨의 일일』과 세태소설로 널리 알려진 『천변풍경』이 있다.

없어 고뇌하는 소설가의 일상과 전체적인 소설의 스토리와는 관계없이 소설을 쓰는 작가의 일상이 수시로 등장한다. 소설가소설은 사소설에서 즐겨 사용하는 소설기법임에도 불구하고 박태원 소설에 이러한 기법이 나타나는 것은 흥미로운 일이다.

여기서는 가사이 젠조의 「꿈틀거리는 자蠢くもの」와 박태원의 「적멸」에 보이는 소설가소설과 메타픽션을 검토함으로써 사소설과 포스트모더니즘의 관계, 그리고 한일 근대소설의 관련성을 밝히는 것이 목적이다. 먼저, 가사이 젠조의 「꿈틀거리는 자」와 소설가소설 그리고 박태원 「적멸」과 소설가소설, 마지막으로 소설가소설과 포스트모더니즘을 검토한다.

1. 가사이 젠조의 「꿈틀거리는 자」와 소설가소설, 소설을 쓸 수 없는 소설가

우노 고지宇野浩二는 『사소설 사견私小説私見』에서 "일본인이 쓴 어떤 뛰어난 본격소설에서도 가사이 젠조가 심경소설에 도달한 위치까지 가 있는 소설은 하나도 없다고 생각된다"고 했다. 이러한 당대 비평은 예외적인 것이 아니었다. 물론 예외적으로 마사무네 하쿠쵸正宗白鳥는 「시가 나오야와 가사이 젠조」에 "『가사이젠조전집』에서 몇 개의 단편을 골라 계속해서 읽고 나는 진절머리가 났다. '암울, 고독, 가난'의 생활기록이 반복해 있고 그것이 외형적으로도 사상적으로도 단조로움의 극한에 달하고 있다. (…중략…) 그의 창작력의 부족에 나는 놀랐다"[4]고 한다. 이러한 마사

---

4   正宗白鳥, 『中央口論』, 1928.7.

무네 하쿠쵸의 비평은 동시대의 비평으로는 예외적이었지만 지금은 그의 비평이 정확했다는 것을 알 수 있다. 동시대에 뛰어난 사소설 작가로 평가받았던 가사이 젠조의 소설이지만 현재 그의 소설은 문학사에서 언급될 뿐 그다지 읽히지도 거론되지도 않고 있기 때문이다. 그러나 사소설을 언급할 때, 가사이 젠조는 그의 생활과 문학이 가장 일치되었다는 점에서 높이 평가되며 빼놓을 수 없는 중요한 인물이기도 하다. 여기에서는 가사이 젠조의 소설가소설, 그리고 현실과 픽션이 작품에 어떻게 녹아 있는지에 대해 알아보기로 한다.

1924년에 발표된 단편 가사이 젠조의 「꿈틀거리는 자」는 소설이 완성된 스토리를 파괴하고 소설 자체에 대해 언급하는 묘사가 나온다. 「꿈틀거리는 자」는 서두에서 소설가인 주인공이 아버지의 죽음에 관해 이야기하다가 글을 쓰고 있는 자신의 이야기를 한다. 처자가 있는 주인공은 자신의 병을 간호하러 온 오세이와 관계를 갖게 되고 오세이와의 관계가 복잡하게 된다. 자신은 오세이에게 연애 감정을 가지지 않았고 그녀를 집으로 돌려보내려 했으나 그녀는 가려 하지 않는다. 이런 관계로 자주 폭력을 쓰게 된다. 폭력과 폭언으로 서로 상처를 받게 되고 나중에 오세이가 임신하고 아이를 낙태한 사실을 알게 되고 그녀를 돌려보내지 않기로 하고 소설은 끝이 난다.

1) 소설가소설과 시간의 해체

「꿈틀거리는 자」는 다음과 같이 아버지의 죽음을 이야기하는 것으로 시작된다.

아버지는 재작년 여름, 지병인 각기병으로 65살에 죽었다. 그 전해에 계모가 죽고 고독한 몸이 되자 갑자기 살림살이를 정리해 연말이 다 되어 예고도 없이 집을 나와 우시고메의 남동생 부부의 집에 있게 된 것이었다. 그때부터 아버지는 걷는 것이 꽤 고통스러운 모양이었다.[149쪽][5]

작가가 소설에 개입하기 전까지는 아버지가 죽기까지 2년 정도의 근황을 적고 있다. 새어머니가 돌아가시고 고독하게 된 아버지가 각기병으로 거동이 불편하게 된다. 짐을 정리해 남동생 부부의 집에서 살게 되면서 매일 산책하며 지낸다. 그리고 "나처럼 아버지는 술꾼으로 어떤 병의 경우라도 술을 끊는다든가, 병을 고치려고 노력하는 성질의 사람은 아니었다"[150쪽][6]고 한다. 다음의 "아버지는 3번 정도 남동생과 나의 아들과 같이 내가 5년 동안 빌려서 사는 겐쵸지의 산 위 절 방에 와서 밤늦게까지 술을 마셨다"[151쪽][7]로 보아 주인공이 가마쿠라의 절에서 생활하고 있다는 것을 알 수 있다. 겐쵸지는 가나가와현 가마쿠라의 산에 있는 선종의 사원이다. 주인공은 절에서 혼자 생활하고 있으며 아버지와 큰아들은 도쿄의 남동생 부부 집에서 생활하고 있다. 그리고 아내와 두 아이는 시골의 친정에서 생활하고 있다. 그러나 아버지의 일과인 산책도 그 뒤에 얼마 동안 이어지지 못했다고 하고 아버지와의 이야기가 마무리된다.

5 　葛西善蔵,「蠢く者」,『悲しき父・椎の若葉』, 講談社, 1994. 번역은 저자. 이하 본문에 페이지 수만 적는다. 父は一昨年の夏, 六十五で, 持病の脚気で死んだ. 前の年義母に死なれて孤独の身となり, 急に家財を片附けて, 年暮れに迫って前触れもなく出てきて, 牛込の弟夫婦の家に居ることになったのだ. その時分から父はかなり歩くのが難儀な様子だった.

6 　私と同じように父は酒飲みで, どんな病気の場合でも酒を節するとか, 養生に努めたりするとか云うような性質の人ではなかった.

7 　父は三度ほど, 弟や私の倅といっしょに, 私の五年越し部屋借りの, 建長寺内の山の上の寺に来て, 夜遅くまで酒を飲み合った.

다음은 재작년에 죽은 아버지에 대한 이야기가 끝이 나고 소설에 작가가 개입하는 부분이다.

5월 초경부터 아버지는 병들어 눕게 되고 7월 중순에 죽었다. 아버지는 모든 약과 음식도 먹지 못하고 절식과 같은 날이 20일 가까이 계속되어 거의 해골과 같이 야위었지만 원래 건강한 체질이라 오랫동안 음주와 지병의 각기병에도 그다지 약해지지 않았던 강한 심장 덕분에 오히려 죽음의 고통이 길어지게 되었다. 실패와 불행의 일생을 보내고 와서 특히 생의 집착심을 잃어버린 것같이 보이던 아버지가 마지막으로 보여주었던 강한 생의 집착은 그 후 자신에게 여러 가지 일을 생각하게 하였다.

그렇지만 여기까지 쓰고 문득 자신이 몹시 단단히 마음먹고 쓴 것에 부끄러운 기분이 들어 펜을 멈추고 바로 이 4, 5일 전부터 시작한 일과인 산책을 하려고 하숙을 나왔다.^{151~152쪽8}

아버지의 죽음을 소설이 처음 시작되는 부분 "아버지는 재작년 여름, 65살로 지병인 각기병으로 죽었다"와 아버지의 이야기가 끝나는 마지막 부분 "5월 초경부터 아버지는 병들어 눕게 되고 7월 중순에 죽었다"에

---

8   五月初め頃から父は床に就くようになり, 七月中旬に死んだ. 一切の薬餌も受けなくなり, 絶食同様の日が二十日近くも続いて, ほとんど骸骨のように痩せてしまったが, 元来が頑丈な体質の, 殊に永年の飲酒や持病の脚気にも左程弱らされていなかったらしい強い心臓のために, 却って死の苦痛を長引かせることになった. 失敗と不幸の一代を送って来て, 殊に生の執着心を失っていたらしく見えた父の, 最後に見せて呉れた根強い生への執着は, 其後自分にいろいろなことを考えさせた.……が, こっこまで書いて来て, フット, 自分ながらひどく意気込んで書いて来たことにテレた気持になり, ペンを止めて, ついこの四五日前から始めた日課の散歩にと, 下宿を出た.

두 번이나 이야기하고 있다. 그리고 "아버지가 마지막으로 보여주었던 강한 생의 집착은 그 후 자신에게 여러 가지 일을 생각하게 하였다"로 아버지와의 이야기는 끝이 나고 작가의 얼굴이 등장한다. 작가가 등장하기 전까지 아버지의 이야기가 완결된 형태로 끝나는 것 같아 보인다.

그러나 "여기까지 쓰고 (…중략…) 펜을 멈추고"와 같은 자기언급적인 작품은 주인공이 소설을 쓰고 있는 소설가이고 이 소설을 쓰고 있는 이상, 이 작품은 아직 완성되어 있지 않다는 것을 나타내고 있다. 따라서 소설은 팔리지 않고 생활은 어렵고 아내와 아이의 희생을 강요하는 '소설을 쓸 수 없는 소설가'를 표현하는 결과가 된다. 작가의 개입이 있기 전까지 아버지의 죽음이라는 사건이 일어나고 완결된 과거의 시간이 현재의 화자에 의해 회상되는 것으로 안정된 하나의 스토리가 이루어지고 있다. 그러나 화자의 개입이 있기까지는 현재라고 생각되던 부분이 화자의 등장으로 다시 과거가 된다. 이러한 서술의 반복으로 소설과 현실의 경계가 와해되고 스토리가 단절되는 것 같은 현상이 나타난다. 작가의 개입으로 인해 이 이야기가 작가의 입에서 나왔다는 것을 다시 한 번 상기시키고 있다. 에드워드 파울라는 "이러한 메타픽션적인 말투는 이야기를 차단하는 것으로 주인공은 그가 쓰고 있는 이야기가 그와 함께 있다는 것을 독자에게 상기시킨다"[9]고 한다.

이러한 사소설은 마치 그 파멸적인 모습이 근대일본의 전근대성을 나타내고 1945년의 패전을 불러일으킨 것과 같이 간주하여 전후문학의 공간에서 강하게 부정됐다. 그렇지만 이러한 부정적인 시점을 없애면 원래

9   樫原修, 「葛西善三の方法－蠢くものを中心に」. http://www.welead.net/html/13_
     Html_%E8%91%9B%E8%A5%BF%E5%96%84%E8%94%B5_%E3%81%AE%E6%
     96%B9%E6%B3%95_22055.html(검색일 : 2013.7.23).

사소설의 기술은 모더니즘적이라고밖에 말할 수 없다.[10] 사소설에 보이는 소설가소설은 기존의 문학 양식을 부정하고 새롭고 혁신적인 예술을 추구하는 모더니즘의 성격과 일맥상통하는 부분이 있다. 또한 소설가소설은 소설 쓰기의 고민을 시도하며 작가가 끊임없이 소설 자체의 완성된 스토리를 해체한다는 점에서 포스트모더니즘의 길을 열어놓았다고도 할 수 있다.

2) 사실과 픽션의 경계

다음은 아버지가 죽기 전까지의 일상을 그리고 난 후 작가가 개입하고 그다음에 오세이와의 이야기가 시작되는 부분이다.

6조 방구석의 벽에 밀어붙인 것처럼 앉아서 몇 개월이나 기름도 칠하지 않은 엉클어진 머리를 틀어 올려 빗에 꽂고 있는 오세이는 며칠 전에 친구인 T의 아내한테 안감까지 곁들여 받아 온 줄무늬 무명의 겹옷을 며칠간 꿰매고 있던 것을 오늘도 펼치고 있었다. 자신은 외투를 입고 사냥 모자를 쓰고 입을 다물고 나왔다.152쪽[11]

오세이는 "몇 개월이나 기름도 칠하지 않는 엉클어진 머리를 틀어 올려 빗에 꽂고" 무명의 겹옷을 꿰매고 있는 여자로 묘사된다. 이러한 오세

10　田中和生,「ポストモダン文学としての私小説」,『国文学－解釈と鑑賞』第76巻 6号, 2011, 157쪽.

11　六畳の部屋の隅の壁に押附けられたように座って, 何ヵ月にも油も附けない蓬々とした櫛巻の髪を見せて, おせいは, 此間友人のTの細君から裏地まで沿えて貰って来た木綿縞の袷を, 幾日かかゝって縫っているのを, 今日もひろげていた. 自分は外套を着, 鳥打帽をかぶって, 黙って出て来た.

이의 묘사로 보아 단정하고 아름다운 여성의 모습이 아니고 단정하지 못한 여성의 이미지로 묘사되고 있다. 다음의 묘사 "근처의 혼고 3쵸메의 교차로를 가로지르는 것조차 자신에게는 언제나 힘들었다"152쪽12로 보아 아버지가 죽은 뒤에 주인공은 가마쿠라에서 도쿄의 혼고로 이사를 했다는 것을 알 수 있다. 그리고 산책을 하면서 교차로를 걷는 것이 힘이 들고 "1, 2개월 전부터 마비의 느낌은 없어졌지만, 운동 근육의 신경은 쉽게 회복되지 않는 것 같다"152~153쪽13는 것으로 보아 건강에 문제가 생겼다는 것을 알 수 있다.

실제로 가사이 젠조는 지병인 천식 요양을 위해 1919년에서 1923년까지 가마쿠라 겐쵸지 절의 주지와 가족이 거처하는 방을 빌려서 생활하기 시작한다. 이때 19살인 찻집 딸이 가사이 젠조에게 식사를 운반해 준다. 가사이 젠조는 나중에 식사를 운반해 준 찻집의 딸인 아사미 하나와 동거하기 시작한다. 처음 이 절에 왔을 때는 1919년 12월 하순 가사이 젠조가 34살이 되려고 할 때였다. 처자를 고향에 두고 가마쿠라의 절에 오게 된 것은 창작에 집중하기 위해서였다. 1923년 관동대지진이 있을 때까지 이곳에서 순조롭게 작품 활동을 한다.14 말년에는 아내와 아이 3명을 아오모리의 친가에 맡기고 가마쿠라 겐쵸지에서 만난 아사미 하나와 도쿄에서 동거한다. 그녀에게도 3녀와 4녀를 두고 있다. 술을 마시고 아사미 하나에게 폭력을 행사하는 때도 있었다고 한다. 그것도 결국 가사이 젠조에게 소설의 제재가 되었다.

---

12 近くの本郷三丁目の交叉点を横切るのさえ, 自分にはいつもかなりの思いだった.

13 一二ヶ月前から麻痺の感じは消えたのだが, 運動筋の神経は容易に恢復しないのらしい.

14 鎌田慧, 「作家案内」, 『悲しき父·椎の若葉』, 講談社, 1994, 323~324쪽 참고.

주인공은 가마쿠라 겐쵸지 절에서 오세이를 알게 되었고 1923년 관동 대지진으로 집이 무너지자 도쿄로 이사를 하게 된다. 주인공이 그때 밥값을 청산하지 못하고 도쿄에 왔기 때문에 오세이가 빚을 받으러 오게 된다. 이때 주인공의 건강으로 인해 오세이가 간호하게 되고 이 일이 계기가 되어 둘은 같이 동거하게 된다. "'나한테 폐가 돼. 돌아가! 돌아가!' 라고 자신은 예와 같은 어조로 응시하며 큰소리를 쳤다"157쪽15처럼 주인공이 오세이를 집으로 돌아가라고 심하게 다그쳐도 그녀는 돌아가지 않는다. 오세이의 숙부까지 와서 경찰까지 동원해서 데려가려 했지만 실패한다. 주인공은 "오세이의 얼굴, 시골의 친정에 사는 아내와 세 명의 아이들"161쪽을 생각하며 괴로워한다. 처자식에게 제대로 아버지 구실을 하지 못하는 것이 미안해 오세이를 나가라고 하지만 그녀는 말을 듣지 않는다.

다음은 계속 당하고만 있던 오세이가 유산했다고 이야기하면서 폭발하는 장면이다.

"누가 나갈 것인가. 늙다리! 당신이 나가는 편이 좋아. 나는 안 가. 뭐야 그 안경 따위 쓰고 수염 따위 길러서 조금도 무섭지 않아"

"뭐라고 늙다리……. 다시 한 번 말해 봐. 맞을 거야" (…중략…)

"이런 빌어먹을. 빌어먹을. 너는 나의 아이를 잊었지? 나의 그 소중한 아이를 잊고 있네. 너에게 보여주지 않았지만 이미 형태가 분명하게 만들어져 있었어. 정확히 셀룰로이드의 큐피와 같이, 형태가 정확하게 만들어져 있었어. 나는 누구에게도 눈치채지 못하게 뒷문의 복숭아 나무 아래에 살짝 묻어서 기일에는 꼭 물을 떠 놓고 있어. 이번 19일이 정확하게 기일이야. 그런 것을 당신은 뭐야."170쪽16

---

15 "俺が迷惑だ! 帰れ! 帰れ!"と自分は例の調子で, 眼を据えて, 大声で怒鳴った.

이처럼 오세이를 쫓아내려는 주인공과 나가지 않으려는 그녀와의 싸움과 폭력으로 갈등이 고조된다. 그러다가 오세이가 아이를 유산했다는 말을 주인공이 듣고 같이 살게 된다는 이야기로 결말이 난다. 하나의 기승전결이 확실한 완결된 형태의 소설이라기보다 작가의 개입으로 인해 완결된 소설의 형태를 해체하고 작가의 현재 심정을 중점적으로 드러낸 소설로 보인다.

히로쓰 가즈오広津和郎는 「꿈틀거리는 자」를 읽고 "그가 알고 있는 유순한 오세이와 너무나 동떨어져 있어서 놀랐고, 혼고의 하숙집에 가사이를 방문했을 때, 오세이는 가마쿠라에 있을 때보다 더 주저주저하는 모습이었다. (…중략…) 오세이가 난폭하게 구는 것은 가사이의 픽션이었다"[17]고 한다. 히로쓰 가즈오는 "가사이의 사소설은 세세한 사실의 기록이면서도 보통의 방법으로는 처리할 수 없는 픽션화에 의해 특별히 '박진력'을 취득하고 있다"라고 한다. 계속해서 그는 "이 「꿈틀거리는 자」의 박진성을 경계하면서도 바로 빠져드는 것은 정말 이상하다"[18]고 한다. 사소설은 기법보다 내용에 충실하다는 것은 이미 알려진 바이지만 그래도 독자를 생각해 사소설 나름의 재미를 추구하기 위해 작가들이 노력한다는 것

---

16 "誰が出ていくもんか. 老いぼれ! お前さんの方で出ていくがいい, あたいはいかないよ. なんだその, 眼鏡なぞかけて, 髭なぞ生やかしたって, ちっとも怖かないんだよ."
　"何だと, 老いぼれ……. もう一編云って見ろ. ……殴られるな!"(…중략…)
　"こん畜生! こん畜生! お前はあたいのあれを忘れたね. あたいのあの, 大事なあのことを, 忘れているんだね, お前さんに見せこそしなかったが, もう形がちゃんと出来ていたんだよ. 丁度セルロイドのキューピーさん見たいに, 形がちゃんと出来ていたんだよ. あたいが誰にも気附かれないように, そっと裏の桃の樹の下に埋めて, 命日には屹度水などやっていたんだよ. この十九日で, 丁度になるんだよ. それを貴様は何だ!"

17 鎌田慧, 앞의 책, 324쪽.
18 위의 책.

을 알 수 있다. 소설가소설이라는 기법과 픽션은 이러한 측면에서 이해해야 할 것이다.

이 작품의 클라이맥스를 이루고 있는 마지막 장면 오세이실제 모델 아사미 하나의 유산에 관한 이야기는 사실인지 허구인지 의심이 가는 부분이다. 사소설 독자들은 대부분 이 소설을 가사이 젠조가 실제로 경험한 일이라고 믿고 읽는다. 하지만 가사이 젠조는 이 부분이 허구라고 말한다. 「죽은 아이를 낳다死児を生む」『中央公論』, 1925.4에서 그는 "「꿈틀거리는 자」에서 오세이가 한 번 유산한 것으로 되어 있다고 말하며 그것을 밝힌다"라고 한다. 계속해서 그는 "더욱 「꿈틀거리는 자」에서는 젊은 죄수에게 감동적인 편지를 받았던 것을 말하고 자신도 그 죄수의 진실한 마음을 잘 안다"라고 쓰고 "자신의 이 작품이 그만큼 감동을 준다고는 절대 생각하지 않지만, 먼저 그 작품에는 매우 과장이 있다. 결코 사실 그대로의 기록이 아니다"[19]고 한다.

가사이 젠조는 「죽은 아이를 낳다死児を生む」에서 「꿈틀거리는 자」의 오세이의 유산은 사실이 아니라고 한다. 사소설 독자들은 가사이 젠조의 소설을 사실이라고 생각하고 읽기 때문에 허구와 사실 사이를 헤매는 것이다. 사소설 독자는 「죽은 아이를 낳다」에서는 죽은 아이를 낳은 것이 사실일 거라고 믿는다. 그러나 그는 「나와 노는 아이われと遊ぶ子」『中央公論』, 1926.1에서 "「죽은 아이를 낳다」— 이와 같은 제목의 단편을 자신은 그녀가 태어난 다음 달 4월에 어떤 잡지에 발표했지만, 사실은 자신이 그것을 쓴 3, 4일 후에 그녀 — 유미코는 고이시가와의 어떤 산부인과에서 건강하게 태어난 것이었다"라는 말로 시작된다. 이처럼 가사이 젠조는 나중

---

19   樫原修, 앞의 글

에 나온 소설에서 그 전 소설에 대한 사실 여부를 이야기하고 있다. 결국 「꿈틀거리는 자」는 일부 픽션이 있었다는 것을 알 수 있다. 독자가 가지고 있는 사소설에 대한 사실성에 대한 믿음이 이러한 소설을 만들게 된 것이다. 작품의 완결성은 소설이 가지는 필수적인 요건이나 가사이 젠조의 작품은 전체를 읽어야 비로소 가사이 젠조라는 인물을 알 수 있다. 가사이 젠조의 작품에 대해 파울라는 "가사이의 각각의 작품은 그 자체로 완결되어 있지 않고 전체의 구성 같은 것"이라고 말한다. 그리고 사토 하루오도 "전집을 봐야 비로소 그의 모습이 확실히 보인다"라고 한다. 이러한 것이 가능한 이유는 작가와 이러한 일련의 사소설을 읽는 독자가 있었기에 가능하다.

「꿈틀거리는 자」는 아버지가 죽기까지의 이야기를 하고, 그 스토리를 해체하는 작가의 개입이 있고 난 후에 오세이와의 이야기가 전개된다. 소설가소설에 나타난 메타픽션은 작가의 개입으로 완결된 시간과 이야기가 해체된다. 가사이 젠조는 자신의 생활을 있는 그대로 꾸밈없이 쓰는 작가로 알려졌지만 「꿈틀거리는 자」에서는 사실과 픽션이 교묘하게 혼합되어 있다는 것을 알 수 있다. 다른 사소설과는 다르게 오세이의 이야기를 허구화하는 것으로 사실인지 허구인지 끊임없이 의심하게 만든다.

2. 박태원의 「적멸」과 소설가소설, 픽션과 리얼리티의 관계 소설가소설과 모더니즘

박태원은 1930년대의 대표적인 모더니즘 작가로 알려져 있다. 예술운동으로서 모더니즘이란 "과거의 전통과 대립하여 끊임없이 자기혁신을 추구하는 모더니티 자체의 역동성을 미적 자율성의 영토에서 작동시키는 미학적 근대 기획의 하나이다. 미적 모더니티로서 모더니즘 예술은 자율성의 영토를 확보하기 위해 사회적 모더니티와 대립하고 그것을 비판하는 한편 전대의 문학 전통과 새로운 관계를 모색하면서 전혀 낯선 세계와 형식을 창출하려는 노력을 펼쳐 보인다"[20] 1930년대 모더니즘문학은 서구에서 실험한 모더니즘을 답습하는 단계에서 출발하였다. 「적멸」은 박태원이 본격적인 문학활동을 시작하기 전의 습작기 대표작이라고 평가받고 있다. 작품의 평가도 부정적이다. 그러나 이 작품이 여러 가지 새로운 소설기법들을 실험하고 있으므로 이를 점검해 볼 수 있는 계기가 된다.

「적멸」『동아일보』, 1930.2.5~3.1의 줄거리는 다음과 같다. 소설가인 '나'는 소설 작품을 제작하기 위해 고심했으나 이 주일 동안 한 줄도 쓰지 못한 채 쩔쩔매다가 밤 10시경에 산책을 나선다. 그러다가, 정신이상자인 사나이를 만나게 되고 그 사나이의 기이한 생애의 내력을 듣는다. 이튿날 아침 6시에 그 사나이와 헤어진 뒤에 그는 그 사나이를 떠올리고 그리워하던 중에 신문에서 그 사나이의 자살 기사를 읽고 묘소로 찾아가 그 사나이의 명복을 빌며 추모한다는 내용이다.[21] 이 소설은 소설가인 나의 창작에 대한 고민을 토로하는 액자 바깥의 내용과 카페에서 우연히 정신이상자를 만나 그의 이야기를 전달하는 액자 안의 내용으로 구성된 액자소설이다.

다음은 소설이 시작되는 부분으로 소설을 쓸 수 없어 고민하는 주인공을 그리고 있다.

---

20   정현숙, 「박태원 연구의 현황과 과제」, 『박태원 문학 연구』, 깊은샘, 1995, 27쪽.

21   김봉진, 『박태원 소설세계』, 국학자료원, 2001, 22쪽 참고.

그때 한동안 나는 매일이라고 책상 앞에 앉아 소설을 하나 써보려고 원고지와 눈씨름하고 있었던 것이다. 그것은 나의 누를 길 없는, 그러나 터무니없는 창작욕을 만족시키기 위하여서의 애달픈 노력이었다. (…중략…) 머릿살 아프게 어수선한 책상 앞에 앉아 나는 소설 하나 쓰기 위하여 끙끙대고 있었던 것이다.

그러나 한 자도 써지지 않았다. 아니 좀더 정직하게 자백할 양이면 아무런 정돈된 구상構想도 내 머리에는 떠오르지 않았던 것이다. 이러함에도 불구하고 나로서는 도저히 설명할 수 없는 터무니도 없는 창작욕은 그대로 아무 분수 염치 없이 불길을 일으키고 있었던 것이다.[22]

그때 한동안 나는 매일이라고 책상 앞에 앉아 소설을 하나 써 보려고 원고지와 눈씨름을 하고 있었던 것이다.100~101쪽

"그때 한동안 나는 매일이라고 책상 앞에 앉아 소설을 하나 써보려고 원고지와 눈씨름을 하고 있었던 것이다"가 두 번이나 반복되면서 소설을 쓸 수 없어 괴로워하는 주인공의 모습을 그리고 있다. 여기서는 소설 속에 글을 쓰고 있는 소설가의 모습이 등장하는 소설가소설을 시도하고 있다. 또한 사소설에 등장하는 '소설을 쓸 수 없는 소설가'의 모습이 나타난다. 일본 사소설은 작가의 실제 경험을 있는 그대로 써야 했기 때문에 항상 소실의 소재가 문제가 되었고 사소설 작가들은 소설을 쓸 수 없어 괴로워하는 모습이 자주 등장한다.

「적멸」도 후기의 다른 소설보다 작품의 완성도는 떨어지지만, 일본의

---

22   박태원, 「적멸」, 방민호 편, 『환상소설첩(근대편)』, 향연, 2004. 99~100쪽. 이하 본문 안에 페이지 수만 적는다.

사소설에 등장하는 소설가소설을 시도하고 있다. 「적멸」은 작가가 주인공인 소설가소설이고 소설가가 소설을 쓸 수 없어 고뇌하는 '소설을 쓸 수 없는 소설가'의 모습을 동시에 보여주고 있다. 여기에서 소설 쓰기 자체에 대한 고민을 엿볼 수 있다. 이처럼 주인공은 소설을 쓰기 위한 창작의 고통을 계속 토로하고 있다. 주인공은 소설을 쓸 수 없어 괴로워하고 담배를 계속 태우면서 소설 쓰기를 시도하고 있다. 두 주일 동안이나 이렇게 괴로워하다가 영감을 얻어서 소설을 쓰기 시작한다. 그러나 "그때 한동안 나는 (…중략…) 원고지와 눈씨름을 하고 있었던 것이다"라며, 두 줄을 쓰고 또 소설을 쓸 수 없어 책상 앞을 떠나기로 한다.

다음의 액자 내부의 인용에서도 작품에 작가가 개입하는 부분이 나온다.

'근성, 근성, 부르주아 근성이라니……. 하하 곤조こんじょう라는 말이로군 딴은…….' 나는 감탄하면서 '상섭想涉'이 '차지差호'를 모멸하는 이상 나에게도 '근성'을 모멸할 권리가 있다고 생각하였다. (이 구절을 자세히 이해하지 못하는 독자는 '염상섭' 씨의 『만세전』을 참조하시오.)

『만세전』은 3·1운동을 배경으로 한 식민지 지식인의 눈으로 바라본 암담한 식민지조선의 현실을 그리고 있다. 「적멸」의 액자 안의 주인공은 3·1운동의 좌절로 정신이상자가 된 사나이로 형상화되고 있다. 위 인용의 괄호부분과 작품 속에 작가의 얼굴이 불쑥불쑥 나타나는 부분은 작가가 텍스트에 등장함으로써 독자가 텍스트에 몰입하는 것을 방해한다.

1990년대 동구 사회주의가 몰락하고 한국에는 문민정부가 들어선다. 1990년대 문학에서도 거대담론이 사라지고 일상성을 중심으로 한 소서사가 나타나기 시작한다. 민족국가를 중심으로 형성된 거대한 이데올로기가 막을 내린 1990년대 소설가들은 글쓰기의 방향을 잃었고 이러한 글쓰기의 고뇌는 메타픽션의 방법으로 나타나기 시작했다. 「적멸」에 보이는 글쓰기에 대한 고뇌의 표출은 1990년대 작가에게서도 유사한 형식으로 나타난다. 「적멸」은 미래가 보이지 않는 일제강점기 지식인의 모습으로, 1990년대 작가에게서는 목표를 잃은 문학의 방향을 찾기 위한 고뇌의 양상으로 소설가소설이 나타난다.

근대에 형성된 동질성의 패러다임이 포스트모던시대에는 이질화와 다원주의, 상대주의의 패러다임으로 전환되고 있다. 소설가소설에서 글쓰기에 대한 끊임없는 고민은 길을 잃은 포스트모던시대의 소설 속에서 그대로 재현되고 있다고 할 수 있다. 거대 담론이 사라진 시대에 사소설에 보이는 소설가소설은 한국문학에서도 마찬가지로 길을 찾으려는 소설가의 노력으로 볼 수 있다. 그리고 1990년대 이후의 한국문학은 거대 담론에서 소서사로, 사회적인 측면보다 일상성이 두드러지게 나타난다. 이는 사회성이 배제되고 일상성을 중심으로 소설가의 일상을 쓰는 사소설과 비슷한 양상으로 나타나고 있다고 할 수 있다. 이처럼 작품 속에서 소설가 자신의 얼굴을 드러내며 완결된 형식의 소설 자체를 해체하려는 소설가소설의 메타픽션은 포스트모더니즘의 길을 열어두었다고 할 수 있다.

1) 식민지 조선의 모습과 정신질환자

주인공은 소설을 쓰지 못해 괴로워하다가 '좋은 자극'과 '엽기취미'를 얻기 위해 돈을 가지고 종로 네거리로 나가기로 한다. 이십삼 원 사십오 전을 들고 깜깜한 밤에 거리를 나선다. "더 간대야 덜 간대야 오 분씩은 틀리지 않는 내 팔뚝시계는 열 시 이십칠 분 전에서 재깍거리고 있다."[102] 쪽 주인공이 집을 나온 시간은 대략 밤 10시 30분쯤이다. 주인공은 3번이나 카페에 들어간다. 카페라는 공간은 당시의 사회를 보여주는 식민지 조선의 축소판이라고 할 수 있다.

(1) 식민지 조선의 모습

다음은 첫 번째 카페, 두 번째 카페, 세 번째 카페의 모습이다.

> 첫 번에 들어간 카페에는 손님이 많지 않았다. (…중략…) 우선 내 옆 테이블에도 쿠리 다섯 개를 쓰러뜨려놓고 앉아서 제맘대로 웃고 지껄이고 하는 두 일인旧人.104쪽
>
> 둘째 번에 들어간 데는 매우 흥성거렸다. (…중략…) 바로 내 옆에서는 얼굴이 거무튀튀한 게 몹시 우락부락하게 생긴 사나이와 남자로는 아까우리만치 색깔 흰 금테 안경잡이가 '사회주의'에 관하여 토론을 하고 있다. 둘이 다 조선 사람이다.107쪽
>
> 나는 텅 빈 그 안 한편 구석에서 세 번째 레인코트를 입은 사나이를 발견하였다.112쪽

첫 번째 카페에 들어가서 "나는 우선 배 속을 든든하게 할 작정으로 음식을 두어 가지 시키고 (무슨 소설가라는 나의 직업이 본능적으로 활동한 것은 아니지만) 그냥 심심풀이로 이곳에 있는 사람들을 관찰하여 보기로 하였다".104쪽 이 카페에서 주인공은 풍채가 늠름한 "미라보와 크롬웰"[23]과 흡사한 두 일본인을 만난다. 이 두 일본인은 아무런 근심도 걱정도 없는 듯

---

23 미라보 : 프랑스의 정치가
크롬웰 : 영국의 정치가. 추밀 고문관을 비롯하여 여러 요직을 지냈으며, 종교 개혁에 힘썼으나 뒤에 왕의 미움을 사서 처형당하였다.

이 쾌활한 모습으로 웃고 떠든다. 주인공은 두 번째 카페로 자리를 옮겨 맥주와 정종을 마신다. 그는 "문에 들어서자 나는 중학생들의 잡담과 '계집'들의 웃는 소리와 재즈 레코드의 폭스트롯을 들었다"107쪽 또한 이 카페에서 "옆 테이블에 앉은 두 젊은이의 '사회주의론'"을 듣는다. 이 두 조선인은 사회주의에 대해 치열한 토론을 벌인다.

주인공은 두 번째 카페를 나와 밤중에 산책하다가 차라도 한잔 마실까 하고 세 번째 카페에 들어선다. "'붉은 실감기', 손등에 털이 듬성듬성 나 꺼먼 두 손, 광적으로 빛나는 두 눈, 그리고 철겨운 레인코트, 그것은 확실히 괴기한 장면이었다"105쪽 이렇게 주인공은 괴이한 사나이를 세 번째 카페에서 만나게 된다. 그 사나이가 먼저 주인공에게 다가와 "같이 노시죠!" 하고 자리에 앉는다. "내가 노형에게로 온 것은 첫째는 술이 더 먹고 싶은데 돈이 없는 까닭……. 하, 하, 그리고 둘째는 노형한테 여러 가지를 이야기하고 싶은 까닭……. 이것이죠."114쪽 이렇게 해서 그 사나이와 합석을 하게 된다. 그는 "나는 미친놈입니다. 정신병자라는 지명을 받고 있습니다. 그리고 오늘 밤에 병원을 빠져나왔습니다"115쪽라고 말했다. 그들은 카페에서 새벽 3시까지 이야기를 하다가 함께 주인공의 집으로 갔다. 3시 30분쯤에 어린 누이가 홍차를 주고 두 사람은 계속 이야기를 시작한다.

여기서 카페는 조선의 축소판이며 각각의 카페에서 본 인간들은 식민지 조선을 살아가고 있는 사람들의 모습이기도 하다. 카페의 모습이 식민지 조선의 축소판이라면 여기서는 세 부류의 인간으로 나눌 수 있다. 첫 번째에서 맘껏 떠들고 노는 일본인들. 두 번째, 사회주의 사상에 심취해 삶 속에서 실현코자 토론을 벌이는 조선인들. 세 번째, 어느 곳에도 속하지 않고 사회와는 무관하게 붉은 실 감기에 몰두하는 레인코트를 입은 사나이.[24] 첫 번째와 두 번째의 일본인과 조선인과는 달리 세 번째의 레인코트를 입은 사나이가 실을 감는 행위와 카페에서 사람들을 관찰하는 행위는 어느 곳에도 속하지 못하는 아웃사이더더라는 측면에서 공통적이다.

(2) 정신병동과 정신질환자

액자 안의 이야기는 정신질환자의 이야기를 전달하는 것으로 구성된다. 정신질환자인 주인공은 중학교 때에 인생에 대한 의혹을 품기 시작했으며 학교 공부에 흥미를 잃어 결석하고 자주 공상을 하게 된다. 17살 때 아버지가 만취해서 어두운 비탈길에서 떨어져 뇌진탕으로 돌아가시게 되고 그 일로 어머니는 자살 시도를 하였지만, 동네 아주머니의 도움으로 살게 되었다. 그 후 어머니는 오직 자식을 키우기 위해 생존하였다. 18살 중학을 마친 해에 어머니는 돌아가셨다. 어머니가 돌아가시자 한편으로는 마음의 자유를 느낀다. 어머니를 의식하지 않아도 된 그는 운전사가 없는 자동차를 발견하고 운전하고 싶은 충동을 느껴 큰 거리를 질주하여 갔다. 그러다가 행로에 갑자기 나타난 한 사람을 발견한다. 그 사나이를 거리에서 발견했을 때 참을 수 없는 분노가 밀려오고 그 사람을 차로 치게 된다. 그는 이야기를 마치고 아침이 되어 주인공의 집에서 나간다. 여기까지가 액자 안의 이야기이다.

액자 안 정신질환자의 이야기가 끝이 나고 액자 바깥의 이야기에서 주인공이 정신질환자의 죽음 소식을 알게 된다. "그 이듬해 오월까지 나는 레인코트 입은 사나이의 소식을 듣지 못하였다."154쪽 그 후 그는 어느 신문사 게시판에서 "작년 가을에 동팔호실을 탈출한 정신병자가 어젯밤에

---

24   안미영, 「박태원 중편 「寂滅」 연구」, 『문학과 언어』 18, 1997, 285쪽.

한강에 투신자살하였다는 것과 오늘 아침에 건진 그의 시체에는 다 낡은 레인코트가 걸쳐 있었다는 기사를 발견하였다".155쪽 액자 안의 이야기는 정신질환자 사나이의 생애와 액자 바깥의 이야기는 처음에는 소설을 쓸 수 없는 주인공, 마지막에는 정신질환자 사나이의 자살 소식을 접하는 내용이다.

여기서 작가는 작품 내부의 중심을 이루는 내부 이야기를 왜 정신질환자의 이야기로 했을까라는 의문이 생긴다. 본래 식민화가 성공적으로 정착하는 단계에 억압의 산물로서 일상적인 정신병리가 생겨난다. 파농은 식민화의 시기, 즉 무장 저항이 끝나고 유해한 신경 자극의 총량이 어느 정도 넘어섰을 때, 원주민들은 방어적 자세를 포기하고 정신병원에 모여든다고 주장한 바 있다.[25]

4) 현실과 허구의 시간

다음은 주인공이 정신질환자를 만나게 되는 날과 정신질환자의 죽음을 알게 되는 날을 정확하게 적고 있다.

수백 명 수천 명 또 수백 명 수천 명……. 앞으로 뒤로 밀리는 장안 사람의 물결은 소화 4년도 조선총독부 주최의 조선박람회 구경 온 시골 마나님, 갓 쓴 이들을 한데 휩쓸어 이곳저곳에서 물결치고 있다.102쪽

그러자 나에게는 아직까지도 기억이 새로운 서력西曆 일천구백삼십년 유월 하순, 저 장마가 시작되기 전 마지막 가만한 비가 옛 서울을 힘없이 축이던 날 저녁이었다.154쪽

---

25   프란츠 파농, 남경태 역, 『대지의 저주받은 사람들』, 그린비, 2004, 282쪽.

여기서 주인공과 레인코트 사나이가 만난 날은 1929년이다. 조선박람회는 1929년 9월 12일부터 10월 31일까지 50일간 경복궁에서 열렸다. 이 기간에 카페에서 레인코트 사나이를 만나게 된다. 그 사나이는 총독부 정신병원에 갇히었다가 탈출했다. 그리고 레인코트 사나이의 자살 소식을 접하게 되는 것은 1930년 6월 하순이다. 그런데 「적멸」이 신문에 연재된 것이 1930년 2월에서 3월 사이이다. 발표 시점에서 봤을 때 6월은 미래가 된다.[26] 즉 소설의 시간과 현실의 시간에 간격이 발생한다. 따라서 이러한 간격은 현실과 허구 시간의 간격이기도 하다.

그리고 작품에 나오는 구체적인 시간 묘사는 개인적인 시간을 역사적인 시간으로 전환하는 것이다. 레인코트 사나이의 절대적인 존재였던 어머니의 죽음은 그가 열여덟 살이 되던 1919년이었다. 이는 마치 어머니의 죽음이 3·1운동의 좌절을 암시하는 듯한 숫자[27]이다. "어머니의 십일 년 동안을 하루 같이 비할 데 없이 큰 희생적 사랑으로써 길러 주신 데 대하여서라도 나는 곧 이 세상을 버릴 수는 없었던 것"이라는 레인코트 사나이의 진술도 이에 상응한다. 여기서 우리는 어머니가 곧 '모국'에 등치하는 일종의 알레고리임을 알게 된다.[28] 어머니가 죽자 그는 정신질환자를 자처하며 뚱뚱하고 살찐 사람을 차에 치이고 정신병동으로 오게 된다. 뚱뚱하고 살찐 사람은 지배계층인 일본인을 암시하고 있다. 그리고 정신병원을 탈출해 한강에 투신자살함으로써 "일제 법체계의 구속으로부터 영원히 벗어나 마침내 적멸의 존재가 된다".[29] 어머니의 죽음은 식민지

---

26   권은, 「식민지적 어둠의 향연-박태원의 「적멸」론」, 『한국근대문학연구』 22, 2010, 134쪽.
27   다무라 도모꼬(田村朋子), 「박태원의 소설가소설 연구-'적멸', '피로', 소설가 구보씨의 일일'론」, 서강대 석사논문, 1999, 23쪽.
28   권은, 앞의 글, 137쪽.
29   위의 글, 136쪽.

조선의 3·1운동 실패를 의미하며 독립이 실패하고 그 사나이는 생의 의미를 잃고 정신질환자가 된다. 정신질환자 사나이의 모습은 식민지 조선의 암울한 현실을 살아가는 조선 젊은이의 모습이기도 하다.

3. 소설가소설과 자기반영적 소설의 가능성 모색

일본 사소설에 소설가소설이 나타나는 것은 사소설이 시작된 이래 계속해서 이어져 왔던 전통이기도 하다. 소설가소설은 근대 예술이 자율성을 획득한 후에 성립한 모더니즘의 특징이 사소설에 보이는 것에서도 알수 있다. 19세기 문학이 현실적인 소설 속에 다른 소설이 내재하는 경우가 종종 있었다. 이러한 작품에서는 소설을 쓰는 주인공이 등장하며, 현실세계에 존재하는 '소설 같은 소설'에 대한 이야기를 다루는 자기언급성을 보여준다. 1920년대에 활발하게 활동한 제임스 조이스며 마르셀 부르스트의 작품이 그 전형이다. 그 자기언급성이 가장 잘 나타나는 것은 1930년대의 일본문학에도 큰 영향을 준 앙드레 지드의 『위폐범들』[1925]이다. 확실하게 『위폐범들』의 영향을 받은 이시카와 준이며 다자이 오사무가 쓴 초기의 사소설적인 작품을 가지고 나오지 않아도 사소설의 자기언급적인 성질을 지적하는 것은 그리 어려운 일이 아니다.[30]

먼저 1920년대 이후에 사소설적인 작품을 쓰기 시작한 다키이 고사쿠瀧井孝作며 가무라 이소타嘉村磯多, 또는 오자키 가즈오尾崎一雄와 같은 작가의 소설은 확실하게 소설을 쓰고 있는 소설가가 주인공이다. 이러한 '소설

---

30   田中和生,「ポストモダン文学としての私小説」,『国文学—解釈と鑑賞』第76巻6号, 至文堂, 2011, 156~157쪽 참고.

같은 소설'이 존재하는 현실에 관하여 이야기하는 소설가소설은 시가 나오야가 완성한다. 또 그 이전부터 쓰고 있는 가사이 젠조와 같은 작가의 작품에서도 1920년에 발표된 단편 「어두운 방안에서暗い部屋にて」 주변에서 그 경향이 보인다.[31]

한국에서도 본격적인 소설가소설이 나온 것은 근대 이후라고 할 수 있다. 1910년대 이후에는 스토리가 뚜렷한 전통적 서사와 스토리의 서사성이 약화하는 서사의 두 갈래로 나눌 수 있다. 특히 서사성이 약화하는 소설 중에 소설가가 주인공으로 등장하는 초기의 소설가소설이 등장한다. 예를 들면 "10년대 소설이 양건식의 「슬픈 모순」『반도시론』 2권 2호, 1918은 본격적 소설가소설이라 할 수는 없으나, 이후 염상섭의 「암야」1922나 박태원의 「소설가 구보씨의 일일」과 유사한 주인공의 궤적을 그리고 있다는 점에서 우리 소설가소설의 초기적 양상을 드러내 주고 있다"[32] 그 후 염상섭의 「암야」, 현진건의 「빈처」, 박태원의 「소설가 구보씨의 일일」을 거쳐 이청준, 최인훈의 소설가소설들이 꾸준히 소설가들의 예술적 지향과 삶의 문제들을 소설 속에 끌어들임으로써 우리에게 소설가소설에 대한 익숙한 기대 지평을 형성하게 하였다.[33] 이처럼 박태원 소설은 소설가소설의 원조역할을 하였다. 그 이후에는 「小說家 仇甫씨의 一日」을 패러디한 1970년대 최인훈의 『小說家 丘甫씨의 一日』과 1990년대 주인석의 『검은 상처의 블루스─소설가 구보씨의 하루』가 있다. 그리고 이러한 소설가소설이 우리 소설계를 지배한 것은 1990년대라고 할 수 있다. 이때는 문학의 위기, 문학의 죽음이 이야기되던 시기이기도 하다. 또한 정치

---

31   위의 책.
32   한혜선, 앞의 책, 12~13쪽.
33   위의 책.

적으로 동구권의 몰락과 1980년대의 공동체의식과 이념적인 논쟁이 사라진 정치권의 변화와 영상문화의 범람, 자본주의의 상업화로 인해 문학이 갑자기 방향을 잃게 된 것이다. 이때 문학에 대한 좌절과 그 탈출구를 모색하던 문학이 소설가소설의 메타픽션인 것이다.

1) 소설가소설이 포스트모던시대의 소설을 가능성 제시

사소설은 현재까지 꾸준하게 변화하면서 100년 이상 새로운 모습으로 발전하고 있다. 사소설 작가들이 자주 애용한 소설가소설은 포스트모던시대에 사는 문학가에게 새로운 대안이 되고 있다. 「꿈틀거리는 자」에서는 아버지의 죽음 후에 작가의 개입으로 완결되었던 시간과 스토리가 해체된다. 「꿈틀거리는 자」에서는 지금까지 가사이 젠조의 사소설과는 달리 가장 중요한 부분인 오세이의 유산 사실이 픽션이라는 것을 알 수 있다. 이 사실을 가사이 젠조가 다른 소설에서 밝힌다. 결국 가사이 젠조의 소설은 전체를 다 읽어야 가사이 젠조라는 소설가를 알 수 있다. 하나의 소설은 전체를 이루는 하나의 부분이다. 이러한 소설 쓰기는 픽션을 사실로 읽는 독자들이 있어서 가능한 일이다.

「적멸」은 액자소설로 액자 바깥의 이야기는 글을 쓸 수 없어 고민하는 소설가의 모습을 그리고 있다. 이는 일본 사소설에서 자주 애용하는 소설가소설의 '소설을 쓸 수 없는 소설가'를 연상하게 한다. 그리고 액자 안의 이야기는 아무런 이유 없이 사람을 치어 죽이고 정신병동을 탈출한 정신이상자의 이야기를 쓰고 있다. 이 소설에서 정신이상자를 다룬 것은 식민지 치하에서 갈 길을 잃은 조선인 지식인의 무기력함을 나타내려고 했던 것으로 유추된다.

유럽 계몽주의 시기에 형성된 보편주의 영향 속에서 근대는 동질성^{단일}

성 사유의 거대 시스템 속으로 환원되었다.[34] 근대에 제도화된 합리적인 사회제도와 국민국가의 형성이 모두 그 일환이었다. 문학도 예외일 수는 없었다. 국민국가 형성에 필요했던 언문일치체, 그와 동시에 텍스트 내에서 작가의 모습을 감추는 것이 근대소설의 도달점이었다. 그러나 포스트모던을 살고 있는 우리에게 근대에 만들어진 동일성의 패러다임은 다시는 유용할 수 없다. 거대 담론이 붕괴하고 하나의 이데올로기를 지향하던 시대는 막을 내렸다. 문학에서도 마찬가지로 거대담론에서 소서사로, 하나의 이데올로기에서 다양한 이데올로기로 포스트모던시대에 맞게 발전해 왔다. 포스트모던시대의 패러다임은 단일성이 아닌 다양성에 초점이 맞춰져야 한다. 국민국가에서 지역주의로칼리즘으로, 보편주의에서 상대주의로 패러다임이 변하고 있다. 포스트모던의 패러다임은 테크놀로지가 결합한 형태로 다양성을 추구하는 것으로 그 시너지 효과를 얻을 수 있을 것이다.

1920년대와 1930년대에 나타난 가사이 젠조의 「꿈틀거리는 자」와 박태원의 「적멸」은 소설가소설의 메타픽션을 시도하고 있다. 그들은 소설가소설은 현대포스트모더니즘의 문학의 길을 열었다고 할 수 있다. 소설가소설에 나타나는 메타픽션의 기법도 작품 속에서 사라졌던 작가의 얼굴을 다시 복원하면서 새로운 소설기법으로 포스트모던시대 소설의 새로운 가능성을 제시해 주고 있다고 할 수 있다.

---

34 미셸 마페졸리(Michel Maffesoli), 「포스트 모더니티, 문화적 다원주의와 상대주의」, 계명대 강연(2012.10.26).

제11장

'사회화된 나'와 한국의 자전소설[1]

신경숙『외딴방』

호리 이와오는 사소설에 대해 다음과 같은 정의를 내리고 있다. 근대소설을 포함하여 일반적으로 소설은 픽션에 의한 산문 작품이라고 할 수 있다. 소설은 허구의 극한 상황 속에 허구의 인물을 던져 넣어 '그' 또는 '그녀'가 그 극한 상황을 어떻게 살아가는가를 실험한다. 소설은 본래 실험소설이다. 이처럼 사소설도 본래는 실험소설이다. 단지 사소설은 픽션 대신에 작가 자신을 주인공으로 한 실험소설로 작가가 실생활의 극한 상황을 어떻게 살아가는가를 보고하는 실험기록이라고 할 수 있는 작품이다.[2] 결국 사소설은 소설에서 작가가 자신이 주인공이 되어 자신의 체험을 사실대로 쓴 작품이다.

사소설 작가들은 자신의 경험을 솔직하게 고백하고 사소설 독자들은 작가가 얼마만큼 작가의 사생활을 꾸밈없이 솔직하게 표현했나에 더 많은 관심을 가진다. 사소설은 사소설을 애독한 독자들이 없었다면 100여 년의 긴 시간 동안 존재하지 못했을 것이다. 한국에서도 특수한 형태의

---

1   제11장은 한일비교문학회 편의『비교문학과 텍스트의 이해-일본문학·문화의 경계』 (소명출판, 2016, 165~201쪽)와 안영희의 논문「일본사소설과『외딴방』」(『일본문화 연구』33, 2010, 359~383쪽)을 수정·보완하였다.

2   堀巌,『私小説の方法』, 沖積舎, 2003, 95쪽.

고백문학인 사소설을 일부의 작가가 시도했지만 많은 독자층을 가지지 못했다. 지금까지 한국에서 대부분 작가와 독자는 일본 사소설을 받아들이지 않았다. 그런데 1990년대 이후 많은 여성 작가가 사소설과 거의 일치하는 소설을 쓰기 시작했고 많은 독자층도 생기게 되었다. 그 대표적인 작가가 신경숙이라 할 수 있다.

일본의 사소설 연구가들은 신경숙의 『외딴방』1995을 사소설과 일치하는 점에 주목하고 있다. 하지만 구체적인 연구는 거의 없는 실정이다. 이에 저자가 『외딴방』을 분석하면서 사소설과의 관계에 대해 보기로 한다. 여기서는 사소설에서 문제가 되는 소설을 쓰는 소설가의 얼굴이 나타나는 소설가소설과 사실과 픽션의 관계, 소설 속에 사회성이 어떻게 나타났나에 주목하면서 『외딴방』과 사소설과의 관계에 대해 보기로 한다.

1. 소설가소설과 일본의 사소설 소설 쓰기에 대한 의문 제기

근대소설이 글을 쓰는 작가의 얼굴을 작품 속에서 감추었다면 언제부터인가 글을 쓰는 작가의 얼굴이 소설에 자주 등장하기 시작했다. 1960년대부터 서구의 소설들은 전통적인 내용과 형식에서 탈피해 급격한 변화를 보여주었다. 소설은 더는 리얼리티를 재현할 수 있다거나 보편적 진리를 제시할 수 있는 척하지 않게 되었다. 이러한 변화는 소설이 이제 절대 리얼리티를 재현할 수 없고 진실을 제시할 수 없다는 인식에서 비롯되었다. 이와 같은 인식에는 오늘날 우리가 믿고 있는 것들의 당위성에 대한 근본적인 불신과 회의가 자리 잡고 있었다. 우리가 믿고 있는 리얼리티나 진리들이 고정불변의 진실들이 아니고 유동적이고 추상적인 구축물이라면, 픽션과 리얼리티, 허구와 진실 사이의 경계선이 무너져버리면 어떻게 픽션이 리얼리티를 재현할 수 있으며 진실을 제시할 수 있겠는가? 이러한 상황에서 소설을 쓴다는 것, 글을 쓴다는 것은 무엇을 의미하는가? 소설이 전통적인 소설 양식이나 언어로 급변하는 현대의 리얼리티를 묘사할 힘을 가지고 있을까? 메타픽션은 이러한 의문에서 시작되었다. 메타픽션이라는 용어는 픽션과 리얼리티 사이의 관계에 의문을 제기하기 위해 스스로가 하나의 인공품임을 의식적, 체계적으로 드러내는 소설 쓰기를 지칭한다고 한다. 이는 오랜 세월 동안 진리로 통용되었던 아리스토텔레스의 '모방이론'에 근본적인 의문점을 제기하고 있음을 시사한다. 18~19세기 소설에서 개인은 가족관계, 결혼이나 출생이나 죽음을 통해 사회구조 속으로 '화합'되어 들어간다. 모더니즘시대의 소설에서는 기존 사회의 구조와 관습에 대한 '반대'와 개인의 '소외'를 통해서만 개인의 자주성이 지속된다. 그러나 현대에 와서는 개인을 억압하는 사회의 권력구조가 극도로 복합적이고 교묘하게 감추어져 있어 반대하고 투쟁해야 할 대상이 드러나 보이지 않게 되었다. 또한 진실과 허구의 구분 또한 명확하지 않기 때문에 현대소설의 저항 역시 복합적이고 불가시적이 되었다.[3] 메타픽션이라는 용어가 나타나기 전에 이미 글을 쓰는 작가의 얼굴이 소설에 나타나는 글쓰기는 사소설에서 자주 볼 수 있는 현상이었다. 왜냐하면 글을 쓰는 작가는 곧 주인공이므로 작가의 얼굴이 소설에 자주 나타날 수밖에 없는 것이 사소설이기 때문이다.

신경숙의 『외딴방』은 글쓰기에 대한 물음부터 시작해서 끝을 맺는다. 다음은 『외딴방』의 서두 부분과 마지막 부분이다.

---

3   김성곤, 「서평 메타픽션」, 퍼트리샤워, 김상구 역, 『메타픽션』, 열음사, 1989, 408~411쪽.

이 글은 사실도 픽션도 아닌 그 중간쯤의 글이 될 것 같은 예감이다. 하지만 그걸 문학이라고 할 수 있을 것인지. 글쓰기를 생각해본다, 내게 글쓰기란 무엇인가? 하고.[4]

이 글은 사실도 픽션도 아닌 그 중간쯤의 글이 된 것 같다. 하지만 이걸 문학이라고 할 수 있을 것인지. 글쓰기를 생각해본다. 내게 글쓰기란 무엇인가? 하고.[2-281]

이 마지막 부분은 잡지 연재 당시에는 없었던 부분인데 단행본으로 간행하면서 덧붙인 부분이다. 단행본에서 이 부분을 덧붙임으로써 더욱 완성도가 높은 작품이 되었다. 소설 서두에서 이 글이 사실과 픽션의 중간쯤의 글이 될 것 같은 예감이라고 하고 소설 끝에서는 그 중간쯤의 글이 된 것 같다고 한다. 또한 『외딴방』은 처음부터 글쓰기에 대한 고민에서 시작해 끝에서도 글쓰기에 대한 고민으로 마무리하고 있다. 포스트모더니즘문학에서 작가가 자신의 서술을 되돌아보고 의심하는 자의식적 서술메타픽션이 나타난다. 글을 쓰는 작가의 얼굴을 보여주는 메타픽션은 현실과 허구의 경계와 와해, 인물과 독자에게 선택권을 주는 열린 소설이다.[5] 메타픽션은 소설이 절대적 또는 보편적 진리를 제시하거나 리얼리티를 재현할 수 없다고 말한다. 소설에서 문제시되는 사실과 픽션의 문제 즉 진실과 허구의 문제는 현대사회에 와서 리얼리티와 픽션의 사이가 모호해졌기 때문이다. 메타픽션은 불안과 불확실이 극에 달하고 진실이 베일에 가려 보이지 않게 된 20세기 후반을 대표하는 하나의 문학적 현

---

4   신경숙, 『외딴방』 1·2, 문학동네, 1995. 9쪽 이하 본문 속에 1-, 2-와 같이 권수와 면수만 적는다.
5   네이버 백과사전.

상이며 신적인 권위를 가지고 인생의 진리를 제시해 주었던 저자들이 인간적인 위치에 서서 독자들과 더불어 고민하고 방황하며 탈출구를 탐색했던 민주적 문학운동이기도 했다.[6]

19세기 사실주의Realism에 대한 반발이 20세기 전반 모더니즘Modernism 이었고 다시 이에 대한 반발이 포스트모더니즘Postmodernism이다. 포스트모더니즘은 1960년대에 일어난 문화운동이면서 정치, 경제, 사회의 모든 영역과 관련되는 한 시대의 이념이다. 포스트모던시대는 니체, 하이데거의 실존주의를 거친 후, J. 데리다, M. 푸코, J. 라캉, J. 리오타르에 이르러 시작된다. 데리다는 어떻게 글쓰기가 말하기를 억압했고, 이성이 감성을, 백인이 흑인을, 남성이 여성을 억압했는지의 이분법을 해체시켜 보여주었다. 푸코는 지식이 권력에 저항해왔다는 계몽주의 이후 발전 논리의 허상을 보여주고 지식과 권력은 적이 아니라 동반자라고 말하였다. 둘 다 인간에 내재된 본능으로 권력은 위에서의 억압이 아니라 밑으로부터 생겨나는 생산이어서 이성적으로 제거되기 어렵다고 주장했다. 문학에서는 인물의 독백이 사라지고 다시 저자가 등장하는데 더 이상 19세기 사실주의와 같은 절대 재현을 못 한다.

이 소설에서는 끊임없이 글을 쓰는 작가의 얼굴이 드러나고 있다.

글쓰기란, 그런 것인가. 글을 쓰고 있는 이상 어느 시간도 지난 시간이 아닌 것인가. 떠나온 길이 폭포라도 다시 지느러미를 찢으며 그 폭포를 거슬러 올라오는 연어처럼, 가슴 아픈 시간 속을 현재형으로 역류해 흘러들 수밖에 없는 운명이, 쓰는 자에겐 맡겨진 것인가. 연어는 돌아간다. 뱃구레에 찔린 상처를 간

---

6   김성곤, 앞의 글, 414쪽.

직하고서도 어떻게든 다시 목숨을 걸고 폭포를 거슬러 처음으로 돌아간다, 그래 돌아간다. 지나온 길을 따라, 제 발짝을 더듬으며, 오로지 그 길로.[1-38·39]

여기서는 글을 쓰는 작가의 얼굴을 보이면서 작가 자신의 내면을 고백하고 있다. 글을 쓰는 이상 어떤 것도 과거형이 될 수 없다고 한다. "글을 쓰며 살아가는 자들의 고독은 그 스며듦이 끝났을 때 시작되는 거겠지. 스스로 거슬러올라 가장 어려웠던 처음으로 돌아가고야 마는 고독."[2-199] 글쓰기 행위는 그녀 스스로가 과거의 상처를 길어 올리고 현재의 고민을 쏟아 붓는 과정 자체. 무엇보다 이 글쓰기는 여공이자 산업체특별학급의 학생으로서 경험한 과거 상처의 시간에 대한 고백이자 작가로서 현재 고민하고 있는 내면 심경에 대한 고백이라는 형식을 띠고 있다.[7] 글쓰기에 대한 자의식적인 고민을 그대로 드러낸다.

그녀의 글에서는 처음부터 끝까지 글을 쓰면서 일어나고 있는 과정들이 그대로 재현된다.

① 열여섯으로부터 십육 년이 흐른 어느 날 이제 작가인 나는 급한 원고를 쓰고 있다. 서울에 온 엄마가 자꾸 말을 시킨다. (…중략…) 엄마는 1930년대에 태어났고 나는 1963년에 태어났는데.[1-48]

② 내가 이 글을 쓰기 시작한 이후로 가을과 겨울, 봄이 지나갔고 이제 여름이다. 나는 이 여름에 이 글을 끝낼 것이다. 쓰기 시작했을 때부터 어서 끝냈으면 싶었는데 지금은 이 글의 끝을 단 한 번도 생각해보지 않은 사람처럼 나는 허둥지둥이다.[2-217]

---

7   박현이, 「기억과 연대를 생성하는 고백적 글쓰기-신경숙『외딴방』론」, 『어문연구』48, 2002, 382쪽.

③ 8월이 되었다. 이제 더 이상 할 말이 없다. 출판사에 이 글을 넘겨야만 하는 데 내 속의 또 다른 나는 처음부터 다시……, 끈질기게 처음부터 다시, 를 속삭인다.2-233

④ 내일이 추석이다. 이 글을 시작했던 작년 추석에도 나는 이 섬에 있었다. 어떻게 연속 두 해의 추석을 이곳에서 보내는구나……. 1995년 9월 8일에.2-273

⑤ 어느 날은 이 글을 처음 시작했던 장소인 제주도로 다시 갈까도 생각했었다. 그러나 작정을 하니 떠나지지가 않았다. 이 글을 책으로 내기 전에 다시 탈고할 시간이 주어지면 그땐 어쩌면 제주도에 가 있을지도 모르겠다. 지금으로서는 그러고 싶다.2-220

⑥ 몸은 말할 수 없이 피로한데 정신은 점점 또렷해진다……. 1995년 9월 13일에.2-281

위의 인용을 보면 소설가인 현재 화자가 언제부터 글을 쓰기 시작했고 언제쯤 완성했는지를 알 수 있다. 작품에서 "일 년 전에 나는 이 장소에서 여기는 섬, 제주도……. 집을 떠나 글을 써보기란 처음이다, 라고 썼던 기억이 난다. 그래, 벌써 일 년 전의 일이다. (…중략…) 1995년 8월 26일에"라고 한 것을 보면 글쓰기의 과정이 더욱 잘 나타난다. 『외딴방』의 서술 특징은 32살인 현재 화자가 고백적 글쓰기를 통해서 16살의 나를 재현하는 것이다. 1963년생인 화자는 현재 32살이다. 현재 화자가 32살부터 33살까지 제주도에서 원고를 집필하기 시작하여 탈고하기까지의 시간은 1994년 9월부터 1995년 9월이다. 텍스트에 1995년에 9월 13일 마지막으로 글을 썼다고 하니까 아마 이때쯤 글을 마감했다고 추측할 수 있다. 『외딴방』단행본의 초판인쇄가 1995년 10월 10일이고 초판발행이 1995년 10월 20일이니까 위의 내용은 어느 정도 사실에 근거해 있다고 할 수 있다. 따라서 픽션 대신에 사실을 근거로 해서 작가 자신을 주인공으로 한 실험소설이 사소설이라고 한 호리 이와오의 사소설에 관한 정의와도 정확하게 일치한다.

『외딴방』은 작가가 사실을 근거로 해서 소설을 쓰고 있지만, 이 글쓰기가 소설이라는 것을 끊임없이 인지시켜 준다. 사실과 픽션에 대한 고민, 픽션과 리얼리티에 대한 의문 제기는 허구와 사실의 경계에 있는 소설에 대한 고민이다. 이러한 메타픽션의 등장은 이 시대를 살아가는 작가들의 고뇌를 그대로 표출하고 있다고 할 수 있다. 염무웅은 "신경숙의 『외딴방』은 그런 면에서 가장 철저하여 거의 실험소설 같은 전위성마저 지닌다. 그는 이 작품에서 자발적으로 자신의 미학적 위장을 폭로하고 소설적 가면을 제거함으로써 소설과 비소설작 자신의 말을 그대로 옮기면 '픽션'과 '사실'의 경계를 무너뜨린다"[8]고 한다. 그는 "이 작품은 그지없이 치열한 작가정신의 산물이고 혼신의 글쓰기가 이룩한 감동적인 업적임에도 불구하고 본질적으로 불확실하고도 미완인 그 무엇이다. (…중략…) 『외딴방』의 단편성斷片性과 불안정성은 신경숙 글쓰기가 이 바닥모를 허무의 시대에 있어 자기정체성의 획득을 위한 악전고투의 행보였음을 작품 자체로써 증명한다. 『외딴방』은 하나의 소설인 동시에 일종의 메타소설이다. 다리를 놓으면서 다리를 건너야 하는 것이 이 시대 예술가의 운명이라면 우리는 정녕 '모든 고정된 것이 연기처럼 날아가버린' 두려운 시대를 살고 있는지 모른다.[9]

염무웅은 『외딴방』의 불확실하고 미완의 글쓰기는 허무의 시대를 살아가는 이 시대에 필연적이라고 말한다. 남진우는 "이처럼 소설을 쓰는

---

8   염무웅, 「글쓰기의 정체성을 찾아서」, 『창작과 비평』 제23권 4호(겨울호), 1995, 278쪽.
9   위의 글, 284쪽.

작가가 작품의 전면에 등장하여 이야기를 풀어나가는 방식은 이 작가가 포스트모더니즘의 새로운 기법에 매력을 느껴서가 아니라 그렇게 해야 할 내적 필연성 때문으로 봐야 할 것이다. 작가는 작품과 일정한 거리를 취한 채 객관적으로 이야기를 전달하는 자가 아니라 끊임없이 이야기에 개입해 들어가서 그 의미를 반추하고 그것의 필연성과 정당성에 질문을 던진다. 소설 속의 이야기는 작가의 머릿속에서 완료된 상태로 있다가 지면 위로 이동하는 것이 아니라 작가의 글쓰기에 의해 계속 다른 의미를 형성하기에 이른다"[10]고 한다. 우리는 고정화되고 정형화된 것을 해체하는 시대에 살고 있다. 처음부터 소설의 줄거리가 정해져 있는 것이 아니라 소설을 쓰면서 끊임없이 변화한다. 포스트모더니즘운동과 관련된 이러한 글쓰기는 일본 사소설에서 이미 빈번하게 사용되었다.

다음은 소설 속에 소설을 쓰는 작가와 글을 읽는 독자의 관계가 그대로 드러나고 있다.

> 출판사에서 편지 한 통이 배달되었다. (…중략…)
>
> 안녕하세요.
>
> 며칠 전 신선생의 외딴 방, 2장을 읽었습니다. 지난번보다 사건도 많고 재미있어서 단숨에 읽어 버렸지요.[2·86·87]

『외딴방』은 총 4장으로 구성되어 있다. 잡지 『문학동네』에 연재된 소설을 읽고 1995년 3월 6일 자로 보낸 영등포여고 산업체특별학급 교사 한경신의 편지이다. 이 부분은 제3장이다. 제2장을 읽고 보낸 한경신의

---

10 남진우, 「우물의 어둠에서 백로의 숲까지─신경숙 『외딴 방』에 대한 몇 개의 단상」, 『외딴방』 1·2, 문학동네, 1995, 289쪽.

편지를 제3장에서 그대로 인용하고 있다. 1994년 9월부터 1995년 9월까지 소설을 쓰면서 일어나는 일들이 그대로 소설 속에 재현되고 있다. 이렇게 소설을 쓰는 작가의 모습을 그대로 보여주므로 소설이 허구라기보다 사실이라는 확신은 더욱더 강해진다. 동시에 글쓰기가 하나의 가공적인 일임을 보여준다. 이는 모든 것을 있는 그대로 다 재현해 낼 수 있다는 아리스토텔레스의 모방이론에 대한 의문 제기이기도 하다. 이처럼 "이제 더는 미룰 수 없다. 이 글을 완성시켜야만 한다. 모든 준비는 끝났다. 약속도 만들지 않았고, 이 글 이외의 어떤 글도 쓸 일이 없게 해놓았다"[2-202]라고 한다. 글을 쓰면서 느끼는 희로애락이 그대로 글을 통해 드러나고 있다. 글을 마무리하기 위한 작가의 다짐이 보인다. 모든 유혹을 뿌리치고 글쓰기에만 전념하려는 작가의 모습이다. "어디로도 가지 않고 이 방안에서 땀을 흘리며 뜨거운 커피를 끊임없이 마셔댔다"[2-220] 마감일을 맞추려는 작가의 필사적인 노력이다.

신경숙은 이 소설을 쓰고 있는 현재가 그대로 소설화되어 가는 이상한 작업이었다고 밝힌다. 이는 일본 사소설 작가들이 쓰는 수법과 같다. 그녀가 인터뷰에서 이 소설에 대해 말하길, "이 글은 사실도 픽션도 아닌 그 중간쯤의 글이 될 것 같은 예감"이었고 "그걸 문학이라고 할 수 있을 것인지"라는 질문을 던지고 나서 글쓰기가 자유로워졌다고 했다. 그녀는 "소설을 쓰는 모든 순간이 굉장히 중요했습니다. 마치 현대미술의 인터랙티브 아트Interactive Art[11]처럼, 당시 읽었던 신문기사의 한 줄, 누군가와 나눈 전화 한 통화까지도 전부 소설에 영향을 미치고 그대로 소설이 되었

---

11 관객이 컴퓨터의 자판을 움직여 영상에 참가하는 예술이다. 곧 관객 자신이 5감을 사용하여 영상, 소리, 움직임 등을 발생시키는 환경 장치에 작용, 반응케 하는 예술이다. 관객이 작품과 대화하면서 감상하는 참가 예술이다.

습니다. 그래서, 소설이 따로 분리되어 있는 것이 아니라 모든 순간이 소설 속에 녹아들어, 그 모든 시간이 소설의 일부가 되었습니다"[12]라고 한다. 현실과 소설을 구분하지 않고 현실이 그대로 소설이 되는 사소설 작가의 글쓰기와 동일한 현상이 일어난다. 신경숙이 말한 이 부분은 일본 사소설과 일치하기 때문에 불가사의한 부분이기도 하다. 신경숙은 일본의 사소설을 전혀 의식하지 않았고 사소설이라고 불리는 것조차 싫어하고 있지만, 소설이 현실에 동화되어 현실인지 창작인지조차 구분하기 힘든 점은 사소설이 가진 특성의 하나이다. 지금까지 사소설은 일본에만 존재하는 특이한 소설 형태라고 알려져 왔다. 그러나 신경숙의 『외딴방』은 사소설과는 전혀 관계없지만, 독자적으로 사소설과 똑같은 모습을 하고 있다고 할 수 있다.

2. 사소설과 『외딴방』의 이중적 서사 사실과 픽션의 경계

글쓰기에 대한 물음과 더불어 『외딴방』의 가장 큰 특징 중의 하나는 글을 쓰는 현재의 시점과 과거의 시점이 반복적으로 나타나는 이중적인 구조이다. 과거의 '나'는 1978년도에서 1981년까지[16살에서 19살까지] 영등포여고 산업체특별학급에 다니는 시절에 해당한다. 현재의 나는 32세부터 33세까지 제주도에서 원고를 집필하여 탈고하기까지의 1994년 9월에서 1995년 9월에 이르는 약 1년 여의 기간에 관한 것이다.

---

12 申京淑, 「記憶と疎通」(勝又浩, 「アジアのなかの私小説」, 『アジア文化との比較に見る日本の「私小説」』, 研究成果報告書, 2008, 137쪽 재인용).

① 여기는 섬이다.

　　밤이고, 밤바다에 떠 있는 어선의 불빛이 열어놓은 창으로 쏟아져 들어온
　　다. 느닷없이, 한 번도 와본 적이 없는 이곳에 와서, 나는 열여섯의 나를 생
　　각한다. 열여섯의 내가 있다. 우리나라 어디서나 볼 수 있는 별 특징 없는 통
　　통한 얼굴 모양을 가진 소녀. 1978년, 유신 말기, 미국의 새로 취임한 카터
　　대통령은 주한 미지상군의 단계적 철수계획을 발표하고, 미국무차관 크리
　　스토퍼는[1·9·10]

② 나의 시골집에는, 고등학교진학을 못한 열여섯의 소녀가 나, 어떡해를 듣고
　　있다.[1·10]

③ 여기는 섬, 제주도.

　　집을 떠나 글을 써보기는 처음이다.[1·11]

④ 이제 열여섯의 나, 노란 장판이 깔린 방바닥에 엎드려 편지를 쓰고 있다. 오
　　빠. 어서 나를 여기에서 데려가줘요. (…중략…) 벌써 유월이다.[1·13]

⑤ 첫 장편소설을 출간하고 얼마 안 된 지난 사월 어느 날, 혼곤한 낮잠 중에 나
　　는 한 통의 전화를 받았다. 약간 볼륨이 있는 여자목소리가 나를 찾았다. (…
　　중략…) "나야, 나 모르겠니? 나, 하계숙이야."[1·17]

⑥ 글쓰기, 내가 이토록 글쓰기에 마음을 매고 있는 것은, 이것으로만이, 나, 라
　　는 존재가 아무것도 아니라는 소외에서 벗어날 수 있다고 생각하기 때문은
　　아닌지.[1·16]

　　『외딴방』은 현재의 나와 과거의 나가 반복해서 나타나는 이중적인 구
조이다. ①부터 ⑥까지 현재-과거-현재-과거-현재-현재의 순으로 시
간이 교차하고 있다. ① "여기는 섬이다"에서 글을 쓰고 있는 장소가 섬
임을 알 수 있다. 여기서는 현재 작가인 나가 "한 번도 와본 적이 없는 이

곳에 와서, 나는 열여섯의 나를 생각한다"에서 글을 쓰고 있는 '현재의 나'는 제주도에서 글을 쓰면서 '과거의 나'를 생각하고 있다는 것을 알 수 있다. ②16살의 나가 〈나 어떡해〉를 듣고 있다. ③ 현재의 나가 집을 떠나 글쓰기는 처음이라 한다. ④ 다시 16살의 나가 오빠에게 서울로 데려가 달라는 편지를 쓴다. ⑤ 현재의 나는 첫 장편소설을 출간한 4월에 한 통의 전화를 받는다. 여기서 첫 장편소설이란 1994년에 출간된 『깊은 슬픔』인 것으로 추정된다. ⑥ 글쓰기에 대한 고민이다. 이렇게 『외딴방』은 과거와 현재를 오가며 이야기를 하고 있다.

과거와 현재의 시제는 다음과 같다.

> 이제야 문체가 정해진다. 단문. 아주 단조롭게. 지나간 시간은 현재형으로, 지금의 시간은 과거형으로. 사진찍듯. 선명하게. 외딴 방이 다시 갇히지 않게. 그때 땅바닥을 쳐다보며 훈련원 대문을 향해 걸어가던 큰오빠의 고독을 문체 속에 끌어올 것.[1·47]

"지나간 과거는 현재형으로, 현재의 시간은 과거형으로"라고 작가는 시제를 정하고 있다. 일반적으로 현재의 시간이 현재이고 과거의 시간은 과거형으로 할 텐데 반대로 하는 이유는 무엇인가? 신경숙은 이 부분에 대해 다음과 같이 말하고 있다. "과거를 쓸 때는 현재형으로 지금 일어나고 있는 것처럼 쓴다. 반대로 이 현재는 과거 속에 들어가서 입장을 역전시켰습니다. 나는 이 두 개가 교차하고 있으면 양쪽이 다 과거가 되지 않고 무턱대고 현재로도 되지 않고 서로 완전하게 어울리는 것을 기대하고 있었습니다."[13] 실제로 그녀는 과거인가, 미래인가, 또는 이 현재가 각각 구별되는 마음이 들지 않는다고 한다. 언제나 우리들이 현재라고 하는 그 시점에서 '나'라고 하는 존재가 무엇인가를 선택하거나 살아가는 사이에 과거라고 말해지는 시간이 모르는 사이에 영향을 주고 특히 뭔가를 선택할 때는 과거가 영향을 주기 때문이라고 한다. 즉 과거와 현재가 완전하게 분리되는 것이 아니고 과거에 의해 현재가 결정되고 현재의 나는 과거의 나에 의해 존재하는 것이라고 한다. 염무웅은 "과거의 사실들은 마치 지금 눈앞에 벌어지듯 현재형으로 기술함으로써 과거성이 상실하고 현재화한다. '백 투 더 퓨처'와는 반대로 우리는 그 현재형에 의하여 '과거 속으로 밀치고 들어가기'를 한다".[14] 그는 현재형 서술을 통한 과거의 재현을 역사적 현재로 재현의 생동감을 느끼며 과거성을 상실한다고 했다. 한편 백낙청은 '과거성의 상실'이 아니라 "어떤 의미로는 한번도 제대로 과거가 되지 못하고 현재로 남은 체험을 그 현재성대로 서술함으로써 비로소 과거성을 부여하려는 몸부림이라 할 수 있다"[15]고 한다. 종합해보면 일반적으로 과거형은 지나간 시제이므로 객관성이 강하고 현재형은 아직 객관화되지 않았으므로 객관성이 떨어진다고 할 수 있다. 과거를 현재형으로 한다고 하는 것은 과거가 아직 객관화되지 않았다는 의미이기도 하고 과거가 과거로 남지 않고 현재로 생생하게 재현된다는 의미이기도 하다. 그리고 현재를 과거로 한다는 것은 현재에 객관성을 부여해 글을 쓰는 작가의 모습을 객관화시키는 과정이기도 하다. 결국 현재를 과거화하고 과거를 현재화하는 과정을 통해 과거와 현재를 역전시키는 과정이기도 하다. 현재를 과거화하는 고백적 글쓰기는 현재의 나에 대한 비판적인 거리를 확보해 현재의 나를 반성하고 비판하는 효과를

---

13 위의 글, 136쪽.
14 염무웅, 「글쓰기의 정체성을 찾아서」, 앞의 글, 282쪽.
15 백낙청, 「『외딴방』이 묻는 것과 이룬 것」, 『창작과 비평』 25권 3호, 1997, 243쪽.

낳는 것이고 과거를 현재화한다는 것은 과거에 객관적인 거리를 가질 수 없어 과거를 더욱 더 생생하게 보여주는 효과를 가지고 있다. 또한 과거를 과거화하지 못한 것은 지우고 싶었던 과거를 아직 객관화해서 보여줄 수 있는 마음의 여유를 가지지 못했다는 것을 의미하기도 한다.

그러나 위의 ① 에서 ⑤ 까지의 시간을 보면 ① 현재의 시간현재형 – ② 과거의 시간현재형 – ③ 현재의 시간현재형 – ④ 과거의 시간현재형 – ⑤ 과거의 시간과거형과 같이 처음에 정한 것과 반드시 일치하지는 않는다. 이 부분에 대해 백낙청은 "내부의 저항이나 충격이 너무 강해지는 순간에는 정해진 시제에 흔들림"이 나타난다고 했다. 이러한 시제의 흔들림은 희재 언니 이야기에서 자주 나타난다. 희재 언니의 이름이 처음 나오는 것은 "희재 언니……. 기어이 튀어나오고 마는 이름"[1·53]이다. 그녀의 이름이 나오고 시제의 흔들림이 나타나다가 희재 언니와 관련하여 "지나간 시간은 현재형으로"라는 규칙이 대체로 지켜지게 되는 것은 옥상에서 희재 언니를 만나고 외사촌에게 그녀 이야기를 해주는 장면이 나오고 나서부터이다. 백낙청은『외딴방』의 시간의 흐름을 다음과 같이 정리하고 있다. 처음에는 글쓰기에 대해 여러 가지로 고민하다가 문체에 대한 나의 일정한 방침이 나중에 정해지고 이후 희재 언니가 끼어들며 흔들림을 겪으면서 제1~2장에 걸쳐 그 틀이 정착되며 제3장에서는 안정된 서술이 진행되다가 제4장의 이야기 막바지에 다가가면서 즉 희재 언니의 결혼 계획을 발설한 뒤부터 다시 호흡이 흐트러져서 마지막에는 다시 6년 전의「외딴방」의 도움을 빌려서야 겨우 희재 언니의 이야기를 끝맺을 수 있는 것이다.[16]

포스트모더니즘은 대체로 줄거리의 깔끔한 마무리나 일관된 서사, 완

---

16   위의 글, 244쪽.

결감을 주는 끝맺음은 닫힘에 해당한다고 본다. 『외딴방』은 이런 닫힘의 줄거리나 일관된 서사를 끊임없이 부정하고 있다고 봐야 한다. 현재와 과거를 오가는 이중적 구조와 바꿔버린 현재형과 과거형의 구조는 글을 쓰는 작가의 얼굴을 더욱 부각하는 효과를 주고 있다. 현재와 과거를 넘나들고 현재 글을 쓰는 작가의 얼굴을 끊임없이 비춰준다. 이러한 글쓰기는 과거의 암울했던 시절이 과거가 되지 못하고 있는 작가의 고뇌를 극대화하는 효과를 가지고 있다. 결국 현재와 과거를 넘나드는 이중적인 서사를 통해 글을 쓰는 현재 작가의 얼굴을 사실대로 보여주는 구조를 취하고 있다. 이를 통해 글을 쓰면서 일어나는 일들이 고스란히 소설 속에 재현된다. 사소설 작가는 현실에 일어난 일들을 사실대로 써야 한다. 따라서 사소설 작가는 일상적인 생활 속에서는 소설의 제재를 구할 수 없었기에 일부러라도 불륜이나, 금전문제, 자살소동 등의 비일상적인 행동을 해야만 했다. 그 비일상적인 행동이 그대로 소설이 되었다. 현실과 소설이 역전되는 현상이 나타난 것이다. 이러한 사소설 작가의 글쓰기와 『외딴방』은 소설을 쓰면서 일어나는 과정이 그대로 드러난다는 점에서 같다. 소설가소설의 메타픽션도 사소설도 기존의 소설을 틀을 과감하게 바꾸었다. 글을 쓰는 작가의 얼굴을 보여줌으로써 소설이 절대 진리를 재현할 수 없다는 것을 보여준다. 이러한 소설기법은 기존의 소설과는 다른 또 다른 소설 쓰기와 읽기의 가능성을 열어주었다.

1) 사소설과 『외딴방』의 서사 사실과 픽션의 경계

만해문학상 심사 경위에서 "이 작품은 내용과 형식 양면에서 새로운 리얼리즘의 가능성을 연, 최근 우리 문학이 거둔 최고의 수확 가운데 하나다"[17]라고 했다. 신경숙은 『외딴방』이 자신의 자전적인 회고록이라고 만해문학상 수상소감에서 고백했다. 그녀는 "외딴 방을 생각하면 마치 희망 없는 태생지를 버려두고 저만 살아보겠다고 도망쳐나온 배반자 같은 느낌을 지울 수가 없습니다. (…중략…) 오래전에 제가 버려두고 온 것들이 아직 추운 곳에서 헤매고 있는데 나만? 싶어서였습니다. 말하자면 제 속 편하고자 하는 심로에서였지요. (…중략…) 언젠가 외부적으로나 내부적으로나 제 힘이 최고치로 모아졌다고 느껴졌을 때 오로지 글쓰기로 그 시절과 마주쳐보겠다고 말이지요"[18]라고 한다. 결국 신경숙은 『외딴방』에서 자신의 어두웠던 과거를 글쓰기로 재현하였다고 한다. 따라서 이 소설이 완전한 픽션이 아닌 작가가 경험한 사실을 제재로 했다는 것을 알 수 있다.

다음은 죽은 희재 언니와의 대화이다.

언니가 뭐하고 해도 나는 언니를 쓰려고 해. 언니가 예전대로 고스란히 재생되어질지 어쩔지는 나도 모르겠어. (…중략…) 언니의 진실을, 언니에 대한 나의 진실을, 제대로 따라가야 할 텐데. 내가 진실해질 수 있는 때는 내 기억을 들여다보고 있는 때도 남은 사진들을 들여다보고 있을 때도 아니었어. 그런 것들은 공허했어. 이렇게 엎드려 뭐라고뭐라고 적어보고 있을 때만 나는 나를 알겠었어. 나는 글쓰기로 언니에게 도달해보려고 해.

…….

……뭐라구?

조금만 크게 말해봐? 뭐라는 거야?

17   최원식, 「『11회 만회문학상 발표』 심사평」, 『창작과 비평』 제24권 제4호(겨울호), 1996, 408쪽.
18   신경숙, 「『11회 만회문학상 발표』 수상소감」, 위의 책, 410쪽.

…….

응?

…….

문학 바깥에 머무르라구? 날 보고 하는 소리야?

…….

문학 바깥이 어딘데?

…….

언니는 지금 어디 있는데?21-248·249

　작가는 희재 언니를 고스란히 재생함으로써 그녀의 진실에 도달하고
자 한다. 다시 말해 문학의 진실이란 그녀의 체험을 사실대로 고스란히
재생하는 것이라고 한다. 그리고 희재 언니는 문학보다 문학 바깥에 머
무르라고 한다. 결국 문학 바깥이라고 하는 것은 픽션보다 현실을 직시
하라는 이야기이고 픽션보다는 사실을 쓰라는 주문으로 보인다. 백낙청
은 '사실'과 '픽션'에 관한 저자의 물음이 사실에 대한 경시가 아니라, 밝
히고 싶은 사실이 너무나 많고 절실한 데서 비롯됨을 보여준다고 한다.
'문학'과 '글쓰기'에 대한 물음도 위의 인용문에 나온 또 하나의 낱말, 바
로 '진실' 그것에 대한 헌신의 표현이다. 때문에 이 물음은 이따금 '문학'
보다 '문학 바깥'을 중시할 것을 촉구한다"19고 말하고 있다. 문학이란 작
품 내에서의 픽션의 세계를 뜻하고 문학 바깥이란 작품 외에서의 작가의
현실세계를 뜻한다. 즉 픽션보다는 사실을 중시하라는 뜻이다. 이러한
생각은 일본 사소설과 일맥상통하는 생각이기도 하다. 사소설은 소설이

19　백낙청, 앞의 글, 233쪽.

픽션이 아니라 있는 그대로의 사실을 그려야만 한다고 했다. 따라서 작가는 자신이 경험한 세계를 허구가 없는 사실을 그대로 그리는 일이었다. 현실을 있는 그대로 그려야만 하기 때문에 평범한 일상은 소설이 소재가 되기 어려웠다. 사소설 작가는 일부러라도 불륜, 금전문제, 자살소동 등의 비일상적인 생활을 해야만 소설의 소재를 구할 수가 있었다. 현실과 소설이 역전되는 특이한 현상이 일어나게 되었다. 이러한 일본 사소설이 소설은 픽션이 아닌 사실이라는 새로운 소설 양식을 만들었다. 『외딴방』의 이러한 물음도 사소설과 무관하지 않다.

> 선배가 전화를 걸어왔다. (…중략…)
>
> "방금 내가 외딴 방 이장을 읽었는데." (…중략…)
>
> "잘 기억해봐. 너, 그때 본 영화가 정말로 금지된 장난이냐?"
>
> 그때 본 영화는 금지된 장난이 아니었다. 아랑드롱이 나오는 부메랑이었다. 부메랑. (…중략…)
>
> "부메랑이었어요."
>
> "그런데 왜 금지된 장난이라고 했어?"
>
> "그건 소설이에요!" (…중략…)
>
> "그래, 그냥 해본 소리다. 나는 금지된 장난이 영화관에선 육십년대 근처에 딱 한 번 상영된 걸로 알고 있었거든 그때라면 네가 태어나기도 전 아니냐. 그런데 네가 본 영화가 금지된 장난이라고 씌어져 있으니까 갑자기 내 개인적으로 읽는 맥이 끊기지 않냐. 다른 소설에 그랬다면 안 그랬지. 뭐라고 설명은 할 수 없다만 지금 네가 쓰는 외딴 방에선 말이다. 그러지 않는 게 좋을 것 같아서 그래서……. 그냥 본 대로 그대로 쓰라고……. 그렇다고 내가 너한테 리얼리티를 요구하고 있다고는 생각 마라. 무슨 말인지 알지?"[2-41~44]

현재의 '나'가 쓴 소설을 읽은 선배가 영화관에서 본 영화가 진짜 〈금지된 장난〉이냐고 물어보는 장면이다. 작가인 '나'는 〈금지된 장난〉이 아니고 〈부메랑〉이라고 말한다. 그러자 왜 〈금지된 장난〉이라고 했냐니까 "그건 소설이에요"라고 답한다. 결국 이 소설의 독자인 선배는 소설을 읽을 때 픽션이라기보다는 사실로써 읽었다는 결론이 나온다. 소설을 픽션으로 읽었다면 그 영화가 〈금지된 장난〉이건 〈부메랑〉이건 아무런 상관이 없다. 그리고 이 소설의 작가도 본인의 이야기를 사실대로 썼지만, 부분적으로 〈부메랑〉이라는 영화가 싫었기에 〈금지된 장난〉이라고 썼다고 한다. 이렇게 부분적으로 사실이 아닌 부분이 있으나 전반적으로는 사실을 그렸다고 할 수 있다. 따라서 선배는 『외딴 방』이라는 소설을 읽을 때 사실로 읽다가 갑자기 사실과는 다른 부분이 나오니깐 소설을 읽는 맥이 끊긴다고 말한다. 선배의 요구는 "그냥 본 대로 그대로 쓰라"라고 한다. 픽션이 들어가지 않는 사실의 재현을 요구하고 있다. 이에 대한 작가의 생각은 "내 아무리 집착해도 소설은 삶의 자취를 따라갈 뿐이라는, 글쓰기로서는 삶을 앞서나갈 수도, 아니 삶과 나란히 걸어갈 수조차 없다는 내 빠른 체념을 그는 지적하고 있었다. 체념의 자리를 메워주던 장식과 연출과 과장들을"[2-43·44]이라고 한다. 그녀는 "소설은 삶의 자취를 따라가는 것"이라고 한다. 이 인용에서는 사실과 픽션에 대한 물음과 글쓰기에 대한 물음에 대한 대답이 어느 정도는 나와 있다. 글쓰기의 최종 목표는 삶의 진실에 도달하기 위해서다. 그 진실에 도달하기 위해서 소설에서 사실과 픽션 중에 어느 것을 취하느냐에 대한 끊임없는 물음을 던지고 결국은 사실 쪽에 무게를 두는 것이다.

3. 전기적 요소와 사회성 나에게서 우리로

1990년대에 들어서도 민족문학의 위기가 극복되지 않고 있다. 민족
문학 진영에서는 맑시즘도 퇴조하고 포스트모던이 유행하는 상황에 대
해 사회주의가 몰락하고 자본주의가 도래했으므로 현재의 시대적 조건
이 결코 근대 이후가 될 수 없고 포스트모더니즘 이론이 사실상 현실적
조건을 결여하고 있으며 지금은 계급적 현실이 더욱 뚜렷해지고 있다는
진단을 내린다. 그런데도 포스트모더니즘의 유행은 쉽게 수그러들지 않
는다. 포스트모더니즘이 주장하는 것과 같이 거대서사의 시대가 지나가
고 소서사에 의한 해체의 시대가 도래한 것 같은 인상을 준다.[20] 이렇게
1990년대에 들어와서 사소한 것에 관심을 가지게 된 것은 기존 리얼리
즘문학에서 경시해 온 개인적 실존 문제에 대한 고민을 내면으로부터 그
리는 데에는 소홀했다는 비판도 있었다. 이러한 비판을 극복하기 위한
진지한 노력을 한 작가가 신경숙이라 할 수 있다. 그리고 이러한 노력이
그녀의 소설 『외딴방』에 나타나고 있다. 이 시기 여성 작가들의 소설에
보이는 소서사는 일본 사소설의 제재이기도 하다. 따라서 지금까지 사소
설을 한국에서 받아들이지 않았다는 것이 일반적인 연구가들의 주장인
데 1990년대 이후 여성 소설에서 일본 사소설과 유사한 소설의 서사 양
식이 나타난다. 1990년대 여성 작가의 작품은 대부분 작가의 사적인 일
상을 그림으로써 사회와의 관계 속에서의 '나'가 그려지는 것이 아니고
사회와는 담을 쌓고 오로지 나의 사적인 일들만이 문제가 되었다. 또한
사회적 측면이 배제되었다는 점이 일본 사소설과 일치한다. 그러나 『외

---

20 신승엽, 「성찰의 깊이와 기억의 섬세함」, 『창작과 비평』 제21권 제4호(겨울호). 1993, 92
~94쪽.

딴방』은 일본의 사소설과 여러 가지 면에서 공통점이 많지만, 사회적인 측면이 경시되지 않았다는 점에서 구분된다.

일본 사소설은 사회와 차단된 작은 방에서 오로지 개인의 사생활만을 그렸다. 그러나 『외딴방』을 남진우는 "언어의 명주실로 정확하고 치밀하게 짠 이 한 시대의 풍속화"[21]라고 평가했다. 또한 김영찬은 "신경숙이 1995년에 발표한 『외딴방』은 특유의 내면 지향적인 서술 태도를 견지하면서도 한편으로는 1970년대 후반과 1980년대 초에 이르는 노동 현장의 현실을 생생하게 재현함으로써 보기 드문 문학적 성공을 거두었다. (…중략…) 신경숙은 자신의 글쓰기가 소외된 타자의 목소리를 글쓰기의 영역 안에서 되살려내려는 노력임을 줄곧 피력해왔다. 『외딴방』은 지금까지 신경숙 문학에 보이는 사회적 관심의 부재를 지적하는 비판의 시선을 거두는 결정적인 역할을 하였다"[22]고 한다.

다음은 작가가 의식적으로 지워버리려 했던 소녀시절이 결코 지울 수 없는 현재임을 이야기하고 있다.

내 아무리 다른 길로 돌아간다 하여도 내 글쓰기는 그해 여름을 기억했다. 내가 아무리 밀어넣고 밀어넣어도 그해의 여름은 끊임없이 나의 내부를 뚫고 올라오곤 했다. 내가 그를 만나 웃고 있는 그 순간 속으로조차 그해 여름은 스며들었다. 전혀 예기치 않았을 때조차 밤바람처럼 밀물처럼 안개처럼.[2-199]

그래 그날 아침 이야기를 하자, 해버리자.[2-221]

---

21 남진우, 앞의 글, 299쪽.
22 김영찬, 「글쓰기와 타자-신경숙 『외딴방』론」, 『한국문학이론과 비평』 15, 2002, 167~168쪽.

기억하지 않기 위해 꼭꼭 숨겨두었던 소녀시절의 암울했던 추억. 하지만 지우려고 하면 할수록 더욱 그 기억에서 벗어날 수 없음을 깨닫는다. 이렇게 추억하기 싫은 이유는 희재 언니의 죽음과 관련이 있다. "나도 모르게 개입해버린, 그녀의 죽음이 내게 남긴 상처는 나를 한없이 멍하게 했다."[2-251] 그러나 기억하고 싶지 않았던 과거를 글쓰기로 토해내면서 과거를 과거로 받아들이게 된다. "사실은, 나, 그곳에 한번 가보고 싶다. 이 글을 마저 마치기 전에. 글을 쓰기 시작할 때는 내가 이런 생각을 하게 될 줄 몰랐다."[2-234] 글쓰기를 통해서 피하기만 했던 그 시절의 외딴방에 다시 한번 가보고 싶다고 느끼게 된다.

작가가 그토록 글쓰기를 두려워했던 것은 죽은 희재 언니에 대한 기억 때문이었다.

외딴 방으로 들어간 건 열여섯이었고 그곳에서 뛰어나온 건 열아홉이었다. 그 사년의 삶과 나는 좀처럼 화해가 되지 않았다.[1-81]

나는 침묵으로 내 소녀시절을 묵살해버렸다. 스스로 사랑하지 못했던 시절이었으므로 나는 열다섯에서 갑자기 스물이 되어야 했다. 나의 발자국은 과거로부터 걸어나가봐도 현재로부터 걸어들어가봐도 늘 같은 장소에서 끊겼다. 열다섯에서 갑자기 스물이 되거나 스물에서 갑자기 열다섯이 되곤 했다. 과거로부터는 열여섯을 열일곱을 열여덟을 열아홉을 묵살하고 곧장 스물로, 현재로부터는 열아홉을 열여덟을 열일곱을 열여섯을 묵살하고 곧장 열다섯으로 건너뛰어야 했으므로 그 시간들은 내게 늘 완전히 드러난 햇빛이나 바닥을 완전히 숨긴 우물 같은 공동으로 남았다.[2-278·279]

화자인 나는 지우고 싶었던 16살에서 19살까지의 삶을 글을 쓰지 않음으로써 부정했다고 한다. 과거 시간에 대한 글쓰기의 직접적 계기가 된 것은 그 시절 함께 학교에 다녔던 그녀들 중의 한 사람인 하계숙을 통해서이다. 공단과 외딴 방을 오가던 여고시절에 대한 기억은 너무 힘들었던 기억이라 의식적으로 삭제해버린 시간이다. 소녀시절의 지우려 했던 기억들이 글쓰기를 통해 다시 고민하고 사유하는 과정을 통해 과거가 되지 못하고 현재에 머물러야만 했던 과거가 글쓰기를 통해 객관화되고 과거로써 인정하게 된다. 부정이 아닌 긍정을 통해 마음이 자유로워진다.

다음은 소녀시절을 글로 쓰게 만든 하계숙과의 전화내용이다.

"넌, 우리와 다른 삶을 사는 것 같더라."
편안한 잠을 자고 깬 후면 어김없이 그녀의 목소리는 얼음물이 되어 천장으로부터 내 이마에 똑똑똑 떨어져내렸다. 너.는.우.리.들.얘.기.는.쓰.지.않.더.구.나.네.게.그.런.시.절.이.있.었.다.는.걸.부.끄.러.워.하.는.건.아.니.니.니.넌.우.리.들.하.고.다.른.삶.을.살.고.있.는.것.같.더.라.[1-49]

하계숙의 전화를 받고 그녀들과 함께한 그 시간을 자신의 삶으로 끌어들이지 못하는 것은 "내게는 그때가 지나간 시간이 되지 못하고 있음을, 낙타의 혹처럼 나는 내 등에 그 시간들을 짊어지고 있음을, 오래도록, 어쩌면 나, 여기 머무는 동안 내내 그 시간들은 나의 현재일 것임을"[1-85]이라고 인식한다. 그토록 지우고 싶었고 아팠던 과거의 기억은 아직도 과거가 되지 못하고 현재인 채로 있다. 과거 사건은 현재시제로, 현재의 사건은 과거시제로 구사하는 글쓰기 전략 속에서 의도하는 것은 공단에서의 체험이 현재의 나를 이루는 일부이고 그것은 영원히 현재적 사건으로 남는 운명시제로 드러내는 것이다. "지금은 1994년. 우리가 처음 만났던 건 1979년. 그녀는 낮잠 중인 나를 나무라기나 하는 듯 전화를 걸어와서는 나야, 모르겠니? 하면서 16년 전의 교실 문을 쓰윽 열고 있었다."[1-18] 아팠던 과거의 내가 그토록 고통스러워하고 과거의 일이 되지 못하고 현재의 일부가 되어 버린 그 시간을 따라가 보면 고통스러운 소녀의 성장과정을 볼 수 있다. 화자는 공장에 입사할 수 있는 나이가 미달하였기 때문에 이연미라는 열여덟의 다른 사람의 이름으로 불리게 된다. 외사촌이 옆구리를 꾹꾹 찔러야만 제 이름인지 알 정도로 낯선 이름으로 도시 생활을 시작한다. 이름을 찾은 이후에도 그녀는 생산라인 A의 1번으로 불린다. 공적 영역에서 이름을 잃고 익명의 1번으로 살아가게 된다.

> 서른일곱 개의 방 중의 하나, 우리들의 외딴 방. (…중략…) 구멍가게나 시장으로 들어가는 입구, 육교 위 또한 늘 사람으로 번잡했었건만, 왜 내게는 그때나 지금이나 그 방을 생각하면 한없이 외졌다는 생각, 외로운 곳에, 우리들, 거기서 외따로이 살았다는 생각이 먼저 드는 것인지.[1-52·53]

『외딴방』에서는 작가의 자전적인 요소가 많이 드러난 작품이다. 『외딴방』은 신경숙이 그토록 드러내놓길 꺼려왔던, 그러나 언젠가는 기필코 말해야만 했던 유년과 성년 사이의 공백기간, 열여섯에서 스무 살까지 그 시간의 궁금함 속으로 들어갈 수 있게 되었다. 그리고 『외딴방』을 통해서 그 아프고 잔인했던 시절, 열악한 환경 속에서 문학의 꿈을 키워나가던 소녀 신경숙을 만날 수 있게 되었다. 초등학교 6학년 때야 처음으로 전기가 들어온 깡촌에 살면서도 게걸스러울 정도로 읽기를 좋아해, 버스 간판이고, 배나무밭에 배를 싼 신문지며, 『새마을』이나 『새 농민』에 나오는 수필이나 소설까지 빠뜨리지 않고 읽었다. 시인이 되려던 셋째 오빠의 영향으로 오빠가 갖고 있던 시집들을 두루 읽을 수 있었던 것도 그의 행운이었다. 그러다가 열다섯 되던 해인 1978년 그 시절 동년배의 다른 누이들처럼 고향을 등지고 서울로 올라온다. 구로 3공단 전철역 부근 서른일곱 가구가 다닥다닥 붙어사는 닭장집이라 불리던 외딴 방에서 큰오빠, 작은오빠, 외사촌이 함께 누워 잤다. "직업훈련원생 중에서 동남전기주식회사를 선택한 훈련생들은 스물 몇 명쯤 된다. (…중략…) 동남전기주식회사는 구로 1공단에 있다."[1·50·51] 공단 입구의 직업훈련원에서 한 달간 교육을 받은 후, 공단 안쪽 동남전기주식회사에 취직했을 때 그녀의 이름은 스테레오과 생산부 A라인 1번이다. "풍속화 속, 내 앞의 에어드라이버는 공중에 매달려 있다. 피브이시를 고정시킬 나사를 왼손에 쥔 다음 에어드라이버를 잡아당겨 누르면 칙, 바람 새는 소리와 함께 나사가 박힌다. 2번인 외사촌도 마찬가지로 나사를 열 몇 개 박아야 한다. 다만 내 에어드라이버는 공중에 매달려 있고 외사촌 것은 옆에 달려 있다. 말하자면 나는 가운데에 나사를 박는 것이고 외사촌은 앞에 박는 것이다."[1·74·75] 공중에 매달려 있는 에어드라이버를 당겨 합성수지판에 나사 일곱 개를 박는 것이 1번의 일이었다.[23]

다음은 주인공이 자신도 모르게 개입해 버린 희재 언니의 죽음에 개입한 것으로부터 그 시절에서 자유롭지 못한 것을 알 수 있다.

…….

왜 나였어.

---

23 http://www.happycampus.com/report/view.hcam?no=4123043 참조.

…….

　　나는 겨우 열아홉이었어.[2-150]

　　주인공은 방에 자물쇠를 채우는 걸 잊었으니 채워달라고 한 희재 언니의 부탁으로 자물쇠를 채웠다. 그 후 희재 언니가 나타나지 않아 그녀를 찾았으나 그 방안에는 희재 언니가 구더기가 되어 죽어 있었다. 공단지대에서 만난 희재 언니의 죽음은 '나'에게 치유하기 어려운 트라우마를 남긴다. 희재 언니는 스물이 넘은 늦은 나이에 야간 고등학교를 다니고 그것도 형편이 어려워지자 아침부터 새벽까지 일한다. 그리고 그녀는 임신하고 가정을 갖겠다고 한 소박한 희망이 좌절되자 죽음을 택한 것이다. 희재 언니는 1970년대 산업역군이라는 표어 아래 노동착취를 강요당했던 1970년대 여성노동자를 대표한다고 할 수 있다.

　　희재 언니……. 기어이 튀어나오고 마는 이름. 우리는, 희재 언니는 유신말기 산업역군의 풍속화.[1-53]

　　신경숙의 소설 중 1995년에 출간된 『외딴방』은 그녀의 작품 중 '1970년대의 서울'의 단면을 가장 뚜렷이 보여준다. 『외딴방』에 등장하는 사건들은 작가의 직접 체험과 큰 연관이 있다. 실제로 작품에 등장하는 나의 행적, 출신 학교, 가족관계 등이 작가의 삶과 정확하게 일치할 뿐더러, 주인공이 시종일관 소설을 통해 드러내는 글쓰기에 대한 고민은 곧 신경숙의 고민과도 같다. 그중에서도 서울이 배경인 부분은, 16세[1978]부터 20세[1981]까지의 신경숙의 과거 행적과 같다. 외사촌 언니와 서울로 올라와 가리봉동의 외딴 방에 자리를 잡은 주인공은 구로공단에 있는 동남전기주식회사에 다니는 와중에도 산업체 특별 학급에서 향학열을 불태운다. "내게 남산에 서울예술전문대학이 있다고 말해준 분은 최홍이 선생이다. 그곳에 문예창작과가 있다 한다. 내 학력고사 점수는 형편없이 낮다"2-246 에서 알 수 있듯이 주인공은 그곳에서 글쓰기에 대한 확신을 심어준 한 선생님을 만나게 된다. 그리고 고된 문학 수업 끝에 소설가의 길을 걷게 된다. 결과적으로 서울이 나의 꿈을 이루게 해 준 발판 역할을 한 것이다. 그러나 동시에 서울은 나에게서 많은 것을 빼앗아가기도 했다. 작가는 그것을 "단번에 하층민이 되었다"는 구절로 표현하고 있다. "제사가 많았 던 시골에서의 우리집은 어느 집보다 음식이 풍부했으며, 동네에서 가장 넓은 마당을 가진 가운뎃집이었으며, 장항아리며 닭이며 자전거며 오리 가 가장 많은 집이었다. 그런데 도시로 나오니 하층민이다."1-67 이 구절 이 단순히 도시의 삭막함과 시골의 풍요로움을 대조시키고 있는 것은 아 니다. 시골에서는 꽤 부유했지만, 도시로 나오니 하층민으로 전락하였다. 다닥다닥 붙어 있는 닭장 같은 작은 방, 공장에서 주는 나쁜 음식, 야간학 교에도 겨우 다닐 수 있었던 나의 처지는 1970년대 말 이농현상과 광범 위하게 형성되었던 도시빈민층의 생활상을 잘 보여준다.

나는 글쓰기를 통해 그 시간을 다시 아파하고 고민하는 과정을 통해 변화되어 간다. 결국 『외딴방』은 16살에서 20살까지 한 소녀가 경험한 내면 고백이다. 하지만 그 고백은 당시 1970년대 후반부터 1980년대 초 까지의 시대 모습과 연관되어 한 개인의 고백으로 끝나지 않는다. 신경 숙은 내가 청소년기에 본 열악한 상황 속에서 인간이 살아가는 모습, 한 국에서 1970년대 말부터 1980년대 초까지의 시대 상황, 그 속에서 나 와 함께 산 사람들을 데리고 왔다고 한다. 그 시대를 한번 정확하게 재현 해 보고 싶었다고 했다.24 한 개인의 고백이지만 그 시대의 상처받고 지친 여공들의 모습들을 세밀하게 그림으로써 그 당시 여공들의 자화상으로 비치고 있다. 내 짝인 왼손잡이 안향숙은 하루에 캔디를 2만 개나 포장해야 하는 일 때문에 손가락과 손이 다 망가지고 가발공장의 폐업으로 신민당사에서 뛰어내려 추락사한 김경숙, 졸다가 손등을 박아 버린 희재 언니 이런 당시 여공들의 삶의 방식은 다르지만 열악한 환경과 싸워야만 하는 모습은 동일하다. 가쓰마타 히로시는 「아시아 속의 사소설」에서 다음과 같이 말하고 있다. "1970년대 말부터 80년대와 90년대의 한국 현대사 속에서 살아온 한 여성의 모습을 통해, 현대사에 지지 않을 정도로 유연하고 확고한 '나'가 자연스럽게 묘사된다"[25]고 하고 있다.

가쓰마타 히로시는 사소설에서 중시하는 사생활의 폭로성은 『외딴방』에서는 문제가 되지 않는다고 말한다. 사소설에서 폭로는 역시 성적인 것, 스캔들, 터부, 사회규범에 관계된다. 그러나 『외딴방』에서는 가난한 서민의 필사적이고 건강한 생활이 기본이기 때문에 폭로와는 관계가 없다. 이 소설은 사소설과 영향관계가 없으나 공생하고 있다. 이것이 이 소설에 보이는 사소설의 훌륭한 부분이다. 또한, 작가는 쓰는 것뿐만 아니라 쓰여 있지 않은 것에 대한 책임을 소설에서 묻고 있으므로, 『외딴방』은 명백한 사소설이라고 할 수 있다. 지금까지 일본의 사소설은 오랜 전통을 가지고 여러 가지 모색을 거듭해 발전과 진화를 했다. 극단적으로 말하면 일본의 가장 전위적인 소설은 사소설 속에 있다고 말할 수 있다. 그리고 사소설의 근본적인 성격은 쓰여 있는 것의 진실성과 쓰는 것 자체의 책임관계가 문제시되어왔다. 그런 의미에서 『외딴방』이 가진 사소설의 훌륭함에 탄복하고 놀라기도 했지만 그런 작품이 지금 한국에서 어

---

24 신경숙, 「기억과 소통」(勝又浩, 앞의 글, 재인용), 137쪽.
25 勝又浩, 위의 글, 162쪽.

떻게 나왔는지 하는 점이다.[26]

결국 그는 사소설을 서양의 근대소설을 늦게 도입한 나라의 일반적인 현상으로 받아들인다. 다야마 가타이가 사소설을 썼던 것은 그가 우둔했기 때문이 아니고 일본인에게 맞는 소설로 변화시킨 것이라는 결론이 나온다. 결국 신경숙의 『외딴방』이 일본의 사소설과 똑같은 양상으로 나타난 것은 시대적인 현상으로 이해해야 할 것이다. 1990년대에는 작가와 독자, 허구와 현실의 경계를 탐색하는 소설인 메타픽션이라는 문학 현상을 받아들일 수 있는 여건이 마련되었기 때문이다. 1990년대 이후에는 개인들이 비교적 안정적인 삶을 살 수 있었으나 미래에 대한 비전이 없는 불투명한 시대에 살고 있다. 따라서 작가가 자신의 글쓰기에 대해 회의를 하는 글쓰기가 등장하게 되었고 이는 일본 사소설 작가의 글쓰기와 일치한다. 그리고 사실과 픽션에 대한 끊임없는 탐구 역시 사소설 작가들의 고민이기도 했다.

사소설은 소설이 픽션임을 거부하고 사실이라는 새로운 소설의 패러다임을 만들었다. 사소설은 소설이면서도 픽션이 아닌 있는 그대로의 사실을 그린다. 사소설은 픽션과 논픽션의 경계에 있다고 할 수 있다. 사소설은 작가 자신이 경험한 사실을 있는 그대로 썼다. 설령 픽션이 들어갔다고 하더라도 독자들은 소설 내용을 작가가 경험한 사실로 생각하고 읽었다. 지금까지 한국에는 작가 자신이 경험한 사실을 있는 그대로 써야만 한다는 사소설 작가도 소설이 픽션임에도 불구하고 사실로 읽는 사소설독자도 거의 없었다. 『외딴방』에서 작가는 약간의 픽션은 있지만 거의

---

26 위의 글, 12~13쪽.

있는 그대로 작가가 경험한 사실을 썼다. 독자들은 『외딴방』을 읽을 때 사실로 생각하고 읽었다. 일본 사소설은 작가가 있는 그대로 쓰고 독자는 소설의 주인공을 작가와 바꿔서 읽는다. 이러한 사소설의 공식이 『외딴방』에서도 그대로 적용된다고 할 수 있다. 다시 말하면 『외딴방』은 일본문학과의 영향관계가 전혀 없음에도 불구하고 사소설과 거의 같은 서사구조와 독자층을 가지고 있다.

그러면 『외딴방』이 사소설과 동일한 점과 차이점에 대해 보자. 첫째, 소설가소설이라는 점이다. 『외딴방』과 사소설은 글을 쓰는 작가의 얼굴이 소설 속에 그대로 나타난다는 점에서 같다. 사소설 작가는 자신이 경험한 사실만을 소설 속에 재현할 수 있다. 따라서 사소설 작가의 현실 생활은 그대로 소설이 되었고 현실과 소설이 역전하는 현상이 일어났다. 둘째, 『외딴방』은 사소설의 성립요건과 일치한다. 작가는 자신의 사생활을 있는 그대로 썼고 독자는 소설을 픽션으로 생각하지 않고 있는 그대로의 사실이라고 생각하고 읽었다는 점이다. 사소설에서 독자들이 소설 내용을 사실로 읽는다는 점은 사소설의 공식이다. 『외딴방』을 읽는 독자들도 소설의 내용을 사실이라고 생각하고 읽었다. 셋째, 소설이 사실이냐 픽션이냐는 질문에 대한 끊임없는 물음이다. 이러한 물음은 사소설에 대한 물음이기도 하다. 작가는 본인이 사실을 썼는가? 그리고 예술가로서의 길을 걸었는가에 대한 끊임없는 질문, 소설과 현실 사이에서 일어나는 예술가의 책임 문제는 사소설 작가가 항상 고민하는 문제였다. 또한 사소설 독자는 끊임없이 사소설 작가가 사실을 그대로 재현했는가에 더 많은 관심을 가졌다. 차이점을 보면, 사소설은 오로지 작가 개인의 신변적인 일에만 관심을 가지고 사회에서 등을 돌린 채 개인에만 관심을 가졌다. 하지만 『외딴방』은 개인을 그렸지만 한 개인에 그치는 것이 아니고 사회 속에서의 나가 그려져 그 당시의 시대상을 잘 나타내었다고 할 수 있다.

사소설은 1907년부터 지금까지 긴 세월 동안 발전하고 진화해왔다. 이러한 사소설이 1990년 한국에서도 같은 모습으로 다시 나타나기 시작했다. 물론 한국에서 사소설이 전혀 없었다고는 할 수 없지만 1990년대에 사소설과 같은 소설이 많이 나타나고 많은 독자층을 갖게 된 데에는 그만한 이유가 있다. 일본 사소설의 원조인 『이불』이 서양 근대문학을 오해한 것이 아니고 일본에 적합한 모습으로 변형시킨 것처럼 한국에서도 사소설과 같은 양식이 나오고 많은 독자가 호응하는 것은 신경숙의 『외딴방』이 한국에 적합한 소설로 변형시켰고 이에 독자들은 호응했다고 할 수 있다.

제12장

사소설과 자전소설의 일상성 · 고백 · 개인[1]

유미리『생명』과 공지영『즐거운 나의 집』

　일본의 사소설은 1907년에『이불』이 나온 이후 현대까지 계속해서 그 전통을 이어가고 있다. 현대의 대표적인 사소설 작가로는 유미리를 들 수 있다. 한국에서는 근대초창기에 사소설을 받아들이지 않았고 1930년대에 안회남의 신변소설과 박태원의 심경소설이 등장하고 전후에는 이봉구가 등장하였으나 센세이션을 일으키지는 못했다. 하지만 1990년에 들어와서 신경숙과 공지영을 비롯하여 많은 여성 작가가 자신의 자전적인 이야기를 쓰기 시작했고 많은 독자층을 가지게 되었다.

　대한출판문화협회와 백원근 한국출판연구소 책임연구원에 따르면 2011년 한국에서 번역 출간된 일본문학서가 832종인 데 반해 2009~2010년 일본에서 출간된 한국문학서는 27종에 불과했다. 이러한 흐름은 2023년에도 마찬가지다. 교보문고 베스트셀러 10위 안에 일본소설인 신카이 마코토,『스즈메의 문단속』2023, 무라카미 하루키,『도시와 그 불확실한 벽』2023이 인기도서 1위에 오르기도 했다. 판매량2010년 교보문고 기준으로도 일본소설은 전체 소설 판매의 19%를 차지해 한국소설 판매량 34.6%의 절반을 넘어섰다. (…중략…) 백 연구원은 "8·15해방 이래 1990

1　제12장은 안영희의 논문「사소설과 자전소설 – 유미리의『생명』과 공지영의『즐거운 나의 집』을 중심으로」(『일어일문학연구』83-2, 2012, 363~390쪽)을 수정·보완하였다.

년대에 이르기까지 50여 년간 한국문학이 고난의 현대사를 정면으로 끌어안는 거시담론민중·민족·분단문학과 순문학의 세계로 양분돼 대중소설상업소설의 진화가 정체된 사이 이미 젊은 독자들의 감수성은 개인주의 세계관으로 바뀌어 버렸다"라는 것이다. 그 빈자리를 채운 것이 사소설私小說의 전통 위에 재미와 오락성, 개성과 다양성, 일상성과 개인주의로 무장한 일본소설이라는 분석이다. 백 연구원은 "일본문학 번역 급증은 정부나 출판사의 의식적 노력에 의한 것이 아니라 출판시장의 자발적 수요에 의한 것"이라고 규정했다.[2]

재일교포 작가인 유미리는 사소설을 많이 썼으며 무뢰파 작가의 계보를 계승한 작가라고 불린다. 『생명』은 주인공유미리이 가정이 있는 남자와 연애, 임신, 이별, 그리고 평생의 스승이자 연인인 히가시 유타카東由多加와 육아, 사별하는 내용이다. 한편, 공지영의 『즐거운 나의 집』은 주인공인 위녕공지영의 딸이 아빠와 새엄마를 떠나 베스트셀러 작가인 엄마와 각기 성이 다른 두 동생과 살면서 일어나는 일상을 그린 것이다.

이 장에서는 일본 사소설인 유미리[3]의 『생명』2000과 한국의 자전소설[4]인

---

2   유상호, 「한국서 하루키는 뜨는데 일본서 황석영은 왜 못뜨나」, 2011. http://news.hankooki.com/lpage/culture/201103/h2011031517505586330.htm(검색일 : 2012.7.15).

3   유미리(柳美里, 1968~)는 가나가와현 요코하마 출신으로 재일한국인 소설가·극작가이다. 요코하마공립학원고등학교를 중퇴, 연극 활동을 하다가 1994년 소설가로 데뷔했다. 1997년에『가족시네마』(1996)로 아쿠다가와상을 수상했다. 유미리의『가족시네마』는 그녀의 자전적인 소설로 붕괴한 가정에서 상처받은 주인공을 그리고 있다.

4   한국 고백체소설에는 신변소설과 심경소설, 자전적 소설 등의 다양한 용어가 등장한다. 1930년대에 안회남의 사소설적 경향을 띄는 자신의 소설을 신변소설이라 했고, 박태원은 심경소설이라 했다. 그리고 1990년대 이후에 등장한 작가(신경숙과 공지영)의 체험을 그리는 소설을 자전적 소설이라 하는데 저자는 자전소설이라 한다. 따라서 안회남의 소설은 신변소설이라 하고 박태원의 소설은 심경소설, 신경숙과 공지영의 소설을 자전소설이라 한다.

공지영[5]의『즐거운 나의 집』2007을 중심으로 사소설의 요소인 사생활과 자기폭로, 작품의 사회적인 요소, 일상성·고백·개인에 관해 조명해 보고자 한다. 현대의 대표적인 사소설과 자전소설의 텍스트를 분석해 현대 고백소설의 특성을 밝혀낸다.

1. 사생활과 자기폭로, 그리고 전통적 가족상의 붕괴

'사생활'과 '자기폭로'는 사소설이라는 소설 장르가 완성되는 기본적인 요건이었고 지금까지 계속해서 그 전통이 이어지고 있다. 일본의 경우, 메이지1868~1912, 다이쇼1912~1926, 쇼와1926~1989, 헤이세이1989~2019의 사소설로 나눌 수 있다. 메이지의 다야마 가타이『이불』은 사소설의 기원에 해당하는 소설이다. 『이불』에서 다야마 가타이는 그 자신이 모델이 되어 여제자에게 애욕을 느낀다는 내용으로 센세이션을 불러일으켰다. 『이불』은 그 작품성보다 작가와 여제자가 실제 인물이었고 작가가 자신의 치부를 폭로했다는 것에 많은 화제를 불러일으켰다. 부락민의 차별 문제를 다룬『파계』에서 자연주의의 길을 열었던 시마자키 도손조차도『신생』에서 사소설로 선회했다. 『신생』은 조카에게 임신을 시키고 프랑스에 도피한다는 작가의 사생활을 폭로하는 소설이다.

다이쇼 시기 사소설 전성기에 나타난 가사이 젠조1887~1928 「슬픈 아버

---

5   공지영(孔枝泳, 1963~)은 소설가이다. 서울 출신으로 연세대학교 영문과를 졸업했다. 386세대의 작가이며 운동권의 경험을 이야기하는 후일담문학으로 1980년대에 문단에 등단했으며 1990년대에는 최고의 베스트셀러 작가가 되었다. 2011년 이상문학상 대상을 받았다.

지」1912, 『아이를 데리고』1918 등의 작품은 사소설의 원형을 가장 극명하게 보여주는 소설이다. 왜냐하면 가사이 젠조는 자신의 삶을 가장 충실하게 소설에 재현한 소설가이기 때문이다. 또한 시가 나오야 『화해』1917는 대표적인 소설가소설이고 글을 쓰고 있는 현재 작가의 생활과 소설의 내용을 동시에 보여주기도 한다. 가사이 젠조는 자신의 치부를 드러내는 소설을 썼고 시가 나오야는 조화로운 삶을 추구하는 자신의 사생활을 그렸다.

패전 이후 쇼와의 다자이 오사무 『인간실격』1948은 그 자신의 삶을 리얼하게 그리고 있으나 액자소설이라는 새로운 형식의 사소설을 모색했다. 다자이 오사무는 자신을 파멸시킴으로써 기성세대에 반항하려 했고 전후의 젊은이에게 많은 인기를 얻었다. 그리고 다자이 오사무의 『인간실격』에서는 애인과의 자살미수, 불륜, 자살소동, 알코올 중독, 마약 중독이라는 작가 자신의 이야기가 소설의 소재가 되었다. 따라서 다자이 오사무는 소설의 소재를 얻기 위해서 비일상적인 생활을 할 수밖에 없었고 그 비일상적인 생활이 그대로 소설이 되었다. 즉 일상생활과 소설이 전도되는 현상이 일어났다.

1990년대 이후 헤이세이의 유미리 『가족시네마』, 『생명』은 그녀 자신의 사생활을 폭로한 현대의 사소설이라 할 수 있다. 유미리는 재일한국인 2세로 태어나 부모의 학대와 폭력, 집단 따돌림을 당한 불우한 환경을 그대로 소설 속에서 재현했다. 그녀의 작품은 소설인지 비소설인지 알 수 없을 정도로 현실에 가까운 소설을 썼다. 이처럼 일본에서는 1907년 『이불』 이후 현대까지 계속해서 사소설의 전통이 이어지고 있다. 현대의 사소설이라 할 수 있는 유미리의 『생명』도 이와 같은 자기폭로의 연장선에 있다. 일본에서는 작가의 수치스러운 자기폭로를 작가의 희생정신이라 하여 높이 평가하는 측면이 있었고, 이는 사소설이라는 장르를 유지하는 요소이기도 했다. 사생활과 자기폭로는 일본 사소설에서 계속해서 다루어지던 주제였다. 유미리의 작품에서도 계속 다루어지는 문제이기도 하다.

1) 유미리의 『생명』

유미리의 『생명 4부작生命四部作』은 『생명命』, 『영혼魂』, 『생生』, 『소리声』이다. 『생명』에서는 주인공인 유미리가 불륜 상대의 아이를 임신하고 동시에 스승이었고 전 애인인 히가시 유타카가 암이라는 것을 알고 항암치료를 한다. 『영혼』에서는 아들 다케하루丈陽가 태어나고 다케하루, 히가시, 유미리의 목욕 장면 등이 평화롭게 그려진다. 이러한 사소한 일상이 잠시 동안 계속된다. 『생』에서 유미리는 히가시 씨와 마지막 대면, 다케하루와 히가시의 마지막 만남이 상세하고 객관적으로 묘사된다. 또 히가시의 임종을 보지 못했던 유미리는 자신을 질책한다. 한 사람이 죽고 난 후의 절대적인 상실감이 독자에게도 생생하게 전해진다. 『소리』는 담담하게 히가시의 장례식을 치르는 모습과 그를 잃은 상실감을 그리고 있다. 다케하루가 없었다면 그녀는 살아가기 힘들었을 것이다.[6] 여기서는 『생명』을 다루기로 한다.

다음은 가정을 가진 남자의 아이를 임신하고 아이의 장래에 관해 이야기하는 장면이다.

① 그와 나와 아이 3명이 이리오모테지마오키나와 있는 호텔에 가는 광경을 상상

<hr>

6　「「命」「魂」「生」「声」－命四部作－柳美里」, 新潮文庫, 2008. http://zare.boo.jp/book/inoti.html(검색일 : 2012.8.5) 참고.

할 수는 없었다.

　순식간에 일주일이 지나고 마지막 밤에 나하의 호텔에서 이야기를 나누었다.

　"혼자서 아이를 키울 수 있겠어?"

　"모르겠어."

　"나는 아무것도 도와줄 수 없겠지만 잘 키워 줘."

　"인지는 필요하고 아이에게는 언젠가 사정이 있어서 같이 생활할 수는 없었지만 아버지는 너를 쭉 지켜보고 있었고 그래서 양육비도 계속 지불해 주었다라고 말하고 싶어."[7]

　TV방송국에 적을 가진 남자와 자고 임신하고 버림을 당한다. 가정을 가진 남자의 아이를 임신한 주인공은 그 남자와 결혼하고 싶지만 남자는 이혼할 수 없다고 한다. 결국 혼자서 아이를 낳고 키울 결심을 하게 된다. 아이를 인지[8]해 달라는 주인공의 강한 요구에 남자는 아이를 같이 키울 수는 없지만, 아이를 인정하고 양육비를 지급하겠다고 한다. 『생명』은 가정이 있는 남자와 연애하고 아이를 출산한다는 내용이다. 불륜을 테마로 했다는 점에서 『생명』은 자기폭로라는 사소설의 전통과 그 맥을 같이 하고 있다고 할 수 있다.

7　柳美里, 『命』, 小学館, 2000, 56쪽. 이하 본문에서 페이지만 적는다.
　彼とわたしと子どもの三人で西表島に行く光景を想像することはできなかった.
　あっという間に一週間が過ぎ, 最後の夜, 那覇のホテルで話し合った.
　"ひとりで子ども育てられる?"
　"わからない."
　"おれはなんにも手伝えないけど, ちゃんと育ててくれ."
　"認知は必要だし, 子どもにはいつか, 事情があっていっしょには暮らせなかったけれど, お父さんはあなたのことをずっと見護っていたし, だから養育費だって払いつづけてくれたのよ, といってやりたい."
8　혼인 외의 출생자를 그의 생부 또는 생모가 자신의 자녀라고 인정하는 행위를 말한다.

2) 공지영의 『즐거운 나의 집』

한국 고백소설의 전개를 보면, 사소설이 받아들여지지 않았던 근대초창기, 신변소설이 등장한 1930년대, 자전소설이 등장한 1990년대 이후로 구분할 수 있다. 근대초창기에 일본에 유학해 자연주의문학을 받아들인 김동인을 비롯한 한국 근대문학자들은 대부분 일본의 사소설을 받아들이지 않았다. 김동인은 초기소설에서 사소설의 묘사기법인 한 사람의 내면을 치밀하게 묘사하는 일원묘사를 사용하였으나 그 이후 일원묘사를 사용하지 않았다. 따라서 김동인 및 근대초창기 한국 근대소설가들는 대부분 사소설을 수용하지 않았다.

하지만 1930년대 안회남[1909~?]은 신변소설이라는 이름으로, 박태원[1909~1987]은 심경소설이라는 이름으로 자신의 사생활을 쓰고 있다. 박태원의 『소설가 구보 씨의 일일』[1934]은 제목에서 알 수 있듯이 일본 사소설에 자주 등장하는 글을 쓰는 작가 자신이 소설의 주인공으로 등장하는 소설가소설이다. 안회남은 「향기」[1936], 「고향」[1936]에서 자신의 사생활을 소재로 한 소시민적인 일상을 그렸다. 안회남은 사회적 현실을 그리기보다 작가의 사소한 일상을 그리는 신변소설을 시도하고 있다. 박태원은 자신의 일상을 모더니즘적인 기법으로, 안회남은 사소한 개인사로 형상화하였다.

1930년대 후반으로 가면 일본의 식민지화가 본격적으로 그 본색을 드러내게 되었고 문학에서 현실 비판적인 요소를 다루기는 힘들었다. 이로 인해 당시의 소설가들은 자신의 내면에 눈을 돌리게 되었다. 안회남은 소시민의 일상을 아무런 문학적인 기교를 부리지 않고 그렸다. 한편 박태원은 자신의 내면을 그렸지만, 모더니즘 기법을 도입한 새로운 방법으로 자기고백을 해 나갔다. 『소설가 구보 씨의 일일』은 사소설 작가들이 애용하는 소설가소설이고 한국문학에서 볼 수 없었던 새로운 형식의 소설이었다. 안회남은 소시민의 일상을 그렸고 박태원은 모더니즘기법으로 자기고백을 했지만 수치스러운 자기폭로는 보이지 않는다.

한편, 1990년대 이후 신경숙1963~의『외딴방』1999, 공지영의『즐거운 나의 집』과 같은 여성 작가의 자전소설이 사회적 현상이 될 정도로 많은 독자층을 가지게 되었다. 한국에서는 사소설과 같은 신변소설이 1930년대에 잠깐 나타났다가 1990년대 이후 많은 여성 작가가 출현하면서 많은 독자층을 가지게 되었다. 한국에서는 사소설과 유사한 고백소설은 있었으나 자기폭로의 전통은 없었다. 이는 자기폭로가 한국의 유교적인 전통과 정서적으로 맞지 않았기 때문일 것이다.

1990년대 이후의 한국 고백소설을 보면, 신경숙의『외딴방』에서는 소설을 쓰는 작가의 모습이 소설에 그대로 드러나는 소설가소설을 시도하고 있다. 1990년대에 나타난 신경숙의『외딴방』에서도 일본의 사소설과 유사한 서사방식을 취하고 있으나 일본 사소설의 주요요소인 자기폭로는 보이지 않았다. 그렇다면, 공지영의『즐거운 나의 집』에서 자기폭로는 나타나는 것인가?

다음은 딸의 입을 통해 보는 엄마공지영의 모습이다.

① 엄마는 세상이 다 알아주는 베스트셀러 작가였다. 하지만 내가 다시 엄마를 만났을 때 엄마는 빈털터리가 되어 있었다. (…중략…)

"처음 네 아빠랑 이혼할 때는 돈이 없었고, 두 번째 이혼할 때는 그 사람 영화 만든다고 내가 번 돈을 다 가져가버렸어……. 그리고 지금은……. 돈이 다 어디론가 가버렸어"라고만 대답하고는 코를 훌쩍이며 창밖으로 고개를 돌렸다.[9]

---

9   공지영,『즐거운 나의 집』, 푸른숲, 2007, 12쪽.

② 엄마는 이혼을 세 번이나 한 여자였다. 엄마가 두 번째 이혼했다는 소식은 풍문으로 들려왔었다. 당시 아빠는 아직 새엄마를 만나기 전이어서 우리 집에는 할머니와 아빠 그리고 나 이렇게 세 식구가 살고 있었다. 밥상머리에서 할머니가 머뭇거리더니 아빠에게 말했었다.

"위녕 에미 또 이혼했다고 하던데, 사실이냐?"13쪽

③ 둥빈 아빠에게 매를 맞고 나서 페미니즘 강연을 가야 했던 것이 가장 힘들었다는 엄마는 이제, 둥빈 아빠가 죽은 아침, 생명에 대해 강연을 해야 하는 것이었다. 이 세상에서 우리가 막을 수 있는 유일한 죽음이 사형이라고 말할 때 엄마는 어떤 심정일까.191쪽

① 이 소설에서는 세 번이나 이혼한 엄마작가 공지영의 이야기를 첫째 딸위녕의 입을 통해 이야기하고 있다. 실제로 베스트셀러 작가인 공지영에 대한 이야기이고 세 번이나 이혼한 경력에 대해 이야기하고 있다. ② 한국에서 이혼이 드문 일도 아니고 부끄러운 일은 아니지만 아직까지 이혼에 대해 너그러운 사회는 아니다. 더구나 3번이나 이혼하고 세 명의 아버지가 다른 아이가 있다는 사실은 아주 쇼킹한 사건임이 틀림없다. ③ 지식인이고 유명한 베스트셀러 작가가 남편에게 매를 맞고 강연을 가야 했던 것이 힘들었다고 딸에게 고백한다. 지식인 여성이 매를 맞는다는 것을 고백한다는 것은 자기폭로적인 측면이 강하다.

일반적인 스토리를 가진 보통 소설이라면 여성이 남편에게 매를 맞는 장면은 그리 특별한 사건이 되지 않는다. 왜냐하면 일반적인 소설을 읽을 때 독자들은 소설을 사실이 아닌 허구로 읽기 때문이다. 하지만 사소설과 유사한 공지영의 가족사를 소개한 자전소설을 읽을 때 독자들은 소

설을 픽션이 아닌 사실로 읽을 가능성이 아주 크다. 지금까지 한국에서 작가의 사소한 일상을 그린 사소설과 비슷한 양식이 많이 나오긴 했지만 이처럼 자신의 치부를 드러낸 소설은 많지 않았다. 사회적인 지위를 가진 여성 작가가 실제로 남편에게 매를 맞았다는 사실을 폭로하는 것은 지금까지 고백소설의 전통에서 벗어나는 일이라고 할 수 있다. 한국은 일본과 달라서 작가의 치부를 관대하게 받아들이는 나라는 아니기 때문이다. 공지영은 인터뷰에서 "저의 이혼 문제와 관련해서 제 입으로 공표하던 날 너무너무 통쾌했어요"[10]라고 했다. 그리고 계속해서 그녀는 "『즐거운 나의 집』에서 저를 모델로 하는 엄마라는 사람의 웃기고 대책없는 점을 그대로 드러냈어요. 사실 저를 보여준다는 게 처음에는 많이 힘들었어요. 사람들이 욕할까봐 겁을 엄청 먹었죠"[11]라고 하고 있다. 이처럼 『즐거운 나의 집』은 공지영 자신이 말한 것처럼 그녀의 실제 이야기이다.

공지영의 『즐거운 나의 집』은 아버지가 다른 3명의 아이를 가진 작가의 사생활과 매를 맞는 아내라는 수치스러운 자기폭로가 그대로 나타난다. 한국고백소설에서 잘 나타나지 않던 자기폭로를 공지영의 소설에서는 볼 수 있다. 『즐거운 나의 집』에서는 자기폭로가 드러나 일본의 사소설의 전통에 가까워졌고 한국 자전소설의 새로운 방향을 제시했다. 『생명』은 유부남과의 사랑, 아이의 출산이라는 유미리 자신의 이야기이고 『즐거운 나의 집』은 세 번의 결혼과 이혼, 성이 다른 세 아이의 이야기를 쓴 공지영 자신의 실제 이야기이다. 두 작품은 작가 자신의 이야기이며 사소설의 공식인 작가 = 화자 = 주인공이라는 공식이 성립한다. 또한 작

---

10 공지영, 「인터뷰 : 공지영 작가-나를 드러내자 자유로워졌다」, 『월간 인물과 사상』, 2008, 19쪽.
11 위의 글, 20쪽.

가의 사생활을 자기폭로한다는 점에서 사소설의 요소와 일치한다고 할
수 있다.

2. 작품의 사회성 배제, 개인의 욕망과 일상의 부각

1) 작품의 사회적인 요소 『생명』

일본 자연주의는 서구자연주의의 영향을 받았지만 서구에서 중시했던
사회적인 요소가 배제되고 개인의 사생활만을 그리는 사소설로 변질하
였다고 해서 많은 연구자의 비판을 받아왔다. 1906년에 나온 시마자키
도손의 『파계』는 한 개인의 고백이지만 당시 사회적인 문제였던 부락민
의 차별문제를 다루고 있었다. 하지만 1907년에 나온 『이불』에서는 오로
지 여제자에 대한 중년 남자의 애욕 표현만이 나타나고 있다. 그리고 일
본 자연주의는 사회성이 배제된 채 작가의 사생활만을 그리는 사소설의
방식을 취하게 되는 것이다. 유미리의 『생명』에서도 불륜과 임신이라는
작가 자신의 사생활이 드러나 있고 사회성도 배제되어 있다. 『생명』도 사
회성이 배제된 사소설의 전통을 이어가고 있다.

다음은 『생명』에서 유일하게 사회적인 성격을 보인 부분이다.

① 나는 부모를 파파, 마마라고 부르고 자랐지만 할아버지는 할배이고 할머
니는 할매, 백부는 삼촌, 엄마 쪽의 숙모는 이모, 아버지 쪽의 백모는 고모였기
때문에 그때그때의 형편에 맞추는 것밖에 할 수 없었지만, 부모는 한국의 습
관과 언어를 전하려고 하는 의식이 없었던 것은 아니다. 의식이 없었다기보다
조국을 버리고 일본에 귀속하려는 것에 강한 죄악감을 가지고 있었던 것이다.

(…중략…)

　태어나는 우리 아이의 국적을 일본으로 하는 것에 아픔을 느끼지 않는 것은
아니다.[93쪽][12]

　여기에서 재일교포 작가이기도 한 유미리 자신의 가족사를 쓰고 있다.
『생명』에는 많지는 않지만, 사회적인 성격이 보이는 부분이다. 재일한국
인이 가지고 있는 국적의 문제와 한국인과 일본인 사이에서 겪는 아이덴
티티의 문제가 제기되고 있다. 작품에는 주인공이 한국인의 부모 밑에서
자랐지만, 한국어가 능통하지 않은 자신의 아이덴티티 문제와 자신의 아
이에게 어떤 국적을 가지게 할까 하는 갈등만이 나타나고 있다.

2) 새로운 가족의 형태

　다음은 주인공이 친구인 나카세 씨에게 집을 찾아달라고 부탁하는 부
분이다.

　① 나는 『신쵸45』의 나카세 씨에게 부탁을 했다. 나카세 씨는 부동산 오타쿠
라고 말해도 좋을 만큼 물건을 보고 걷는 것을 좋아한다고 해서 "기묘한 가족
이 살 집을 찾습니다"라고 맡아 주었다.

　나는 조건을 조목별로 써서 팩스로 보냈다.[62쪽][13]

12　わたしは父母をパパ, ママと呼んで育ったが, 祖父はハンベであり, 祖母はハンメ,
　　伯父はサンチュン, 母方の叔母はイモ, 父方の伯母はコモであったので, 場当り的で
　　しかなかったにしろ, 父母には韓国の習慣と言語を伝えようという意識がなかった
　　わけではない. というより, 祖国を棄てて日本に帰属してしまうことに強い罪悪感
　　を抱いていたのだ. (…중략…)
　　生まれてくる我が子の国籍を日本にすることに痛みを感じていないわけではない.
13　わたしは'新潮45'の中瀬さんにお願いした. 中瀬さんは, 不動産オタクといっても

② 히가시와 사는 것을 친구와 편집자들에게 어떻게 설명할까 하고 생각했지만 특별하게 생각할 정도의 것이 아닐지도 모른다.62쪽14

① 나카세 씨는 주인공과 그 아이 그리고 아이의 친아버지가 아닌 주인공의 전 애인인 히가시 유타가가 살 집을 '기묘한 가족'이 살 집이라고 했다. 일반적인 가족이라면 아버지와 어머니 그리고 그 아이들이 될 것이다. 그러나 여기에서의 가족은 전혀 다른 새로운 가족의 구성원이 되고 있다. 미혼모의 엄마와 아이, 그리고 전혀 혈연관계가 없는 타인이 가족 구성원이 되어 아빠의 역할을 하는 것이다. ② 이러한 기묘한 가족의 구성을 타인에게 설명하는 일은 쉽지 않다. 하지만 주인공은 그렇게 심각하게 생각할 일도 아니라고 한다. 주인공은 미혼모인 자신이 살아가야 할 세상의 편견을 이겨내어야만 하고 그럴 각오가 되어 있다.

3) 새로운 생명의 탄생과 죽음

① 히가시는 이사해서 6일째인 9월 30일에 재입원하고 9월 8일에 집으로 돌아왔다. 입원 중에 아사히신문학예부를 통해서 과학부 기자에게 들어보니까 '유전자치료는 일반인용이 아닌 아직 실험단계이고 나라의 심리2단계를 거치지 않으면 치료하지 못한다고 한다.'93쪽15

いいほど物件を見て歩くのが好きだそうで、"奇妙な家族が暮らす家を捜します"と引き受けてくれた.
わたしは条件を箇条書きにしてファックスで送った.

14 東と暮すことを友人や編集者たちにどう説明しようかと考えたが、べつに考えるほどのことではないのかもしれない.

15 東は引っ越しして六日目の九月三十日に再入院し、十月八日に帰宅した.
入院中, 朝日新聞学芸部を通して科学部の記者に訊いてもらったところ, 〈遺伝子

② 11월 1일, 이이다 씨의 팩스가 도착했다.

미국의 국립암센터NCI는 미국의 암 치료의 최고봉으로 첨단의료의 정보가 집약되어 있습니다.93쪽16

태어날 아이의 친아빠가 아니지만 가족구성원이 된 히가시는 암 선고를 받았다. 암치료를 위해 미국까지 가서 치료를 받는다. 이 소설에서는 아이의 탄생과 죽어가는 히가시의 모습을 동시에 그리고 있다. 이처럼 이 소설에서는 소박하지만 특별한 가족관계를 다루고 있다. 작가 자신의 주위에서 일어나고 있는 사소하지만 평범하지 않은 일상을 다루고 있고 사회적인 성격이 거의 나타나지는 않는다.

4) 작품의 사회적인 요소 『즐거운 나의 집』

1990년대에 나타난 여성 작가들의 자전적인 작품은 일상성을 중심으로 한 것이 특징이었다. 하지만 사소설과 거의 비슷한 서사 양식을 보이는 신경숙의 『외딴방』에서는 대학생활 전까지의 과거를 고백하고 있지만 1970년대에서 1980년대 초까지의 열악한 노동환경을 잘 드러내고 있다. 나를 그리면서도 사회 속에서의 나를 그리고 있다. 공지영은 386세대17의 작가이며 운동권의 경험을 이야기하는 후일담문학으로 1980년대 문단에 등단했다. 그러나 『즐거운 나의 집』에서 사회적인 문제는 배제

治療は一般向けではなく, まだ実験段階で, 国の審理(二段階)を経ないと施せない.〉

16 十一月一日, 飯田さんからファックスが届いた.
アメリカの国立がんセンター(NCI)は, アメリカの癌治療の最高峰で, 先端医療の情報が集約されています.

17 1960년대에 태어나 1980년대에 대학을 다니며 학생운동과 민주화운동에 앞장선 세대를 말한다.

되어 있다. 신경숙과 공지영 소설의 차이는 1990년대 소설과 2000년대 고백소설의 차이점이라고도 할 수 있다. 1990년대 소설에는 일상성에 중점을 두었으나 사회성이 완전하게 배제되지는 않았다. 그러나 2000년대에는 사회성이 배제되고 일상성에 중점을 두게 되었다고 할 수 있다. 이는 독자들이 사회적인 요소보다는 일상성에 더 많은 관심을 가졌기 때문일 것이다. 일본은 한국보다 평화로운 사회였기 때문에 사회성이 결여된 사소설이 독자에게 어필할 수 있었다. 그러나 한국은 일제강점기, 해방과 6·25, 군부독재정권 등으로 1990년대가 되어서야 개인의 사생활을 그린 사소설과 같은 고백담론에 독자들이 관심을 가지게 되었다. 1990년대 이후 자전소설에 많은 독자들이 반응한 것도 이러한 시대적인 상황과 관련이 있다고 할 수 있다.

5) 작품의 사회성

다음은 드물게 작품의 사회적인 요소가 나타나는 부분이다.

① 엄마와 아빠의 세대, 소위 우리나라의 민주화세대를 나는 모른다. 하지만 쪼유의 엄마 아빠도 길거리에서 시위하다가 쪼유 엄마가 넘어졌는데 지금 쪼유의 아빠가 손을 잡아 일으켜주어서 함께 손을 잡고 달리다가 결혼까지 하게 되었다고 했다. 아빠는 민주화운동을 하다가 내가 태어나는 것도 보지 못하고 감옥에까지 갔다 왔다고, 엄마는 아무것도 가진 것 없으면서 부와 명예와 권력 같은 것을 마음껏 비웃었다고 했다.216쪽

② 위녕, 잠이 오지 않는구나. 네가 스물이라는 생각, 네가 집을 떠나겠다는 말들이 뒤얽혀 엄마의 머릿속으로 많은 시간들이 윙윙거렸다. (…중략…)

엄마의 스무 살은 너의 스무 살과는 아주 달랐다. 그해, 엄마가 대학에 들어
가던 해, 대학은 얼어붙어 있었어. 광주학살, 이라는 커다란 현대사의 상처가
서울에 있는 엄마의 대학에까지 어두운 그늘을 내리고 있었다.331쪽

① 위녕의 어머니작가 공지영는 민주화세대이지만 "소위 우리나라의 민주
화세대를 나는 모른다"로 말하는 것으로 보아 그녀는 민주화운동에 적
극적으로 동참하지 않았다고 한다. 위녕의 아빠도 민주화운동을 하다가
"내가 태어나는 것도 보지 못하고 감옥까지 갔다 왔다고" 하고 있다. 엄
마는 민주화세대이지만 아버지와는 다르게 방관자적 입장을 취하고 있
었다고 할 수 있다.

② 어머니의 스무 살은 광주학살, 즉 5·18광주민주화운동으로 사회적
으로 혼란을 겪었던 시기이다. 1980년대에 일반시민과 학생이 중심이
되어 민주화를 요구하자 정권을 장악한 군인들이 무력으로 시위를 진압
하게 되고 많은 사상자와 부상자가 나왔다. 이처럼 1980년대에는 지금
은 상상할 수 없는 잔인한 일들이 일어났던 시기이다. 이 시기에 대학을
다닌 엄마는 이러한 사건을 단순하게 회상할 뿐 사회적인 시야로 확대하
지 않는다.

공지영은 1980년대 후일담문학으로 문단에 등단했다. 그러나 이 소
설에서는 후일담문학에서 보이는 사회적인 성격은 거의 나타나지 않는
다. 어차피 후일담문학은 지나온 1980년대를 정리하고자 하는 욕망에서
출발한 양식이었으므로, 시대의 부름에 충실하여 융성했던 한 시기를 지
나 필연적으로 몰락의 길을 걷게 될 운명이었던 것이다.[18] 1980년대는 고

---

18   정재림, 「시모니데스의 기억술-90년대 후일담문학에 관하여」, 작가와비평 편, 『비평,
      90년대 문학을 묻다』, 여름언덕, 2005, 344쪽.

문의 시대였다. 그리고 효과적인 통치술로 용인되던 시절이었다.[19] 고문의 시대를 응시하고 정직하게 그려내는 것만으로도 예술가는 시대적 소임을 다하는 셈이었다. 그렇지만 1990년대의 국내외적 상황은 급박하게 변화한다. 베를린 장벽의 붕괴를 시작으로 동구 사회주의가 잇달아 몰락하더니, 소련마저 낫과 망치가 그려진 붉은 깃발을 내리고, 대한민국에서는 새로운 정부가 출범한다. 문민정부로 일컬어지는 1990년대에, 고문은 공식석상에서 사라진 것처럼 보인다.[20] 1990년대의 고통은 창작의 고통과 긴밀하게 연결되어 있다. 그들이 글을 쓰지 못하는 이유는 길을 잃었기 때문이다. 1980년대는 "자신과 타인과 역사"에 대한 믿음이 있었기에 모진 고문에도 견딜 수 있었다. 길을 잃은 1990년대에 글쓰기가 곤욕이고 고통이었다.[21] 이처럼 1980년대까지의 문학은 사회적인 문제와 긴밀하게 연결되었다면 1990년대의 문학은 사회와는 관계없는 사적인 영역으로 이동하였다. 이 과정에서 문학의 지향점을 잃은 작가들의 글쓰기에 관한 고민이 있었던 것이다.

1950년대의 6·25세대, 1960년대의 4·19세대, 1970년대의 유신세대, 1980년대의 5·18세대까지는 개인의 문제보다 사회나 국가가 더 중시되던 시절이었다. 1950년대 6·25전쟁을 겪었고 1960년대에 부정선거에 대한 대학생들의 민주화운동이 있었다. 1970년대는 박정희 정권의 유신체제 시기와 1980년대는 광주민주화운동이 있었다. 그러나 1990년대의 X세대1990년대 20대는 사회공동의 문제보다도 개인적으로 어떻게 살아야 하는가에 많은 관심을 가졌다. 따라서 1990년대 이후에는 문학에서 사회

---

19 위의 책, 330쪽.
20 위의 책.
21 위의 책, 331~332쪽.

적인 문제보다는 개인의 문제를 다루기 시작했다. 이때 문학의 사회적인 요소가 배제되고 작가 개인의 사생활을 그린 소설이 나타나고 독자들이 이에 호응을 하게 된 것이다.

6) 새로운 가족의 형태

『즐거운 나의 집』에서 곧 고3이 되는 위녕이 386세대인 엄마와 십대의 마지막을 함께 보내겠다고 하며 아빠를 떠난다. 엄마인 공지영은 세 번 결혼하고 세 번 이혼하고 성이 다른 세 아이가 있는 평범하지 않은 가족사를 가진 작가이다.

다음은 새로운 가족의 모습이다.

① 나로 말하자면 마음속으로 아빠를 떠나는 연습을 매일 하고 있었다. 시작은 아빠의 결혼식장에서부터였을 것이다.

② 나는 그때 아홉 살이었다. 나는 푸른 레이스가 잔뜩 달린 드레스를 입고 식장으로 들어갔다. 아빠의 결혼 축가를 연주하기 위해서였다. (…중략…)
피아노 선생님에게 "아빠의 결혼식 날 칠 곡이에요" 하고 말했을 때 피아노 선생님은 잠시 벌린 입을 다물지 못하더니, 약간 말을 더듬으면서 "작은 아빠?" 하고 되물었다.
"아니요. 우리 아빠요. 우리 아빠가 이번에 결혼을 하시거든요."5쪽

③ 나는 새엄마를 좋아했었다. 엄마라고 불리는 사람을 가진다는 것이 좋았는지도 모른다. 그때까지는 그랬다. 그녀는 결혼 전부터 우리 집에 드나들며 내 피아노도 봐주고 함께 놀이 공원에도 가주었다. (…중략…) 우리는 완벽한

가족이었다. (…중략…) 그러나 우리가 가족이 된 후 모든 것은 변해갔다. 모든 것이 송두리째 변해간 것이다.[6~7쪽]

④ 그날을 떠올리는 것은 이제 그것을 실천으로 옮길 때가 왔기 때문일 것이다. 나는 전화기를 들었다. 이제부터 엄마 집으로 가서 살겠다고 했을 때 수화기 저쪽에서 아빠는 아무 말도 하지 않았다.[7쪽]

⑤ 제제는 별로 이상하지도 않다는 듯이, "누나네 아빠는 뭐 하는데? 우리 아빠는 교수야"했다. 둘째 등빈은 금테 안경을 추켜올리며 나의 눈길을 피하고 있었다.[26쪽]

⑥ 이 년 전 뉴질랜드에서 돌아온 후 나는 할머니의 집으로 들어가 다시 E시의 고등학교에 진학했다. 일 학년 첫날, 자기소개를 하는 시간에 나는 앞으로 나가서 말했다.

"저는 위녕이구요. 우리 아빠와 엄마는 모두 작가세요. 저에게는 동생이 셋 있는데 모두 성이 틀려요." (…중략…)

"둘은 남자고 하나는 여자예요. 여자 아이는 나와 성이 같지요. 아빠가 같으니까요……. 엄마가 같은 동생들은 당연히 성이 다르구요. (…중략…)

엄마 또래인 담임선생의 얼굴이 경악으로 일그러지는 것이 보였다.[27쪽]

① 이 글은 위녕의 시각에서 시작된다. 현재의 시점에서 아빠의 결혼식이 시작되는 과거로 되돌아가서 그때의 일을 이야기하고 있다. ② 아빠의 결혼식에 축가를 부르기 위해 싫어하는 피아노를 열심히 치는 장면이 나온다. 아빠의 결혼식이라는 예사롭지 않은 가족의 관계가 파헤쳐진다.

③새엄마라는 단어도 평범한 가족에게서는 찾아볼 수 없는 단어이다. 일반적인 가정에서는 새엄마라는 단어는 나올 수 없다. 이러한 평범하지 않은 가정이지만 서로의 사랑을 확인하며 살아가는 새 시대의 새로운 가족사를 제시하고 있다. 새엄마를 좋아했고 놀이 공원에도 같이 가고 남들이 보면 완벽한 가족이었다. 하지만 실제로 가족이 되자 모든 것이 변했다고 한다. ④결국 위녕은 엄마 집에 가서 살겠다고 아빠한테 전화로 말한다. ⑤세 명의 다른 아빠를 가진 아이들이 같은 가족이 되었다. 제제는 아빠의 직업에 대해 아무렇지도 않게 묻는다. ⑥다음 주인공의 자기소개 "저는 위녕이구요. 우리 아빠와 엄마는 모두 작가세요. 저에게는 동생이 셋 있는데 모두 성이 틀려요"는 정말 쇼킹하다. "담임선생의 얼굴이 경악으로 일그러지는 것이 보였다"로 이 일이 평범한 일이 아니라는 것을 알 수 있다. 하지만 주인공은 당당하게 자신의 가족을 소개하고 있다.

공지영은 『조선일보』와의 인터뷰에서 이혼문제에 대해 공표했다. 1면에 "세 번 결혼, 세 번 이혼, 성이 다른 세 아이"라는 안내문이 실렸다.[22] 첫째인 위녕의 아버지는 작가, 둘째 둥빈의 아버지는 영화감독, 셋째 제제의 아버지는 교수이다. 이처럼 『즐거운 나의 집』은 평범치 않은 가족관계를 그리고 있고 현대사회의 새로운 가족의 모습을 보여주고 있다.

1990년대 이후에는 작가들이 일본에 유학하지도 않았고 일본문학을 의식적으로 받아들인 것으로는 보이지 않는다. 그런데도 사소설과 매우 유사한 자전소설이 등장한다. 사소설은 1907년부터 지금까지 긴 세월 동안 발전하고 진화해왔다. 이처럼 사소설과 비슷한 자전소설이 1990년 한국적인 모습으로 다시 나타나기 시작했다. 일본 사소설의 원조인 『이

22   공지영, 앞의 글, 19쪽.

불』이 서양 근대문학을 오해한 것이 아니고 일본에 적합한 모습으로 변형시킨 것처럼 한국에서도 사소설과 같은 양식이 나오고 많은 독자가 호응하는 것은 신경숙의 『외딴방』과 공지영의 『즐거운 나의 집』이 한국에 적합한 소설로 변형시켰고 이에 독자들은 호응했다고 할 수 있다.

3. 여성문학의 특징과 일상성 · 고백 · 개인

현대소설의 큰 특징 중의 하나가 일상성, 고백, 개인이라고 할 수 있을 것이다. 이러한 요소는 사회적인 변화와 연동하여 나타난 결과라고 할 수 있다. 1990년대에 들어서면 사회주의의 본류인 소련의 해체와 동구 사회주의 국가들의 연쇄 붕괴, 북한 사회 실상의 노출, 군부독재정권의 퇴조, 문화산업의 급속한 팽창, 한국 자본주의의 심화[23] 등 1980년대와는 다른 기류가 나타난다.

일본문학은 1980년대에 들어와서 지각변동을 일으킨다. 1980년대에는 신세대 작가인 무라카미 하루키, 무라카미 류, 요시모토 바나나, 시마다 마사히코, 야마다 에이미 등이 일본문학을 주도하게 되었다. 이들 문학의 특징은 대중문화를 근간으로 하고 있으며 문학의 무국적화 현상을 들 수 있다. 일본은 1960년대 고도성장기, 1970년대 안정성장기, 1980년대 이후 고도자본주의시대에 접어들게 된다. 1960년대에는 단카이세대, 1970년대 말에는 신인류세대, 1980년대에는 오타쿠세대[24]라는 말이

---

23   양진오, 「90년대 문학네(특집 – 후일담문학은 없다 – 망각의 정치학을 부추기는 단절의 이데올로기」, 2008. http://infei05.egloos.com/1179545(검색일 : 2011.6.10).
24   단카이세대 : 1947년부터 1949년 사이에 태어난 베이비붐세대로 1970년대와 1980년

유행하기도 했다. 1960년대 말에서 1970년대에 걸쳐서 일어난 반체제 운동인 전공투운동이라는 학생운동이 현실의 벽에 부딪혀 좌절하고 그 탈출구를 모색하게 된다. 국가나 사회를 배제하고 남은 것은 '공허'나 '상실'이었다. '공허'나 '상실'이 1980년대 이후의 일본문학을 이끌어온 중심축이라고 할 수 있다. 이들 신세대 작가문학의 특징은 사상보다는 감각, 이념보다는 기분이나 취향, 내면의 깊이나 사상의 표출보다는 세련된 감성이었다.[25] 사소설의 주요요소인 일상성, 고백, 개인이 이러한 시대적인 감성과 일치한다고 할 수 있다.

1) 일상성과 고백 『생명』

유미리의 작품에서는 그녀의 일상을 있는 그대로 아무런 여과 없이 그리고 있다. 등장인물은 대부분 실명을 사용하고 있고 마치 그녀의 사생활을 다큐멘터리로 보는 듯하다.

다음은 주인공의 일상을 그린 부분이다.

① 노크없이 24, 25살의 날씬하고 아름다운 여성이 들어왔다. 몇 년전에 〈도쿄 키즈브라더스〉의 연극을 보러 갔을 때, 극장에서 히가시에게 소개받은 기억이 있다.

"I 씨라고 해. 이쪽은 유미리 씨."

대 일본의 고도성장을 이끌어낸 세대이다

신인류세대 : 일반적으로 1961년부터 1970년 출생이라 한다. 기성세대와는 다른 감성, 가치관, 행동 양식을 가진 젊은이를 가리킨다.

오타쿠세대 : 1970년대에 일본에 출생한 서브컬처의 팬을 총칭한다. 독자적인 행동 양식과 문화를 가지고 있다(Wikipedia 백과사전 참고).

25   윤상인 외, 『일본문학의 흐름』 2, 한국방송통신대 출판부, 2000, 212쪽 참고.

나는 히가시의 애인이라고 직감했다. I 씨는 나에게 가볍게 인사하고 팔에 안은 꽃다발을 화병에 꽂기 위해 커턴 안의 싱크대에 모습을 감추었다.42쪽[26]

② 며칠 뒤, 엄마에게서 팩스가 왔다.

미리에게. 무슨 일이 있으면 전화 해, 할 수 있는 일은 할게. 엄마.

나는 답장을 했다. 상담하고 싶은 일이 있으니까 될 수 있으면 오늘이나 내일 여기에 와 주세요. 미리.

회답팩스가 도착했다.

미리에게. 오늘 밤 8시에 갈게.50쪽[27]

③ 가도카와서점角川書店의 호리우치 다이지堀内大示 씨가 말했지만 1살부터 맡길 수 있는 보육소가 있기는 하지만 어디에도 가득차서 회사에 다니는 여성이 우선이고, 나처럼 자택에서 일을 하고 있으면 어렵다고 해.63쪽[28]

---

26 ノックなしに, 二十四, 五歳のほっそりとした美しい女性が入ってきた. 何年か前に〈東京キッドブラザース〉の芝居を観に行ったとき, 劇場で東に紹介された記憶がある.
"Iさんっていうんだ. こちらは柳美里さん."
わたしは東の恋人だと直感した. Iさんはわたしに会釈をし, 腕に抱えた花束を花瓶に生けるために, カーテンの奥の流し台に姿を消した.
27 数日後, 母からのファックスが届いた.
美里へ. なにごとがありましたら, 電話をください. できることはします. 母わたしは母に返信をした.
母へ. 相談したいことがあるので, できれば今日か明日ここにきてください. 美里.
折り返しファックスが届いた.
美里へ. 今晩八時に伺います.
28 これは角川書店の堀内大示さんがいってたんだけど, ゼロ歳児から預けられる保育

④ 9월 14일에 이사를 했다. 운송은 업자에게 맡겼지만 신쵸사新潮社의 나카세 씨, 야노 유타카矢野優 씨, 가도카와서점의 호리우치 씨, 기라 고이치吉良浩一 씨, 문예춘추文芸春秋의 모리 마사아키森正明 씨, 야마구치 유키코山口由紀子 씨, 리쿠르트『다빈치』편집부의 호리이 미에堀井ミエ 씨에게 여동생을 포함한 8명이 이사할 집과 이사하는 집의 2개로 나누어서 도와주었다.64쪽29

① 히가시가 애인인 I 씨와 유미리를 소개하는 부분이다. 여기서도 유미리 자신의 실명을 사용하고 있다. 픽션과 논픽션의 경계에 있는 소설이라 할 수 있다. 소설은 픽션이고 수필은 논픽션이다. 그리고 사소설은 논픽션이지만, 사실상 사소설과 수필은 사실을 쓴다는 점에서 같다고 할 수 있다. 수필과 사소설의 차이점을 들자면 사소설은 사실을 근거로 해서 픽션이 조금 들어갈 수 있지만, 수필은 픽션이 거의 들어가지 않는다고 할 수 있다. 또 수필은 스토리가 없이 생각을 적는 것이라면 사소설은 스토리의 전개에 따라 기술된다. 그러나 사소설도 수필처럼 스토리의 전개가 없이 수필처럼 작가의 생각만이 그려지는 예도 있다. ② 일상에서 일어나는 작가와 어머니의 관계를 그리고 있다. ③ 아이를 가졌지만, 가정이 있는 아이의 아빠와는 살 수가 없다. 아이를 데리고 일을 해야 하지만 맡길 수 있는 곳이 없다고 해서 낙담하는 부분이다. 여기서도 거의 실명을 사용하고 있다. ④ 이사를 도와줄 친구들의 이름도 다 실명을 사용하고 있다.

所もあるにはあるけど, どこもいっぱいで会社勤めの女性優先で, わたしみたいに自宅で仕事してると難しいって.

29　九月に十四日に引っ越しをした. 運送は業者に任せたのだが, 新潮社の中瀬さん, 矢野優さん, 角川書店の堀内さん, 吉良浩一さん, 文芸春秋の森正明さん, 山口由紀子さん, リクルート『ダ・ヴィンチ』編集部の堀井ミエさんに妹を加えた八人に新居と旧居の二手に分かれて手伝ってもらった.

하라 히토시는 "유미리의 작품은 사소설의 풍모를 갖추었을 때 가장 '서술'의 효력을 잃고 있다"[30]고 하고 있다. 일상성을 중심으로 한 유미리의 작품은 소설인지 현실인지 구별이 되지 않을 만큼 소설에서 서술의 기능이 약화하고 있다. "유미리의 『생명 4부작』은 신변잡기적 논픽션이라는 점에서 '사소설'의 체제를 갖추고 있다. 일상적인 '사실성'을 근거로 한다는 점에서 후지사와와 니시무라의 '사소설'과 형식적인 면에서 유사하다. 그러나 그 안에 담긴 과거의 이야기는 유미리 자신의 감성에 따라 그려진 그녀만의 심상 풍경은 아닌가. 그녀의 내면 묘사에는 깊은 내성으로 이끌어지는 성찰이나 망설임, 주저와 같은 것이 없다. 모두가 정념적인 이데올로기와 같은 일방적인 자기표출이 있으며, 마치 객관적 사실이 이를 뒷받침하는 것처럼 그려지고 있다"[31]고 한다.

유미리의 작품은 사소설이 아닌 작품도 많이 있지만 실제로 사소설 작가로서의 인상을 강하게 가지고 있다. 하지만 『골드러시』, 『루즈』, 『여학생의 친구』, 『온에어』와 같은 작품은 사소설이 아닌 픽션이 강한 소설이다. 사소설이라 한다면 『돌에서 헤엄치는 물고기』, 『생명 4부작』과 『시크릿 패밀리』, 『수변의 요람』과 같은 수필집과 유사한 것이 있다. 그럼에도 불구하고 그녀가 사소설 작가처럼 보이는 이유는 가와무라 미나토가 말한 것처럼 그녀가 항상 현실의 사건과 현상, 즉 현실세계와 대항해 싸우는 과정에서 작품을 만들어내기 때문일 것이다. "유미리의 소설세계는 항상 현실로부터 침식과 침투를 받아왔고, 그녀는 이에 응하면서 소설가로서 자신을 성장시켜왔다."[32]

---

30 原仁司, 「柳美里小論－「私小説」に求めるもの」, 『国文学解釈と鑑賞』第76巻6号, 2011, 171~172쪽.
31 위의 책, 176쪽.

이처럼 유미리는 싱글맘인 자신의 모습을 있는 그대로 그리고 있다. 마치 소설이 아닌 다큐멘터리를 보고 있는 느낌이다. 결국 이 소설에서는 유미리 자신의 개인적인 일상사를 고백하고 있다. 평범하지 않은 가족의 모습을 그린 것이다.

2) 일상성과 고백 『즐거운 나의 집』

1990년대의 한국소설은 1980년대와는 큰 차이가 있었다. 일본소설이 한국에서 주목받기 시작한 것은 1990년대였다. 특히 무라카미 하루키의 『상실의 시대』가 큰 인기를 얻었다. 이들 신세대 작가들의 대중성과 무국적성이 한국 독자들에게 어필하였던 것이다. 1960년대와 1970년대의 학생운동의 좌절로 인한 상실감을 그린 『상실의 시대』가 한국독자들에게 어필하였다. 한국에서도 1960년대의 4·19세대, 1970년대의 유신세대, 1980년대의 5·18세대를 거치고 1990년대에 들어서서 문민정부를 시작으로 반세기 동안의 격동의 시대가 막을 내렸다고 할 수 있다. 1990년대의 X세대^{1990년대 20대}는 사회 공동의 문제보다도 개인적으로 어떻게 살아야 하는가에 많은 관심을 가졌다. 한국문학에서도 1990년대에 거대담론^{사회성}이 사라지고 미시담론^{일상성}이 등장한다. 일상성은 포스트모더니즘이 지향하던 욕망, 해체, 개인과 맞물려 문학 속에 나타난다. 특히 이 시기에는 '일상성'과 '고백'이 두드러지게 나타나게 된다. 그리고 후일담문학은 "어떤 특정한 과거의 사건이나 인물을 전망이 결여된 현재의 시점에서 회고하는 문학으로 특히 우리나라에서는 1980년대를 회고하는 후일담문학이 일종의 유행처럼 강한 강세를 보인 일이 있었다.[33] 1990

---

32   위의 책.
33   양진오, 앞의 글.

년대에 유행한 후일담문학은 사회성을 기반으로 한 일상성, 개인, 고백을 취급했다. 공지영은 후일담문학으로 문단에 등장했으나 2000년대에 나타난『즐거운 나의 집』에서 사회성은 배제된다.

3) 소설과 일상^{사실}의 혼합

① 둥빈이 "누나, 〈해리 포터〉 육 부는 언제 나와?" 하고 물었다. 난데없는 질문이었는데, 순간 가슴 한구석으로 칼로 긋는 듯한 통증이 지나갔다. 눈이 따끔거렸다.

"몰라……. 지금 조앤 롤링이 쓰고 있대잖아."

나는 애써 퉁명스러운 말투로 대답했다.

"그거 빨리 좀 못 쓰나?"

둥빈은 안경을 올리며 그렇게만 말했다.

"그게 그렇게 쉽니? 엄마 봐라. 일 년에 한 편도 못 쓰면서 맨날 엄살이잖아.

"그러네…….엄마도 작가였네…….엄마도 술 덜 마시고 우리한테 잔소리 할 시간에 쓰면 좀 빨리 쓰지 않을까?"^{198~199쪽}

② 한번은 엄마가 신문에 연애소설을 연재하고 있는데 나에게 말했다.

"위녕, 엄마가 이 둘의 사랑이 결국 이루어진다고 하디? 아니라 하디?"

"직접 물어보세요. 난 별로 관심없는데."^{125쪽}

① 조앤 롤링의『해리포터』이야기를 하면서 작가인 어머니의 이야기를 하고 있다. 작가인 어머니의 이야기를 딸의 눈을 통해 알게 된다. 이 부분은 일본의 사소설 작가가 자신의 이야기를 자신이 하는 것과는 차이가 있다. ② 부분은 신문에 소설을 연재하는 작가의 일상과 작품의 내용

이 서로 융합하는 메타픽션이다. 이러한 메타픽션은 사소설 작가들이 자주 사용하는 기법이기도 하다.

(1) 일상성

① 가끔 이럴 때 엄마는 작가 같았다.175쪽

② 실은 내 소설을 나쁘게 평한 것, 나를 나쁘게 평한 것에 성질을 있는 대로 부려주는 거였어.246쪽

③ "뭐 워낙 유명하시고 바쁘신 분이시니, 아이들 챙겨주실 시간도 없는 거 제가 알고 있습니다만, 그래도 오늘은 마침 집에 계시다고 해서…….
엄마의 얼굴이 굳어지고 있었다.
"작년 담임선생님께 들으니까 작년까지는 아주 순한 아이였다고 하는데…….
작년에 아빠가 돌아가셨다는 소리는 제가 신문에서 보았구요……."275쪽

④ "내가 어떻게 할 수 없는 일, 엄마는 그걸 운명이라고 불러……. 위녕, 그 걸 극복하는 단 하나의 방법은 그걸 받아들이는 거야. 온몸으로 받아들이는 거야.178쪽

⑤ "아줌마는 둥빈 아빠 알아요?"(…중략…)
"알지……. 참 잘생기고 델리케이트하고, 몹시 날카로운 구석도 있고 그러 면서 한없이 여리고……. 한 마디로 예술가였어.200쪽

⑥ 지난 주말에 초등학교 동창회 갔더니 삼십오 년 전에 내 짝이었던 아저

씨가 그러는 거 있지. 야, 어떻게 너 같은 말괄량이가 소설을 쓸 수가 있냐…….
그래서 맨 처음에는 신문에서 내 이름 보고도 안 믿었대. 난 나 스스로 어릴 때
책만 읽는 꽤 조숙한 아이였다고 나 자신을 기억하는데……. 기가 막혀.208쪽

⑦ 나는 아빠 집 앞 계단에 주저앉았다. 눈물도 나오지 않았다. 완벽한 배
제, 완벽한 소외, 완벽한 퇴출……. 이런 감각들이 내 온몸을 가시처럼 쏘아
댔다.250쪽

위의 인용은 위녕이 아빠와 새엄마를 떠나 베스트셀러 작가인 엄마와
각기 성이 다른 두 동생과 살면서 일어나는 일상을 그린 것이다. ①, ②,
③에서는 소설을 쓰고 있는 엄마의 실제이야기를 쓰고 있다. ④, ⑤, ⑥,
⑦은 일상생활에서 일어나는 평범한 일상을 그리고 있다.

1980년대 후반 들어 급속히 전개된 세계적 규모의 사회문화적 변동은
한국문학의 정체성과 관련해 있다. 붕괴와 해체는 1990년대라는 시대의
성격을 규정하고 있는 단어이다. 1980년대 후반 '역사'에 대한 종말 선언
은 삶과 문학에 있어 커다란 혼란을 가져왔다. 자기 존재의 연속성과 통
일성을 상실해버린 세계 내에서 문학의 역할과 가치는 어디서 찾을 것이
냐는 그런 의미에서 1990년대는 '문학이란 무엇인가'에 대한 새삼스런
성찰을 요구하는 시대였다.[34]

문학사의 흐름 속에서 파악할 때, 새로운 문학적 정체성과 이상형의 모
색 단계에 놓여 있는 1990년대 문학의 성격은 일상성이라는 요소의 관
철 국면에서 선명해진다. 1990년대 한국사회는 물질적 토대의 측면에서

---

34 임영봉, 「일상과 초월, 그리고 탈주─90년대 문학과 일상성」, 작가와 비평 편, 『비평, 90
년대 문학을 묻다』, 여름언덕, 2005, 260쪽 참고.

'후기' 산업사회·자본주의 단계에 대응하는 발전 국면에 도달하게 되는데 이는 동시에 사회문화적 부문의 성숙을 의미하는 것이기도 했다. 90년대 일상성의 대두는 이런 사회 변화를 배경으로 한 것으로, 새로운 사회문화적 구조에 대응하는 일상성의 문학적 생산은 일상적 소재나 주제, 스타일 등의 요소에서 확인할 수 있다.[35] 일상성을 소재나 주제로 삼고 있는 문학의 창작은 일제강점기와 한국전쟁이라는 비일상적 시공간 속에서도 지속된 바 있다. 식민지시대의 작가 이상과 박태원, 전후세대 작가 장용학과 손창섭 등의 문학세계가 그것을 증명해주고 있다.[36]

유미리의 『생명』과 공지영의 『즐거운 나의 집』은 작가 자신의 개인적인(개인) 사생활(일상성)을 고백하고 있다. 그리고 작품에서 작가는 작가와 작가의 가족 등, 대부분의 작중인물의 이름도 바꾸지 않고 그대로 사용하고 있다. 『생명』은 사소설에서 주로 많았던 불륜과 미혼모라는 사소설의 전통에 크게 비켜나지 않았고, 『즐거운 나의 집』은 세 번의 이혼과 세 명의 성이 다른 아이라는 자신의 사생활을 폭로하고 있다. 『즐거운 나의 집』은 지금까지 한국 고백문학의 전통에서 찾기 어려운 새로운 형태의 자기폭로를 하고 있다.

사소설의 원조라 할 수 있는 다야마 가타이의 『이불』이 나온 이후 현대까지 사소설은 이어지고 있었다. 현대의 대표적인 사소설 작가인 유미리도 그 전통을 이어가고 있었다. 한국에서는 1980년대까지 자신의 사생활을 그리는 사소설과 같은 소설이 독자들의 호응을 얻지 못하였다. 하지만 1990년에 들어와서 신경숙과 공지영을 비롯하여 많은 여성 작가가 자신의 자전적인 이야기를 쓰기 시작했고 독자들의 호응을 얻었다.

---

35 위의 책, 260~261쪽.
36 위의 책, 261쪽.

지금까지 유미리의『생명』과 공지영의『즐거운 나의 집』을 비교한 결과 다음과 같다. 첫째, 사생활과 자기폭로이다. 유미리의『생명』은 가정이 있는 남자를 사랑하고 그 아이를 낳고 혼자서 기른다는 내용으로 사소설의 자기폭로라는 전통에서 벗어나지 않고 있다. 공지영의『즐거운 나의 집』은 세 번의 이혼과 아버지가 다른 세 명의 아이와의 일상, 그리고 매 맞는 아내라는 수치스러운 자기폭로를 하고 있다.『생명』은 불륜을 테마로 사소설의 전통을 이어가고 있다. 그러나『즐거운 나의 집』은 지금까지 한국 고백문학의 전통에서 찾기 어려운 새로운 형태의 자기폭로를 하고 있다.

둘째, 사회적인 요소이다.『생명』은 소박하지만 특별한 가족관계를 다루고 있고 사회성이 배제된 사소설의 계보를 그대로 이어가고 있다. 공지영은 운동권의 경험을 이야기하는 후일담문학으로 등단하였다. 그러나『즐거운 나의 집』에서는 작가의 특수한 가족관계를 이야기하고 있고 사회성은 나타나지 않는다.

셋째, 일상성·고백·개인이다.『생명』은 사소설에서 주로 많이 다루었던 불륜, 그리고 미혼모라는 테마로 작가의 일상을 고백하고 있다.『즐거운 나의 집』은 세 번의 이혼과 세 명의 성이 다른 아이라는 작가 자신의 사생활을 고백하고 있다. 두 작품에서 작가는 작가와 작가의 가족 등, 대부분 작중인물의 이름도 바꾸지 않고 그대로 사용하고 있다.『생명』과『즐거운 나의 집』은 작가 자신의 개인적인개인 사생활일상성을 고백하고 있다.

지금까지 한국에서 주목을 받지 못했던 사소설과 유사한 소설이 1990년대 이후에 많은 사랑을 받게 된 이유는 시대적인 상황과 관련이 있을 것이다. 신승엽은 "최근의 소설창작 경향은 포스트모더니즘이 주장하듯 '거대서사·담론'의 시대가 지나가고 '소서사'에 의한 해체의 시대가 도래한 듯한 인상을 주기에 알맞다"라고 한다. 이처럼 소서사에 독자들이 환영하는 이유는 포스트모더니즘이라는 해체의 시대가 도래한 것과 관련이 있을 것으로 추정된다. 또 다른 이유는 1980년대의 독자들이 정치와 관련된 사회현실의 거대서사에 많은 관심을 가졌다면 1990년대의 독자들은 정치에서 한발 비켜서서 일상적인 현실에 밀착한 소서사에 관심을 가지게 되었기 때문일 것이다. 이러한 시대적 배경 속에서 『생명』과 『즐거운 나의 집』과 같은 작가의 일상성을 기반으로 한 개인의 고백소설이 나온 것이다.

제13장

사소설의 전통과 니시무라 겐타
『고역열차』, 2000년대 한국의 오토픽션[1]

144회 아쿠타가와상의 수상작인 니시무라 겐타西村健太, 1967~2022의 『고역열차苦役列車』2010가 발표되던 2011년 1월 17일, 일본 열도는 놀라움의 연속이었다. 일본 제일의 문학상을 받은 니시무라 겐타는 무엇 하나 잃을 것 없는 중졸 출신에 날품팔이고, 부친이 성범죄자라는 치명적인 이력을 가진 40대 중년 남자이다. 더 놀라운 것은 "수상은 글렀다 싶어서 유흥업소에 가려고 했습니다. 축하해줄 친구도 없고 연락할 사람도 없습니다" 라는 수상소감이다. 잃을 것 없이 밑바닥까지 간 작가가 자신의 진솔한 경험을 숨김없이 솔직하게 쓴 사소설이 아쿠타가와상을 받은 것이다. 일본인이 사소설에 열광하는 이유는 도대체 무엇일까? 제13장에서는 사소설을 계승한 니시무라 겐타의 『고역열차』를 분석함으로써 사소설의 전통과 현대 사소설의 연결고리를 살펴본다. 그리고 사소설의 전통은 왜 계속 이어지는가? 한국에서는 왜 사소설이 정착하지 못하는 것일까? 라는 질문을 통해 일본인의 독특한 행동 양식과 일본의 사회구조도 알 수 있다.

일본에는 일본만의 독특한 문학 양식인 사소설이라는 문학 장르가 있다. 일반적으로 독자들은 소설을 읽을 때 허구를 전제로 하고 읽는다. 소

---

1   제13장은 안영희의 논문 「일본 사소설의 전통과 니시무라 겐타(西村健太)의 『고역열차(苦役列車)』」(『일본어문학』 98, 2022, 367~393쪽)를 수정·보완하였다.

설이 허구이고 거짓말이라는 것은 작가와 독자 사이의 암묵적인 전제이자 약속이다. 작가가 자신의 이야기를 썼다고 해도 일반적으로 독자들은 자서전이 아니면 픽션으로 생각하고 읽는다.[2] 하지만 일본에는 이러한 소설 읽기를 전도시켜 버린 사소설이라는 문학 장르가 있다. 우노 고지는 「시시한 세상이야기」 중에서 "1920년, 작중에 '나'라는 인물이 등장하기만 하면 그 '나'는 작품을 쓴 작가와 같은 소설가이고, 그 소설의 이야기는 전부 실제 사건인 것처럼 오해받은 풍조가 일반화되었다"[3]고 한다. 일본 사소설에서 독자들은 작가를 소설 속 주인공과 일치시켜서 읽는다. 즉 작가 = 주인공 = 화자의 등식이 성립하는 것이다. 일본 사소설은 소설이 픽션이 아닌 사실이라는 새로운 소설의 패러다임을 만들었다.

문학사적으로 보면, 사회성이 강한 시마자키 도손의 『파계破戒』[1906]가 일본 자연주의의 길을 열었고 1년 후에 나온 『이불蒲団』[1907]이 일본 자연주의의 방향을 결정하고 사소설의 장르를 열었다는 것이 통설이다. 『이불』은 한 중년 작가가 자신의 집에 기숙하는 여제자에 대한 비밀스러운 애욕을 그리고 있다. 『이불』은 중년 작가가 여제자에게 느끼는 비밀스러운 성욕을 있는 그대로 그렸다는 점에서 작가의 용기가 평가받은 작품이다. 이후 일본 자연주의는 사소설로 변질하면서 사회성이 차단되고 깜깜한 방 안에서 고민하는 인간상을 그리게 되었다. 그리고 100년이 지난 현재에도 사소설의 전통은 이어지고 있다. 2011년에 아쿠타가와상을 수상한 소설 『고역열차』가 이를 증명하고 있다. 그럼 현대까지 이어지는 사소설의 끈질긴 생명력은 도대체 무엇일까?

지금까지 선행연구를 보면, 일본과 서구에서 일본만의 독특한 문학 양

---

2   안영희, 『일본의 사소설』, 살림출판사, 2006, 7쪽 참고.
3   위의 책, 4쪽(宇野浩二, 「甘き世の話」, 『中央公論』, 1920 재인용).

식인 사소설의 연구는 수없이 많이 이루어져 왔다. 하지만 한국에서는 활발하게 사소설 연구가 이루어지지 않고 있다. 또한 니시무라 겐타西村健太『고역열차』의 선행연구도 거의 없다. 오호리 도시야스는 「빠져드는 사소설」에서 "고바야시 히데오는 『사소설론』1935의 마지막 부분에서 "사소설은 멸망했지만, 사람들은 '나'를 정복했을까?"라고 했다. 니시무라 겐타의 '사소설의 역습', '땅의 밑바닥에서 나타난 파격적인 사소설'에 의해 이 예언은 적중했을지도 모른다"[4]고 했다. 히키타 마사아키는 「끝없는 둥근 고리에서 도주」에서 둥근 고리의 내부 또는 그 주위를 기점으로 하는 생활권인 히라노시마平野島[5]를 노동의 장소를 향하는 '지옥의 일정목'이라고 부르고 있다.[6] 오호리 도시야스는 『고역열차』가 고바야시 히데오가 말한 것처럼 '나'의 사생활을 쓴 사소설의 전통을 이어받고 있다고 한다. 히키타 마사아키는 『고역열차』 주인공 기타마치 겐타의 생활권인 야마노테선의 둥근 고리를 지옥의 장소라고 부르고 있다.

한국의 관련 연구로는 이정화 「게공선 붐 이후 일본소설에서 보이는 격차문제와 연대의식 고찰−소설 「블루시트」와 「고역열차」를 중심으로」가 있다. 이 글에서는 2008년 일본에서 일어났던 게공선 붐 이후의 일본소설에서 보이는 격차문제와 연대의식에 대해 고찰하고 있다.[7] 따라

---

4 大堀敏靖, 「のめりこむ私小説−西村賢太『苦役列車』(特集 私小説について)」, 『群系』 37, 2016, 49쪽.
5 원문에는 헤이와지마(平和島)로 표기하고 있다. 오기로 보인다. 도쿄도 오타구에 있는 인공섬이다.
6 疋田雅昭, 「果てしない円環からの逃走−西村賢太「苦役列車」を読む」, 『長野国文』 22, 長野県短期大学日本語日本文学会, 2014, 140쪽.
7 이정화, 「게공선 붐 이후 일본소설에서 보이는 격차문제와 연대의식 고찰−소설 「블루시트」와 「고역열차」를 중심으로」, 『일본문화연구』 75, 2020, 283~301쪽. 일용직 노동자의 삶을 주제로 한 소설 「블루시트」와 「고역열차」의 내용을 고찰함으로써 게공선 붐이 현대문학에 끼친 영향에 대해 파악하고자 하였다. 소설 「블루시트」에서는 사회적 운

서 사소설의 전통과 니시무라 겐타의『고역열차』텍스트 분석을 통해 일본의 사소설의 전통이 어떻게 현대로 이어지고 있는지를 고찰하는 본 연구와는 차별성을 지닌다. 일본 사소설은 사회성의 차단, 가난, 그리고 성욕과 불륜이 기본적인 테마를 이루고 있기 때문이다.

제13장에서는 1907년 다야마 가타이의『이불』에서 시작된 일본 사소설의 전통이 현재까지 이어져 온 원인을 니시무라 겐타『고역열차』의 텍스트 분석을 통해 살펴보고자 한다. 이를 통해 일본만이 가진 사소설이라는 독특한 문학 양식의 본질이 무엇이며, 현대까지 사소설이 계승되는 이유가 무엇인지를 알아본다. 또한 한국에서 작가의 실제 삶이 투영된 자전소설인 오토픽션이 계승되지 못하는 이유가 무엇인지도 살펴본다.

1. 사회성과 허구를 배제한 사소설의 전통과『고역열차』

일본 사소설은 작가 자신을 모델로 하여 있는 그대로의 사실을 그리며 허구를 배제하고, 가난과 성욕, 불륜을 주요 테마로 하며 사회와 단절된 개인을 그린다. 니시무라 겐타의『고역열차』에서도 '가난과 성욕, 작가의 글쓰기'가 주요 테마가 되고 있으며, 그의 소설은 사소설의 전통을 이어받고 있다.『고역열차』는 문예지『新潮』2010년 12월호에 발표되었다.

동이나 비정규직 고용 시스템에 대한 재고를 제기하는 방식이 아니라 '개인관계 회복을 통한 연대'로 결론을 내렸다. 격차사회를 살아가는 개인이 겪는 갈등과 계층 의식이 표면화하고 있는「고역열차」의 경우 '우리'라는 집단의식과 분노가 표출되고 있으나 그 '분노'가 향하는 대상이 특정되지 않은 채 개인의 영역에서 끝나고 있다. 이는 게공선 붐을 통해 엿보인 '연대'에 대한 대중의 기대가 계승되고 있지 않으며 이는 프롤레타리아문학과 프레카리아트문학의 붐으로 이어지지 못한 데에 대한 답으로 받아들일 수 있다.

신초사에서 2011년 1월 단행본으로, 2012년 4월에 문고판으로 간행하였다. 그리고 2012년 7월에 야마시타 노부히로山下敦弘가 영화화하였다. 『고역열차』는 제1부 「고역열차」와 제2부 「나락에 떨어져 소매에 눈물 적실 때落ちぶれて袖に涙のふりかかる」로 이루어져 있다.

「고역열차」는 열등감과 참을 수 없는 분노를 품고 부두의 냉동창고에서 일용직 노동을 계속하고 있는 19살 기타마치 간타의 삶을 그리고 있다. 장래에 대한 희망도 없이 외고집과 강한 자의식을 가지고 살아가는 날들을 간타는 고역의 종사라고 비유한다. 「나락에 떨어져 소매에 눈물 적실 때」는 40살을 맞이하는 사소설 작가가 된 간타의 무명 작가다운 체념과 될 대로 대라는 식의 각오를 적고 있다. 『고역열차』에서는 작가 니시무라 겐타西村健太를 주인공 기타마치 간타北町貫多로 명명하고 있다. 니시무라西村의 니시西를 기타北로, 무라村를 마치町로 해서 기타마치로 하고, 겐타를 간타로 하고 있지만, 작가를 모델로 한 '나'라고 하는 1인칭과 동의어로 봐도 무방하다. 다른 작품에서도 거의 같은 설정으로 되어 있고 작가가 경험한 사실을 쓰고 있다. 아버지가 성범죄로 체포되고 신문에 보도된 것이며 그 일로 어머니가 이혼한 사실 등이 현실에 기초하고 있다.

1) 사회성과 허구의 결여

일본 사소설의 특징은 사회성과 허구를 배제하고 오로지 작가 자신의 사생활을 쓴다는 것이다. 계획도 없고 미래도 없고 희망도 없는 19살 간타의 삶은 작가 니시무라 겐타의 삶이다. 아무런 희망도 없는 그의 삶에서 단 하나의 희망은 문학이다.

간타의 신산한 삶은 본인 스스로 자초한 것이다. 그의 삶은 누가 봐도 '근면'이나 '성실'과는 거리가 멀다. 간타는 어떻게 하면 일을 적게 할 것인가를 고민한다. 육체노동은 지루하고 고통스럽기 때문이다. 그는 현실을 극복하기보다는 회피하려고 한다. 사회는 결코 도망치는 그를 구원하지 않는다. 미래를 위해 현재를 끊임없이 희생하는 존재, 그것이 현대인의 자화상이다. 어쩌면 생존에 필요한 만큼만 노동을 하는 간타의 삶은 자연스러운 것일지도 모른다. 그러나 간타의 삶에는 무언가 결여되어 있다. 그것은 타인과의 관계다.[8]

일본의 사소설은 사회성을 철저하게 배제하고 사회에서 차단된 개인의 사생활을 그리고 있다. "간타의 삶에는 무언가 빠져 있다. 그것은 타인과의 관계다"에서처럼 간타는 철저하게 가족과 타인과의 관계를 끊고 사회와 고립되어 있다. 아버지가 성범죄자라는 사실을 안 이후부터 고등학교에 진학하지 않고 하루하루 날품팔이의 삶을 산다. 가족과 친구의 교류도 없이 철저하게 혼자이다. 물론 이 소설은 부두 하역 노동과 같이, 날품팔이의 고단한 삶을 고역열차에 비유하며 현대사회의 가난한 노동자의 삶을 보여주고 있다. 하지만 현대 노동자의 극도로 빈곤한 삶을 보여주고는 있으나, 그 문제를 한 개인의 게으름 탓으로 돌리며 사회의 구조적인 문제로 보지 않고 있다. 즉 현대인의 빈곤한 삶이 사회의 구조적인 문제나 사회개혁과 연대의 문제로 이어지지 못한다.

후타바테이 시메이, 나쓰메 소세키 같은 메이지시대의 문인들은 문학이 남자 일생의 일이 될 수 있을까에 대해 고민했다. 그때 서구의 소설 수법을 도입한 자연주의문학이 등장한다. 일본 근대문학자들은 과학적 실

---

8   다산책방 책 소개. https://library.yonsei.ac.kr/search/detail/CATTOT000000802177 (검색일 : 2022.04.10).

증주의로 기성의 도덕, 규범, 질서를 과감하게 타파하고 인간의 '자연'을 그리는 것이 문학의 새로운 신경지, 인간존재를 재건하는 길이라고 믿었다. 일본근대 작가들이 다야마 가타이 『이불』의 영향을 받아서, 일인칭 나를 주인공 또는 모델로 한 소설을 쓰고 진실만이 소설의 생명이며 허구가 들어가면 '통속소설'이라 경시하는 시기가 있었다. 좁은 문단 안에서 열렬한 팬들만 통용하는 작가의 신변잡기 같은 작품과 비참한 현실을 특별히 사실적으로 그리는 사소설을 쇼와 시기에 들어와서 '문단길트', '도망 노예'라고 부르며 나카무라 미쓰오 등에 의해 비판받았다.

허구와 사회성에 등을 돌리고 오로지 진실을 그리려고 하는 '자연주의'와 거기에서 파생된 '사소설'은 서구소설의 기법만을 도입한 것이었고, 사회적 필연성에서 생긴 것은 아니었다. 서구 자연주의는 과학적 사상을 바탕으로 '나'가 아닌 타인과 사회를 그리려고 한 것에 비해, 자연주의를 수입한 일본에서는 그리려는 대상이 '나'와 나와 관계한 주변의 상황에 국한되었다. 서구 자연주의 작가들은 자연주의의 과학적 실증주의라는 곤봉을 되살려 진실을 그리는 것이 인간의 진실을 탐구하는 문학 본래의 사명이라고 강하게 믿었다.[9] 하지만 일본의 자연주의 작가와 사소설 작가는 인간의 진실을 그리기보다는 작가가 경험한 '사실'만을 그리며 서구에서 문제시한 사회성을 배제하여 버렸다.

니시무라 겐타와 영화감독 야마시타 노부히로와의 대담 「『고역열차』 ─「청춘의 낙오자」를 싣고」에서 니시무라는 간타라는 인물이 니시무라 자신이라는 사실을 부정하지 않았다. 간타는 자신이 모델이고 원작은 거의 실제 생활을 그리고 있지만, 일부분은 각색도 있다고 한다. 그는 등장

---

9   大堀敏靖, 앞의 책, 41쪽.

인물도 여러 인물의 요소를 섞어서 한사람으로 통합하기도 했다고 한다. 결국 사소설은 작가의 실생활을 소재로 하지만 실생활을 있는 그대로 쓰는 것은 불가능하다. 있는 그대로의 현실 모방이 가능한 것은 그와 똑같은 언어밖에 없기 때문이다. 따라서 사소설이라고 해도 어느 정도의 픽션은 들어갈 수밖에 없다. 야마시타 감독은 간타를 "과격하고 소심한 도라상"[10]이라고 표현하자 니시무라 겐타는 "청춘의 낙오자"라고 불러달라고 했다. 청춘시절에는 낙오자였지만 아직 인생은 끝나지 않았고 반드시 한번은 보상을 받을 것이라고 그는 말한다.[11]

2) 가난과 성욕

다음은 사소설의 주요 주제인 '가난한 삶'이 드러난 부분이다.

아키하바라에서 환승을 할 때 플랫폼 옆에서 냄새를 풍기는 메밀국수 집으로 뛰어들고픈 충동은 평소나 다름없었다. 배가 고파 미칠 지경이지만 전철표를 사고 난 후라 호주머니는 텅 비었다. 입구 곁에 장식된 튀김이 곁들여진 메밀국수와 돈까스 덮밥의 맛있어 보이는 샘플을 곁눈질하며 솟구쳐 오르는 식욕을 억누르기 위해 하이라이트를 빼물고 불을 붙이면서 2번선 플랫폼으로 내려간다. (…중략…) 아침 시간 공공장소 특유의 살짝 똥 냄새가 풍기는 무더운

10 도라상은 〈남자는 괴로워(男はつらいよ)〉의 주인공이다. 이 드라마는 1969년에 시작되어 약 35년 되는 세월 동안 1996년 주인공 도라상의 아쓰미 기요시가 사망하기까지 삶의 애환을 절묘한 유머 감각으로 만들어냈다. 떠돌이 장사꾼인 도라상은 힘없고 평범한 서민이지만 진지한 것 같기도 하고 익살스럽기도 한 표정에서 나오는 웃음과 입담은 보는 이를 즐겁게 한다. 아무리 심각하고 괴로운 일이라도 도라상에게는 그냥 살아가는 삶의 일부분이다.

11 西村賢太・山下敦弘, 「苦役列車 ―「青春の落伍者」を乗せて」, 『新潮』 109(8), 新潮社, 2012, 181~192쪽 참고.

차량 안에서 간타는 오로지 점심 때 나올 도시락만을 몽상한다.

그러는 사이 간신히 하차할 역에 도착했다. 여기에는 계단 바로 아래 꽤 큰 서서 먹는 국수집이 있어서 곁을 지나치면 짙은 장국 냄새가 코를 간질인다. 간타는 지금까지 무일푼으로 지나칠 때마다 다음에는 반드시 일을 하기 전에 국수 한 그릇을 먹을 170엔 만은 남겨두자고 생각했는데, 이날도 변함없이 새로운 결의를 굳혔다.[12]

현대와 같이 풍요로운 세상, 그리고 일본이라는 선진국에 사는 청년이 가장 싼 음식 중의 하나인 플랫폼의 170엔의 메밀국수를 먹을 돈이 없어서 식욕을 억누르는 모습은 이해하기 힘들 정도이다. 간타는 하루하루 벌어서 하루 먹고 사는 가난한 인생을 살기에 메밀국수를 먹을 돈도 없다. 이는 과거의 사소설 작가들이 가난한 삶을 살면서 처자식이 배불리 먹을 수 없어서 괴로워하는 모습을 떠올리게 한다.

---

12 西村健太『苦役列車』新潮文庫, 2012, 19~20쪽. 지면상의 문제가 있어 이하의 인용은 번역본(니시무라 겐타, 양억관 역, 『고역열차』, 다산책방, 2011, 20~21쪽)에서 인용하고 본문에 쪽수만 쓴다.
　秋葉で乗り換える際には, ホームの傍らで盛況ぶりを示している立ち食いそば屋へと飛び込みたくなるのもいつものことだった. 腹が減っていてたまらぬが, 切符を買ってしまったのですでに所持金は皆無に等しい. 入口の脇に飾られた, 天そばやカツ丼のうまそうなサンプルを一瞬横目で睨み, 込み上げってきた食欲を誤魔化す為にハイライトをくわえて火をつけながら, 二番線の停車ホームへと降りてゆく. (…중략…) 朝の公共の場特有の, 微かに大便の異臭が漂う蒸し暑い車内で, 貫多はひたすら昼に出る, 日当天引きの仕出し弁当を貪り食う時間を妄想するのである. するうち, ようよう下車駅に着くと, ここでも階段を下りたところに大きな立ち食いの店があり, 濃厚なそばつゆのいい匂いが通りがかった際否応なく鼻腔をくすぐってくる. 貫多は, これまでにも無一文でそこを通る度, 今度からはせめて労働前に一杯のおそばをすする為に百七十円だけは残しておこうと思うのだが, この日もまた新たに, その決意を強く心に固めるのだった.

다음은 일본 사소설에 자주 등장하는 성욕에 관한 부분이다.

그러고 보니 간타는 자신이 친구도 애인도 없다는 사실을 새삼 깨달았다. 그리고 왜 자신에게는 그런 것이 없을까, 망연한 생각에 잠겼다. 다른 사람들은 모두 당연한 듯이 일이 끝나면 누군가를 데리고 가서 술을 마시기도 하고, 혹시 애인이라면 섹스도 하는데, 간타는 오랜 세월 그런 평범한 즐거움과는 인연이 먼 외톨이였다.

딱히 그렇다고 해서 괴로운 것은 아니다. (아니, 여자가 없다는 건 성욕의 해소라는 측면에서는 정말 고통스럽다.) 그래도 가끔 어떤 일을 계기로 자신에게도 그런 친구가 하나 정도 있어도 좋지 않을까 하는 생각을 한다. 그러면 오늘 같은 날도 그런 후줄근한 데서 애늙은이처럼 싸구려 술을 마시지는 않았을 것이다. 밝고 활기찬 가게에서 라비올리이탈리아식 만두 같은 안주를 곁들여 술잔을 손에 들고 여자와, 아니 여자의 몸과 대화를 나누며 즐거운 한때를 보낼 수 있을 텐데.³⁴⁻³⁵쪽

구사카베하고는 매일 얼굴을 마주하다보니 돌아가는 길에 하마마쓰초 부근에서 같이 술을 마시는 사이가 되었다. 싸구려 체인점 술집에서 더치페이로 돈을 내고 같은 또래와 대화를 나누며 마시는 술은 특별한 맛이 있었고, 말로 다 할 수 없을 만큼 따스하고 즐거운 시간이었다.⁶³쪽

사소설에서 다루는 테마는 가난과 불륜과 성욕이다. 최초의 사소설이라고 할 수 있는 『이불』에서도 주인공이 여제자에게 성욕을 느끼는 것을 주요 테마로 하고 있다. 여기서도 주인공 간타가 애인이 절실하게 필요한 이유는 연애가 아니라 성욕 해소의 도구로 필요한 것이다. 그래서 옛날에 헤어졌던 애인이 그리워지는 것이다. 그리고 전문대를 다니는 구사

카베를 졸라서 소프랜드[13]에 가서 성욕을 해결하기도 하고 같이 술도 마신다. 하지만 간타의 열등감과 모난 성격 때문에 구사카베와도 헤어지고 외톨이가 된다.

소설의 주인공 기타마치 간타는 부두에서 짐을 나르는 일을 하는 일용직 노동자다. 일당 5,500엔으로 하루하루를 살아가는 서글픈 하루살이 인생이다. 일당은 하루 이틀 치의 밥, 술, 담배를 사는 데 사용된다. 간타에게 노동이란 생존을 위한 도구일 뿐이고, 어쩔 수 없는 상황에 내몰렸을 때 마지못해 일을 나간다. 아무런 계획도, 미래도, 희망도 없는 19살의 간타에게 단 하나의 희망은 문학이다. 후지사와 세이조의 사소설만이 간타에게 위로가 되었고, 그의 유일한 희망이었다. 소설 속에 등장하는 작가 니시무라 겐타를 모델로 한 기타마치 간타의 삶은 너무나 거칠고 초라하고 추악하다. 그런데도 주인공인 간타의 내면은 쉽게 꺾이지 않는 강한 생명력을 지니고 있다. 동일본대지진 이후 황폐함과 혼란 속에 던져진 일본인들은 그의 작품에서 진정성을 발견하고 희망을 보았다고 말한다. 이는 삶의 밑바닥을 경험한 작가만이 쓸 수 있는 묵직한 울림과 문학적 감동을 통해 전해진다. 일본인들은 작가의 밑바닥 인생을 보면서 자신만이 힘든 것이 아니라는 사실을 알고 위로를 얻었다.

---

13 소프랜드(Soap land)는 일본의 유흥업소로 목욕탕의 변종 성매매 업소이다.

2. 사소설 작가의 허무주의와 개인의 파멸,
    그리고 창작기법으로서의 글쓰기

니시무라 겐타는 『고역열차』에서 선로에 놓인 기차는 결코 자력으로
빠져나올 수 없다는 비유를 통해 희망이 없는 인생이 숙명인 것을 암시
하고 있다. 니시무라 겐타는 도쿄에서 태어나 초등학교 때 아버지가 성
범죄를 일으켜 수감된 뒤에 이혼한 어머니 밑에서 자랐다. 그전까지 아
버지가 단순 강도 사건으로 수감되었다고 알고 있었지만, 중학교 3학년
때 아버지가 성범죄자라는 것을 알고 등교를 거부하고 세상과 등을 돌린
다. 중학교 졸업 후 고등학교에 진학하지 않고 집을 나와 부두 하역 노동
이나 경비원, 주류 판매점 배달원, 식당 거주 종업원 등 육체노동으로 밥
벌이를 한다. 폭행사건으로 2번 체포되기도 한다. 23살에 자신과 흡사한
삶을 살았던 1920년대 작가 후지사와 세이조藤澤淸造의 소설을 읽고 감명
을 받고, 그가 추구했던 사소설에 매료된다. 후지사와 세이조는 사소설
작가로 큰 평가를 받지 못했지만 니시무라에 의해 재평가된다. 니시무라
는 후지사와 세이조를 사후 스승이라고 칭하고 매월 기일에 성묘하고, 세
이조의 무덤 옆에 자신의 무덤을 만든다. 그는 2001년에 『후지사와 세이
조 전집』 5권 별권 2권을 간행할 예정이었지만 잘 진행되지 않았다. 그
후, 2011년 니시무라가 아쿠타가와상을 수상하고 2012년에 『후지사와
세이조 단편집』을 출판하였다.

니시무라는 일과 글쓰기를 병행하면서 2003년 상업잡지에 글을 실으
며 데뷔했다. 이후 수많은 작품을 발표하고 몇 번이나 수상 후보에 올랐
지만 떨어지고, 『고역열차』로 아쿠타가와상을 수상한다. 밑바닥 인생을
산 그의 삶과 문학에 대한 뜨거운 진정성이 담긴 그의 소설은 동일본대

지진의 아픔을 겪은 일본인들의 마음을 움직였다. 니시무라는 다야마 가타이에서 시작된 사소설이 다자이 오사무에서 완성을 본 후, 동력을 잃은 일본 사소설의 전통을 이을 차기의 사소설 작가로 일본 문단의 기대를 받고 있었다. 하지만 그는 2022년에 54세의 나이로 짧은 생애를 마감한다.

1) 사소설 작가의 허무주의와 개인의 파멸

사소설 작가의 특징은 개인의 삶을 파멸시키면서 글을 쓴다는 것이다. 실생활에서 일어난 사실을 소설로 써야 하므로 글의 소재를 찾기 위해 끊임없이 자신의 사생활을 희생시켰다. 다자이 오사무가 대표적이다. 그는 사소설의 제재를 구하기 위해 네 번의 자살미수와 다섯 번째에 자살 시도 끝에 성공할 수 있었다. 『고역열차』에서도 작가의 허무주의와 개인의 파멸이 나타나고 있다.

덧붙여, 호적상으로는 벌써 남이 되어버렸지만 아주 먼 옛적에 인간이 하나 있어서 바로 그가 입에도 담기 싫을 만큼 파렴치한 성범죄자라는 사실이 발목을 잡았다고나 할까, 어차피 아무리 이를 꼭 깨물고 남들과 비슷하게 살아보려 애쓴들 성범죄자의 자식이라는 사실이 알려지는 순간 모든 길이 가로막히리라는 체면으로 쓰잘 데 없이 4년이나 멍한 낯짝으로 야간학교를 오가서 뭘 하겠느냐고, 그래서 당연히 거쳐야 할 담임선생과의 진로에 대한 상담 절차도 밟지 않았고, 또 담임선생도 평소 그가 얼마나 미웠으면 괜히 긁어 부스럼 만들지 말자는 듯한 태도로 일관하는 바람에 정말 졸업식 때까지 단 한 번도 대화다운 대화를 나누지 않았으니 졸업 후 일자리 따위는 꿈도 꿀 수 없는 처지였다.

당시 간타는 어머니 가쓰코에게서 강탈하듯이 받아낸 현금 10만 엔으로 우구이스다니 역 부근에 한 평 반짜리 방을 빌려서 일단 그곳을 근거지로 삼아 일자리를 찾아보려 했으나, 열다섯이라는 나이로는 중학교 당국이 보증이라도 서지 않는 한 육체노동은커녕 신문배달조차 할 수 없다는 현실을 깨닫기에 이른다.11~12쪽

아버지가 성범죄자라는 사실은 숨기고 싶은 삶의 한 부분일 것이다. 하지만 이런 추악한 사실을 폭로하는 것이 사소설의 특징이다. 따라서 하세가와 덴케이는 「현실 폭로의 비애」1908를 발표하여, 모든 허위를 부정하고 현실을 있는 그대로 그리는 것의 비애라는 논지로 자연주의문학을 옹호하기도 했다. 간타는 중학교 때 아버지가 성범죄자라는 사실을 알고 삶의 의욕을 잃어버리고 고등학교에 진학하기를 포기한다. 성범죄자의 아버지라는 꼬리표가 평생 따라다닐 것이고, 무엇을 해도 소용이 없다는 결론에 이르렀기 때문이다. 그 이후, 막노동하며 하루하루 생활에 필요한 만큼의 노동을 하면서 힘든 삶을 이어간다. 이러한 삶은 실제로도 이어지며 니시무라 겐타는 짧은 생을 마치게 된다. 2022년 2월 4일 밤에 택시로 병원으로 가는 도중에 심정지로 의식을 잃고 2월 5일 새벽 6시 32분에 숨을 거둔다. 사망 원인은 심장질환이었고 평생 독신이었다. 그는 평소 좋아하던 후지사와 세이조의 묘 옆에 나란히 묻히게 된다.

간타는 어린 시절부터 아버지의 폭력으로 행복한 가정에 대한 기억이 없다.

간타는 어린 시절부터 극단적으로 친구가 적은 편이었다.

그는 에도가와구의 끝자락 거의 야스우라에 가까운 동네에서 태어났고, 집안은 2대째 영세 운수업을 경영했는데, 부모는 양쪽 다 성질이 급하고 격정적

인 타입이라 술은 한 방울도 못 마시는 주제에 한번 화가 났다 하면 간타에게 폭행에 가까운 체벌을 가했다.

그리고 간타 또한 그런 부모의 성질을 그대로 물려받은 낌새여서 초등학교 시절부터 아주 사소한 일에도 화를 벌컥 냈고, 특히 자신보다 약한 상대에게 간혹 포악한 행동을 했다. (…중략…) 그렇지만 그때까지만 해도 반에서 적당히 인기 있는 놈으로 인정받아 다수결로 선출되는 학급위원의 자리에 오르기도 했고, (…중략…) 아버지가 성범죄자로 체포되어 신문에 사진과 함께 보도되기에 이르자, 어머니는 그날 간타와 세 살 위 누나 마이를 학교에 가지 못하게 했다. 그래서 대낮에도 널판지로 만든 문을 닫아건 방에서 한 걸음도 나가지 못했고, 그날 이후로 친구들과 모든 접촉을 끊지 않을 수 없었다.36~38쪽

그는 어머니를 따라 성을 기타마치로 바꾸고 2학기 도중에 전학을 해서 학교를 다니기 시작했지만, 원래가 시바견처럼 낯을 가리는 데다 비딱한 외고집이라 거의 친구다운 친구를 만들지 못하고 하굣길에도 늘 혼자였고, 집에 돌아와서는 일체 바깥에 나가지 않고 오로지 텔레비전을 보거나 그 당시 인기를 끌던 요코미조 세이시의 문고본에 푹 빠져 지냈다.

그리고 고작 반년 후 5학년이 끝나자마자 어머니 가쓰코는 무슨 사연인지 도쿄도 남부의 마치다라는 곳에 방 세 개짜리 연립주택을 하나 찾아내서 그곳으로 옮겼다. (…중략…) 간타는 6학년 초부터 새로운 초등학교에 다녔다.41쪽

다음은 간타가 유일하게 친구가 된 구사가베와 처음 만나 통성명을 하는 부분이다.

"혹시 67년생?" 하고 유도심문을 했다.

"68년생이지만 2월에 태어나서……."

구사카베는 살짝 말투를 바꾸어 말했다.

"그럼 같은 학년이잖아. 여기 출신? 어느 구?"50쪽

아버지의 폭행에 가까운 체벌과 아버지가 성범죄자로 체포된 사실은 간타가 사회로 진출하지 못하는 원인을 제공한다. 초등학교 5학년 때에 아버지가 성범죄를 일으키고 성을 바꾸고 전학을 가게 되고, 6학년 때 다시 새 초등학교가 있는 곳으로 이사한다. 그때까지만 해도 간타는 학교에서 꽤 인기가 있었다. 하지만 중학교 때 아버지가 성범죄자라는 사실을 알고 난 이후에 간타는 친구와 모든 만남을 끊고 사회와 차단된 생활을 하게 된다. 사회와 차단된 방에서 최소한의 생계를 유지할 만큼의 돈을 벌면서 하루하루를 살아간다. 이때 유일하게 그에게 위로가 되고 삶을 이어가게 할 수 있는 것은 글쓰기였다. 친구도 애인도 없는 무미건조한 삶을 살고 모처럼 만난 친구인 구사가베도 본인의 비뚤어진 성격 때문에 떠나게 된다. "원래가 시바견처럼 낯을 가리는데다 비딱한 외고집"의 성격을 가진 간타는 결국 친구도 없이 외톨이로 살아가게 된다.

히키타 마사아키는 「끝없는 둥근 고리에서 도주」에서 책의 제목에 '열차'라는 말이 포함되어 있고, 이 텍스트에는 구체적인 역명이 많이 기록되어 있다고 한다. 우구이스다니, 신주쿠, 이케부쿠로, 하마마쓰초 등이 열거된 이들의 역명은 야마노테선에서 간타의 행동범위가 규정되는 곳이다. 야마노테선은 도쿄를 상징하는 노선임과 동시에 둥근 원으로 달리는 노선이다. 그리고 이야기의 인물들은 이 둥근 고리에 접속됨으로써 각각 도쿄에서의 하루하루를 보내고 있다. 만약 이 야마노테선을 '둥근 고리'의 비유로 읽는다면 야마노테선은 상징적인 '고역열차'이다. 물론

실제로 사람들이 이동하는 수단은 가지각색이다. 이이타바시飯田橋에서 이타바시板橋, 둥근 고리의 내부에서 외부로 이동한 간타의 생활은 쿠사카베의 만남으로 약간의 변화는 생겼다. 하지만 마지막까지 근본적으로 간타의 어떤 것도 변화시키지 못했다는 것이 결과론이고 적어도 이 텍스트의 이야기는 그 변화 또는 무변화를 둘러싼 이야기이다.[14]

2) 창작기법으로서의 글쓰기

사소설 작가는 자신이 실생활에서 경험한 사실을 써야 해서 소설의 주인공은 당연하게 작가가 된다. 그래서 작가 = 주인공 = 화자의 등식이 성립한다. 『고역열차』도 작가 니시무라 겐타 = 주인공 기타마치 간타 = 화자의 등식이 성립한다. 「고역열차」가 청년 기타마치 간타의 힘겨운 삶을 그리고 있다면, 「나락에 떨어져 소매에 눈물 적실 때」는 중년 기타마치 간타의 거동이 불편한 하루하루와 아쿠타가와상을 받고 싶었지만, 후보에만 오르고 수상작에서 탈락한 것을 적고 있다. 전편이 힘든 고역의 연속이었다면 후편은 사소설 작가로서의 글쓰기가 뜻대로 되지 않는 것을 주로 쓰고 있다. 니시무라 겐타는 2008년에도 「잔돈을 세며小銭をかぞえる」로 제138회 아쿠타가와상 후보에 올랐으나 수상하지 못했다. 2009년 「폐병을 앓으며廃疾かかえて」로 제35회 가와바타 야스나리문학상 후보에 올랐으나 수상하지 못했고, 2011년에 『고역열차』로 아쿠타가와상을 수상하게 된다.

다음은 주인공이 사소설을 쓰는 괴로움을 피력하고 있다.

---

14 疋田雅昭, 앞의 책, 140쪽 참고.

열이 나는 것도 아니니 머리는 맑다. 이 기회를 살려 200매를 목표로 느긋하게 회심의 작품을 만들어 내리라고 내심 기세를 올려 엎드린 자세로 볼펜을 굴리기 시작한 것이다.

그러나 이날 써나갈 문장을 구상하다가 지금까지 쓴 10페이지 정도 분량을 뒤적여보는데, 꼭 어제와 다를 바 없는 몸 상태 때문에 생긴 짜증은 아니더라도, 도대체 이런 재미도 없는 글을 써서 뭘 어쩔 작정이냐는 심한 혐오감이 밀려왔다.144쪽

애당초 문예지 신인상이라는 정식절차를 밟은 몸이 아니다. 무슨 연줄이 있는 몸도 아니다. 작품의 열악한 수준이 반쯤은 원인이긴 하겠지만, 아직 동인지 출신의 대체요원에 지나지 않아 수필 한 편 의뢰받지 못하고 등번호 세 자릿수의 연습생에 지나지 않는데, 그것도 벌써 해고 아니면 자격 박탈의 처지에 놓인 인간이다. 그러나 이런 상황이기에 소설을 쓴다. 스스로를 모든 점에서 패배자라 자각하기에 더욱더 죽어라 사소설에 매달리지 않을 수 없다.

아무리 발버둥친들 글쟁이의 출세코스에는 오를 수 없다는 사실에 마음이 울적하긴 하지만, 애당초 자신에게 그런 조건도 기량도 갖추어지지 않았다면 그것 또한 어쩔 도리가 없다. 결코 스스로 원해서 그렇게 된 것은 아니지만 결과적으로는 아직 빈손이다. 어찌 보면 자유로운 그런 몸으로 하찮은 동종업자들의 자의적인 평가에 어떤 기대를 품는 것 자체가 잘못이다.

그런 평가에 휘둘리며 일희일비하는 흉한 꼴로는 사소설을 쓰네 하는 일체의 눈속임이 불가능하며, 지금은 문학의 왕도가 아닌 거친 그 길로 나아갈 수도 없었다. 그리고 즉각 후지사와 세이조의 사후 제자라는 간판을 내리고, 다시는 그 사람의 이름을 입에 담아서는 안 된다.166쪽

"스스로를 모든 점에서 패배자라 자각하기에 더욱더 죽어라 사소설에 매달리지 않을 수 없다"라는 부분에서 간타는 모든 점에서 삶의 패배자라고 생각하고 사소설에 매달릴 수밖에 없다고 한다. 그리고 "평가에 휘둘리며 일희일비하는 흉한 꼴로는 사소설을 쓰네"처럼 수상을 할지에 대해 초조해하는 자신을 반성하면서 후지사와 세이조의 사후 제자라는 것이 부끄럽다고 한다. 그러나 몸은 말을 듣지 않고 진척되지 않는 글쓰기로 괴로워한다. 창작의 고통을 피력하고 있다. 그리고 그는 평가에 휘둘려서 사소설을 쓰는 것이 아니고 자신이 만족할 수 있는 글을 써야 한다고 다짐한다.

다음은 사소설과 관련한 이야기와 사소설 작가 이야기 등을 쓰고 있다.

짧은 글들이라 수필집인가 했더니 태반이 3인칭을 사용한 감상 소품이었다. (…중략…) 문장력이 하찮은 간타의 눈으로 보아도 자연주의의 나쁜 점만 그대로 따온 듯한 치졸한 문장의 표본 같은 것이었고[170쪽]

다만 『맞선의 저주』라는 제목의, 쉰 살 때 스승 마사무네 하쿠초의 권유로 당시 스물여덟아홉으로 후일 『사양』의 모델이 된 오타 시즈코와 맞선을 보았고 그 사실이 그와는 일면식도 없었던 다자이 오사무의 자존심을 묘하게 자극한 듯, 다자이가 후일 『인간실격』의 등장인물에 '호리키'라는 자신의 성을 감히 사용했다는, 어디까지가 진실인지 모르겠으나 호사가들이 좋아할 만한 이야기가 있었다.[171쪽]

간타는 거기에서 '나락에 떨어져 소매에 눈물 적실 때 사람의 마음 알게 되는 것'이라는 메이지시대 속요 한 구절을 강렬한 트릴의 울림과 함께 갑자기

떠올랐다. (…중략…) 발행자 호리키의 이름 옆에 붙은 나카노구 야마토초 마루야마장은 당시의 주거지일 것이다.172~173쪽

그 또한 이대로 염치없이 오래 살기라도 하면 늙어 수입도 없이 홀몸으로 싸구려 연립주택 한 칸에서 지내다가, 결국 독자도 사라진 지 오래된 사소설 따위를 마지막 똥고집을 발휘하여 자비 출판할지도 모를 일이다.175쪽

"자연주의의 나쁜 점만 그대로 따온 듯한 치졸한 문장의 표본"이라며 자연주의에서 사소설로 변질한 사소설의 변변치 않은 문장을 이야기하고 있다. 그다음에는 사소설 작가 다자이 오사무의 『인간실격』이라든지, 『맞선의 저주』의 저자인 호리키가 스승인 마사무네 하쿠초의 권유로 『사양』의 모델인 오다 시즈코와 맞선을 본 이야기 등을 쓰고 있다. 이처럼 사소설 작가들의 소소한 일상을 책으로 읽는다는 내용이 적혀 있다.

다음은 수상자 후보에 오르고 상을 받고 싶다는 간절한 마음을 적고 있다. 그는 소설가로서 꼭 인정받고 싶었으나 수상작 후보로 그치고 끝내 수상하지 못한다는 내용으로 소설은 끝이 난다.

다바타도 말했듯이 그 상은 후보에 오른 것만으로 만족해야 하고, 나머지 결과에 대해서는 일체 관심을 갖지 말아야 하는 성질의 것인지도 모른다. 그 상과 후보 선출에 영업적인 측면이나 특정 의도가 내포되었을 가능성은 아주 낮다.167쪽

작가로서 널리 인정받아, 비참한 꼬락서니로 원고를 들고 부탁하러 다닐 것 없이, 원고청탁이 당연하게 밀려드는 몸이 되고 싶다.

소설가로서 인생을 마치고 싶었다.

두꺼운 술잔을 꼭 거머쥐고 고개를 숙인 채 눈을 감은 간타는 한 걸음도 움직일 수 없는 지경에 빠진 허리의 통증과 함께 언제까지고 그 자리에 서 있었다.

심사일, 텅 빈 방에서 8할 정도 회복한 허리로 단정하게 앉은 간타는『호수』와 함께 핸드폰을 앞에 두고 뭔가를 기다렸다.
그러나 밤이 깊어도 다바타에게서 연락은 오지 않았다.[178쪽]

실제로 니시무라 겐타는 가와바타상 수상작 후보에 올랐으나 결국 수상하지 못했다. 그러한 과정에 대해 당시 작가의 마음 상태를 잘 표현하고 있다. "작가로서 널리 인정받아, 비참한 꼬락서니로 원고를 들고 부탁하러 다닐 것 없이, 원고청탁이 당연하게 밀려드는 몸이 되고 싶다"와 같이 평생 성범죄자의 아들로 낙인이 찍혔으나 그동안의 우울한 삶을 날려버릴 수상을 간절히 원했으나 결국은 수상하지 못한 심정을 고백하고 있다.

3. 일본의 사소설과 한국의 오토픽션

2011년 동일본대지진 이후, 사람들은 모든 것을 잃었다. 처음부터 다시 시작해야 한다는 것은 어마어마한 공포이다. 앞이 보이지 않는 나날들과의 지난한 싸움이 이어지기 때문이다. 책 한 권 사기 힘든 상황에서 니시무라 겐타의 수상작이 게재된『문예춘추』3월호가 80만여 부 팔려나갔다. 이후에 발간된 단행본『고역열차』가 순문학소설로는 보기 드물게 20만 부 이상 판매되었다. 2011년 동일본대지진 이후 사람들은 지금까지 힘겨운 시간을 보내고 있다. 황폐함의 밑바닥에서 힘겨운 시간을 보내고 있던 일본 사람들이 위로를 얻은 책이 니시무라 겐타의 『고역열차』이다. 이처럼 작품에 대한 독자들의 진심 어린 찬사와 공감의 물결이 지금도 이어지고 있다. 왜 일본에서 사소설은 계속되는가? 왜 한국에서는 정착되지 못하는가?

1) 왜 사소설은 계속되는가?

다음은 『고역열차』에 대한 아쿠타가와상 선고위원회의 비평이다. 일부분만 인용한다.

시마다 마사히코島田雅彦 사회와 정치를 저주하는 것조차 할 수 없고 모든 것을 가까운 타인의 탓으로 돌리지만, 곳곳에 자기 희화화가 있어 재미있다.

다카기 노부코高樹のぶ子 인간의 경멸스러움과 비참함이 끝까지 자학적인 사소설풍으로 그려서 독자를 질리게 하는 데 성공하고 있다.

가와카미 히로미川上弘美 이미 자신의 소설 형태를 찾았다.

이시하라 신타로石原慎太郎 이 풍요롭고 응석을 부리는 시대에 그의 반역적인 일종의 피카레스크악한 소설는 대단히 신선하다. 옛날에 이케다 도쿠타로池田得太郎의 『가축우리家畜小屋』라는 작품을 칭찬한 누군가가 "색깔이 검으면 일곱 가지 결점을 가린다"고 했는데, 이 작가의 특성도 이와 연결된다고 생각한다.

야마다 에이미山田詠美 이 사랑스럽고 한심한 인물의 『고역열차』가 아쿠타가와상을 받았다고 생각하자 유쾌해서 견딜 수가 없다. 사소설이 실은 최고로 교묘하게 짜인 심상치 않은 픽션이라는 것을 증명해준 작품.

구로이 센지黒井千次 하나하나의 행위에 어딘지 미묘하게 브레이크가 걸리고 그것이 파멸로 향하는 신체를 제지하는 곳에 리얼리티가 숨겨져 있다고 생각된다.

미야모토 데루宮本輝 주인공이 바깥의 세계, 예를 들면 화물회사의 중노동과 거기서 일하는 많은 인간과의 연결을 그리는 것으로, 그의 독특한 사소설세계로, 숨쉬는 자연 그대로의 세상이 가미되었다. 이는 『고역열차』라는 소설로서 문자 그대로 '재미'를 선사하였다.[15]

아쿠타가와상 선고위원회의 평가를 보면, 이시하라 신타로, 야마다 에이미, 시마다 마사히코는 『고역열차』를 높이 평가하였다. 이시하라 신타로는 "반역적인 일종의 피카레스크악한 소설는 대단히 신선하다"라고 평가하였다. 야마다 에이미는 "사소설이 실은 최고로 교묘하게 짜인 심상치 않은 픽션이라는 것을 증명해준 작품"이라 평가했다. 시마다 마사히코는 "곳곳에 자기 희화화가 있어 재미있다"라고 평가했다. 한편, 무라카미 류는 "수준 높은 기술을 가지고 있지만 '인생은 부조리이다'라는 테마는 진부하다"고 평했다. 단 이케자와 나쓰키池澤夏樹는 이 작품을 전혀 평가하지 않았다. 이를 두고 니시무라는 그를 사시라고 비판했다. 사소설과 관련한 심사평을 보면, 시마다 마사히코는 "자기 희화화" 하고 있다고 하고, 미야모토 데루는 "그의 독특한 사소설세계에 숨 쉬는 자연 그대로의 세상이 가미되었다"라고 한다. 다카키 노부코는 "자학적인 사소설풍으로 그려서 독자를 질리게 하는 데 성공한다"라고 표현하며, 야마다 에이미는 "사소설이 교묘하게 짜인 심상치 않은 픽션"이라 했다. 대체로 심사자들은 『고역열차』가 파멸형 사소설의 전통을 계승하고 있다고 평가하고 있다.

일용직 노동자로 살아온 작가의 삶은 쓰나미가 와도 무엇 하나 잃을 게 없는 인생이다. 자신의 속마음을 보이지 않는 일본인에게 작가는 자

---

15 芥川賞－選評の概要－第144回. https://prizesworld.com/akutagawa/senpyo/senpyo144.htm(검색일 : 2022.03.20).

신의 밑바닥 인생을 있는 그대로 적나라하게 드러내고 있다. 포스트쓰나미시대의 일본인에게 이처럼 처절하고 황폐한 작가의 삶의 밑바닥을 본다는 것은 어떤 의미이고, 이 사소설이 그들의 삶에 치유의 기능을 하고 있을까? 『고역열차』는 친구도 여자도 없이 하루하루를 항만 노동자로 삶을 이어가는 19살 간타의 서글픈 삶을 그리고 있다. 극적인 줄거리도, 남녀의 뜨거운 로맨스도 복잡한 플롯도 애틋한 연애 이야기도 없다. 오직 가난으로 인한 물질적인 고통과 괴로운 심리묘사만이 가득하다. 일용직 노동을 하러 가는 아침 출근길에 돈이 없어 메밀국수 한 그릇을 못 먹고 옆에서 빵을 먹는 남자를 보며 식욕을 참으며 괴로워하는 모습은 물질적으로 풍요로운 이 시대에 충격적으로 다가온다. 작가는 이런 개인적인 체험을 사소설의 문학 방식으로 녹여내고 있다. 니시무라 겐타는 다른 작가처럼 가공의 이야기를 만들어내지 않는다. 자신의 일상 흔적을 종이에 적을 뿐이다. 가공하지 않은 날것 그대로의 작가의 삶의 단면이 거칠고 불편하지만, 그 진정성이야말로 『고역열차』가 주는 진정한 매력이다.

니시무라 겐타는 수상소감에서 "자신보다 못한 사람의 이야기를 읽고 위안을 얻기를 바란다"^{주간 「JL뉴스」 인터뷰, 2011.2.8}고 했다. 그리고 일본 아마존 독자는 "상처받은 인간에 대한 깊고 부드러운 시선이 위로되었다. 요즘처럼 살벌한 시대에 이런 작품이 발표된 것에 감사한다"라는 의견도 있었다. 이처럼 사소설을 읽는 독자들은 자신과 비슷한 처지에 있거나 더 나쁜 처지에 있는 주인공을 통해 감정이입을 하며 위로를 받는다. 이를 통해 자신을 치유하는 것이다. 『고역열차』도 이러한 점에서 독자에게 위로를 주었다고 할 수 있다.

2) 김봉곤의 『여름, 스피드』, 『시절과 기분』 성적 정체성의 공개와 훔쳐보기

(1) 김봉곤 『여름, 스피드』 – 사랑과 성욕 그리고 비일상적 일상

한국 퀴어문학을 주도하는 김봉곤의 소설 대부분은 본인의 이름과 같은 '봉곤'을 주인공으로 하며 개인사를 적극적으로 반영한 일인칭소설이다. 작가는 한 인터뷰에서 "가장 말하고 싶은 것은 내 정체성"이기 때문에 일인칭에 대한 믿음을 가지고 작품을 쓴다고 했다. 김봉곤 작가의 소설집 『여름, 스피드』2018에 수록된 소설 7편은 모두 동성애를 다루고 있다. 『여름, 스피드』에서는 성 정체성에 대한 고민과 부모와의 갈등, 사회적 편견과 억압적 시선에도 불구하고 사랑을 글로 담아내는 일인칭 '나'들의 이야기를 만나볼 수 있다. 「컬리지 포크」는 한국에서 남자친구와 이별하고, 일본에 교환학생으로 갔다가 소설 쓰기를 지도하는 일본인 교수와 사랑에 빠지는 내용이다. 「여름, 스피드」는 주인공이 사랑을 고백했으나 답이 없던 영우로부터 페이스북에서 메시지를 받고 재회하는 내용의 단편소설이다. 「디스코 멜랑콜리아」는 처음 만난 남자와 데이트를 하고 언젠가는 끝날 사랑의 패턴이지만 사랑에 빠지기로 한다. 「라스트 러브 송」에서 나는 어느 형과 사귄 지 보름 만에 연락이 없어 상처를 받고 있을 때, 그의 부고를 듣게 된다. 「Auto」는 남자친구와 이별 후, 자신의 이야기를 소설로 쓰는 것에 관한 이야기를 담고 있는 중편소설이다.[16]

다음은 『여름, 스피드』의 단편소설들이다.

나는 바르트의 글쓰기가 비겁하다고도 생각했다. 좀 더 과격해지라고, 드러내어달라고, 천박해지라고, 있는 그대로를 보여 달라고도 말하고 싶었다. 지긋지

---

16 「여름, 스피드 – 김봉곤, 그와의 사랑이 끝났다」. https://m.blog.naver.com/coololive /221482252137(검색일 : 2024.4.25).

긋한 레이어. 그러나 바르트를 읽는 쾌감의 정수는 그의 숨김으로 인해 그와 나 사이에서 생기는 내밀함이라는 걸 부정할 수 없었다. 거기에서 깊이가 생겨났다. 비겁하고 아름답고 풍부했다. 「컬리지 포크」, 33쪽[17]

오토픽션을 쓸 때의 부끄러움은 사생활이라 여겨지는 나의 내밀한 삶과 생각을 밝히는 데서 오는 것이 아니다. 오히려 이것이 진실된 문장과 이야기인지, 어떠한 감정을 추출하고 획득해내기 위한 작위가 없는지 나와 독자에게 모두에 대한 경계심에서 비롯되는 감정으로, 꾸밈을 유혹받는 데서 오는, 혹은 필연적인 착오를 무릅써야 한다는 한계에서 생기는 부끄러움이다. 또 언제나 문학과 남자로 수렴되고 마는 나의 편협함에서 생기는 가벼운 수치심의 다른 모습이기도 하다. 「Auto」, 225~226쪽

영우는 조금만 더 함께 있어달라고, 내가 형의 집까지 데려다주겠다고, 할말이 있다고, 아니 한강으로 가자고, 외롭다고, 하지 못한 말이 있다고, 아니 조금만 더 이대로 있자고 말했다. 그러고는 계속해서 걸었다. 비척비척하면서, 시시덕거리면서, 손을 고쳐 쥐면서 걸었다. 또 너한테 말리는구나. 헷갈리게 흘리는 거 여전하네. 그렇지만 밤의 맥박으로 뚜벅뚜벅. 「여름, 스피드」, 85쪽

육갑문 아래에 들어서며 나는 또 한번 그애에게 거절당한 기분이 들어 몸서리쳐졌다. 거절한 건 나였지만 항상 이런 식으로 더러운 기분에 휩싸여 당해온 것만 같은 기시감. 영우가 날 좋아하지 않는다고 말했을 때, 그건 오직 한사람이 날 거부한 것이었지만 나는 세상 모든 사람으로부터 거절당한 기분이 들었

---

17   김봉곤, 『여름, 스피드』, 문학동네, 2018, 33쪽.

다. 왜 그건 잘 구별이 되지 않을까. 그 마음이 나를 괴물로 만든다는 것을 알면서도 왜 애써 구별하지 않았을까. 비슷하게 생긴 사람 둘이 붙어먹는 것도 참 못 볼 꼴이죠, 라고도 언젠가 내게 말했을 때, 그건 나를 떼어놓기 위해 돌려 했던 말이라고 생각했지 자기부정이었다는 생각은 왜 못해봤을까.「여름, 스피드」, 90쪽

「컬리지 포크」에 김봉곤 작가의 글쓰기에 관한 생각이 잘 드러나 있다. 바르트의 글쓰기가 비겁하다면서 좀 더 "과격해지라고, 드러내어달라고, 천박해지라고, 있는 그대로를 보여 달라고" 말한다. 작가는 글쓰기를 숨김없이 있는 그대로 드러내는 글쓰기를 원하고 있다. "있는 그대로의 사생활을 여과 없이 보여주는 것"이 그가 추구하는 오토픽션의 글쓰기이다. 「Auto」에서 오토픽션에 대해서 "부끄러움은 사생활이라 여겨지는 나의 내밀한 삶과 생각을 밝히는 데서 오는 것이 아니다. (…중략…) 꾸밈을 유혹받는 데서 오는, 혹은 필연적인 착오를 무릅써야 한다는 한계에서 생기는 부끄러움이다"라고 한다. 사회에서 터부시하는 동성애자라는 내밀한 생활이 부끄러운 것이 아니라 작위적이고 꾸민 글이 부끄럽다는 것이다. 이러한 작가의 태도는 사생활을 꾸밈없이 있는 그대로의 글쓰기를 원하는 것이다. 일본 사소설 작가의 태도와 일치한다.

『여름, 스피드』는 "한국문학사에서 퀴어소설의 계보도를 그린다면 가장 빛나는 위치에 두어야 할 소설"문학평론가 한설, 『문학동네』 봄호, 2018이라는 비평을 받았다. 김봉곤은 2016년 등단 이후 스스로 게이 작가임을 밝히며 동성애를 주제로 한 자전소설오토픽션을 써왔다. 「여름, 스피드」 속 영우가 자신이라고 밝힌 당사자는 실명은 아니지만, 신원을 확인할 수 있는 개인정보와 사생활을 무단으로 재현해 당혹감과 분노, 모욕감을 느꼈다고 한다. 이 남성은 자신의 사생활을 허락 없이 소설화하고 자신의 성별 정체성을

동의 없이 밝혔고, 성적 지향이 원치 않게 공개되었다고 했다. 그는 "김 작가의 몰락을 바라며 쓴 글이 아니다"며 "오토픽션이라는 이름 하에 행하고 있는 지극히 개인적인 욕망의 갈취가 실재하는 인물들에게 가해가 되고 있다는 사실을 공론의 장에서 다시금 알릴 뿐"이라고 강조했다.[18]

(2) 김봉곤, 『시절과 기분』 – 성적 정체성의 공개와 용기

김봉곤 작가의 소설집 『시절과 기분』2020에서 첫사랑이나 첫 연애, 첫 키스 등 인생에서 유의미하게 여겨지는 '첫' 순간들을 그려낸다. 김봉곤 특유의 리드미컬하고도 섬세한 문장은 "사랑의 환희와 희열을 이어가는 내밀한 몸짓"강지희 해설을 아름답게 그려낸다. 「그런 생활」은 게이인 애인과 겪는 갈등을 다루고 있다.

「그런 생활」의 주인공 봉곤은 애인과 같이 산다. 애인이 남자형이고, 봉곤은 작가의 실명이다. 인용문은 단편 「그런 생활」의 일부분이다.

> 내 방금 서점에 서서 니가 쓴 거 다 읽었는데, 니가 쓴 이 글이 실화가?"
>
> "응?"
>
> "소설이제?"
>
> 엄마의 목소리는 그렇게 심각하지는 않았는데, 돌이켜 생각해보면 이건 부모들이 익히 겪는 부정의 단계이지 않았나 싶다. 엄마를 달래거나 안심시키기 위해서라면 잡아 뗐어야 했으나, 그건 나의 방식이 아니었다. 나는 참인 동시에 윤론적인 대답을 할 수밖에 없었다.
>
> "실화이기도 하고 소설이기도 하지."[19]

---

18 https://www.sedaily.com/NewsView/1Z5C8XS7DC(검색일 : 2023.10.6).

19 김봉곤, 「그런 생활」, 『시절과 기분』, 창비, 2020, 276쪽.

"근데 내 하나만 물어보자. 니 예전에 같이 살던 아 이름이 뭐였지? 형석인가? 형섭인가?"

몰라서 묻는 것은 아니, 또 엄마의 화법.

"응, 형섭이. 근데 왜?"

"니 진짜로 그애랑 그런 생활 했나?" 「그런 생활」, 279쪽

위의 글은 우리 문단에서 처음으로 커밍아웃하고 자전적 글쓰기를 시작한 작가와 어머니와의 대화이다. 주인공이 작가의 이름인 봉곤이므로 독자들은 실제 사실로 생각하고 읽는다. 위의 인용에서 게이인 줄 모르는 어머니의 충격을 사실대로 표현하고 있다. 물론 충격을 받은 어머니의 반응을 직접적으로 보여주지는 않지만, 위의 대화로 충분히 짐작할 수 있다. 어머니가 말한 "니 진짜로 그애랑 그런 생활 했나?"는 말은 아들이 게이인지 확인하는 것이고, 소설의 제목이 '그런 생활'에서 나왔는지 모른다. 김봉곤은 '커밍아웃한 첫 게이 소설가'라는 수식어가 항상 따라다닌다. 아직 우리 사회는 가부장적 질서에서 벗어난 애정과 사랑을 용인하는 너그러운 사회는 아니다. 자신의 성적 지향을 밝히고 이를 감당하는 것은 큰 용기가 필요하다. 자전적 소설을 쓰기까지 한국사회의 편견과 선입견을 깨고 자신의 성 정체성을 밝히며 자전적 소설을 쓴다는 것 자체로도 남근 중심주의의 가부장제 질서의 내면화를 거부하는 것으로 해석할 수 있다. 하지만 김봉곤 소설에서는 한국사회의 편견에 전면적으로 나서거나 연대하여 가부장제에 대항하려는 시도는 보이지 않는다. 이러한 측면은 성욕만을 강조하며 사회성을 배제하는 일본의 사소설과 일치한다.

김봉곤은 등단작 「Auto」를 통해 쓰는 행위와 쓰는 사람에 관한 집요한

탐구를 보여준 이래 줄곧 자신의 이야기를 소설로 써 왔다. 주제적인 측면에서 김봉곤 소설은 삶＝사랑＋소설 쓰기로 점철되며 그의 소설은 이에 관한 탐구 과정의 기록지로 보인다. 김봉곤 소설에서 '퀴어'는 김봉곤의 사랑이 갖는 특수성이며 자기정체성이다.[20] 김봉곤 소설은 동성애나 게이라는 정체성을 지우면 평범한 연애와 사랑으로 읽힌다. 가장 사적인 기록이 소설이 되고, 사생활의 내밀한 부분을 일인칭으로 폭로하는 김봉곤의 소설은 심경소설에 가깝다. 퀴어소설에서 오토픽션은 소설의 재료가 되는 작가의 일상이 역설적으로 비일상성을 갖는다. 독자들은 동성애라는 비일상적인 작가의 사생활에 흥미를 갖고 엿보려고 한다. 사소설의 본질은 평범하지 않은 비일상적인 사생활에 있다. 퀴어소설가들의 비일상적인 일상이 독자에게 훔쳐보기의 대상이 된다.

퀴어 작가에게 보이는 독자의 관심은 작가의 사생활이다. 그러나 퀴어 작가에게 사생활이라는 소재는 사생활 노출과 소재 고갈에서 난관에 부딪히게 된다. 마침내 작가의 사생활을 모두 소설로 적고 난 후, 더는 쓰일 수 있는 '나'가 존재하지 않게 된 시점에서 퀴어소설은 어디로 나아가야 하는가. 김봉곤은 "그러니까 지금 내가 살아가는 시간 속의 무언가가, 내가, 기억될 / 할 만한 글의 질료가 되어야 한다는 것의 곤란함이다. 다시 말해 쓰일 수 있을 '나'가 있어야 한다",[21] 즉 일본 사소설 작가와 같이 소설의 소재에 대해 고민하는 지점이 발생하게 된다. 이와 동시에 민감한 사생활에서 발생하는 등장인물의 사생활 보호의 문제와도 부딪히게 된다.

---

20 강유진, 「남성 퀴어의 성 정체성과 소설적 재현 김봉곤, 박상영 소설을 중심으로」, 『문화와 융합』 42-9, 2020, 487쪽.

21 김봉곤, 『여름, 스피드』, 문학동네, 2018, 226쪽.

3) 한국의 오토픽션은 왜 정착되지 못하는가?

그럼 한국에서는 왜 사소설이 정착되지 못하는가? 최근에 사소설과 비슷한 양식인 오토픽션 작가인 김봉곤의 작품이 판매 중단되는 사건이 있었다. 오토픽션은 자서전을 뜻하는 오토바이오그래피Autobiography와 허구를 뜻하는 픽션Fiction의 합성어로, 작가가 직접 경험한 일을 바탕으로 상상력을 덧대어 집필한 소설 양식이다. 일본의 사소설과 일맥상통하는 소설 양식이다. 하지만 이와 같은 소설 양식이 주변인에게 사생활 침해라는 피해를 준다는 지적과 창작의 일부로써 용인해야 한다는 의견이 팽팽하게 맞서고 있다.

김봉곤 작가는 동성애자임을 커밍아웃성 정체성을 공개함하고, 지난 2016년 『동아일보』 신춘문예로 등단한 뒤 동성애를 주제로 한 소설을 쓰면서 평단의 주목을 받았다. 그는 동성애자의 삶과 심경을 현실적으로 그려낸다는 평을 받으며 이른바 '퀴어문학'의 대표주자로 떠올랐다. 김봉곤 작가 소설의 특징은 작가 자신이 실제 경험한 일과 허구의 스토리를 뒤섞어 현실감을 극대화한다는 데 있다. 김봉곤 작가는 이 같은 자신의 소설 양식을 오토픽션이라고 칭해왔다. 문제는 현실감을 위해 실제 사건, 주변 인물들을 소설 속으로 여과 없이 끌어들이면서 제3자의 사생활을 침해할 우려가 있다는 것이다.

2020년 7월 19일 출판사 '문학동네'는 김봉곤 작가가 집필한 제11회 젊은 작가상 수상 작품집인 단편 「여름, 스피드」 등이 실린 소설집 『여름, 스피드』를 판매 중단하고, 논란이 된 부분을 수정하지 않은 발행본 7만 부를 수정본으로 교환해주기로 주기로 했다. 『창비』 또한 단편 「그런 생활」이 실린 김봉곤 소설집 『시절과 기분』을 5쇄본까지 판매된 것을 교환하고, 더는 책을 팔지 않기로 했다. 앞서 지난 10일 「그런 생활」에서 자신이 C 누나로 등장하는 실존 인물이라고 밝힌 한 여성이 소셜네트워크 서비스SNS를 통해 김 작가가 자신의 허락 없이 카카오톡 메시지 내용을 무단 인용했다고 폭로하면서 이번 사태가 처음 불거졌다. 이 여성은 해당 소설로 인해 자신의 사생활이 노골적으로 드러나 정신적 손해를 입었다고 호소했다. 이어 지난 17일에는 자신이 「여름, 스피드」에 등장하는 '영우'라고 밝힌 한 남성도 김 작가가 무단으로 자신이 보낸 메시지 내용을 인용했다고 주장했다.[22]

한국에 사소설이 정착하기 힘든 이유는 3가지로 꼽을 수 있다. 첫째, 한국에서는 여전하게 사회성이 결여된 소설은 독자에게 환영을 받지 못한다는 것이다. 개인의 개별성이 중시되는 시대이긴 하지만 한국에서는 사회적으로 해결해야 할 문제가 산적해 있다. 둘째, 사소설은 작가가 실제로 경험한 사실을 써야 한다. 따라서 사소설 작가는 아무것도 잃을 것이 없는 하류계층이다. 사소설 작가는 자신의 가난과 불륜, 성적 체험 등을 솔직하게 그리고 있다. 그러나 한국사회에서 수치스러운 체험을 적나라하게 그린다고, 작가의 용기에 박수를 보낼 수 있는 사회 분위기는 아니다. 오히려 도덕적 잣대로 비난받을 가능성이 더 크다.

셋째, 일본 사람들의 엿보기 취미이다. 일본 사람들은 자신의 사생활을 드러내기를 꺼리면서 타인의 사생활에 과도할 정도로 관심이 많다. 따라서 수많은 연예인의 사생활이 TV에서 끊임없이 방송되고 있다. 사소설은 이러한 엿보기 취미를 만족시켜주었을 것이다. 하지만 한국에서는 이런 개인의 사생활보다는 사회 문제에 더 많은 관심이 있다. 마지막으로 최근에 한국에서 개인의 사생활 침해가 문제가 되기 때문에 작가는

---

22 「'사생활 침해' vs '창작 자유' 자전적 소설 '오토픽션', 어떻게 생각하십니까?」, 『아시아 경제』, 2020.7.20.

쉽게 자신의 사생활을 쓸 수 없다는 점도 들 수 있다. 김봉곤 작가의 예가 이를 증명해준다.

1907년에 최초의 사소설인『이불』은 서구 자연주의의 기법만을 받아들이고 나와 관계한 사회와의 관계가 배제되었다. 오로지 작가 자신의 사생활을 그리고 어두운 방에서 고민하는 인간상을 그렸다. 2011년 아쿠타가와상을 수상한 니시무라 겐타의『고역열차』가 일본 사소설의 전통을 이어받고 있다.『고역열차』는 가난과 성욕, 성범죄자의 아들로 세상과 소통을 단절한 니시무라 겐타 자신의 사생활을 폭로하며 일본 열도를 놀라게 하였다. 일본 사소설의 전통은 허구와 사회성을 배제하고 철저하게 있는 그대로의 작가의 사생활을 그리는 데 집중한다.『고역열차』는 일본 사소설의 전통을 계승하며 사소설의 특징이 잘 드러나고 있다.

「고역열차」는 작가의 허무주의와 개인의 파멸을 그리고 있다. 주인공 간타는 중학교 때 아버지가 성범죄라는 사실을 알고 고등학교 진학을 포기한 채, 부두 하역 노동으로 하루하루를 살아가는 날품팔이의 인생을 살아간다. 생존에 필요한 만큼의 돈을 벌며 저축하지 않는다. 그래서 170엔짜리 메밀국수조차 먹을 수 있는 돈도 없이, 배고픔을 참으며 가난한 삶을 이어간다. 간타는 친구도 없이 사회에서 고립된 생활을 한다. 그는 유일한 친구인 구사카베도 본인의 열등감 때문에 관계를 망가뜨리며 떠나가게 한다. 사회에서 고립된 간타에게 유일한 탈출구는 글쓰기이다. 「나락에 떨어져 소매에 눈물 적실 때」는 중년의 사소설 작가가 된 간타의 글쓰기와 세상으로부터 인정받기 위해 수상을 원하지만, 후보에 오른 채 수상하지 못한다. 이처럼『고역열차』는 작가 니시무라 겐타의 청년기와 중년기의 실생활을 기초로 사소설을 쓰고 있다.

그럼 왜 일본에서는 사소설의 전통이 이어지고 있는데, 한국에서는 사소설과 유사한 양식인 오토픽션이 뿌리내리지 못하는가? 먼저, 일본에서는 자신을 희생해서 사소설을 쓴 작가의 용기에 박수를 보낸다. 하지만 한국에는 이런 풍토가 뿌리내리지 못하고 있다. 만약 그런 행동을 한 작가가 있다면 윤리적 잣대로 평가한다. 또한 작가 주변의 사람들이 자신의 사생활이 노출되는 것을 받아들이지 못한다. 이는 일본에서 사소설 작가의 희생정신을 용인하는 문학 풍토가 존재하지 않기 때문이다. 그다음으로 한국은 일본처럼 정치에 무관심하지 않다. 보통 사람들은 정치에 많은 관심을 가지고 사회성이 차단된 방에서 자신의 사생활을 그리는 소설을 선호하지 않는다. 마지막으로 일본 사람들은 극도로 자신의 사생활을 타인에게 공개하지 않는다. 하지만 연예인들의 사생활에는 과도한 관심을 보인다. 일본의 엿보기문화와 관계가 있다고 할 수 있다. 이러한 다른 문학 풍토가 한국에 사소설이 정착되지 못하는 이유이다.

인공지능시대의 휴머니즘, 나를 실험하고 연구한 사소설

인공지능^AI은 인간 지능을 모방하여 인간과 유사한 방식으로 학습하고 사고하며 행동한다. 미래학자 레이 커즈와일은 인공지능의 발전이 가속화되어 인간의 지능보다 뛰어난 초지능이 출현하는 시점이 2029년이라고 예언했다. 우리의 미래는 인류가 인공지능을 비롯한 기계를 어떻게 다루는지에 따라 유토피아가 될 수도, 디스토피아가 될 수도 있다. 결국 기계를 다루는 사람은 인간이기 때문이다. 하지만 현실은 전 세계가 인문학의 위기에 놓여 있다. 21세기는 인간과 인공지능이 공존하는 새로운 휴머니즘이 필요하다. 인간을 연구하는 인문학은 인간과 도구의 공존을 위한 새로운 질서와 길을 만들어야 한다. 하지만 인문학이 사라진다면 방향을 잃은 기계의 발전은 디스토피아로 향할 수밖에 없다. 인간과 인공지능이 공존하는 유토피아를 인문학이 제시할 수 있기에 인문학을 아무리 강조해도 지나침이 없다.

작가가 자신의 실생활을 보고하는 일본의 사소설은 일본의 독자적인 문학 양식이다. 사소설은 '나'소설이며 나를 극한 상황으로 몰고 가 나를 실험하고 나와 마주하며 나와 나의 심리를 연구한 소설이다. 강한 자기부정과 부채감을 짊어지고 나를 괴롭히고 자살로 삶을 마무리한 다자이 오사무가 대표적이다. 사소설은 허구가 아닌 사실을 써야 하기에 현실이 소설이 된다. 작가가 사는 현실세계와 주인공인 사는 소설세계는 일치가 되어야 한다. 따라서 사소설 작가는 소설의 제재를 구하기 위해 불륜, 금전문제, 자살소동 같은 비일상적인 행동을 하는 역설이 발생하게 된다. 다자이 오사무의 불행한 삶도 사소설을 쓰기 위한 몸부림은 아니었을까 생각해본다. 고바야시 히데오의 예언처럼 앞으로도 일본에서는 나를 실험한 수많은 사소설이 나올 것이다. 인문학의 위기를 말할 때, 나를 극단으로까지 내몰고 나와 마주한 사소설은 우리에게 시사하는 바가 클 것이다.

작가 자신이 모델이 되어 자신의 사생활만을 쓰고 사회성이 배제된 사소설을 한국에서는 환영하지 않았다. 식민지 시기부터 현대까지 수많은 사소설과 유사한 자전적 소설인 신변소설, 자전소설, 오토픽션이 등장했지만 많은 독자층을 가지지 못했다. 하지만 사소설과 유사한 신경숙의 『외딴방』은 나를 이야기하면서 사회화된 나를 이야기하며 많은 독자층을 확보하게 되었다. 결국 한국 자전소설에서는 일본 사소설에서 등장하지 않는 사회화된 나가 등장한다. 한국적 풍토에서 등장한 새로운 사소설의 발견이다. 1990년대 이후, 한국문학도 국가와 민족을 이야기하는 거대 담론에서 개인과 일상을 이야기하는 소서사로 옮겨온 것도 사실이다. 하지만 우리는 여전하게 분단국가이기에 사회 속의 '나'가 그려진 소설을 선호한다. 이는 일본과 한국의 역사적, 문화적, 사회적 차이 때문이다.

이 책을 쓸 당시 2023년 여름은 인간의 체온만큼 온도가 올라갈 정도로 무더웠다. 기계문명의 발달은 환경파괴를 가져온다. 요즘 기계문명의 발달은 예상을 뛰어넘을 정도로 빠르게 발달하고 있다. 챗GPT가 글을 쓰고 번역도 하고 그림도 그리고 창작활동도 해준다. 인공지능은 인간의 고유한 영역인 창작활동까지 그 영역을 넓히며 인문학자들을 위협하고 있다. 거대한 물결처럼 밀고 들어오는 인공지능과 기계문명을 받아들이고 인간과 공존하고 평화롭게 살아갈 길을 인문학자들이 모색해야 한다.

인문학의 홀대로 기계문명이 방향을 잃고 디스토피아로 향하는 일은 없어야 할 것이다.

참고문헌

1. 한국어 자료

1) 기본자료

공지영, 『즐거운 나의 집』, 푸른숲, 2007.

김동인, 「발가락이 닮았다」, 『동광』, 1931.12.

_____, 「약한자의 슬픔」, 『창조』 창간호, 1919.

김봉곤, 『여름, 스피드』, 문학동네, 2018.

_____, 『시절과 기분』, 창비, 2020.

박태원, 「악마」, 『한국근대단편소설대계』, 태학사, 1988.

_____, 「적멸」, 『환상소설첩(근대편)』, 향연, 2004.

신경숙, 『외딴방』 1·2, 문학동네, 1995.

안회남, 「향기」, 『한국해금문학전집』 6, 삼성출판사, 1988.

이광수, 「무정」, 『매일신보』, 1917.1~6.

_____, 「재생」, 『동아일보』, 1924.11~1925.9.

현진건, 「타락자」, 『개벽』, 1922.1~3.

2) 단행본

김동인, 「문단 30년의 자취」, 김치홍 편, 『김동인평론전집』, 삼영사, 1984.

_____, 「소설작법」, 『김동인전집』 16, 조선일보사, 1988.

_____, 『김동인전집』 3, 조선일보사, 1988.

김봉진, 『박태원 소설세계』, 국학자료원, 2001.

김윤식, 「사이비 진보주의의 논리」, 『한국현재문학사』, 일지사, 1976.

김정미 외역, 『일본대표단편선』, 고려원, 1996.

김환기, 『시가 나오야—소설의 신』, 건국대 출판부, 2003.

나카무라 미쓰오(中村光夫), 유은경 역, 『일본 사소설의 이해』, 소화, 1997.

니시무라 겐타, 양억관 역, 『고역열차』, 다산책방, 2011.

마에다 아이, 유은경·이원희 역, 『일본 근대 독자의 성립』, 이룸, 2003.

안영희, 『일본의 사소설』, 살림출판사, 2006.

_____, 『한일 근대소설의 문체 성립』, 소명출판, 2011.

안회남, 「『전원』발문」, 『전원』, 고려문화사, 1946.

윤상인 외, 『일본문학의 흐름』 2, 한국방송통신대 출판부, 2000.

_____, 『문학과 근대와 일본』, 문학과지성사, 2009.

이광수, 『이광수전집』 1, 삼중당, 1962.

_____, 『이광수전집』 2, 삼중당, 1971.

이토 세이, 유은경 역, 『일본 사소설의 이해』, 소화, 1997.

이형대 편저, 『정전(正典)형성의 논리』, 소명출판, 2013.

정현숙, 「박태원 연구의 현황과 과제」, 『박태원 문학 연구』, 깊은샘, 1995.

최석재, 「시가 나오야의 『화해』 고찰」, 『일본연구』 45, 2010.

퍼트리샤워, 김상구 역, 『메타픽션』, 열음사, 1989.

프란츠 파농, 남경태 역, 『대지의 저주받은 사람들』, 그린비, 2004.

하루오 시라네, 왕숙영 역, 스즈키 토미 편, 『창조된 고전-일본문학의 정전 형성과 근대 그리고 젠더』, 소명출판, 2002.

한혜선·오경복·김현실·박혜주·한혜경·황도경, 『소설가소설 연구』, 국학자료원, 1999.

현진건, 『현진건 단편집』, 지식을만드는지식, 2012.

홍성철, 『유곽의 역사』, 페이퍼로드, 2007.

3) 논문

강정숙, 「대한제국·일제 초기 서울과 매춘업과 공창(公娼)제도의도입」, 『서울학연구』 11, 1998.

강유진, 「남성 퀴어의 성 정체성과 소설적 재현-김봉곤, 박상영 소설을 중심으로」, 『문화와 융합』 42-9, 2020.

김춘미, 「'모던'의 옷을 걸친 일본소설의 뿌리-사소설성(私小說性)으로의 회귀」, 『문학사상』, 1992.

김미영, 「일제하 조선일보 성병 관련 담론 연구」, 『정신문화연구』 29(2), 2006.

김영찬, 「글쓰기와 타자-신경숙 『외딴방』론」, 『한국문학이론과 비평』 15, 2002.

김은정, 「일제강점기 위생담론과 화류병-화류병 치료제 광고를 중심으로」, 『민족문학사연구』 49, 2012.

권은, 「식민지적 어둠의 향연-박태원의 「적멸」론」, 『한국근대문학연구』 22, 2010.

고봉준, 「그녀들의 모노드라마-고백의 서사와 독백의 전략」, 작가와비평 편, 『비평, 90년대 문학을 묻다』, 여름언덕, 2005.

공지영, 「인터뷰 : 공지영 작가-나를 드러내자 자유로워졌다」, 『월간 인물과 사상』, 2008.

남진우, 「우물의 어둠에서 백로의 숲까지—신경숙 『외딴 방』에 대한 몇 개의 단상」, 『외딴방』
　　1·2, 문학동네, 1995.

다무라 도모꼬(田村朋子), 「박태원의 소설가소설 연구—'적멸', '피로', 소설가 구보씨의 일
　　일'론」, 서강대 석사논문, 1999.

미셸 마페졸리(Michel Maffesoli), 「포스트 모더니티, 문화적 다원주의와 상대주의」, 계명대
　　강연, 2012.10.26.

박신헌, 「안회남 소설연구」, 『문학과 언어』 10, 1987.

박현이, 「기억과 연대를 생성하는 고백적 글쓰기—신경숙 『외딴방』론」, 『어문연구』 48,
　　2002.

백낙청, 「『외딴방』이 묻는 것과 이룬 것」, 『창작과 비평』 25권 3호, 1997.

백철, 「신사상의 주체화문제—이태준, 안회남, 박영준의 작품에 관하야」, 『신천지』 27, 1948.

신경숙, 「『11회 만회문학상 발표』 수상소감」, 『창작과 비평』 제24권 제4호(겨울호), 1996.

신승엽, 「성찰의 깊이와 기억의 섬세함」, 『창작과 비평』 제21권 제4호(겨울호), 1993년.

안미영, 「박태원 중편 「寂滅」 연구」, 『문학과 언어』 18, 1997.

안영희, 「『이불』과 일본자연주의」, 『日本語文學』 24, 2004.

＿＿＿, 「가사이 젠조와 사소설—「슬픈 아버지」를 중심으로」, 『일어일문학연구』 69집 2권,
　　2009.

＿＿＿, 「일본 사소설과 매독」, 『일본어문학』 83, 2018.

＿＿＿, 「한일근대신문의 매독담론과 제국과 식민지의 근대」—『요미우리신문』과 『조선일
　　보』를 중심으로」, 『일어일문학연구』 110집, 2019.

안회남, 「명상」, 『조광』 15, 1937.

＿＿＿, 「자기응시 10년」, 『문장』 13, 1940.

염무웅, 「글쓰기의 정체성을 찾아서」, 『창작과 비평』 제23권 4호(겨울호), 1995년.

유기룡, 「한국 근대소설 작가의 보편적인 상징에 관한 연구—해금작가인 안회남의 작품에
　　나타난 창조적 독자성」, 『어문론총』 24, 1990.

윤상인, 「'사소설'신화와 일본근대」, 『당대비평』(가을호), 2004.

이정화, 「게공선 붐 이후 일본소설에서 보이는 격차문제와 연대의식 고찰—소설 「블루시트」
　　와 「고역열차」를 중심으로」, 『일본문화연구』 75, 2020.

임영봉, 「일상과 초월, 그리고 탈주—90년대 문학과 일상성」, 작가와비평 편, 『비평, 90년대
　　문학을 묻다』, 여름언덕, 2005.

정재림, 「시모니데스의 기억술—90년대 후일담문학에 관하여」, 작가와비평 편, 『비평, 90년
　　대 문학을 묻다』, 여름언덕, 2005.

정종현, 「사적 영역의 대두와 '진정한 자기구축'으로서의 소설—안회남의 '身邊小說'을 중심으로」, 『한국근대문학연구』 2-2, 2001.

최원식, 「『11회 만회문학상 발표』 심사평」, 『창작과 비평』 제24권 제4호(겨울호), 1996년.

2. 일본어 자료

1) 기본자료

芥川龍之介, 「南京の基督」, 『中央公論』, 1920.

岩野泡鳴, 「耽溺」, 『新小説』, 1909.

葛西善蔵, 「浮浪」, 『国本』, 1921.

_____, 「哀しき父」, 『改造社』, 1922.

_____, 「蠢く者」, 『悲しき父・椎の若葉』, 講談社, 1994.

金史良, 「光の中に」, 『文芸首都』, 1939.

志賀直哉, 『和解』, 新潮社, 2010.

太宰治, 『人間失格』, 角川書店, 1994.

西村健太, 『苦役列車』, 新潮文庫, 2012.

柳美里, 『命』, 小学館, 2000.

青空文庫, www.aozora.gr.jp

2) 단행본

安藤宏, 『自意識の昭和文学』, 至文堂, 1994.

_____, 「私小説表現の仕組み」, 『私小説ハンドブック』, 勉誠出版, 2014.

池内輝雄, 『志賀直哉『和解』作品論集成』 1, 大空社, 1998.

_____, 『志賀直哉『和解』作品論集成』 2, 大空社, 1998.

イルメラ・日地谷—キルシュネライト, 三島憲一 訳, 『私小説—自己暴露の様式』, 平凡社, 1992.

岩野泡鳴, 『岩野泡鳴全集』 第2卷, 臨川書店, 1994.

_____, 「現代將來の小説的發想を一新すべき僕の描寫論」, 『岩野泡鳴全集』 第11卷, 臨川書店, 1996.

_____, 「『耽溺』序文」, 『岩野泡鳴全集』 15, 臨川書店, 1997.

宇津木愛子, 『日本語の中の「私」』, 創元社, 2005.

梅沢亜由美, 『私小説の技法—「私」語りの百年史』, 勉誠出版, 2012.

エドワード・ファウラ, 伊藤博 訳, 『告白のレトリックー20世紀初頭の日本の私小説』, 2008(勝又浩, 『アジア文化との比較に見る日本の「私小説」』, 研究成果報告書 수록).

遠藤健一, 「物語論の臨界ー視点 焦点化フィルター」, 三谷国明 編, 『近代小説の「語り」と言説』, 有精堂, 1996.

葛西善蔵, 『悲しき父・椎の若葉』, 講談社, 1994.

勝股浩, 『私小説千年史ー日記文学から近代文学まで』, 勉誠出版, 2015.

鎌田慧, 「作家案内」, 『悲しき父・椎の若葉』, 講談社, 1994.

柄谷行人, 『日本近代文学の起源』, 講談社, 1988.

小林秀雄, 「私小説論」, 『経済往来』, 経済往来社, 1935.

志賀直哉, 「城の崎にて」, 『志賀直哉集』(『日本近代文学大系』第31巻), 角川書店, 1971.

私小説研究会 編, 『私小説ハンドブック』, 勉誠出版, 2014.

下岡友加, 「志賀直哉「和解」論」, 『徳島文理大学論叢』 28, 2011.

ジェラール・ジュネット, 花輪光監 訳, 「ディエゲーシスとミメーシス」, 『フィギュール』Ⅱ, 水声社, 1989,

鈴木登美, 大内和子・雲和子 訳, 『語られた自己ー日本近代私小説言説』, 岩波書店, 2000.

鈴木則子 編, 『歴史における周縁と共生ー女性・穢れ・衛生』, 思文閣, 2014.

田山花袋, 『定本花袋全集』第1巻, 臨川書店, 1993.

_____, 「蒲団」『定本花袋全集』第1巻, 臨川書店, 1993.

_____, 「東京の30年」, 『定本花袋全集』第15巻, 臨川書店, 1995.

_____, 「露骨なる描写」(『太陽』10巻3号, 1905.2), 『田山花袋全集』26, 臨川書店, 1995.

寺田光徳, 『梅毒の文学史』, 平凡社, 1999.

中村光夫, 「風俗小説論ー近代リアリズム批判」, 『中村光夫全集』第7巻, 筑摩書房, 1972.

_____, 『風俗小説論』, 河出書房, 1950.

中山真彦, 『物語構造論』, 岩波書店, 1995.

長谷川天渓, 「現実暴露の悲哀」(『太陽』1908.1), 『近代文芸評論叢書ー自然主義』21, 日本図書センタ, 1992.

ビルギット・アダム, 瀬野文教 訳, 『性病の世界史』草思社, 2016.

福田眞人・鈴木則子 編, 『日本梅毒史の研究ー医療・社会・国家』思文閣出版, 2005.

堀巌, 『私小説の方法』, 沖積舎, 2000.

山本俊一, 『梅毒からエイズへー賣春と性病の日本近代史』朝倉書店, 1994.

吉田精一, 『自然主義の研究』下巻, 東京堂, 1966.

3) 논문

伊藤整, 「いずれも「葛西善蔵」について」, 『国文学 解釈と鑑賞』65-4, 至文堂, 2000.

エドワード・ファウラー, 伊藤博 訳, 『告白のレトリック―20世紀初頭の日本の私小説』 (勝又浩, 『アジア文化との比較に見る日本の「私小説」』, 研究成果報告書, 2008 수록)

大堀敏靖, 「のめりこむ私小説: 西村賢太『苦役列車』(特集 私小説について)」, 『群系』37, 2016.

勝又浩, 「アジアのなかの私小説」, 『アジア文化との比較に見る日本の「私小説」』, 研究成果報告書, 2008.

国松昭, 「子をつれて」, 『国文学 解釈と鑑賞』65-4, 至文堂, 2000.

申京淑, 「記憶と疎通」, (勝又浩, 『アジア文化との比較に見る日本の「私小説」』, 研究成果報告書, 2008 수록)

田中和生, 「ポストモダン文学としての私小説」, 『国文学―解釈と鑑賞』第76巻6号, 2011.

西村賢太・山下敦弘, 「苦役列車―「青春の落伍者」を乗せて」, 『新潮』109(8), 新潮社, 2012,

千葉正昭, 「哀しき父―内向への傾斜」, 『国文学 解釈と鑑賞』65-4, 至文堂, 2000.

塚越和夫, 「葛西善蔵論」, 『国文学 解釈と鑑賞』65-4 至文堂, 2000.

ドナルド・キーン, 「インタビュー私小説の未来のために」, 『私小説研究』第8号, 2007.

原仁司, 「柳美里小論―「私小説」に求めるもの」, 『国文学解釈と鑑賞』第76巻6号, 2011.

疋田雅昭, 「果てしない円環からの逃走―西村賢太「苦役列車」を読む」, 『長野国文』22, 2014.

藤森清, 「語ることと讀むことの間―田山花袋『蒲團』の物語言説」, 『國文學』(解釋と鑑賞) 第59巻4號, 1994.

_____, 「平面の精神史―花袋「平面描寫」をめぐって」, 『日本文學』42-11, 1993.

尹福姫, 『志賀文学の構図』, お茶の水女子大学大学院 人間文化研究科学比較文化学専攻 学位論文, 1996.

4) 인터넷 자료

葛西善蔵 http://www5f.biglobe.ne.jp/~hihi303/newpage97.html(검색일 : 2013.7.22).

芥川賞―選評の概要―第144回 https://prizesworld.com/akutagawa/senpyo/senpyo144. htm(閲覧日 : 2022.03.20).

樫原修,「葛西善三の方法－蠢くものを中心に」.

http://www.welead.net/html/13_Html_%E8%91%9B%E8%A5%BF%E5%96%84%E8%94
%B5_%E3%81%AE%E6%96%B9%E6%B3%95_22055.html(검색일 2013.7.23).

찾아보기